懸吐釋解
字具解
論

松亭金赫濟

二塑成在坐。时佐吏并著戎服，有风吹君帽堕落，温目左右及宾客，勿以视其举止。君初不自觉，良久如厕。温命取以还之，廷尉太原孙盛，为谘议参军，时在坐，温命纸笔令嘲之。文成示温，温以著坐处。君归，见嘲笑而请笔作答，了不容思，文辞超卓，四座叹之。

奉使京师，除尚书郎定郎，不拜。孝宗穆皇帝闻其名，赐见东堂。君辞以脚疾，不任拜起，诏使人扶入。君尝为刺史谢永别驾，永，会稽人，丧亡，君求赴义，路由永兴。高阳许询有俊才，辞荣不仕，每纵心独往，客居县界，尝乘船近行，适逢君过，叹曰："都邑美士，吾尽识之，独不识此人。"唯闻中州有孟嘉者，将非是乎？然亦何由来此？"使问君之从者。君谓其使曰："本心相过，今先赴义，寻还就君。"及归，遂止信宿，雅相知得，有若旧交。还至，转从事中郎，俄迁长史。

在朝陨然，仗正顺而已。门无杂宾，会会神情独得，便超然命驾，径之龙山，顾景酣宴，造夕乃归。温从容谓君曰："人不可无势，我乃能驾御卿。"后以疾终于家，年五十一。始自总发，至于知命，行不苟合，言无夸衿，未尝有喜愠之容。好酣饮，逾多不乱。至于任怀得意，融然远寄，傍若无人。温尝问君："酒有何好，而卿嗜之？"君笑而答曰："明公但不得酒中趣尔。"又问听妓，丝不如竹，竹不如肉，答曰："渐近自然。"中散大夫桂阳罗含赋之曰："孟生善酣，不愆其意。"光禄大夫南阳刘耽，昔与君同在温府，渊明从父太常夔尝问耽："君若在，当已作公不？"答云："此本是三司人。"为时所重如此。

渊明先亲，君之第四女也。《凯风》寒泉之思，实钟厥心。谨按采行事，撰为此传。惧或乖谬，有亏大雅君子之德，所以战战兢兢，若履深薄云尔。赞曰：

孔子称："进德修业，以及时也。"君清蹈衡门，则令闻孔昭；振缨公朝，则德音允集。道悠运促，不终远业，惜哉！仁者必寿，岂斯

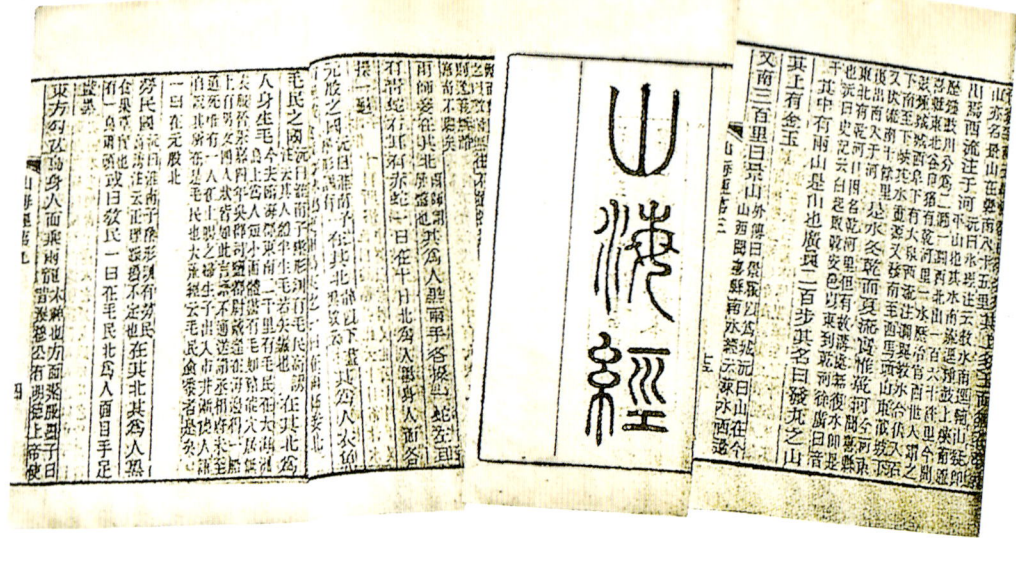

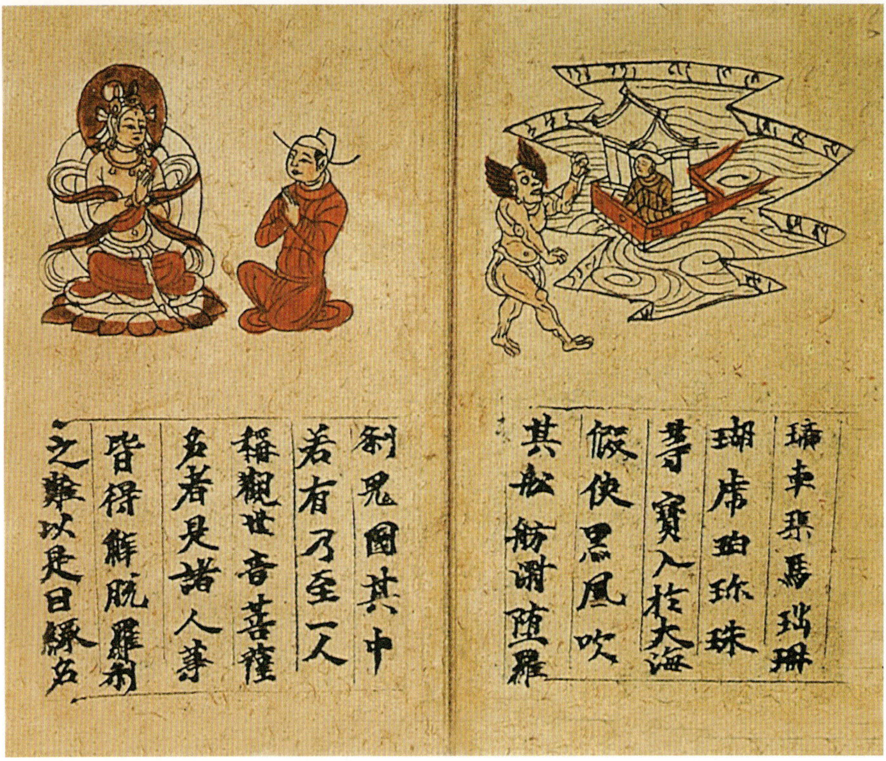

璃車渠馬瑪珊瑚虎珀珠珠等寶入於大海假使黑風吹其船舫諧隨羅刹鬼國其中若有乃至一人稱觀世音菩薩名者是諸人等皆得解脱羅刹之難以是日緣故

우리가 정말 알아야 할 동양 고전

펴낸곳 / (주)현암사
펴낸이 / 조근태
지은이 / 김욱동

주간 / 형난옥
편집 / 김영화 · 정진라
표지 디자인 / ph413
본문 디자인 / 정해욱
제작 / 신용직

초판 발행 / 2007년 11월 20일
등록일 / 1951년 12월 24일 · 10-126

주소 / 서울시 마포구 아현 3동 627-5 · 우편번호 121-862
전화 / 365-5051 · 팩스 / 313-2729
E-mail / editor@hyeonamsa.com

ISBN 978-89-323-1440-2   03800

우리가 정말 알아야 할 동양 고전

우리가 정말 알아야 할

동양 고전

김욱동 지음

ⓗ 현암사

책머리에

"오, 동양은 동양이고 서양은 서양 / 하늘과 땅이 하나님의 심판대에 설 때까지 / 이 둘은 결코 서로 하나가 될 수 없으리." 이렇게 노래한 사람은 19세기 영국 시인이요 소설가인 러드여드 키플링이다. 서구 제국주의가 큰 힘을 떨치던 19세기 말엽 인도 뭄바이에서 태어난 키플링은 어느 누구보다도 몸소 영국의 인도 식민주의를 경험하였다. 이러한 경험을 바탕으로 그는 동양과 서양이 최후 심판의 날까지는 마치 평행선처럼 영원히 서로 만날 수 없다고 결론지었다.

그러나 키플링은 아무래도 너무 성급하게 결론을 내린 듯하다. 식민지 종주국의 아들로서 그는 수박 겉핥기 식으로 동양의 겉모습만 보았을 뿐 깊은 속내까지는 미처 들여다보지 못하였기 때문이다. 그가 말하는 동양이란 기껏 우리로서는 오히려 서양에 가까운 인도에 국한되어 있을 뿐이다. 그나마도 키플링이 경험한 것은 그 드넓은 인도 반도 전체가 아니라 작은 일부인 항구도시 뭄바이에 지나지 않는다. 말하자면 나무 몇 그루를 보고 숲 전체를 말하는 격이다.

동양과 서양을 키플링처럼 지나치게 이항 대립적으로 구분 짓는 것은 그렇게 바람직하지 않을 뿐 아니라 실제 사실과도 꽤 거리가 멀다. 동양과 서양은 우리가 생각하는 것처럼 그렇게 다르지 않다. 물론 그렇다고 동양과 서양을 동일시하려는 것은 아니다. 풍토가 다르고 지역이 다른데 어찌 삶의 방식이 같을 수 있겠는가. 그러나 동양과 서양은 삶의 방식은 서로 달라도 그 정신에서만은 크게 다르지 않다. 삶을 바라보는 시각은 비슷하거나 같은 경우가 참으로 많다. 적어도 정신이라는 관점에서 보면 동양 사람이나 서양 사람이나 '인간 가족'의 한 구성원에 지나지 않는다. 이 둘을 서로 엄격히 따로 떼어놓으려는 마음 한 구석에는 상대 쪽을 '타자他者'로 규정지은 뒤 그것을 지배하고 정복하려는 음모가 도사리고 있다. 그러고 보니 키플링을 왜 '영국 제국주의의 음유시인'이라고 일컫는지 그 까닭을 알 것 같다.

인류 정신의 아름다운 꽃이라고 할 고전에 이르러서는 동양과 서양의 거리는 더욱 좁아진다. 동양과 서양의 고전을 읽으면 읽을수록 이 두 고전이 서로 크게 다르지 않다는 것을 깨닫게 된다. 좀더 꼼꼼히 따져보면 비록 세부적인 차이는 있을망정 두 문화 사이에는 차이점 못지않게 공통점이 있다는 사실이 밝혀진다. 서양 고전과 마찬가지로 동양 고전에서도 삶의 나침반으로서 우리에게 주는 지혜나 슬기가 그야말로 보석처럼 찬란한 빛을 내뿜는다. 서양 고전이 황금이라면 동양 고전은 비취와 같다. 화려하지는 않지만 그윽한 기품과 정취로 말하자면 동양이 서양의 고전보다 한 수 앞선다.

이 책에서는 동양 고전이라고 할 만한 작품 33편을 골랐다. 문학 쪽에

치우친 듯한 느낌이 없지 않지만 철학이나 정치 또는 사회 사상 쪽에도 관심을 기울였다. 문학과 사상의 구분도 따지고 보면 동양과 서양의 구분처럼 어디까지나 인위적인 것에 지나지 않는다. 특히 예로부터 동양에서는 '문사철文史哲'이라고 하여 문학과 역사와 철학 사이에 이렇다 할 만한 구별을 두지 않았다. 이 세 가지가 분과 학문으로 떨어져 나온 것은 서양 학문을 받아들이기 시작한 근대 이후의 일이다.

비록 동양 고전이라고는 하지만 주로 중국과 일본 그리고 인도의 고전으로 범위를 좁혔다. 이 세 나라 말고도 동양 문화권에 속하는 나라가 많지만 우리나라 사람들에게는 아직도 동남아시아의 밀림처럼 낯설다. 더구나 우리말로 번역되어 소개된 작품도 거의 없다시피 하다. 좀더 구체적으로 말해서 중국 고전으로는 '동양의 성서'라고 할『논어論語』를 비롯하여『노자老子』와『장자莊子』에서『삼국지연의三國志演義』와『홍루몽紅樓夢』을 거쳐 중국 작가로 처음 노벨 문학상을 받은 가오싱젠高行健의『영혼의 산』까지 폭넓게 다루었다. 일본의 고전으로는 최초의 시가집『만요슈萬葉集』를 비롯하여『겐지 이야기源氏物語』를 거쳐 최근 전 세계적으로 '하루키 열풍'을 일으키고 있는 무라카미 하루키村上春樹의『노르웨이의 숲』등을 다루었다. 인도의 고전으로는 힌두교 경전『우파니샤드』와 대서사시『라마야나』에서 시작하여 라빈드라나드 타고르의『기탄잘리』와 마하트마 간디의『자서전』으로 끝을 맺었다. 우리나라 고전은 앞으로 별도의 단행본에서 따로 다룰 예정이기 때문에 이 책에서 일단 제외시켰다.

고전은 시대마다 다시 씌어진다는 말이 있다. 다시 씌어지는 것이 아니라 다시 새롭게 읽힌다고 말하는 쪽이 더 옳을 것이다. 고전의 특징이 한두 가지가 아니지만 각각의 시대마다 독자에게 새로운 의미를 준다는 것도 그 가운데 하나이다. 동양의 정신적 가치나 삶의 방식에 그토록 큰 영향을 끼쳐 온 『논어』만 하더라도 공자孔子가 살던 시대 독자에게 주는 의미가 다르고, 21세기 인터넷 시대에 살고 있는 독자에게 주는 의미가 서로 다르다. 이 책에서 나는 앞선 학자들의 해석을 참고하되 나 나름대로 고전의 의미를 현대의 관점에서 새롭게 읽어내려고 애썼다. 겉으로 드러난 의미를 파헤쳐 그 속에 잠들어 있는 깊은 의미를 끄집어내는 것, 그리하여 동양 고전이 서양 고전 못지않은 위대한 정신적 유산이라는 사실을 널리 알리려는 것이 이 책을 쓴 목적이다.

이 책은 (주)현암사에서 나온 『우리가 정말 알아야 할 서양 고전』 (2004)과 『우리가 정말 알아야 할 한국 고전』(2007)의 자매편이다. 이 책에서도 고전 작품의 줄거리를 요약하기보다는 오히려 작품을 쓴 역사적 배경, 작품의 주제, 작품의 현대적 의미 등 주로 해제 쪽에 무게를 실었다. 이 책에도 앞 책처럼 '전채 요리'와 '후식'의 의미가 함께 있다. 아직 동양 고전을 읽지 않은 독자들에게는 입맛을 돋우는 전채 요리와 같은 구실을 할 것이요, 이미 읽은 독자들에게는 식사 뒤 입을 개운하게 하는 후식과 같은 구실을 할 것이다. 전채이든 후식이든 이 책이 독자들에게 조금이라도 고전을 읽는 길잡이가 될 수 있다면 저자로서는 더 이상 바랄 것이 없다. 앞 책과 마찬가지로 이 책에서도 그림과 사진 자료를 많이 실어 '읽는 책'의 한계를 조금이나마 극복하려고 하였다.

끝으로 이 책의 출간을 선뜻 허락해 주신 (주)현암사 조근태 사장님을 비롯하여 여러모로 조언을 주신 형난옥 전무님 그리고 이 책이 햇빛을 보기까지 온갖 궂은일을 해 준 편집부에 감사 드린다.

2007년
미국 채플힐에서
김욱동

차례

중국편

일본편

인도편

중국편

일러두기

*외래어 표기는 외래어 표준법을 따르되 고유명사의 경우 되도록 원어 발음을 살려 표기하였다.
*본문의 『성서』는 대한성서공회 표준새번역 개정판(2002)을 따랐다.

논어

공자

동양 문화권에 가장 큰 영향을 끼친 사람을 들라면 단연 공자孔子를 첫손가락에 꼽을 것이다. 동양 문화권에서 삶의 방식이나 정신적 가치를 규정짓는 규범으로 가장 널리 읽어 온 책도 공자의 『논어論語』일 것이다. 동양에서 어떤 인물도 공자만큼 큰 영향을 끼치지 못하였고, 어떤 책도 『논어』만큼 중요한 자리를 차지하지 못하였다. 이렇듯 공자와 그의 사상은 동양 문화와는 떼려야 뗄 수 없을 만큼 서로 깊이 관련되어 있다. 서양 문화권을 대변하는 사람이 예수 그리스도라면 동양 문화권을 대변하는 사람은 공자이며 『논어』는 가히 '동양의 성서'라고 할 만하다.

정장 차림을 한 공자의 모습. 한나라 때 이르러 그는 신의 반열에 올라 그를 위하여 성대한 제사를 지내기 시작하였다.

공자가 태어난 해와 날은 정확하지 않다. 줄잡아 석가모니釋迦牟尼보다 7년, 소크라테스보다 82년, 예수 그리스도보다 551년 앞선 주周나라 영왕靈王 21년인 기원전 551년에 태어났다고 하는데 그 이듬해에 태어났다고도 한다. 태어난 날짜도 음력 8월 27일, 양력으로는 9월 28일에 태어난 것으로 추정하여 동양의 여러 나라에서는 양력 9월 28일에 경축 행사를 벌인다. 타이완에서는 이 날을 '스승의 날'로 정하여 공휴일로 지킨다.

예수 그리스도를 비롯한 성인의 출생이 흔히 그러하듯이 공자의 출생도 그렇게 내세울 것은 없다. 공자는 나이가 무려 일흔이 된 은殷나라의 퇴역한 하급 군인 아버지와 열다섯 살 난 첩 사이에서 태어났다. 공자의 아버지 흘紇은 처음에는 시施 씨를 아내로 맞아 딸만 아홉을 낳았다. 아들을 갖고 싶은 마음에 다른 여자를 아내로 맞아 맹피孟皮를 낳았지만 불행히도 절름발이였다. 그래서 또 다른 아내 안顔 씨를 맞아 마침내 공자를 낳았다. 나이로 보면 공자에게 흘은 아버지보다는 할아버지에 가까웠고, 주나라 무당이었다고 전하는 안 씨는 어머니보다는 오히려 누이에 가까

일본 나가사키에 있는 공자의 사당. 공자는 중국뿐 아니라 동아시아 전체에 걸쳐 정신적 지주로 존경을 받았다.

웠다.

공자가 태어난 곳은 중국의 봉건 국가인 노魯나라 창평향昌平鄕 곡부曲阜로 오늘날의 산둥성山東省 북부 지방이다. 공자의 이름은 구丘이고 자는 중니仲尼이다. 태어날 때 머리 모양이 마치 언덕처럼 생겼다고 하여 이름을 '구'로 불렀다. 그의 자를 '니'라고 한 것은 그의 어머니가 니산尼山의 절에 가서 참배를 하고 빌어서 낳았기 때문이라고 한다. 공자는 세 살 되던 해에 아버지를 여의고 열일곱 살 때에는 어머니마저 잃어 고아가 되었다.

공자의 삶은 순탄하지 않았다. 『논어』에서 공자는 "나는 열다섯 살 때 학문에 뜻을 두었고, 서른 살에 홀로 섰고, 마흔 살에 미혹되지 않게 되었고, 쉰 살에 천명을 알게 되었고, 예순 살에 남의 말을 순순히 듣게 되었고, 일흔 살에 마음 내키는 대로 좇아도 법도를 넘어서지 않게 되었다." 하고 밝혔지만 그는 73년이라는 길다면 긴 삶을 살면서 한 번도 벼슬다운 벼슬을 얻지 못하였다. 창고지기에다 가축을 기르는 일을 맡았고 겨우 노나라에서 재판관인 대사관大司寇이라는 벼슬을 얻었을 뿐이다. 공자는 자신이 품은 정치 이상을 현실 정치에 실천해 보려고 무척 애썼다. 그리하여 50대 중반부터 조국 노나라를 떠나 여러 나라를 돌며 자신의 이상을 펼쳐보려 하였으나 그를 받아주는 나라는 하나도 없었다. 오히려 '상갓집 개'라는 욕설을 들었으며 생명의 위협을 받기까지 하였다.

『논어』는 모두 501개에 이르는 짧은 어록으로 구성되어 있다. 어떤 것은 채 한 줄이 되지 않고, 아무리 길어도 열다섯 줄을 넘지 않는다. 이런 『논어』는 공자가 직접 쓴 책이 아니다. 기독교의 『신약성서』를 예수 그리스도가 쓰지 않은 것과 같다. 공자에게는 흔히 '공자 십철孔子十哲'이라고 하는 제자 열 명이 있었는데 스승이 사망한 뒤 이 제자들이 여러 나라에 흩어져 스승의 가르침을 널리 전하였고 그들이 공자의 가르침을 한 권의 책으로 모은 것이 『논어』이다. 후한대後漢代의 역사가 반고班固가 『한서漢書』「예문지藝文志」에서 "『논어』는 공자께서 그의 제자들이나 당시의 여러 인사와 일반 사람에게 보여 준 언행, 제자들이 서로 주고받은 말을 제자들이 저마다 기록하였다가 공자께서 돌아가시자 문인門人들이 그것을 추려 모아 논찬한 것이다. 그래서 '논어'라고 한다." 하고 밝힌 것이 이를 뒷받침한다. 흔히 "공자 왈, 공자 가라사대" 하는 것만 보아도 공자가 아니라 그 제자들이 썼다는 것을 알 수 있다. 실제로 『논어』에는 자장子張이 스승의 말을 잊지 않기 위하여 자기가 매던 띠에 적었다는 대목이 나온다.

성인이 성인으로 인정받기 위해서는 무엇보다도 제자의 역할이 무척 크다. 예수 그리스도에게는 베드로를 비롯한 12사도가 있었으며 석가모니에게도 아난타阿難陀와 아파아리優派離를 비롯한 많은 제자가 있었다. 소크라테스도 플라톤 같은 제자가 있었기에 그의 철학과 학문이 오늘날까지 전해 내려올 수 있었다. 공자도 훌륭한 제자를 많이 두어 사마천司馬遷이 쓴 『사기史記』에 따르면 그의 제자 가운데 72명이 6예六藝(고대 중국 교육의 여섯 과목)에 통달하였고 제자로 자처하는 사람의 수가 무려 3천 명을 넘었다고 한다.

공자의 제자들은 스승을 중심으로 서로를 존경하고 학문을 독려한 것으로 유명하다. 현명한 자공子貢과 언제나 겸허한 태도를 보인 안연顔淵, 직설적으로 감정을 표현하기 좋아하는 행동파 제자 자로子路 등 많은 제자가 저마다 개성에 따라 스승을 모시고 학문을 널리 전파하는 데 힘썼다. 이를테면 『논어』에 보면 누군가가 공자를 비방하자 자공은 "다른 사람은 현명하다 하여도 언덕 같은 것이라 누구나 넘어갈 수 있습니다. 그러나 선생님은 해나 달같이 높으신 분이라 누구도 넘지 못합니다." 하고 스승을 두둔하고 나선다. 이는 예수의 제자 베드로가 생명의 위협을 느끼자 예수 그리스도를 세 번 부정하고 가룟 유다는 뇌물을 받고 그를 로마 군대에게 팔아넘긴 것과는 사뭇 대조적이다.

『논어』가 오늘날의 형태를 갖추기 시작한 것은 공자가 살던 시대보다 훨씬 뒤의 일이다. 많은 학자는 한漢나라 초기, 즉 기원전 2세기경에 비로소 책의 형식을 갖추었을 것으로 추정한다. 『논어』 가운데에서 가장 일찍 편찬한 것으로 알려진 「학이편學而篇」에 증자曾子나 유자有子의 말이 공자의 말과 나란히 기록된 것을 보아도 쉽게 알 수 있다.

종교의 경전이 흔히 그러하듯 『논어』가 오늘날처럼 존중을 받기까지는 온갖 수난을 겪었다. 『논어』는 악명 높은 진시황秦始皇의 분서갱유焚書坑儒 때 다른 책과 함께 불에 타 한 줌의 재로 바뀌고 만다. 1949년 중국에 공산주의 혁명이 한바탕 휘몰아치면서 『논어』는 다시 한 번 수난을 겪는다. 사회주의 깃발을 내건 중화인민공화국은 낡은 문화를 개조한다는 이름으로 공자와 유교를 날카롭게 비판한다. 공자는 프롤레타리아 계급은 아니라고 하더라도 실직자와 다름없었고 언제나 돈이 없어 곤란을 겪었으며 재산도 별로 없었다. 그런데도 사회주의자에게 공자는 노동자 인민의 이름으로 청산하여야 할 지주 계급이며 자본가 계급이었고 그의 사상은 '썩어 빠진 부르주아 사상'이었던 것이다.

청나라 때 그린 '분서갱유'의 한 장면. 기원전 213년 진시황은 유가 경전을 모두 불태우고 460명의 학자를 불에 태워 죽였다.

제2의 분서갱유라고 할 1960년대의 문화 대혁명 시기에 공자와 그의 사상은 더더욱 수모를 겪는다. 홍위병紅衛兵은 중국인의 의식에서 유가의 마지막 잔재를 송두리째 뽑아 버리려고 하였다. 린뱌오林虎의 사상과 행위와 맞물려 공자도 함께 공격을 받았다. '비림비공批林批孔'이라는 운동은 바로 이를 두고 이르는 것이다. 그러나 이렇게 많은 수난을 당하는 동안에도 공자의 사상은 완전히 사라지지 않았고 마오쩌둥毛澤東은 때로 공자의 말을 인용하면서 혁명 동지들을 격려하기도 하였다.

『논어』를 비롯한 경전을 불태우고 유학자들을 처형한 진시황. 명나라 때의 작품.

몇 천 년 동안 중국 사람의 의식과 삶 곳곳에 스며든 유가 사상과 생활 방식을 하루아침에 없애 버릴 수는 없었기 때문이다.

공자는 춘추시대春秋時代가 막을 내리기 시작하고 전국시대戰國時代의 막이 오를 무렵에 살았다. 이 무렵은 주나라의 봉건 제도가 무너지고 제후들이 무력을 바탕으로 저마다 왕을 칭하던 정치적 변혁기요 사회적 혼란기였다. 진의 시황제가 통일하기까지 각 제후 국가 사이에는 전쟁이 끊이지 않았다. 사회 질서가 극도로 문란하고 도덕과 윤리도 땅에 떨어졌다. 공자는 이렇게 혼란스런 시대를 살아간 지식인이다. "세상이 어지럽기 때문에 바로 잡으려는 것이다." 하는 구절에서도 단적으로 드러나듯 『논어』에는 춘추시대의 혼란을 바로잡으려는 한 사상가의 고뇌가 깊이 배어 있다.

송宋나라 때의 학자 정이천程伊川은 "『논어』를 열예닐곱 번 읽어서 비로소 그 뜻을 알게 되었다. 그러나 오래 두고 읽을수록 그 의미는 더욱 깊어진다." 하고 말하였다. 『논어』의 문장은 길이가 짧아서 언뜻 단순한 것처럼 보일는지 모르지만 실제로는 짧은 서정시처럼 응축되어 그 내용을 정확히 헤아리기란 어렵다.

『논어』는 일관성이나 통일성이 없어 자칫 산만해 보일 수 있다. 그러나 『논어』 전편에는 인仁이라는 한 가지 주제가 면면히 흐른다. 인에 대하여 언급한 장이 무려 60곳이나 되어 전체의 10퍼센트 이상을 차지한다. 음악에 빗대어 말한다면 인은 『논어』라는 교향곡에 나타나는 주主악상이다. 이 주악상은 이 책 전편에 걸쳐 어떤 때는 주악상 그대로, 어떤 때에는 그것을 조금씩 변주하여 되풀이한다.

군자가 갖추어야 할 최대 덕목이요 절대선이라고 할 인은 한마디로 말하여 인간애, 즉 인간을 사랑하고 이해하고 존중하는 마음이다. 공자는 한 제자한테서 인에 대하여 질문을 받자 "사람을 사랑하는 것이다." 하고 잘라 말한다. 또 "남을 용서하는 것이 곧 인이다.", "어려움은 남보다 먼저 받고 보답은 남보다 뒤에 얻는 것이다."

동양 사상과 철학의 세 거인 공자와 노자와 붓다. 공자(오른쪽)가 노자(왼쪽)가 지켜보는 가운데 어린아이 붓다(가운데)를 안고 있다. 18세기 작품.

하고 대답한다. 그런가 하면 인을 예禮와 관련시켜 "자기를 누르고 예로 돌아가는 것이 인이다. 하루라도 자기를 누르고 예로 돌아가면 천하가 인으로 돌아갈 것이다." 하고 밝히기도 한다. 그러면서 "예가 아니면 보지도 말고, 예가 아니면 듣지도 말며, 예가 아니면 말하지도 말고, 예가 아니면 움직이지도 말라." 하고 가르친다.

공자가 말하는 인은 여러모로 예수 그리스도의 사랑과 비슷하다. 예수도 "네 이웃을 네 몸과 같이 사랑하여라."(「마태복음서」 19장 19절) 하고 말한다. 이웃을 사랑하는 것에 그치지 않고 더 나아가 원수까지 사랑하라고 가르친다. 그러면서 "너희를 사랑하는 사람만 너희가 사랑하면, 무슨 상을 받겠느냐?"(「마태복음서」 5장 46절) 하고 반문한다. "내가 하기 싫은 일은 남에게도 하지 마라." 하는 공자의 말은 흔히 기독교의 황금률로 일컬어지는 "너희는 무엇이든지, 남에게 대접을 받고자 하는 대로, 너희도 남을 대접하여라."(「마태복음서」 7장 12절) 하는 예수 그리스도의 말과 통하는 데가 있다.

그러나 공자의 사랑은 엄밀히 말해서 예수 그리스도의 무분별한 사랑이 아니라 '별애別愛', 어디까지나 차별적인 사랑이다. 그 대상이 누구냐에 따라 사랑의 강도가 달라진다. 공자는 육친肉親 사이에 생기는 자연스러운 친애

"Friendship with the upright, the devoted and the learned is profitable."

"Think of justice at the sight of profit, and sacrifice when faced with danger."

"If you do not consider the future, you will be in trouble when it comes near."

"If you find you make a mistake, then you must not be afraid of correcting it."

'동양의 성서'로 일컫는 『논어』 중 격언이 될 만한 명구를 도장에 새겨 널리 전하였다.

의 정을 좀더 널리 사회에 미치게 하려고 한다. 안쪽에서 시작하여 점점 바깥쪽으로 확산한다는 점에서 공자의 사랑은 원심적 사랑이라고 할 수 있다.

공자는 이러한 인을 갖추는 수단으로 무엇보다도 학문과 교육을 강조한다. 『논어』에는 인 못지않게 학문과 교육을 언급한 대목이 많다. 더욱이 『논어』 첫 편(「학이편」)의 첫 장은 "배우고 때때로 익히니 기쁘지 아니하냐." 하는 구절로 시작한다.

> 세 사람이 함께 길을 가면 그 중에서는 반드시 나의 스승이 될 만한 사람이 있다. 그 중에서 좋은 점을 골라서 내가 따르고 좋지 못한 점은 거울삼아 고치도록 한다.

> 배우기만 하고 사색하지 않으면 어둡고, 사색만 하고 배우지 않으면 바탕이 굳지 못하다.

> 유由야, 네게 '안다는 것'에 대하여 가르쳐 주마. 아는 것을 안다고 하고 모르는 것을 모른다고 하는 것이 참으로 '아는 것'이다.

구구절절 학문과 지식에 대하여 정곡을 찌르는 말이다. 오늘날 배우기만 하고 깊이 생각하지 않는 사람이 얼마나 많은가. 한두 가지 아는 것을 가지고 열 가지 아는 척하는 사람은 또 얼마나 많은가. 더구나 공자는 많은 제자를 가르침으로써 교육의 보편화에 힘썼을 뿐 아니라 역사에 대한 새로운 인식을 바탕으로 이전의 고전들을 정리하여 문화 전승자로서의 역할을 하였다. 이로써 그는 전통의 계승과 창조라는 유가적 학문 방법을 확립한다.

그런데 『논어』에서는 형이상학적인 문제를 거의 찾아볼 수 없다. 자공도 공자에게서는 "인간의 성리와 천도에 관한 말씀은 얻어들을 수가 없다." 하고 말하였다. 공자는 특히 신을 비롯한 초월적 존재에 대해서는 이렇다 할 관심이 없어서 프랑스의 계몽주의 철학자 볼테르는 일찍이 "나는 공자를 존경한다. 그는 신의 영감을 받지 않은 최초의 인간이기 때문이다." 하고 말하였다. 물론 어쩌다 초월적 존재로서의 하늘을 말할 때도 있지만 그에게 하늘은 주재신이거나 유일신, 인격신이 아니다. "내 삶이 바로 기도였다." 하는 말에 속아 넘어가서도 안 된다. 공자가 말하는 기도는 기독교나 불교 같은 종교에서 말하는 기도와는 사뭇 다르기 때문이다. 자로가 귀신 섬기는 일을 묻자 공자는 "사람도 제대로 섬기지 못하는데 어찌 귀신을 섬길 수 있겠느냐?" 하고 되물었다. 이번에는 죽음에 대하여 묻자 "삶도 아직 모르는데 어찌 죽음에 대하여 알겠느냐?" 하고 반문하였다.

고전은 시대마다 다르게 읽힌다는 말이 있다. 동양 문화권에서 그 동안 '책 중의 책'으로 일컬어 온 『논어』도 절대적 가치보다는 상대적 가치, 하나의 진리보다는 다원적 진리가 융숭하게 대접받는 포스트모더니즘 시대에 이르러서는 빛을 조금 잃는다. 『논어』는 어디까지나 봉건 제도의 가치관인 만큼 오늘날처럼 자유와 평등의 깃발을 내건 자유민주주의 사회에서는 공자의 일부 사상이 낡고 작아진 옷처럼 느껴진다. 예컨대 "임금은 임금다워야 하고 신하는 신하다워야 하며 어버이는 어버이다워야 하고 자식은 자식다워야 한다." 하는 말도 유가의 윤리를 말한 것이지만 자칫 계급 질서를 두둔하는 말로 오해받기 쉽다.

특히 그 동안 중심 세력의 힘에 밀려 주변부에서 빛을 보지 못하던 이른바 '타자他者'에 속하는 집단은 공자와 그의 사상을 의구심의 눈으로 바라본다. 가령 페미니즘이 주목받는 요즈음 공자는 자칫 여성차별주의자로 낙인 찍히기에 충분하다. 공자는 "유독 여자와 어린아이는 다루기 어렵다. 조금만 가까이 하면 공손치 않고 조금만 멀리하면 원망한다." 하고 서슴지 않고 말한다. 심지어 그는 여자와 아이를 싸잡아 소인배라고 부른다. 제아무리 인을 쌓고 학문을 갈고 닦아도 여자와 아이는 군자의 반열에 오를 수 없다는 것이다. "소금은 물에서 생겨나지만 물에 가까이 가면 녹아버리듯이 남자는 여자한테서 태어나지만 여자에게 가까이 가면 파멸해 버린다." 하는 말도 공자의 부정적인 여성관과 맞닿아 있다.

오늘날 모든 분야에서 큰 관심을 쏟는 환경 문제에서도 사정은 비슷하다. 인간을 만물의 중심에 세워 놓는 공자는 인간이 아닌 생물이나 무생물에 대해서는 이렇다 할 만한 관심을 보이지 않는다. 『논어』에는 어느 날 공자가 퇴청하다가 마구간에 불이 난 것을 보고 "사람이 다쳤느냐고 물으시고 말에 대해서는 묻지 않으셨다." 하는 구절이 나온다. 주희朱熹는 이 대목을 공자가 말을 잊어서가 아니라 경중을 따져 볼 때 인간이 말보다 앞서기 때문이라고 풀이한다. 당唐나라 시대의 유학자 육덕명陸德明은

공자가 사망한 뒤 제자들이 그의 무덤 옆에서 3년 상을 치르는 모습. 3년 상을 치르는 것은 부모가 갓난아이를 낳아 3년 동안 뒷바라지를 하기 때문이다.

이보다 한 발 더 나아가 '傷人乎不問馬'라는 구절에서 '不'자를 바로 앞 구에 붙여 읽어 "사람이 상하였느냐 상하지 않았느냐?" 하고 묻고 말에 대해서도 그렇게 물었다고 풀이하지만 변명치고는 아무래도 궁색하다.

　물론 공자도 인간이 아닌 피조물에 관심을 기울인 때가 있었다. 이를테면 자신이 기르던 개가 죽자 제자들에게 자리로 싸 덮어 묻어 주라고 하였다. 또 한 제자는 "공자가 낚시질은 하였으나 그물을 치지 않으셨고, 주살로 나는 새를 잡기는 하셨으나 앉아 있는 새를 쏘지는 않으셨다." 한다. 물고기와 새를 잡되 말 그대로 일망타진─網打盡하지는 않았다는 것이다. 이 구절을 들어 생물의 종족 보존에 관심을 기울였다고 주장하는 학자도 있지만 이러한 태도는 규칙이라기보다는 예외에 속한다. 기독교 세계관과 마찬가지로 인간을 창조의 정점에 올려놓은 공자의 세계관은 궁극적으로 인간중심주의적이라고 볼 수밖에 없을 것이다.

맹자

맹자

맹자孟子는 잘 몰라도 그의 어머니에 대해서는 잘 알고 있는 사람이 적지 않을 것이다. 어렸을 때부터 귀가 따갑도록 들어 온 '맹모삼천孟母三遷' 이니 '맹모단기孟母斷機' 니 하는 고사성어에서 '맹모' 는 다름 아닌 맹자의 어머니를 가리킨다. 동양과 서양, 옛날과 현재를 가리지 않고 맹자의 어머니만큼 현모로 존경 받는 여성도 찾아보기 쉽지 않다. '맹모삼천' 은 맹자의 어머니가 아들의 교육을 위하여 공동묘지, 시장, 서당 등으로 3번이나 이사를 하였다는 일화를 두고 이르는 말이

인의를 바탕으로 왕도 정치를 주창한 맹자. 맹자는 공자의 사상을 받아들여 좀더 실천적으로 발전시켰다.

다. '맹자단기' 는 맹자가 중도에 학업을 그만두고 돌아왔을 때 그의 어머니가 짜던 베를 칼로 끊어 학업의 중단을 훈계하였다는 말이다. 그 어느 때보다 입시 경쟁이 치열한 오늘날 맹자의 어머니는 자식의 교육에 온 힘을 기울인 가장 모범적인 어머니로 큰 존경을 받고 있다.

청나라 때 화가 강도康壽가 그린 「맹모단기」. 현모양처의 모델이라고 할 맹자의 어머니는 짜고 있던 베를 잘라 학업에 게으른 맹자를 일깨웠다.

맹자에게는 언제나 공자孔子가 그림자처럼 따라다닌다. 걸핏하면 자주 입에 올리는 "공자 왈 맹자 왈" 하는 표현에서도 그러하고, 두 사람의 사상을 한데 묶어 흔히 '공맹지교孔孟之敎'니 '공맹사상孔孟思想'이니 하고 일컫는 점에서도 그러하다. 성인의 반열에 올라 있는 공자보다는 한 급 아래로 아성亞聖이나 현인賢人으로 부르지만 맹자는 좀처럼 공자와 떼어서 말하기 어렵다. 이 두 사람은 유가儒家 사상의 집을 떠받들고 있는 두 기둥이요 대들보이기 때문이다. 공자의 사상과 철학을 받아들여 좀 더 발전시킨 사람이 바로 맹자이다. 이 두 사람의 관계는 서구 철학사에서 소크라테스와 플라톤의 관계에 견줄 수 있을 것이다.

맹자의 생애도 공자의 생애처럼 정확히 알려진 것이 별로 없다. 맹자는 기원전 372년경 공자의 고향인 곡부曲阜에서 그다지 멀지 않은 추鄒나라 추현鄒縣, 즉 오늘날의 산둥성山東省 지방에서 태어났다. 그의 아버지에 대해서는 맹 씨라는 것 말고는 아무런 기록이 남아 있지 않은 것으로 보아 노魯나라에서 옮겨 온 몰락한 사족인 듯하다. 맹자의 이름은 가軻이고, 자는 자여子輿 또는 자거子車이다. 그는 공자처럼 어렸을 때 아버지를 여의고 홀어머니 손에서 자랐다. 평소 공자를 존경하던 그는 스무 살 때 노나라에 유학하여 공자의 손자인 자사子思의 제자가 되어 학문을 쌓았다. 자사는 공자의 제자인 증자曾子에게서 학업을 배웠다. 그러므로 유가 전통은 공자에게서 증자로, 증자에게서 자사로, 그리고 자사에게서 맹자로 이어진 셈이다. 맹자는 마흔두세 살 때부터 15여 년 동안 여러 나라를 유세하면서 제후들에게 인의仁義를 바탕으로 한 왕도정치를 역설하였다. 그러나 맹자의 사상은 이 무렵의 현실과는 너무 동떨어지고 이상적인 것이어서 가는 곳마다 별로 관심을 받지 못하였다. 그의 관직 생활은 고작 제齊나라 선왕宣王의 신임을 받아 국정 고문인 직하사稷下士로 활약한 것이 전부이다. 예순세 살 때쯤 그는 20여 년에 이르는 유세를 끝내고 추나라로 돌아와 은둔 생활을 하며 제자들을 가르치다가 기원전 289년에 여든네 살의 나이로 세상을 떠났다.

공자가 춘추시대의 끝자락에 산 반면 맹자는 전국시대의 한중간에 살았다. 전국시대는 힘이 곧 정의로 통하던 시대로 춘추시대보다 훨씬 살벌하였다. 이 무렵에는 부국강병과 외교적 책모가 그 어느 때보다 기승

현모양처의 이야기를 한데 모은 한대漢代 책에 실린 삽화. 맹자(가운데)가 여성들에게 어머니를 가리키며 뭐라고 설명하고 있다.

을 부렸다. 한편 이 시대에는 여러 나라가 서로 대립하여 각축을 벌이면서도 사상가들을 우대하고 사상의 자유를 최대한 보장하였다. 전국시대에는 5천여 년에 이르는 중국 역사에서 온갖 사상이 활짝 꽃을 피운 개화기로 이른바 백가쟁명百家爭鳴의 시대를 이루었다. 맹자는 공자와 마찬가지로 어지러운 시대를 바로잡는 데 온갖 노력을 아끼지 않았다. 비록 맹자의 이상이 실현되지는 않았지만 사상가·정치가·철인·웅변가·문학가로서 그의 업적은 뒷날 크나큰 영향을 끼쳤다.

『맹자』는 바로 맹자의 언행을 기록한 책으로 7편 260장으로 이루어져 있다. 『논어』보다는 한결 일관성이 있는 것으로 보아 맹자가 직접 썼다고 전하기도 하지만 만장萬章과 공손추公孫丑 같은 제자와 함께 썼다고 보는 쪽이 더 옳을 것 같다. 맹자가 사망한 뒤에 제자들이 책으로 편찬하였다는 주장도 만만하지 않다. 그것도 한꺼번에 편찬한 것이 아니라 꽤 오랜 세월을 두고 조금씩 추가하고 보충하였다는 것이다.

송나라 때 학자 왕안석. 그가 과거시험 과목에 『맹자』를 넣으면서 이 책은 더욱 큰 관심을 받기 시작하였다.

7편 가운데 앞의 3편은 주로 맹자가 여러 나라를 유세하면서 행한 언행을 기록한 것이며, 나머지 4편은 은둔 생활 이후에 행한 말을 기록한 것이다. 『맹자』는 당唐나라 때 유종원柳宗元과 한유韓愈가 이 책을 높이 평가하였고, 송宋나라 때에는 왕안석王安石이 과거시험 과목에 넣으면서 더욱 관심을 받았으며, 마침내 주희朱熹가 『대학』, 『중용』, 『논어』와 함께 '사서四書'의 하나로 간주하면서 명실공히 유가 경전의 반열에 오르게 되었다. 그 이전까지만 하여도 이 책은 한낱 제자백가서諸子百家書의 하나에 지나지 않았다.

맹자의 중심 사상은 공자의 가르침과 크게 다르지 않다. 맹자는 "인류가 생긴 이래 이 세상에서 공자만큼 위대한 사람은 없다." 하고 잘라 말할 만큼 누구보다도 공자를 존중하였다. 이 무렵에는 온갖 사상이 넘쳐났는데 그 가운데에서도 가장 사람들의 관심을 끈 것은 묵자墨子와 양자楊子의 사상이었다. 묵자는 흔히 '겸애兼愛'로 일컫는

송나라 때의 유학자 주희. 흔히 '주자朱子'로 일컫는 그는 한낱 제자백가의 하나에 지나지 않던 『맹자』를 '사서'의 반열에 올려놓았다. 송대의 유학은 곧 주자학이었다.

무차별적인 사랑을 강조하는 극도의 박애주의를 내세운 반면, 양자는 자신의 털 하나를 뽑아 천하를 이롭게 한다고 하여도 그렇게 하지 않겠다는 극도의 개인주의를 부르짖었다.

맹자는 묵자의 지나친 박애주의도, 양자의 극단적인 개인주의도 난세를 극복할 수 없다고 생각하였다. 묵자와 양자의 이론은 공자의 말을 빌린다면 과유불급過猶不及, 즉 부족한 것은 지나친 것과 같은 셈이다. 맹자는 오직 공자의 도道만이 난세를 구할 수 있는 진리라고 굳게 믿었다. 물론 공자의 이론보다 묵자나 양자의 이론을 더 설득력 있는 것으로 생각한 사람도 많았다. 가령 19세기 러시아의 대문호 레프 톨스토이는 "중국 사회가 묵자의 가르침을 따르지 않고 공자와 맹자의 가르침을 따른 것은 매우 애석한 일이다." 하고 말한 적이 있다. 톨스토이가 만년에 이르러 기독교적 휴머니즘을 부르짖은 것을 생각해 보면 그가 왜 공자나 맹자보다 묵자를 더 좋아하였는지 이해가 가고도 남는다.

그렇다고 맹자가 공자의 사상을 그대로 따른 것은 아니다. 공자가 무

엇보다도 인仁에 무게를 실었다면 맹자는 인 못지않게 의義에도 무게를 둔다. 한마디로 맹자의 사상은 다름 아닌 인의에 그 핵심이 있다. 『맹자』의 첫 편 첫 구절에서 그는 바로 인의를 말한다. 맹자가 양梁나라 혜왕惠王을 접견하였을 때 왕이 먼저 "선생이 천 리 길을 멀다 않고 이렇게 찾아오셨으니, 역시 우리나라를 이롭게 해주려는 것이 아니겠습니까?" 하고 묻는다. 그러자 맹자는 "왕께서는 하필 이익을 말씀하십니까? 오직 인과 의만이 나라를 통치하는 데 필요할 뿐입니다. …… 모든 사람이 각기 이익만을 추구한다면 국가는 위기에 직면할 것입니다." 하고 대답한다. 맹자는 "인은 우리가 편히 살 수 있는 집이요, 의는 우리가 걸어가야 할 길이다." 하고 밝힌다.

맹자가 말하는 의란 질서를 뜻한다. 부모와 자식 사이의 질서, 남편과 아내 사이의 질서, 임금과 신하 사이의 질서가 그것이다. 춘추시대에서 전국시대로 넘어오면서 이러한 질서가 송두리째 무너지기 시작한다. 맹자는 방금 앞에서 말한 묵자의 박애주의적인 겸애나 양자의 극도의 개인주의도 엄밀히 따져 질서를 무시한 결과로 보았다. 반면 맹자가 추종한

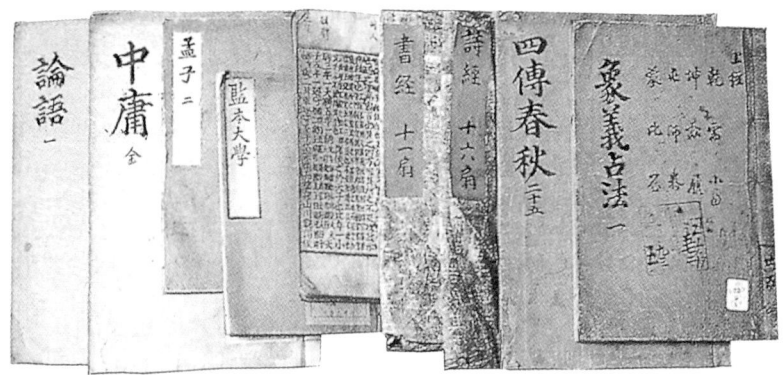

사서오경. 유가 또는 유교의 기본 경전으로 왼쪽부터 『논어』, 『중용』, 『맹자』, 『대학』, 『예기』, 『서경』, 『시경』, 『춘추』, 『역경』의 고본이다.

공자의 인은 '별애別愛', 즉 대상에 따라 차별을 두는 사랑으로 묵자와는 큰 차이가 난다.

맹자는 사람이 마땅히 갖추어야 할 덕목으로 인과 의 외에 예禮와 지知가 있는데 이것의 기초가 되는 특성으로 네 가지가 있음을 지적한다. '사단설四端說'로 일컫는 이론이 바로 그것이다. 그에 따르면 모든 사람에게는 측은惻隱·수오羞惡·사양辭讓·시비是非의 네 마음이 있다.

> 측은히 여기는 마음이 없으면 사람이 아니고, 자신의 잘못을 부끄러워하고 악함을 미워하는 마음이 없으면 사람이 아니며, 자신을 낮추고 남에게 양보하는 마음이 없는 것도 사람이 아니며, 도리의 옳고 그름을 가리는 마음이 없어도 사람이 아니다. …… 측은히 여기는 마음은 인에 이르는 단서가 되고, 부정을 부끄럽게 여기는 마음은 의에 이르는 단서가 되며, 겸손하게 사양하는 마음은 예에 이르는 단서가 되고, 옳고 그름을 분별하는 마음은 지에 이르는 단서가 된다.

맹자에 따르면 인간은 누구나 팔과 다리가 있듯이 이 네 마음이 있다. 이 네 마음이 싹이라면 인의는 그 싹이 터서 피어난 한 떨기 꽃이다. 이러한 식물이 자라게 하는 토양은 교육이다.

맹자의 사단설은 자연스럽게 성선설性善說로 이어진다. 그는 인간에게는 악한 욕망도 있지만 근본적인 바탕은 선한 것이라고 주장한다. 그는 인간 본성의 선함을 물이 낮은 데로 흐르는 것에 빗댄다. 인위적으로 물길을 거스르지 않는 한 물은 언제나 높은 데서 낮은 데로 흐르게 마련이다. 따라서 맹자는 될 수 있는 대로 욕심을 줄여 인간의 착한 마음을 기르게 하는 것을 자기수양과 교육의 목표로 삼았다. 그의 사상은 이렇게 인간에 대한 강한 믿음에서 시작한다. 한편 순자荀子는 "인간의 본성은

맹자의 성선설에 정면으로 맞서 성악설을 부르짖은 순자. 순자는 "인간의 본성은 악하다. 이를 선이라고 하는 것은 인위적이다." 하고 주장하였다.

악하다. 이를 선이라고 하는 것은 억지다." 하고 맹자의 이론에 정면으로 맞서 성악설性惡說을 내세운다.

정치 사상에서도 맹자는 공자의 이론을 한 발 더 밀고 나간다. 공자는 주나라 주공周公을 가장 이상적인 정치가로 꼽으며 계급 질서에 충실한 봉건주의를 신봉하였다. 맹자는 이러한 봉건주의를 신봉하되 민본주의를 전제로 한 왕도王道 정치를 주장한다. 맹자는 인의에 따른 왕도 정치와 힘에 따른 패도覇道 정치를 엄격히 구분 짓는다. 군주는 마땅히 민중에 대한 사랑을 바탕으로 한 왕도 정치를 펴야 한다고 밝힌다. "(나라의 구성으로 볼 때) 백성이 가장 소중하고, 사직社稷의 신이 그 다음이며, 임금은 가장 가볍다. 그러므로 백성에게 사랑을 받으면 천자가 되고, 천자에게 사랑을 받으면 제후가 되며, 제후에게 사랑을 받으면 대부가 된다." 하고 잘라 말한다. 맹자의 이러한 정치 이상은 미국의 16대 대통령 에이브러햄 링컨이 민주주의의 기본 원칙으로 말한 "국민의, 국민에 의한, 국민을 위한 정치"와 크게 다르지 않다. 즉 정치의 가장 큰 중심은 백성(국민)이라는 것이다. 그는 군주라고 하더라도 덕과 인이 없으면 무너뜨려야 한다는 말까지 서슴지 않았다. 맹자는 역성 혁명의 가능성마저도 내비치고 있는 것이다. 이 말을 들은 선왕宣王은 얼굴색이 달라졌다고 한다.

맹자가 내세운 왕도 정치나 민본주의는 권모술수와 힘의 논리가 판을 치는 전국시대의 현실과는 지나치게 동떨어진 것이다. 제후들이 그의 이론을 받아들이지 않은 것은 그다지 무리가 아니다. 그러나 그의 정치 사상은 봉건주의 시대에 민주주의의 씨앗을 처음 뿌렸다는 점에서 무척 소중하다.

맹자가 말한 왕도 정치는 경제와 깊이 연관이 있다. 맹자는 먼저 백성을 경제적으로 넉넉하게 한 다음에 도덕 교육도 하여야 한다고 지적한다. 맹자는 양혜왕에게 "백성이 생활하고 장사 지내는 데 부족함이 없게 해주는 것이 왕도의 시작입니다." 하고 말한다. 맹자는 "생계 수단이 든든하여야 든든한 마음가짐을 가질 수 있다." 하고 생각하여 좀더 구체적이고 현실적인 방안을 내세운다. 예컨대 맹자는 주周나라 문왕文王이 실시하였다는 정전법井田法 시행을 내세운다. 이것은 사방 1리, 즉 900묘의 토지를 우물 정井 자 모양으로 9등분하여 800묘를 8가구의 농민에게 나누어 주고 중앙의 100묘는 공동 경작하여 조세로 납부하도록 하는 제도이다. 9개의 토지 가운데 8개는 사전私田이고 나머지는 공전公田인 셈이다. 이 정전법은 뒷날 균전법均田法이 태어나는 데 산파 역할을 한다. 세금 제도에 대해서도 수입의 10분의 1에 해당하는 금액을 세금으로 내게 할 것을 주장하였다.

공자가 씨를 뿌린 유가 사상은 맹자에 이르러 비로소 싹이 트고 줄기를 뻗었다. 맹자가 도덕학으로 확립하였고 정치 철학으로 정비하였다. 만약 맹자가 없었더라면 공자의 사상은 지금과 같은 위치를 차지하지 못하였을 것이다. 플라톤 없는 소크라테스를 생각할 수 없듯이 맹자 없는 공자도 생각하기 어렵다.

『맹자』는 그 속에 들어 있는 주옥같은 고사성어로도 유명하다. 많이 알려진 예로 '호연지기浩然之氣'와 '오십보백보五十步百步'를 들 수 있다. 맹자는 호연지기에 대하여 "그 기운은 지극히 크고 지극히 강하여 바르게 길러 방해만 하지 않으면 천지 사이를 꽉 메운다. 이 기운은 의와 도를 떠나지 못한다." 하고 밝힌다. 오십보백보에 대하여는 양혜왕에게

"북이 둥둥 울리고 양편의 군사가 칼을 맞댈 정도로 접근하였을 때 갑옷을 벗어버리고 무기를 끌면서 도망친 자가 있다고 합시다. 한 사람은 백 보를 도망치다가 멈추었고, 다른 사람은 오십 보를 도망치다가 멈추었습니다. 이때 오십 보를 도망친 자가 백 보를 도망친 자를 비웃는다면 어떻겠습니까?" 하고 말한다. 그러자 양혜왕은 "백 보까지 달려갈 것까지 없지 않은가. 어차피 도망친 것은 마찬가지이지." 하고 대답한다.

『맹자』는 『논어』보다 수사적인 성격이 훨씬 강하다. 맹자는 자신의 생각을 은유와 환유를 비롯한 온갖 수사에 기대어 표현한다. 맹자는 사상가로서뿐 아니라 웅변가로서도 탁월한 재능을 보여 준다. 『논어』가 경구적이라면 『맹자』는 다분히 변론적이다. 앞 책에서는 속담이나 격언에서처럼 촌철살인의 묘를 느낄 수 있는 반면, 뒤 책에서는 웅변가의 열띤 목소리를 들을 수 있다. 『맹자』를 읽고 있노라면 키케로를 비롯한 저 옛날 로마 시대의 웅변가를 만나는 듯한 느낌을 받는다. 이 책이 『장자莊子』 「내편」과 더불어 전국시대를 대표하는 최고의 걸작으로 평가받는 것도 아마 이 때문일 것이다.

도덕경

노자

중국 사상의 물줄기를 따라 오르다 보면 유
가儒家와 도가道家의 두 강을 만나게 된다. 유
가의 강에는 공자孔子와 맹자孟子가 자리 잡고
있고, 도가의 강에는 노자老子와 장자莊子가
지키고 있다. 두 큰 줄기는 중국뿐 아니라 동
양을 지탱해 온 정신적인 지주이다. 겉으로
보기에 마치 양과 음처럼 서로 어긋나는 두
사상은 서양 문예 전통에 빗댄다면 고전주의
와 낭만주의에 해당한다. 한쪽이 사회적 존
재로서의 인간에 무게를 싣는다면, 다른 쪽
은 인간이란 어디까지나 자연의 일부임을 강
조한다. 한쪽이 이성·현세·계급 질서를 내세
운다면, 다른 쪽은 감성·내세·무정부주의에

남송 시대 화가 법상法常이 그린
노자. 노자는 유가 또는 유교의
사상이나 이념에 맞서는 도가
또는 도교를 창시하였다.

무게를 싣는다. 그러나 이 양극의 사상은 서로 배타적인 관계라기보다는
오히려 서로 보완적인 관계를 맺고 있다. 중국이나 동양이 어느 한 극단

말을 타고 있는 노자. 노자는 푸른 소를 타고 진나라로 들어가는 길목인 함곡관을 거쳐 서쪽으로 사라졌다고 한다.

에 치우치지 않고 조화를 이루어 온 것도 바로 유가 사상과 도가 사상이 서로 견제와 균형을 취하였기 때문이다.

도가 사상의 한 축인 노자는 자연에 파묻혀 은둔 생활을 한 탓에 그의 삶은 공자나 맹자보다도 훨씬 더 수수께끼이다. 중국의 역사가 사마천司馬遷의 『사기史記』에 따르면 노자는 초楚나라 고현苦縣 사람으로 오늘날 허난성河南省 루이鹿邑 동쪽 지방에서 태어났다. 이李 씨로 이름은 이耳, 자는 담聃 또는 백양伯陽이다. 노자는 공자, 맹자보다도 훨씬 오래 살았지만 내세울 만한 관직은 없었다. 고작 춘추시대 말기 주周나라 왕실의 서고를 관리하는 말단 관리 노릇을 하였을 뿐이다. 오늘날로 말하자면 국립 도서관 사서 비슷한 일을 맡은 것이다. 이 무렵 사관史官은 책뿐 아니라 천문, 점성 성전聖典 등을 담당하였다.

노자에 대한 이야기는 역사적 사실이라기보다는 전설에 가깝다. 노자의 어머니는 그를 72년 동안 임신하고 있었고 옆구리를 통하여 낳았다고 전한다. 또 노자가 자두나무 아래에서 태어나 이 씨 성이 되었다는 이야기도 있다. 이이李耳라는 이름을 두고 굳이 그를 '노자'라고 부르는 것은 태어날 때부터 노인처럼 머리카락이 희었기 때문이라고 한다. 노자가 나중에 서쪽 지방으로 사라졌다는 사실을 들어 노자를 석가모니로 보려는 견해도 있지만 이것은 3세기경 중국에 불교가 널리 퍼지자 포교 활동을 방해할 목적으로 만들어낸 이야기에 지나지 않는다.

노자가 태어난 곳만 밝혀졌을 뿐 언제 태어나 죽었는지에 대해서는 아직도 의견이 엇갈린다. 공자보다 먼저 태어났다고도 하고, 공자보다는 늦게 맹자보다는 앞서 태어났다고도 한다. 사마천이 젊은 시절 공자는 노魯나라 왕의 후원을 받아 주나라로 만년의 노자를 찾아가 만났다고 기록하고 있지만 신빙성은 그다지 없는 듯하다. 노자는 주나라의 국력이 쇠하자 그곳을 떠나 진秦나라로 들어가는 길목인 함곡관函谷關을 지나 소를 타고 서쪽으로 훌쩍 사라졌다고 전해질 뿐이다. 그가 어디로 가서 언제 죽었는지는 알려지지 않았다. 심지어 노자는 실존한 인물이 아니라 가공의 인물이라고 주장하는 학자마저 있다. 어찌 되었든 노자는 유가에서는 사상가나 철학자로, 일반 평민 사이에서는 성인으로, 도가에서는

노자와 공자의 만남. 사마천에 따르면 젊은 시절 공자는 주나라로 만년의 노자를 찾아갔다. 이때 노자는 공자에게 인에 바탕을 둔 철학이 부질없음을 말하였다고 전해진다.

노군老君 또는 태상노군太上老君이라는 신선으로, 그리고 당唐나라 때에는 황실의 조상으로 융숭한 대접을 받았다.

노자의 삶이 수수께끼인 것처럼 그가 썼다는 『도덕경道德經』에 대해서도 정확히 알려진 것이 없다. 그가 만년에 서방으로 가던 중 함곡관의 감독관이던 윤희尹喜라는 사람의 부탁으로 이 책을 써 주었다고 한다. 하지만 전국시대 초기에 노자의 후학들이 편찬하였다는 주장도 만만치 않다. 한 책 안에서 사상이나 문체, 용어가 서로 다르게 쓰인 점으로 보아 한 사람이 썼거나 한 시대에 쓴 작품으로 보기 어려운 점도 있기 때문이다. 기원전 4세기부터 전해 내려온 노자의 사상을 한 권의 책으로 엮은 것은 한漢나라 초, 즉 기원전 2세기라는 것이 통설이다. 그 뒤 남북조南北朝 시대에 상편 37장, 하편 44장으로 모두 81장이 정착되어 오늘날에 이른다. 이 책을 '도덕경'이라고 일컫는 것은 상편을 '도경', 하편을 '덕경'이라고 한 것을 하나로 묶었기 때문이다. 또 이 책 전편에는 '도道'라는 글자가 무려 76번, '덕德'은 44번이 나타나 있어 이 두 글자는 이 책에서 허사虛辭가 아닌 실사實辭로서 가장 많이 사용되고 있다.

도가 사상의 효시로 일컫는 『도덕경』은 내용은 짧지만 그 의미는 오대양처럼 아주 깊고 넓다. 그것은 지금까지 나온 주석서만 보아도 알 수 있다. 중국어로 쓰인 주석서가 무려 350여 권이 넘고, 일본어로 쓰인 것도 250여 권이 넘으며, 우리나라에서도 새로운 주석서가 계속 쏟아져 나오고 있다. 심지어 서양에서도 인기가 있어 영어로 번역한 책만도 40여 권이 넘는다. 특히 서양에서는 『도덕경』이 『논어』보다 훨씬 더 인기가 있다.

『논어』와 『맹자』가 실천적이고 형이하학적인 성격이 강하다면 『도덕경』은 추상적이고 형이상학적인 면이 강하다. 공자와 맹자의 사상은 비교적 쉽게 피부로 느껴지지만 노자의 사상은 좀처럼 손에 잡히지 않는다. 평유란馮友蘭의 말대로 이 책은 신비주의적 색채가 짙기 때문일 것이다. 도가 사상이 불교에 큰 영향을 끼친 것도 이러한 신비주의와 무관하지 않다. 유가 사상의 집은 실천성이라는 주춧돌 위에 세워져 있다. 공자와 맹자에게 구체적인 행동이 뒷받침되지 않는 이론이란 허공의 메아리처럼 공허할 따름이다. 서양 철학의 할아버지 플라톤처럼 유가에서는 인간을 어디까지나 사회적 존재로 파악한다. 공자는 혼탁한 난세를 버리고 은거하며 자연 속에 묻혀 살라는 권유에 대하여 "사람은 새와 짐승과는 무리지어 살 수 없다. 내가 천하의 사람과 더불어 살지 않고 누구와 살겠느냐? 천하에 도道가 있으면 내가 애써 변혁하려고 하겠느냐?" 하고 되

『도덕경』의 첫 장. 2권으로 되어 있다.

묻는다. 그러나 노자는 '천하의 사람과 더불어' 사는 것을 비웃으며 오히려 세속과 등지고 '새와 짐승과 더불어 어울려' 살 것을 가르친다.

『도덕경』은 이렇게 유가의 일반적인 가치를 정면으로 부정한다는 점에서 가히 혁명적이다. 노자는 유가가 가르치는 가치를 거의 대부분 불필요한 욕망의 결과로 치부하며 온전히 자연 속에서 자유를 실천할 것을 부르짖는다.

> 말로 표현할 수 있는 도는 정상의 도가 아니다.
> 이름 붙일 수 있는 이름은 정상의 이름이 아니다.
> 이름 없는 것은 천지의 처음이고,
> 이름 있는 것은 만물의 어머니이다.

『도덕경』의 유명한 첫 구절이다. 그런데 동양과 서양 고전을 통틀어 이 구절만큼 논란을 불러일으킨 구절도 찾아보기 드물다. "道可道非常道 名可名非常名"은 겨우 열두 글자밖에 되지 않지만 수수께끼처럼 그 뜻을 헤아리기 어렵다. 어찌되었든 첫 구절부터 노자는 유가 사상을 반박하고 나선다. 여기에서 말하는 '도'란 노자의 형이상학에서 궁극적인 존재, 즉 모든 일의 근원이나 본체를 뜻한다. 이것은 천지의 생성보다도 앞서고 만물을 생성하는 근원적 존재이며, 모든 현상의 배후에서 작용하는 이법理法이다. 노자는 이러한 근원이나 본체는 인간의 언어로는 표현할 수 없다고 못 박는다. 그래서 공자나 맹자가 여러 나라를 돌며 제후들을 설득하려고 한 것은 한낱 부질없는 일에 지나지 않는 것이다.

이와 관련하여 노자의 "말이 많으면 이수理數가 막히게 마련이다.", "아는 자는 말하지 않고, 말하는 자는 알지 못한다.", "성인은 억지로 하지 않고도 일을 처리하고, 말하지 않고도 가르침을 행한다." 하는 구절도 예사롭지 않다. 노자의 말은 동일한 실체에는 오직 하나의 이름밖에는 없다는 명가名家, 그들의 사상을 현실 정치에 적용한 법가法家에 쐐기를 박는 말이

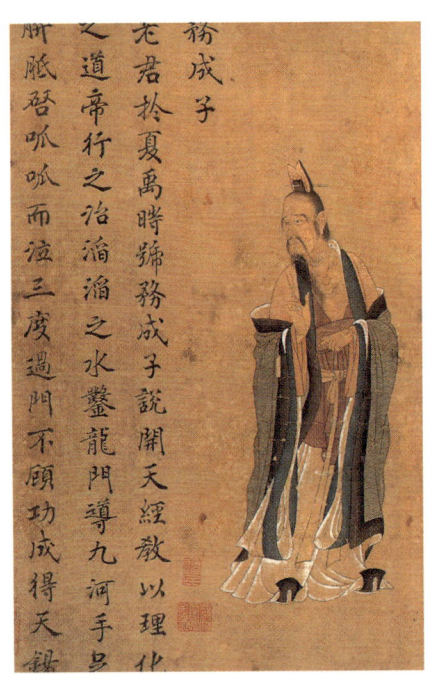

비단에 채색으로 그린 노자의 모습. 노자의 10가지 모습을 담은 그림 중의 하나로 중국 문명을 계도한 스승으로 묘사한다. 12세기 작품.

40

지만 이것을 유가에 대한 비판으로 읽어도 크게 무리가 없다.

노자에게는 유가의 최고의 덕목인 인仁과 예禮도 한낱 거추장스러운 족쇄에 지나지 않는다. 공자나 맹자에게 사람이 사람다운 것은 인과 예가 있기 때문이다. 인간은 인과 예를 버리는 순간 짐승과 다름없어진다. 노자는 오히려 "인을 없애고 의를 버리면 백성들은 효도하고 자애하는 사람으로 돌아갈 것이다." 하고 말한다. 그에 따르면 "큰 도가 없어지자 인과 의가 있게 되었고, 지혜가 생겨서 큰 거짓이 있게 되었다. 육친이 화목하지 않게 되자 효도니 자애니 하는 것이 있게 되었고, 국가가 어둡고 어지러워지자 충신이 있게 되었다."

학문이나 교육에 대한 태도도 크게 다르지 않다. 노자는 공자나 맹자와는 달리 학문이 인간의 삶에 오히려 걸림돌이 된다고 생각한다. "배우고 때때로 익히니 기쁘지 않으냐?" 하는 공자의 말에 반기라도 들 듯 노자는 "학문을 없애 버리면 근심이 없어질 것이다." 하고 잘라 말한다. 맹자는 군주가 백성에게 도덕을 가르쳐야 한다고 주장하지만, 노자는 "백성을 다스리기 어려운 것은 그들이 지혜가 많기 때문이다. 그러므로 지혜를 가지고 나라를 다스리는 것은 나라의 적賊이 된다." 하고 말한다. 노자의 이러한 주장은 언뜻 보면 우민愚民 정치를 말하는 것 같다. 실제로 『도덕경』을 그렇게 해석한 학자도 없지 않지만 이 말은 지나친 학문이나 교육이 오히려 자유로운 정신을 억압할 수도 있다고 경계한 말로 받아들여야 할 것이다. 앞에서 밝혔듯 노자는 유가뿐 아니라 법가의 입장도 받아들이지 않는다.

이런 노자의 사상을 한마디로 말하자면 무위자연無爲自然이다. 유가 사상이 '작위의 철학' 또는 '인위의 철학' 이라면 도가의 철학은 어디까지나 '무위의 철학' 이다. 노자가 말하는 무위란 인위적인 것을 모두 배격하고 자연의 섭리에 따르는 것이다. 무위의 세계에서 인간은 비로소 자유의 극치를 맛볼 수 있다. 노자는 이러한 무위의 상태를 가장 잘 보여 주는 것으로 흐르는 물을 든다.

> 최상의 선은 물과 같다. 물은 모든 것에 이로움을 주지만 서로 다투지 않는다. 모든 사람이 싫어하는 낮은 곳에 즐겨 있다. 그러한 까닭에 물은 도에 가깝다.

『맹자』가 요설에 가까운 맥시멀리즘 전통에 서 있다면 『도덕경』은 되도록 말을 아끼는 미니멀리즘 전통에 서 있다. 『도덕경』은 "작은 것이 아름답다." 하는 축소지향의 미학을 유감없이 보여 준다. 적지 않은 학자가 이 책을 촌철살인의 묘를 살린 경구집이나 격언을 한데 모아놓은 책으로도 보는 까닭이 바로 여기에 있다. 또 『도덕경』은 절반 정도가 운문으로 되어 있어 독자들은 시집을 읽는 듯한 느낌을 받는다. 그런가 하면 여기에는 은유와 환유, 역설을 비롯한 온갖 수사법이 두루 망라되어 있어 정신이 어지러울 정도이다.

『도덕경』의 축소지향성은 내용에서도 쉽게 엿볼 수 있다. 노자는 거창한 것보다는 사소한 것, 복잡한 것보다는 단순하고 소박한 것에 진리가 있다고 가르친다. "나라가 작고 백성이 적으면 비록 많은 기물이 있어도 쓰지 않는다. …… 이웃나라가 바라다보이며 닭과 개의 소리가 서로 들려도 백성들은 늙어 죽을 때까지 서로 왕래하지 않으리라." 하고 말한다. 노자가 내세운 이상 사회는 이렇게 적은 백성이 사는 규모가 작은 나라이다. 이곳에는 문명의 발달이나 역사의 진보도 없다.

『도덕경』은 정치 철학으로 읽을 수 있지만 문학 이론서로 읽어도 손색이 없다. 이를테면 "하늘과 땅이 영원할 수 있는 것은 그것이 스스로 살려고 하지 않기 때문이다. 사심私心이 없기 때문에 능히 그 자신의 이익이 성취된다." 하는 구절은 형식주의 문학 이론과 맞닿아 있다. 형식주의자들은 문학을 비롯한 예술이 도덕이나 윤리 또는 정치에 양도할 수 없는 그 나름대로의 어떤 자기 목적성을 지니고 있다고 주장한다. 다시 말해서 문학과 예술은 바로 '사심이 없기 때문에' 그 목적을 이룩할 수 있다. 이것이 바로 임마누엘 칸트가 말하는 '목적 없는 목적성' 또는 '내적 목적성'의 개념이다.

노자가 『도덕경』에서 부르짖은 사상은 20세기 후반 들어 부쩍 뭇 사람의 입에 오르내린 포스트모더니즘을 떠올리게 한다. 포스트모더니즘은 절대적 진리보다는 상대적 진리, 일원적 가치보다는 다원적 가치를 훨씬 더 중요하게 생각한다. 노자 사상의 핵심도 이와 별반 차이가 없다. 노자의 "천하 사람들이 모두 아름다운 것을 아름답다고 알고 있지만 이것은 추악한 것이 있기 때문이다. 모두 착하다고 알고 있지만 이것은 착하지 않은 것이 있기 때문이다." 하는 구절에서 쉽게 엿볼 수 있듯 노자는 언제나 상대적인 가치를 중요하게 생각한다. 포스트모더니스트들도 이 세상에는 절대적 가치나 진리란 없으며 만약 그런 가치나 진리가 있다면 오직 우연에 따른 것이거나 우발적인 것에 지나지 않는다고 말한다. 사람들이 진리라고 말하는 것은 기껏 공동 사회 구성원이 도달한 합의일 뿐이라는 것이다.

유가 사상이 흔히 '동일자同一者'로 일컫는 중심을 지향하는 철학이라면, 노자의 사상은 그 동안 중심부에서 밀려나 주변부에서 맴돌고 있던 이른바 '타자他者'의 철학이다. 이런 점 역시 계급, 성, 인종에 따른 차별의 벽을 허물려는 포스트모더니즘에서 동일자보다는 타자에 무게를 싣는 것과 일맥 상통한다. 가령 노자의 어린아이와 여성에 대한 태도만 하여도 그러하다. 노자는 어린아이야말로 도를 지키는 장본인이라고 본다. 그는 "덕이 두터운 사람은 어린아이와 같아서 벌이나 전갈도 쏘지 않고 맹수도 덤비지 않으며 발톱을 움키는 새도 치지 않는다." 하고 말한다. 노자는 여성과 여성성에도 깊은 관심을 쏟는다. 예컨대 "부드러운 것은 굳센 것을 이기고 약한 것은 강한 것을 이긴다.", "암컷은 언제나 고요하게 있음으로써 수컷을 이기며 고요함으로써 아래가 된다." 하는 등의 구절은 여성이나 여성성의 우월성을 나타낸 말이다. 또 노자는 "곡신谷神은 죽지 않는다. 이것을 현빈玄牝이라고 한다. 이것을 천지의 근본으로 끊임없이 길게 이어져 있어서 아무리 써도 수고로움이 없다." 하고 말한다. 여기에서 현玄은 신비하고 심오한 것, 빈牝은 암컷을 가리키는 말로 모성이나 여성 원리를 뜻한다. 이 점에서 볼 때 도란 것도 따지고 보면 천지만물을 낳는 '신비한 암컷'에 지나지 않는 셈이다. 이 구절은 "영원히 여성적인 것이 우리를 구원한다." 하고 말한 독일의 문호 요한 볼프강 폰 괴테의 『파우스트』(1803, 1932)의 한 구절과 통한다. 이처럼 도가에서는

1445년 황제의 명에 따라 새로이 편찬한 『도덕경』을 도가 학자들이 황제에게 바치는 모습. 수나라 때 작품.

유가에서 주변부로 몰아 논의 밖에 두던 '타자'를 논의의 한 중심으로 끌어와 새롭게 의미를 부여한다.

　노자는 주변부에 대한 관심뿐 아니라 인간중심주의의 옷을 훌훌 벗어 버리고 인간이 아닌 다른 피조물과 하나가 되려고 한다는 점에서도 유가 철학과는 크게 다르다. 이러한 사고는 "우주 안에 네 가지 큰 것이 있는데 사람은 그 가운데 하나일 뿐이다. 사람은 땅을 본받고, 땅은 하늘을 본받고, 하늘은 도를 본받고, 도는 자연을 본받는다." 하는 구절에서 잘 드러난다. 노자는 공자처럼 인간을 우주의 중심에 세우지 않는다. 인간도 궁극적으로 세상에 존재하는 수많은 생물 가운데에 하나일 뿐이며, 생물이건 무생물이건 우주를 구성하는 모든 존재의 하나에 지나지 않기 때문이다.

장자

장주

장주. 노자의 도가 사상을 이어받아 발전
시켰다.

무심코 지나쳐 버리기 쉽지만 옛 중국 사상가들을 보면 하나같이 '자子' 자로 끝난다. 유가의 집을 처음 세운 공자孔子와 맹자孟子가 그러하고, 도가 전통을 처음 정립한 노자老子도 그러하다. 이때 붙이는 '자'는 성인이나 스승을 높여 부르는 일종의 경칭이다. 춘추전국 시대에 사상의 꽃을 활짝 피운 뭇 사상가를 흔히 '제자백가諸子百家'라고 부르는 까닭도 바로 여기에 있다. 같은 사상가라도 낮추어 부를 때에는 좀처럼 '자' 자를 사용하지 않았다. 이를테면 유가 사상에 맞서 이른바 겸애설兼愛說을 부르짖어 묵가墨家의 시조가 된 사상가를 당시 유학자들은 그냥 '묵적墨翟'이라고만 불렀을 뿐 '묵자墨子'라고는 부르지 않았다. 마찬가지로 도가의 대가들도 '노담老聃'이니 '장주莊周'니 하고 불렀을 뿐 좀처럼 '노자老子'나 '장자莊子'라고 부르기를 꺼려하였다. '묵자'니 '노자'니 '장자'니 하는 이름은 뒷날에 와서야 비로소 후학들이 사용하기 시작하였다. 물론 이것은 역사적으로 유학이 정치나 학문에서 중심적 역할을 맡고 있었기 때문에 비롯한 현상이기도 하다.

맹자가 공자의 유가 사상을 이어받아 발전시켰다면 장주는 노자의 도가 사상을 계승하였다. 도가에서 장자와 노자의 관계는 유가에서 맹자와 공자의 관계와 비슷하다. 흔히 맹자 하면 곧 공자를 떠올리고, 장자 하면 곧 노자를 떠올린다. '공맹孔孟'이니 '노장老莊'이니 하는 말은 샴의 쌍둥이처럼 거의 언제나 함께한다. 이것은 그만큼 두 사상가의 생각이 서로 비슷하고 선배 사상가가 후배 사상가에게 끼친 영향이 크다는 것을 뜻한다.

장자는 기원전 4세기경 송宋나라의 몽蒙, 즉 오늘날의 허난성河南省 상추현商邱縣에서 태어났다. 이름은 주周이고 자는 자휴子休이다. 태어난 시기는 정확하지 않지만 줄잡아 기원전 370년으로 맹자와 비슷한 시기에 태어나 활동한 것으로 알려진다. 장주는 잠시 귀족의 장원인 칠원漆園에서 하급 관리를 지냈을 뿐 일생 동안 벼슬을 하지 않고 자유롭게 살았다. 한때 초楚나라 위왕威王이 그를 재상으로 맞아들이려고 하자 장주는 제사 지낼 때 쓰는 소의 예를 들며 "차라리 더러운 시궁창에서 노닐겠다." 하고 말하며 사양하였다는 일화는 유명하다. 장주는 송나라 사람으로 위魏나라에서 재상을 지낸 혜시惠施와 가깝게 지냈지만 그 밖의 행적은 자세히 밝혀진 것이 없다.

『장자』는 장주의 사상을 담은 책으로 6만 5천여 자로 되어 있다. 지금도 방대한 책이지만 옛날에는 이보다 훨씬 방대하였던 것으로 전한다. 반고班固의 『한서漢書』의 「예문지藝文志」에 따르면 이 책은 전한前漢 때에는 무려 52편이었고, 사마천司馬遷이 살던 후한後漢 때에는 이보다 2배쯤 되는 『장자』가 있었다고 한다. 지금 전하는 책은 4세기 서진西晉 시대에 곽상郭象이 정리하고 주석을 단 텍스트로 내편 7편, 외편 15편, 잡편 11편 등 모두 33편으로 구성되어 있다. 장주가 이 33편을 모두 썼는지에 대해서는 학자들 사이에 의견이 엇갈린다. 일반적인 견해는 내편 7편만 장주가 직접 쓴 것이고, 나머지 외편과 잡편은 뒷날 후학들이 내편에 담긴 그의 사상을 해석하고 부연하여 덧붙였다고 한다.

장자의 사상은 평화로운 시대보다는 혼란한 시대에 더욱 각광을 받았다. 한나라 고조高祖는 오랜 전란에 시달려온 백성의 고통을 덜어주기 위하여 노자와 장주의 무위자연無爲自然 사상을 정치 이념으로 삼기도 하였다. 특히 당唐나라 현종은 중국 역사상 장주를 가장 존경하였다. 그는 장주의 사상을 흠모한 나머지 그를 '남화진인南華眞人'으로 추증하여 그 뒤로 사람들은 『장자』를 '남화진경南華眞經'이라고 부르게 되었다.

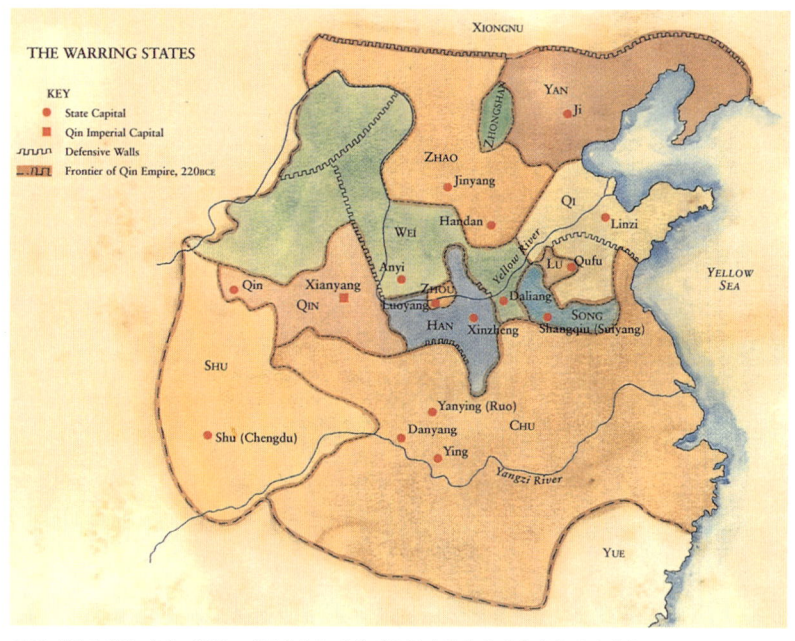

중국 전국시대의 지도. 장주는 전국시대 중기에 약소국가였던 송나라에서 태어났다.

도연명陶然明은 한 작품에서 "오랫동안 조롱 속에 갇혀 있다가 자연으로 돌아간다." 하고 읊은 적이 있다. 이 구절은 장주와 그의 사상을 염두에 두고 읊은 것으로 보아 크게 틀리지 않는다. 실제로 공자와 맹자의 책을 읽다가 장자의 책을 읽으면 좁은 새장에 갇혀 있다가 새장 밖 싱그러운 자연으로 뛰쳐나온 듯한 느낌을 받는다. 때로는 통풍이 안 되는 답답한 환자 방에 들어앉아 있다가 오월 훈훈한 바람이 살랑거리는 들판에 나온 기분이 들기도 한다.

도대체 왜 우리는 『장자』를 읽으며 이렇게 신바람 나는 기분을 느끼는 것일까? 아마도 장주가 권력, 명예, 부귀영화 같은 세속의 일을 마치 옷에 묻은 먼지처럼 훌훌 털어 버리고 대자연에서 유유자적하였기 때문일 것이다. 세속에 얽매여 하찮은 일로 다툼을 벌이고 소동을 일으키는 것은 "달팽이 뿔 위에서 전쟁을 벌이는 꼴"과 크게 다르지 않다. 장주야말로 참다운 자유인이며 무정부주의자요 개인주의자이다. 장주는 속세의 굴레에서 벗어난 자유스러운 경지를 '소요유逍遙遊'라고 부른다. 글자 그대로 한가롭게 떠다니며 자유롭게 노니는 것을 일컫는 말이다. 장주에게 삶이란 고통스런 노동이 아니라 아무런 구애를 받지 않고 벌이는 한바탕 놀이인 셈이다.

청나라 때 화가 화암華喦이 그린 「붕거도鵬擧圖」. 『장자』의 「소요유」 편에 나오는 거대한 붕새의 모습을 그린 것이다.

장주는 참다운 자유인이 되기 위해서는 무엇보다도 '좌망坐忘'과 '심재心齋'의 미덕을 기르라고 가르친다. 조용히 앉아서 우리를 구속하는 모든 것을 잊어버리고, 마음을 텅 비워 깨끗함을 유지하라는 것이다. 안회顔回는 공자에게 좌망이란, "온몸에서 힘을 빼고 모든 감각을 없이 하여 몸과 마음을 비운 다음 도道의 작용을 받아들이는 것"이라고 설명한 적이 있다. 이는 곧 현실 세계의 인위적인 가치관에서 벗어날 때 비로소 인간은 정신적으로 무한히 자유로운 존재가 될 수 있다는 것이다. 이름난 백정 포정庖丁의 일화는 이 점을 잘 보여 준다. 그는 소를 대하면 이미 감각은 작용하지 않고 마음만 활발하게 움직인다고 한다. 포정은 소를 잡을 때 오직 자연의 섭리에 따를 뿐이다.

장주에게 가난과 남루는 감추어야 할 치부가 아니라 오히려 훈장과 같은 것이다. 그는 베로 짠 투박한 옷을 걸쳤고, 천으로 만든 신발 한 켤레를 신었으며, 신발 끝이 떨어지면 끈으로 졸라매었다. 장주는 이렇게 초라한 모습으로 한번은 위왕魏王을 찾아갔다. 위왕이 그에게 "선생은 어째서 그다지도 피곤한가요?" 하고 물었더니 장주는 "피곤이 아니고 가난입니다." 하고 대답하였다고 한다.

장주가 다 해진 옷을 입고 가난을 부끄럽게 생각하지 않은 것은 사물의 겉모습을 중요하게 생각하지 않기 때문이다. 그는 무엇보다도 욕심을 버리고 외부 사물을 좇지 말라고 가르친다. 물질 세계와 그 겉모습을 좇다 보면 자칫 겉모습 뒤에 숨어 있는 정신 세계를 제대로 보지 못한다. 장주는 겉모습은 비록 넝마처럼 누추하지만 그의 정신은 보석처럼 찬란한 빛을 내뿜는다. 그를 두고 "위로는 조물주와 함께 노닐고 아래로는 죽음과 삶을 초월하고 처음과 끝이 없이 사는 이를 벗으로 삼는다." 하고 말하는 것도 무리가 아니다.

장주는 『장자』에서 노자가 부르짖은 상대주의를 한 발 더 밀고 나간다. 장주에게는 쓸모 있음과 쓸모 없음, 아름다움과 추함, 선과 악, 귀함과 천함, 의식 세계와 무의식 세계, 심지어는 삶과 죽음까지도 어디까지나 상대적인 개념에 지나지 않는다. 도의 관점에서 보면 이러한 것 사이에 어떤 본질적 차이란 존재하지 않는다. 그런데도 사람들은 만물이 본질에서 서로 같다는 사실을 인정하지 않고 사물의 개별성에 지나치게 집착한 나머지 이러저러한 상대적인 판단을 내리고는 기뻐하거나 슬퍼한다. 지식이나 가치는 사람과 지역, 시대, 상황에 따라 달라질 수밖에 없고, 인간의 관점에서 보느냐 아니면 다른 피조물의 관점에서 보느냐에 따라서도 얼마든지 달라진다. 예를 들어 물고기가 바라보는 아름다움이 다르고, 사슴이 바라보는 아름다움이 다르다. 물론 인간은 그들과는 다른 관점에서 아름다움을 바라본다. 『장자』 내편 「제물론齊物論」에 나오는 '나비의 꿈'에 관한 구절은 이 점을 잘 보여 준다.

어느 날 장주가 자신이 나비가 된 꿈을 꾸었다. 훨훨 날아다니는 나비가 되어 유쾌하게 즐기면서도 자기가 장주라는 것을 깨닫지 못하

원나라 때 화가 유관도劉貫道가 그린 「호접지몽」. 『장자』 내편 「제물론」에 나오는 '나비의 꿈'에 관한 구절을 그린 것이다.

였다. 갑자기 꿈에서 깨어 보니 놀랍게도 틀림없는 장주 자신이 아닌가. 도대체 장주가 꿈에 나비가 된 것일까? 나비가 꿈에 장주가 된 것일까?

언뜻 보기에는 장주와 나비 사이에 엄격한 구별이 있는 듯하지만 그 구별은 절대적인 것이 아니다. 장주가 곧 나비이고, 나비가 곧 장주이다. 장주는 이러한 변화를 '물화物化'라고 부른다.

더 나아가 장주는 물아일체物我一體를 주장하기도 한다. 자연과 '나' 사이에 구분이 없이 하나가 되는 것이 바로 물아일체이다. 자연의 순리에 거역하지 않고 그대로 따르는 것이야말로 삶다운 삶을 사는 길이다. 물오리의 다리가 짧다고 하여 그것을 이어주거나 학의 다리가 길다고 하여 그것을 잘라주면 오히려 그들을 해치게 되는 것과 똑같은 이치이다. 인위적인 것은 자연적인 것을 훼손할 뿐이다. 장주는 물아일체의 경지에 오른 사람을 '지인至人' 또는 '천인天人'이라고 부른다.

공자와 맹자는 어디까지 합리적인 상식의 세계에 살고 있다. 그러나 노자와 장자는 이러한 합리적인 상식의 세계를 훨씬 뛰어넘는다. 유가 사상이 일직선적인 세계관이라면 도가의 사상은 순

깊은 산속에서 자연을 감상하는 선비. 장주는 자연과 '나' 사이에 구분이 없이 하나가 되는 물아일체의 경지에 이르라고 가르친다.

환론적인 세계관이다. 장주에게 는 삶과 죽음마저도 종이의 양면 처럼 큰 차이가 없다. 장주의 아 내가 사망하였을 때의 일화는 이 점을 잘 보여 준다. 혜시가 조문 하러 장주를 찾아와 보니 그는 돗 자리에 앉아 대야를 두드리며 노 래를 부르고 있었다. 혜시가 장주 에게 평생 같이 살면서 자식까지 낳은 아내가 죽었는데 어떻게 그 럴 수가 있느냐고 따졌다. 그러자 장주는 그에게 "아내가 죽었는데 왜 나라고 슬프지 않겠는가? 그런 데 다시 생각해 보니 아내에게는 처음부터 생명도 형체도 기氣도

세 도교 신선을 그린 17세기 그림. 도교의 상징 인 음양陰陽을 그린 천을 펼쳐들고 흐뭇한 표정 으로 살펴보고 있다. 사슴·복숭아·나무는 장수 를 상징한다.

없었네. 유有와 무無 사이에서 생겨났고 기가 변형되어 형체가 되었으며 형체가 다시 생명으로 모양을 바꾸었지. 이제 삶이 변하여 죽음이 되었 으니 이는 춘하추동의 네 계절이 순환하는 것과 다를 것이 없네. 아내는 지금 우주 안에 잠들어 있다네. 내가 슬퍼하고 운다는 것은 자연의 이치 를 모른다는 것과 같네. 그래서 나는 슬퍼하기를 멈추었다네." 하고 대꾸 하였다.

삶과 죽음이 하나라는 생각은 곧 삼라만상이 하나라는 생각과 맞닿아 있다. 이는 장주의 만물제동萬物齊同 사상이다. 법 앞에서 인간은 평등하 다는 말도 있지만 도道 앞에서는 만물이 평등하다. 도의 관점에서 사물을 보면 만물은 하나같이 똑같다. 『장자』에는 화가, 악공, 목수, 농부, 어부,

백정, 신체장애자 등 소외 받은 계층이 유난히 많이 등장한다는 점을 눈여겨보아야 한다. 비단 사람만이 아니다. 장주가 임종이 얼마 남지 않았을 때 제자들이 그에게 장례 절차에 대하여 물었다. 장주는 "나는 하늘과 땅을 널로 삼고, 해와 달을 한 쌍의 옥으로 삼으며, 별을 구슬로 삼고, 만물을 순장품으로 삼는다." 하고 말한다. 제자들이 선생님 뜻대로 하면 까마귀나 솔개가 시신을 파먹을까 두렵다고 밝히자 "땅 위에 있으면 까마귀나 솔개의 밥이 되고, 땅 밑에 있으면 땅강아지나 개미의 밥이 될 것이다. 구태여 까마귀나 솔개의 밥을 빼앗아 땅강아지나 개미에게 준다는 것은 너무 편벽한 일이 아니겠느냐?" 하고 대꾸한다. 장주의 이러한 세계관에서는 인간을 만물의 영장으로 보는 유가의 인간중심주의는 눈을 씻고 찾아도 찾아볼 수 없다.

만물이 이렇게 서로 동등하다면 천지 만물의 근원인 도는 어느 곳에서나 찾아볼 수 있다. 동곽자東郭子가 장주에게 "도라는 것이 어디에 있습니까?" 하고 물은 적이 있다. 그러자 장주는 "없는 곳이 없소." 하고 대답한다. 자세히 가르쳐 달라고 부탁하자 "땅강아지와 개미에게 있소." 하고 말한다. 동곽자가 도가 어떻게 그렇게 낮은 것에 있느냐고 반문하자 이번에는 "돌피稊나 피稗에 있소." 하고 대꾸한다. 동곽자 "어찌해서 그렇게 점점 낮아집니까?" 하고 묻자 장주는 "기와나 벽돌에도 있소." 하고 대답한다. 동곽자가 다시 묻자 이번에는 "똥이나 오줌에도 있소." 하고 대답한다. 이에 동곽자는 그만 말문이 막혀 아무 대꾸도 하지 못한다. 이러한 생각은 길가에 나뒹구는 돌멩이나 지푸라기에도 불성佛性이 깃들여 있다고 보는 불교의 생각과도 아주 비슷하다.

장자의 학문 세계에 대하여 사마천은 『사기史記』에서 "그의 학문은 살펴서 이르지 않은 것이 없지만 요점은 노자의 말에 귀착된다." 하고 밝힌다. 장자도 노자처럼 세속적인 생활을 초월하고 대자연과 하나가 되어 자연의 흐름에 자신을 내맡기고 살아가는 삶을 가장 이상적인 삶으로 본다. 그러나 같은 도가 전통에 속하면서도 장자와 노자는 몇 가지 면에서 차이가 난다. 노자는 무위자연을 주창하면서도 정치적 이상을 구현할 수 있는 성인을 말하는 등 여전히 현실 정치에 대한 미련을 완전히 떨구어 내지 못하였다. 반면 장자는 정치를 비롯한 모든 현실에 대한 애착을 훌훌 벗어 버리고 자연과 하나가 되려고 하였다. 도의 개념도 노자는 정적으로 파악한 반면, 장자는 변화무쌍하고 동적인 것으로 파악하였다. 장주는 노자에게서 가장 큰 영향을 받았지만 한편으로는 극도의 자기중심주의인 양자楊子의 위아설爲我說과 만물이 서로 평등하다는 전병田駢의 귀제설貴齊說의 영향을 받기도 하였다.

장주의 사상이 뒷날 문학과 예술에 끼친 영향은 참으로 크다. 청靑나라 때 문학 비평가인 김성탄金聖歎은 중국 고대의 명작 10편을 뽑아 '십재자서十才子書'라고 부르면서 『장자』를 그 으뜸으로 꼽았다. 장주야말로 웅장하고 기묘한 문장을 구사한 재능을 지닌 사람이라는 것이다. 뒷날 송宋나라 시인 소식蘇軾에서 중국 근대 문학에 기틀을 마련한 루쉰魯迅에 이르기까지 많은 사람이 장주한테서 직접 또는 간접으로 많은 영향을 받았다.

현실 사회의 획일적이고 고착화된 가치관에서 벗어나 그 어떤 선입관이나 고정 관념에 얽매이지 않고 언제나 새로운 눈으로 세상을 바라보려는 장주의 자유정신은 진정한 예술 정신과 맞닿아 있다. 현실의 실용적 가치를 뛰어넘는 소요유의 미학은 바로 예술의 경지라고 하여도 크게 틀리지 않는다. 현실적 가치나 기능을 중시하는 공자나 맹자가 예술의 효용성이나 공리성에 무게를 둔다면, 정감의 표현을 중시하는 장자는 어디까지나 예술의 심미성과 쾌락성에 무게를 싣는다.

산해경

신화 하면 마치 종소리만 듣고도 침을 줄줄 흘려대는 파블로프의 개처럼 곧 그리스, 로마 신화를 떠올리는 사람이 많다. 그리스 신화나 로마 신화가 유명한 것은 사실이다. 그러나 그것 못지않게 동양의 신화도 그 역사가 아주 깊고 유명하다. 동양의 신화는 시기적으로 보더라도 서양의 신화에 결코 뒤지지 않는다. 다만 지금까지 우리의 관심이 지나치게 서양

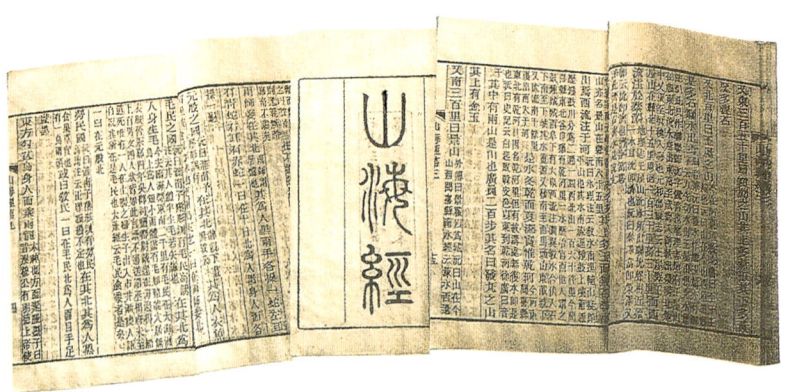

중국에서 가장 오래된 인문 지리서이며 신화서인 『산해경』. 전한 말기에 유수가 교정한 18편이 오늘날에 전한다.

쪽에만 기울어져 있었던 탓에 동양 신화의 진면목을 잘 모르는 것일 뿐이다. 동양 신화의 먼 기원을 찾아가면 『산해경山海經』을 만난다. 이 책은 동양 최초의 인문 지리서이면서 신화서이다.

『산해경』은 요堯임금과 순舜임금 시절, 즉 기원전 22~23세기경에 처음 나왔다고 알려진다. 그 무렵 중국은 홍수로 온통 물바다가 되어 백성들은 땅과 집을 잃고 산과 언덕을 헤매다가 나무 위에 집을 짓고 살았다. 하夏나라 우禹임금의 아버지 곤鯀이 치산치수治山治水를 하겠다고 자청하지만 아무런 공로가 없었다. 그러자 요임금은 곤의 아들인 우에게 책임을 지우고, 우는 결국 사승마를 타고 이르는 산마다 나무를 베어 높은 산과 큰 강을 정리한다.

이때 우의 감독 아래 벼슬아치들은 새와 짐승들을 몰아내고 산천에 이름을 붙이고 초목을 분류한 뒤 물과 땅을 구분 짓기 시작한다. 제후들의 도움을 받아 사람의 발자취가 미치는 곳까지 정돈하고 배와 수레가 잘 갈 수 없는 곳까지도 모두 정돈한다. 육지 안으로는 다섯 방향으로 산을 구별하고, 육지 밖으로는 여덟 방향의 바다를 구분하였다. 그리고 이곳에 있는 진귀한 보물이며 기이한 물건, 다른 지방의 강과 육지에서 나는 풀과 나무, 짐승, 곤충, 기린, 봉황 등을 낱낱이 기록한다. 그 동안 사람들에게 알려지지 않았던 바다 멀리 외딴 나라들의 특이한 부족까지도 빼놓지 않고 적었다. 『산해경』은 바로 이때 우임금이나 그의 신하 백익伯益이 기록한 책이라고 하지만 아직까지 정설은 없다. 학자에 따라서는 이 책의 제작 연대를 무려 1,000년이나 차이가 나게 추정하기도 한다.

『산해경』이 오늘날의 모습을 갖춘 것은 훨씬 뒤의 일이다. 오래 전부터 전해 내려오던 것을 후진後晉 시대에 곽박郭璞이 주석과 서문을 덧붙여 편찬하였다. 곽박이 편찬한 것을 기원전 6세기 전한前漢 말 유수劉秀가 다시 편집한 18편이 오늘날까지 전해 내려온다. 유수는 이 책을 편찬하여

왕에게 올리면서 "이번에 교감한 『산해경』은 모두 32편이었는데 18편으로 정리하였습니다. ……『역경易經』에서 말하기를 천하에 온갖 만물이 깊고 번잡하여도 어지러워지지 않는다고 하였습니다. 모든 이치와 사물에 박식한 군자는 미흡함이 없을 것입니다." 하고 밝힌다.

이때 유수는 『산해경』과 관련하여 다음과 같은 일화를 전한다. 기원전 2세기경 전한 효무제孝武帝 때 이상한 새가 발견되어 그 새를 임금에게 바친 일이 있었는데 동방삭東方朔이 그 새의 이름과 먹여야 할 먹이를 『산해경』이라는 책을 보고 알아냈다. 또 기원전 1세기경 전한 효선제孝宣帝 때 한 산에서 크고 널따란 바위를 깨뜨렸는데 깨어진 곳에는 석실이 있었고 그 속에 두 손이 뒤로 묶인 채 형틀에 매달린 사람이 있었다. 『산해경』을 보면 그 바위 속에 처형당한 사람은 바로 이부貳負라는 사람으로 알유를 죽인 죄로 천제가 그에게 형벌을 내린 것이다. 이때부터 조정에서는 『산해경』을 기이하게 생각한 사람이 많아졌고, 문학을 좋아하는 학자나 유학을 하는 대학자들도 모두 이 책을 읽고 배웠다고 한다.

『산해경』은 인문 지리서로서 말 그대로 산에 관한 '산경'과 바다에 관한 '해경'을 한데 모아놓은 책이다. 산경은 오늘날의 허난성河南省 낙양洛陽을 중심으로 하는 「오악산경五嶽山經」에서 시작한다. 남산, 서산, 북산, 동산, 중산의 산을 차례로 기술한다. 18편 가운데 '오악산경' 또는 '오장산경'으로 일컫는 처음 5편이 이 책의 절반 이상을 차지하며 가장 먼저 기록된 것으로 알려진다. 한편 해경은 '해외경海外經' 남, 서, 북, 동에서 시작하여 '해내경海內經' 남, 서, 북, 동, '대황경大荒經' 동, 남, 서, 북 등 시계바늘 방향으로 돌아가며 기술되어 있다.

『산해경』은 중국의 뭇 산과 바다를 설명하면서 그 곳의 지리와 명물 등을 자세히 소개한다. 서술 방식은 어느 지방에서는 옥이 많이 나고, 어느 지방에서는 금이나 구리가 많이 난다는 식이다. 그곳에 자라는 풀이며 약초, 나무, 그곳에 사는 희귀한 짐승을 기록하기도 한다. 그런데 그러한 식물과 동물은 생김새나 쓰임새가 우리가 흔히 알고 있는 것과는 아주 다르다. 이러한 점을 들어 이 책을 전국시대에서 진秦 시대에 걸쳐 널리 성행한 방사方士의 연단술鍊丹術과 관련짓는 학자도 있다.

예를 들어 '남산경' 첫머리에서는 작산鵲山이라는 곳을 소개한다. 이 산의 머리인 초요산招搖山은 서해 근처에 있는데 이곳에는 계수나무가 많고 금과 옥이 많다. 생김새는 부추 같은데 빨간 꽃이 피는 축여祝餘라는 풀도 자란다. 이 풀을 먹으면 배가 고프지 않다. 이 산에는 생김새가 닥나무 같은데 검은 줄무늬가 있는 미곡迷穀이라는 나무가 자라기도 한다. 이 나무를 몸에 가지고 있으면 무엇에 홀리거나 하는 일이 없다고 한다. 그런가 하면 이 산에는 긴꼬리원숭이처럼 생긴데다 하얀 귀가 달린 성성이라는 짐승이 사는데, 몸을 엎드려 사람처럼 달린다. 이 짐승을 잡아먹

중국에서는 예로부터 이렇게 기이하게 생긴 동물을 소중하게 생각하였다. 『산해경』에는 상상을 초월하는 희귀 동물이 셀 수도 없이 많이 나온다.

으면 잘 달릴 수 있게 된다는 것이다.

　이렇게 괴상하고 기이하게 생긴 것은 식물과 동물만이 아니다.『산해
경』에는 일상 세계에서는 볼 수 없는 사람들이 자주 등장한다. 이를테면
기굉국奇肱國의 사람들은 팔꿈치가 하나밖에 없고 눈이 세 개이며 무늬
있는 말을 타고 다닌다. 형천形天과 황제가 이곳까지 와서 싸웠는데 황제
의 칼에 형천의 목이 달아났다. 그런데도 형천은 자신의 젖가슴을 눈으
로, 배꼽을 입으로 삼아 도끼와 방패를 들고 다시 황제에 달려들었다. 또
흑치국黑齒國의 사람들은 하나같이 이가 검고 뱀을 먹고 산다. 이곳에 오
열이라는 짐승은 소처럼 생겼는데 몸이 희고 네 개의 뿔이 나 있으며 돼
지 갈퀴와 같은 털이 달렸다. 이것은 삼위산에 살면서 사람을 잡아먹는
다. 이 밖에도 사람들의 가슴이 툭 뛰어 나와 있는 결흉국結匈國이며, 가

현대 화가 반혈자가 그린 「후예后羿가 태양을 쏘다」.『산해경』에 따르면 활과 화살을 발명한 후예는 활
을 쏘아 아홉 개의 태양을 떨어뜨리고 한 개의 태양만 남게 하였다.

슴에 구멍이 뚫린 관흉국貫匈國 사람, 키가 겨우 18센티미터밖에 되지 않는 사람이 사는 나라가 있는가 하면, 이와는 반대로 키가 무려 2미터 40센티미터인 거인이 사는 거인국에 대한 이야기도 있다. 몇 백 년은 보통이고 천 년이나 2천 년, 심지어 1만 2,000년 이상 사는 사람도 있다. 남자는 단 한 사람도 없고 오직 여자들만 사는 곳도 있다.

『산해경』은 인문 지리서로도 가치가 있지만 신화와 전설을 기록한 책으로 더욱 큰 가치가 있다. 이 책은 중국의 고대 전설과 신화를 모아 놓은 보물창고와 같다. 예를 들어「해외북경海外北經」에는 과보夸父라는 사람에 대한 흥미로운 이야기가 적혀 있다. 그는 해 그림자와 경주를 하며 지는 해를 쫓아가다가 목이 말라 물이 마시고 싶었다. 그래서 황하와 위수를 마셨는데 그것만으로는 모자라서 북쪽의 큰 늪에 가서 더 마시려고 하였다. 그러나 미처 그곳에 도착하기도 전에 목이 말라서 죽고 말았다. 이때 과보가 버린 지팡이가 변하여 등림鄧林이 되었다고 한다.「북산경北山經」에는 발구산發鳩山에 사는 정위조精衛鳥라는 새에 얽힌 전설이 나온다. 여와女娃라는 염제炎帝의 막내딸이 동해 바다에서 놀다가

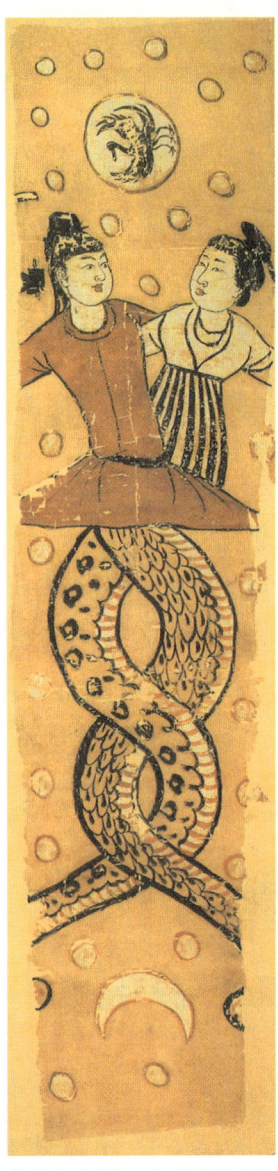

복희와 여와의 모습. 복희의 몸은 뱀과 같고 머리는 사람 머리를 하고 있다. 2세기 작품으로 비단에 채색.

그만 물에 빠져 죽어 이 새가 되었다. 그런데 이 새는 언제나 서산의 나무와 돌을 물어다가 동해를 메우고 있다.

「서북경西北經」에는 산신에게 제사 지내는 법이 자세히 기록되어 있다. 유산腧産이라는 산에서는 제사를 지낼 때 화톳불을 사용하며, 백 일 동안 재계하고 백 가지 산 제물을 바치며 백 개의 아름다운 옥을 사용한다. 또 백 통의 술을 데우고 백 개의 홀과 백 개의 푸른 옥돌을 꿴다.

이처럼 『산해경』을 인문지리서나 신화집으로 보는 것 외에 최근 들어서는 이 책을 천문학과 관련지어 읽으려는 학자가 적지 않다. 그들은 이 책에 하늘의 별자리 방위, 그 모양새와 좌표의 시간 값이 기록되어 있다고 지적한다. 치우·곤륜·서왕모·필방조·삼족오·사비시·이부·위·전욱·고양 따위의 커다란 별자리들이 서양의 헤라클레스·카시오페아·쌍둥이·백조·페가수스 따위의 별자리와 똑같다는 것이다. 이러한 주장의 근거로는 이 책에 처음 주석을 단 곽박이 쓴 서문을 든다. 곽박은 "뒷날 사람들은 『산해경』을 의심을 가지고 읽어보라." 하고 권한다. 단순히 인문 지리나 신화나 전설을 기록한 것 이상의 어떤 심오한 의미가 담긴 책으로 읽으라는 말이다. 또 사마천의 『사기』를 증거로 들기도 한다. 사마천은 이 책을 다루면서 "『산해경』의 괴물에 대해서는 감히 말할 수 없다." 하고 적었다. 여기서 그가 말하는 괴물은 바로 별자리를 가리키며, 그가 감히 이 책의 내용을 말하지 못한 까닭은 이 책이 천문을 담고 있기 때문이다. 옛날에 천문은 위정자들이 통치 도구로 악용하기 일쑤였다. 정복자는 모든 것을 뒤바꿀 수 있고 모든 책을 불사를 수 있어도 천문의 기록만은 어쩔 수 없었다는 사실이 이 점을 더욱 뒷받침한다.

『산해경』이 또 한 가지 흥미로운 것은 그 내용이 중국의 지리나 풍물에 그치지 않고 이웃 나라까지 다룬다는 점이다. 이 책의 「해내북경海內北經」에는 우리나라와 일본에 관한 기록이 엿보인다.

개국蓋國은 큰 연燕나라 남쪽 왜倭의 북쪽에 있으며, 왜는 연에 속한다. 조선朝鮮은 열양列陽의 동쪽 바다, 북산의 남쪽에 있는데 열양은 연에 속한다. 열고야列姑射는 바다의 중주에 있다. 야고국射姑國은 바다 가운데 있으며 열고야에 속하며 서남쪽을 산이 둘러싸고 있다. …… 봉래산蓬萊山은 바다 가운데에 있으며 대인大人의 도시는 바다 가운데에 있다.

이보다 더욱 놀라운 것은 우리나라의 나라꽃인 무궁화를 기록하고 있다는 점이다. "군자의 나라가 북방에 있는데, 그들은 의관을 갖추어 입고 칼을 차며 짐승을 먹이고 호랑이를 곁에 두고 부리며, 사양하기를 좋아하고 다투기를 싫어하는 겸허의 덕성이 있다." 하고 적는다. 그러고 나서 "그 땅에는 훈화초薰華草가 많은데 아침에 피고 저녁에 진다." 하고 기록하고 있다. 훈화초란 흔히 '근菫', '목근木槿'으로 일컫기도 하는 무궁화이다.

진晉나라 때 시인 도연명陶然明은 「독산해경讀山海經」이라는 작품에서 "목천자전穆天子傳을 두루 보고, 산해山海의 그림을 따라가며 본다." 하고 읊은 적이 있다. 이런 점을 볼 때 『산해경』은 처음에는 글과 그림이 함께 있는 책이었음에 틀림없다. 물론 지금 전하는 책에도 귀신·사람·짐승·

기원전 14세기에서 기원전 11세기에 걸쳐 만들어진 갑골문자. 갑골문과 『산해경』 등에서 우리나라와 관련된 신화를 엿볼 수 있어 매우 흥미롭다.

새·물고기 등의 괴기한 그림이 실려 있다. 이 그림은 도연명이 보았던 것과는 다른 것으로 뒷날 덧붙여 놓은 그림일 뿐 원본은 아닐 것이다. 어찌 되었든 이 그림은 서양 회화나 조각에서 흔히 말하는 '그로테스크' 수법을 잘 보여 준다. 최근 장사마왕퇴長沙馬王堆에서 발견한 한나라 초기의 고화에서도 엿볼 수 있듯이 『산해경』의 괴기한 그림은 고대의 원시 종교와 깊이 관련되어 있다.

　좀더 꼼꼼히 『산해경』을 읽어 보면 이 책에 기록된 몇몇 신화는 서양 신화와도 맞닿아 있다. 예를 들어 석실 속에 두 손이 뒤로 묶이고 형틀에 매달린 사람은 무덤 속에 그려진 하늘의 별자리 모양을 가리키는 것으로 보아 틀리지 않을 듯하다. 그리스 신화에서 카시오페아는 자신의 허영심으로 딸 안드로메다를 바다뱀의 제물로 만들어 버린다. 메두사를 퇴치하고 돌아가던 페르세우스가 해안의 바위 위에 쇠사슬에 묶여 있는 그녀를

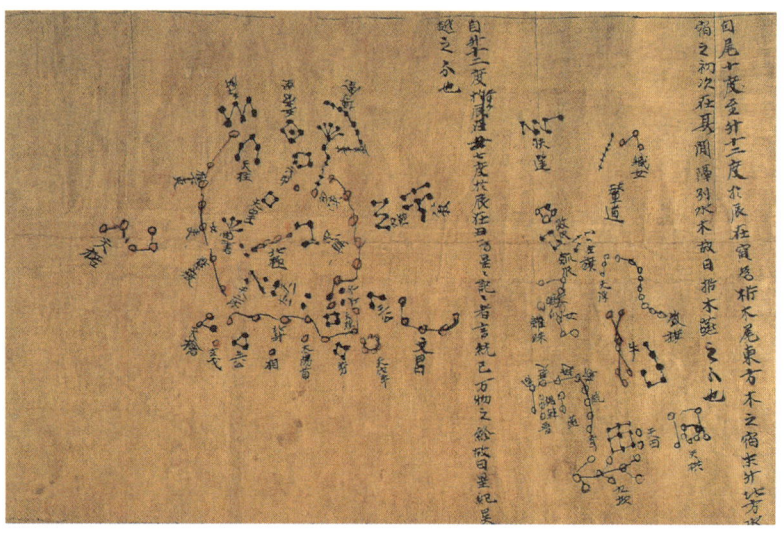

940년경에 만든 별자리 지도. 최근 들어 『산해경』을 천문학이나 점성술과 관련지으려는 학자들이 적지 않다.

발견하고 구해 준다. 또 황제에게 덤벼들다가 모가지가 달아난 뒤 젖가슴을 눈으로, 배꼽을 입으로 삼아 다시 황제에게 달려든 형천의 머리는 바로 페르세우스가 손에 들고 있는 메두사의 머리와 비슷하다. 이렇듯 『산해경』을 읽다 보면 서양 신화의 주제나 인물, 모티프 등을 그다지 어렵지 않게 찾아볼 수 있다.

중국의 전설적인 세 왕인 복희(가운데)·신농(오른쪽)·황제(왼쪽).

『산해경』의 풍부한 신화적 상상력은 뒷날 중국의 괴기 문학이나 환상 문학이 탄생하는 데 산파 역할을 맡았다. 이를테면 위진 남북조 시대에는 신선이나 귀신 이야기가 널리 유행하였다. 4세기 초엽의 서진西晉의 소설집 『이림異林』 같은 지괴志怪 소설을 비롯하여 4세기 중엽의 『수신기搜神記』, 갈홍葛洪의 『포박자抱朴子』와 『신선전神仙傳』 등은 이런 장르를 보여 주는 대표작이다. 이밖에도 왕가의 『십유기拾遺記』나 유의경劉義慶의 『유명록幽明錄』 등도 지괴 소설 전통에 우뚝 서 있는 작품이다. 16세기에 『서유기西遊記』 같은 환상 소설이 나올 수 있었던 것도 『산해경』의 신화적 상상력이 밑거름이 되었음은 두말 할 나위가 없다.

귀거래사

도연명

동진의 대표적인 시인 도연명.
동양에서 전원시 또는 목가시
전통을 처음 세웠다.

중국에서 가장 대표적인 목가 시인이나 전원 시인을 꼽는다면 도연명陶然明(365~427)을 빼놓을 수 없다. '전원 시인' 하면 도연명이, '도연명' 하면 곧 전원 시인이 떠오른다. 그러나 도연명에게 '목가 시인'이니 '전원 시인'이니 하는 꼬리표를 붙이는 것은 그렇게 바람직하지 않다. 한 시인에게 이런저런 꼬리표를 붙이는 것은 자유로운 상상력에 굴레를 씌우는 것과 같다. 굳이 이런 꼬리표를 붙이지 않아도 도연명은 중국 시인 가운데 가장 빼어난 시인 중 한 사람이다.

도연명은 강주江州 심양군尋陽郡 시상현柴桑縣, 즉 오늘날의 장시성江西省 주장현九江縣의 남서 지방인 채상柴桑에서 태어났다. 양쯔강의 중류에 자리 잡은 채상은 북으로 노산廬山을 등에 업고 남으로는 파양호를 바라보는 명승지이다.

도연명의 이름은 잠潛이고, 자는 원량元亮 또는 연명然明이다. 그는 벼슬을 버리고 고향에 돌아와 집 앞에 버드나무 다섯 그루를 심고 은둔 생활에 들어갔다고 하여 '오류선생五柳先生'이라고도 한다. 그는 동진東晉 말기부터 남조南朝의 송宋 초기에 걸쳐 살았다. 그의 가문은 대대로 남방의 토착 사족士族이었다. 그러나 당시는 북조에서 내려온 귀족이 실권을 장악하고 있었고, 차츰 신흥 군벌이 대두하여 각축을 벌이던 때로 도연명의 가문은 영달의 길에서 소외되었다. 증조할아버지와 할아버지가 벼슬을 하였을 뿐 그의 아버지는 은둔 생활을 한 탓에 그 이름조차 알려져 있지 않다.

도연명은 스물아홉 살 때 처음 벼슬길에 올랐지만 얼마 지나지 않아 그만 두었고, 그 후로도 막료, 자사, 평택 현령 등의 관직을 지냈지만 마흔 즈음에는 모든 관직에서 물러났다. 군벌 항쟁의 세파에 밀려 서른다섯 살 되던 해에는 진晉나라 최대 북부군단北府軍團의 진군장군鎭軍將軍 유뢰지劉牢之의 참모가 되었다. 이 직책도 그만둔 그는 형주荊州의 자사刺史 환현桓玄의 막료가 되지만 며칠 뒤 모친상을 당하는 바람에 다시 이 자리도 그만둔다. 그 뒤로는 강주 자

18세기 중국에서 지방 관리를 뽑는 과거 시험을 묘사한 그림. 이 시험에 합격하기 위해서는 유가 경전에 대한 해박한 지식이 필요하였다.

협대의장夾袋衣裝. 겉옷과 속옷 사이에 끼어 입는 옷으로 『논어』를 비롯한 4서의 전문 60만 자가 가득 씌어 있다. 과거시험 때 커닝용으로 사용되었다는 설이 있다.

사·참군·팽택彭澤 현령 등의 관료를 지내며 주로 고향에서 가까운 심양군에서 지냈다.

도연명이 10여 년에 걸친 관료 생활을 청산하고 은둔 생활에 들어간 시기는 의희義熙 원년, 즉 405년 11월로 그의 나이 마흔한 살 때다. 팽택 현령이 된 지 겨우 80여 일 만의 일이다. 가람 이병기李秉岐본 『춘향전』에는 이몽룡이 춘향의 집을 처음 방문하는 장면에서 "사벽에 붙인 것이 모두 다 그림이라. …… 진 처사 도연명이 팽택령 내 버리고 주요요이경양하여 심양으로 가는 거동 그려 있고" 하는 구절이 나온다. 그가 현령의 자리를 박차고 나온 동기에 관하여 다음과 같은 일화가 전한다. 밑의 관리가 도연명에게 심양군 장관의 직속 관리가 순찰을 온다고 하니 반드시 의관을 정제하고 맞이하라고 일러 주었다. 도연명은 "내 오두미五斗米 때문에 일개 고을의 소인에게 허리를 굽혀 절을 할 수 있겠는가?" 하고 말한 뒤 그 날로 현령직을 사임하고 집에 돌아갔다는 것이다. 쌀 닷 말을 뜻하는 '오두미'는 도연명이 현령으로서 받은 적은 월급을 가리킨다.

한편 도연명 자신은 현령을 그만둔 동기에 관해 이와는 다르게 설명한다. 「귀거래사歸去來辭」의 서문에서 "이 자리에 부임해서 어느 정도 시간이 지나자 집에 돌아가고 싶은 기분이 들었지만 그럭저럭 벼가 익거든 빠져나가려고 생각하던 터에 누이가 사망하였다는 소식을 듣고 이제는 조금도 더 참을 수 없게 되어 스스로 사임하고 집에 돌아왔다." 하고 밝힌다. 늘 관료 생활에 싫증을 느끼고 전원 생활을 꿈꾸던 도연명은 어떻게 하면 벼슬을 그만둘 수 있을까 하고 기회를 엿보고 있었던 것 같다. 따지고 보면 오두미 사건이나 누이의 죽음이나 관직을 그만둘 구실에 지나지 않는다.

도연명은 벼슬을 그만둔 뒤 죽을 때까지 20여 년 동안 은둔 생활을 하며 작품 창작에 전념하였다. 그가 고향에 은거한 지 3년째 되던 해 갑작스런 불로 집이 불에 타 버리자 그는 가족을 데리고 고향을 떠나 심양 남쪽에 있는 남촌南村에 옮겨와 그곳에서 만년을 보냈다. 살림이 쪼들려 해진 옷을 걸치고 끼니가 없어 굶을 때도 있었다. 좋아하는 술마저도 가난하여 자주 마실 수 없었고, 어쩌다 친구가 술 대접을 하면 사양 않고 마시며 취하였다. 송宋나라의 성리학자 주희朱熹가 도연명이 술 마시던 취석醉石이라는 큰 바위에 찾아가 시를 읊었다는 일화는 유명하다. 도연명은 굶어 죽을 지경에 이르러 가까운 친구에게 구걸을 한 일까지 있지만 직접 괭이를 들고 농사를 지어 견뎌냈다.

「연명취귀도淵明醉歸圖」. 도연명이 술에 취하여 집에 돌아가는 모습을 그린 그림. 이백은 술의 신선, 두보는 술의 성인, 소동파는 술의 친구, 육방옹은 술의 미치광이, 죽림칠현의 유령은 술 귀신이라고 부른다.

이렇게 가난과 병마와 싸우다 도연명은 마침내 예순두 살의 나이로 삶을 마감하였다. 그는 직접 쓴 자신의 제문祭文에 "한 평생 살기가 참으로 힘들었거늘 죽은 뒤 저승 세계는 과연 어떠할까?" 하고 적었다. 그가 죽은 뒤 '정절

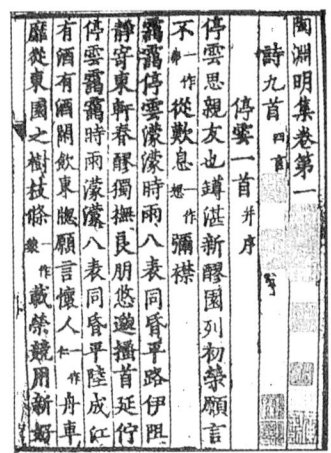

송나라 판본에 근거하여 새로 고친 『도연명집』. 양나라 소명태자昭明太子가 처음으로 서문을 쓰며 '내 평소에 그의 글을 사랑하여 손에서 놓지 못하였다.' 하고 썼다.

선생靖節先生' 이라는 시호가 내렸다. 안연지顔延之는 도연명에 대하여 "은둔자, 고고한 정신의 소유자, 학문이나 생활을 자유롭게 한 사람, 가난하여 손수 밭을 갈아 먹은 선비, 부모에게 효도하고 가족에게 인자하였으며, 타고 날 때부터 술을 좋아하였다." 하고 적었다. 이보다 더 도연명의 삶을 압축하여 표현한 말도 없을 것이다.

도연명은 4언시 9편, 5언시 115편을 남겼다. 이 가운데에서 저작 연대가 명확한 것이나 대충 알 수 있는 것은 80편이다. 도연명은 기교를 부리지 않고 평담平淡하게 시를 쓴 것으로 유명하다. 그는 당시에는 사람들에게 별로 환영을 받지 못하였다. 그가 6조六朝시대의 최고 시인으로 각광을 받은 것은 당대唐代 이후부터이다. 그는 산문에도 관심을 기울여 「오류선생전五柳先生傳」, 「도화원기桃花源記」 같은 작품을 남겼고, 지괴 소설집이라고 할 『수신후기搜神後記』를 쓴 작자로도 알려진다.

「귀거래사」는 도연명의 대표작일 뿐 아니라 뛰어난 목가시 또는 전원문학으로 꼽힌다. 구양수歐陽修는 "진나라에는 글이 없고 오직 도연명의 「귀거래사」만이 있을 뿐이다." 하고 칭찬을 아끼지 않았다. 이 작품은 모두 네 부분으로 구성되어 있으며, 각 부분마다 서로 다른 운자를 쓰는 것이 흥미롭다.

「귀거래사」는 "돌아가자/전원이 황폐해지려 하거늘 어찌 돌아가지 않으리. 이제껏 내 정신을 육신의 노예로 삼아 살아왔네." 하고 시작한다.

첫 번째 부분에서 시의 화자는 벼슬을 그만두고 고향의 전원으로 돌아가는 심경을 정신 해방의 관점에서 읊는다. "마침내 대문과 지붕을 쳐다보고 기쁨에 겨워 뛰쳐나갔네."로 시작하는 두 번째 부분에서는 그리운 고향집에 도착하여 자녀들과 하인들의 영접을 받는 기쁨을 그린다. "돌아가리라, 사귐을 그만두고 왕래를 끊어야지. 세상이 나와 서로 맞지 않으니 다시금 수레를 타고 무엇을 구하리오……"로 시작하는 세 번째 부분에서는 세속과의 절연을 선언하며 전원 생활의 즐거움을 한껏 노래한다. 네 번째 부분에 이르러서는 전원 속에 파묻혀 목숨이 다할 때까지 자연의 섭리에 따라 살아가겠다는 굳은 뜻을 드러낸다.

> 지팡이에 늙은 몸 의지하며 발길 멎는 대로 쉬다가
> 이따금 머리 들어 먼 하늘을 바라보네.
> 구름은 무심히 산골짜기 돌아 나오고
> 날다 지친 새들은 둥지로 돌아올 줄 아네.
> 저녁 빛 어두워지며 서산에 해 지려는데
> 외로이 선 소나무 어루만지며 서성이고 있네.

이 짧은 여섯 행만 보더라도 도연명이 얼마나 자연 속에서 유유자적하며 살아갔는지 잘 알 수 있다. 늙은 몸을 지탱하는 지팡이는 굳건한 땅을 딛고 있고, 화자의 눈은 이따금 멀리 하늘을 향한다. 서산에 막 해가 떨어지며 저물자 하늘을 날던 새들은 지친 날개로 둥지로 돌아온다. 화자는 외롭게 서 있는 소나무를 어루만지며 서성거린다. 하늘과 땅, 그 사이에 살고 있는 날짐승과 식물, 인간, 심지어 구름까지도 서로 하나가 되어 구분 지을 수가 없다. "지팡이에 늙은 몸 의지하며" 하는 구절도 찬찬히 살펴보면 볼수록 그 뜻이 더욱 새롭다. 찬란한 태양이 하루 일정을 끝내고 서쪽으로 뉘엿뉘엿 지는 것처럼 이 시의 화자도 지금 인생의 황금기를 지나 노년기를 맞았다. 화자는 이런 시 구절을 통하여 이렇게 몸이 늙는 것도 태양의 운행이나 계절의 변화처럼 자연의 순리에 따른 것이라는 사실을 넌지시 내비치고 있다.

이 점에서 도연명의 전원시는 서양의 목가시와는 사뭇 다르다. 서양의 목가시는 현실 도피적인 성격이 아주 강하다. 서양에서는 기원전 3세기경 옛 그리스의 시인 테오크리토스가 시칠리아 지방의 양치기들을 작품에서 다루면서 목가시 전통을 처음 세웠다. 이 목가시에는 꽃과 나무, 푸른 시골 목장을 배경으로 목동들이 등장하지만 좀처럼 양떼를 돌보거나 땀을 흘려 농사를 짓지 않는다. 계절의 변화 없이 언제나 녹음방초가 우거진 여름에 목동들은 궁정의 사교장에나 어울리는 옷을 입고 도회의 세련된 말투로 사랑을 즐기거나 시를 짓고 노래를 부르며 시간을 보낸다. 한마디로 서양의 목가 시인이 그리는 자연은 한낱 현실 세계에 염증을 느

중국의 시골 모습을 그린 그림. 후한後漢 때부터 장원 제도가 발달하면서 지방 호주의 세력이 점차 늘어났다.

72

긴 사람들이 찾는 이상향이요 낙원에 지나지 않을 뿐 구체적인 시골과는 거리가 멀다. 그러나 「귀거래사」에서 "농부가 내게 찾아와 봄이 왔다고 일러 주니 / 앞으로는 서쪽 밭에 나가 밭을 갈련다." 하는 구절은 액면 그대로 받아들여도 그다지 틀리지 않는다. 도연명은 실제로 서양의 목가 시인들과는 달리 손수 밭에서 농사를 지으며 살았다.

　도연명의 작품에서도 현실 도피적인 냄새가 풍기지 않는 것은 아니다. 이를테면 "세상과 나는 서로 등졌으니 / 다시 벼슬길에 올라 무엇을 구할 것인가?" 하는 구절을 보면 화자가 자의보다는 타의로 어쩔 수 없이 전원으로 내려왔다는 사실을 짐작할 수 있다. 그러나 도연명의 「귀거래사」는 서양의 목가시와 비교해 볼 때는 훨씬 자연 친화적이며 현실적이라고 할 수 있다. 그에게 자연은 쓰라린 현실에서 벗어나 잠시 위안을 찾기 위한 도피처가 아니기 때문이다.

　「귀거래사」에 보이는 이러한 자연 친화적인 생각은 그의 또 다른 작품 「음주飮酒」에서도 뚜렷이 드러난다.

> 동쪽 울타리에서 국화를 따다가
> 그윽이 남산을 바라본다.
> 산 빛은 해질녘에 더 아름답고
> 날던 새들도 무리지어 돌아가누나.
> 이곳에 있는 진의眞意가 있는데
> 말로 표현하려 하지만
> 이미 말을 잊었네.

　시인은 가을철에 국화를 따다가 잠시 손을 멈추고 고개를 들어 남산을 바라보며 자연의 아름다운 모습에 그만 넋을 잃는다. 해질녘 남산의 빛은 그지없이 아름답고, 날던 새들도 둥지를 찾아 떼를 지어 돌아간다. 이렇게 시인은 아름다운 자연의 모습을 말로 표현하려고 하지만 인간의 언어로써는 어찌할 수 없음을 깨닫는다. 그러고 보니 "글은 말을 담아내기에 부족하고, 말은 생각을 담아내기에 충분하지 않다." 하는 공자孔子의 말이 떠오른다. 인간의 언어란 아름답기 그지없는 자연 앞에서는 이렇게 무력할 수밖에 없다.

서양이나 동양이나 예나 지금이나 관직에 있으면서 작품을 쓰거나 귀족의 재정적 뒷받침을 받으며 작품을 쓰는 것은 그다지 바람직하지 않다. 특히 서양에서 예술이 한 직업으로 발전하기 전에는 후견인 제도가 있어 예술가들은 궁정이나 귀족의 후원을 받아 작품을 썼다. 남의 도움을 받다 보니 창작자는 어쩔 수 없이 후원자의 눈치를 볼 수밖에 없었다. 작자가 완전히 자유로운 상태에서 쓰지 못하고 후원자가 좋아하는 장르

「도연명도」. 지필을 앞에 놓고 책과 거문고를 뒤에 두고 손에는 술잔을 들고 얼큰히 취해 있는 도연명의 모습. 작자 미상으로 목판 채색화.

나 스타일 또는 취향에 따라야 하였기 때문이다. 귀족의 후원을 받고 작곡한 볼프강 아마데우스 모차르트의 음악은 가난과 병마와 싸우면서도 홀로 예술 활동을 한 루트비히 판 베토벤의 음악과 얼마나 다른가. 극단적으로 말해서 모차르트가 식사를 마친 귀족의 소화를 돕도록 경쾌한 음악을 작곡하였다면, 베토벤은 영혼과 치열한 싸움을 벌이며 고뇌와 절망에 찬 음악을 작곡하였던 것이다. 그렇다고 해서 이것이 작품의 수준 차이를 말하는 것은 아니다.

도연명은 모차르트보다는 베토벤과 같은 시인이다. 거의 평생 벼슬자리에 있지 않고 농부로 보냈기 때문에 그는 시대의 흐름에 따르거나 특정한 개인이나 집단을 의식할 필요가 없었다. 그의 작품은 이 무렵 유행한 귀족 생활에서 풍겨 나온 유희 문학이 아니라 구체적인 삶에서 우러나온 마음의 부르짖음이며 민간 생활 그 자체를 노래한 문학이다. 그의 시는 먹물 냄새 대신에 흙냄새가 물씬 풍긴다. 바로 이 점에서 도연명은 같은 시대에 활약하였으면서도 귀족주의적 냄새를 물씬 풍기는 사영운謝靈運과는 뚜렷한 대조를 이룬다. 황정견黃庭堅이 "자尺로 재지 않고도 저절로 맞는 경지의 시. 도연명은 시를 지은 것이 아니라 자기 가슴속의 일상을 그대로 그렸다." 하고 말한 것도 이러한 맥락에서 이해할 수 있다.

도연명의 작품에서는 유가보다는 도가의 냄새가 짙게 풍긴다. 그의 작품 세계는 노자老子와 장주莊周의 사상과 맞닿아 있다. 도연명은 현실의 이익과 추악함에 엉킨 타락한 세계에서 발버둥치지 않고 자연을 벗 삼아 무위無爲에 몸을 맡기고 유유자적하였다. 세속의 티끌을 넘어서서 맑고 깊은 운치를 노래한다. 그가 추구한 하늘 높이 자유롭게 나는 새나 깊은 물 밑에서 자유로이 헤엄치는 물고기에 가까운 경지는 「귀거래사」의 마지막 부분 "어찌 마음을 대자연의 섭리에 맡기지 않으며 / 이제 새삼 초조하고 황망스런 마음으로 무엇을 욕심낼 것인가?"니 "돈도 지위도 바라지 않고/죽어 신선이 사는 나라에 태어날 것도 기대하지 않는다."니 하는 구절에서 엿볼 수 있다.

　도연명의 시풍은 당나라의 맹호연孟浩然·왕유王維·저광희儲光羲·위응물韋應物·유종원柳宗元 등을 비롯한 많은 시인에게 큰 영향을 끼쳤다. 도연명을 높이 평가한 백낙천白樂天은 그의 시를 본 따 시를 16편이나 지었고 도연명의 고향인 강주의 사마司馬로 부임하였을 때는 옛 시인의 집을 찾아 이렇게 읊었다. "오늘 그대의 옛집을 찾아/숙연한 마음으로 그대 앞에 섰노라/나는 그대 단지의 술이 그리운 것이 아니오/줄 없는 그대의 거문고가 그리운 것도 아니네/오직 그대가 명예와 이익을 버리고/이 산과 들에서 자유롭게 스쳐간 것이 그립다네."

현대 화가 푸바오시가 그린 「죽림칠현」. 도연명의 시에서는 도가의 냄새가 짙게 풍긴다. 이러한 풍모는 죽림칠현의 시인들의 시세계와도 매우 비슷하다.

북송北宋 시대의 시인 소식蘇軾은 도연명을 중국 역사상 최고의 시인이라고 칭찬을 아끼지 않았다. 양梁나라의 종영鍾嶸은 도연명을 두고 "옛날과 현재를 통틀어 은일 시인의 으뜸"이라고 하였고, 이러한 평가는 오늘날에도 크게 달라지지 않는다. 그러나 그를 '전원 시인'의 굴레에 묶어둘 수 없는 것처럼 그를 단순히 '은일 시인'이나 '은둔 시인'의 족쇄에 가둘 수도 없다. "도연명을 '은자'라고 생각하는 사람이 있을지 모르지만 실제로는 그렇지 않다. 그가 도피하려고 한 것은 정치였지 결코 인생 그 자체는 아니었다." 한 린위탕林語堂의 말은 귀담아 들어야 할 것이다.

이백

"달아 달아 밝은 달아 이태백이 놀던 달
아." 어릴 적부터 들어와 귀에 낯익은 노
래 구절의 주인공 이백李白(701~762), 흔
히 '시선詩仙'으로 일컫는 그는 두보杜甫와
더불어 당나라 시단을 대표하는 가장 유
명한 시인이다. 이 두 시인을 '이두李杜'
라고 한데 묶어 일컬으며, 그들은 당대唐
代 문단에서 쌍벽을 이룬다.

흔히 '시선'이나 '천상적선'으로 일
컫는 이백. '태백'이라는 자字로 더
욱 잘 알려져 있다.

진쯥나라 때 도연명陶然明이 뿌린 중국
시의 씨앗은 당나라에 이르러 활짝 꽃을
피운다. 중국 문학사에서 당대는 그야말
로 중국 시의 개화기였다. 7세기 초엽에서 10세기 초엽에 이르는 300여
년은 중국 고유 문화의 황금기로서 문학과 예술에서 뛰어난 인재가 수없
이 배출되었다. 당나라 때에는 도시가 발달하고 수공업이 번영하여 새로
운 시민 계층이 형성되고, 이민족과의 교류도 활발하였다. 이때 수도이

던 장안長安은 국제적인 경제 문화 중심지로 발돋움하였다. 더욱이 정책적으로 유학과 문학을 장려하여 지방에 학교가 서고 중앙에는 유학을 연구하는 기관이 설치되었다.

당나라 때의 문학과 예술은 초당初唐, 성당盛唐, 중당中唐, 만당晩唐 등 크게 네 시기로 구분 짓는다. 이 가운데에서 특히 50여 년의 성당기에 중국의 시 문학은 최고조에 이르렀다. 중국 근대 문학에 기틀을 마련한 루쉰魯迅이 "좋은 시는 당대에 모두 쓰였다." 하고 말한 것도 그렇게 무리가 아니다.

이백은 701년경 오늘날의 구소련 키르키즈공화국 토크마크 시에 해당하는 중아쇄엽中亞碎葉에서 태어났다. 쓰촨성四川省

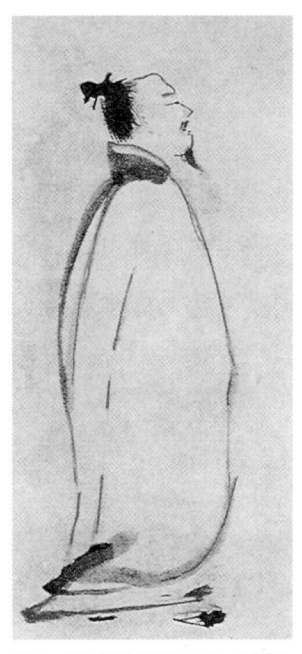

남송 때의 화가 양해梁楷가 그린 「이백행음도李白行吟圖」. 시를 읊으며 걷고 있는 이백의 모습에는 신선의 경지가 엿보인다.

창민현彰明縣 강유江油에 해당하는 촉蜀나라의 금주錦州에서 태어났다는 설도 만만치 않다. 그의 집안은 간쑤성甘肅省 서현西縣에 살았고, 아버지는 서역西域의 상인이었으며 이태백은 다섯 살 때 아버지와 함께 금주로 이주해 왔다. 자는 태백太白이고, 호는 청련거사青蓮居士이다. 그의 어머니가 태백성(샛별)이 품 안에 들어오는 꿈을 꾸고 아들을 얻었다고 하여 '태백' 이라는 자를 붙였다고 한다. 평소 모험을 좋아한 이백은 스물다섯 살 때 촉나라를 떠나 양쯔강을 따라서 강남江南·산둥山東·산시山西 지방을 두루 돌아다니며 한평생을 보냈다. 젊어서는 산속에 숨어 도교道敎와 선술仙術에 깊이 빠져 지내기도 하였다. 그의 시에 나타나는 속세를 벗어난 환상성은 대부분 도교적 발상에서 비롯한 것으로 산중은 그의 시 세계에서 중요한 무대가 되었다.

이백은 과거 시험을 보지 않았지만 마흔세 살쯤 현종의 부름을 받아 장안에 들어가 한림공봉翰林供奉이라는 벼슬을 받았다. 이백의 전기 작가들은 이때가 그의 삶에서 가장 빛나는 시기였다고 한다. 도사道士 오균吳筠의 천거로 궁정에 들어간 그는 자신의 정치적 포부를 실현하려고 하였지만 한낱 궁정 시인으로서의 지위에 만족해야 하였다. 「청평조사淸平調詞」 3수는 궁정 시인으로서 그가 현종과 양귀비楊貴妃의 모란 향연에서 지은 작품이다. 이 시로 이백은 이름을 크게 떨치지만 그의 자유분방한 성격은 궁정 분위기와는 맞지 않았다. 그는 거침없는 태도 때문에 현종의 환관 고력사高力士의 미움을 받아 결국 궁정에서 쫓겨난다. 이후 장안을 떠나 방랑길에 올라 낙양에서 열한 살 아래인 두보를 만나 교류를 맺기도 한다.

그 뒤 이백은 안록산安祿山

명나라 때 화가 소육붕이 그린 「청평조도축淸平調圖軸」. 이백이 현종과 양귀비 앞에 나아가 「청평조」를 즉석에서 짓는 모습을 그린 그림이다.

의 난에 관여하였다가 사형 선고까지 받지만 나중에 사면되어 가까스로 목숨을 건진다. 다시 유랑 길에 올라 강남 지방을 돌아다니다가 마침내 병에 걸려 762년 그는 외롭고 쓸쓸한 죽음을 맞는다. 아름다운 사물과 아름다운 말에 일생을 바친 시인 이백은 이렇게 방랑에서 시작하여 방랑으로 삶을 마쳤다. 중국 각지에 그의 발자취가 닿지 않은 곳이 거의 없다시피 하다. 이백은 「춘야연도리원서春夜宴桃李園序」에서 "무릇 천지란 만물의 여관이요, 세월은 영원히

명나라 때 화가 구영이 그린 「이백춘야연도리원도李白春夜宴桃李園圖」. 이백의 같은 제목의 작품을 소재로 한 그림이다.

지나가는 나그네라." 하고 읊는다. 그의 말대로 중국의 온 땅이 그가 잠깐 머물던 여관이고, 영원한 시간의 흐름 속에 살던 그는 이 여관에 머무는 나그네에 지나지 않았던 것이다.

  티끌 같은 속세에서 나그네처럼 살아 온 탓에 이백에게는 일화나 전설이 유난히 많다. 그는 만년에 관직이 번거로워 유람을 하였는데 한번은 동정호洞庭湖의 악양루岳陽樓에서 놀다가 채석강采石江에 배를 띄우고 놀았다. 이때 이백은 술에 취해 물속에 비친 달을 잡으러 뛰어들었다가 죽음을 맞이하였다고 한다. 또 다른 전설에 따르면 이백은 그때 죽은 것이 아니라 하늘로 올라갔다는 것이다. 배가 채석강에 이르렀을 때 어디선가 아름다운 풍악 소리가 들렸다. 이 소리는 다른 사람들의 귀에게는 전혀

현종(오른쪽)이 애첩 양귀비가 말에 오르는 것을 지켜보고 있는 모습. 현종은 역대 왕 가운데에서 가장 문학을 애호하는 사람 중의 하나였다.

들리지 않고 오직 이백의 귀에게만 들렸다. 그때 강에 큰 물고기가 뛰놀며 큰 고래가 수염을 휘날리며 솟구쳐 올랐다. 이때 두 선동仙童이 사신의 깃발을 가지고 이백에게 다가와 "상제께서 장경성(이백)이 돌아오시길 기다리십니다." 하고 말하였다. 뱃사람들은 크게 놀랐고, 그들이 쓰러져 잠든 사이 이백은 풍악에 인도되어 고래를 타고 하늘로 올라갔다고 한다. 허무맹랑한 이야기지만 이백이 지닌 낭만적 열정과 속인에게서 볼 수 없는 비상함을 읽을 수 있다.

이백은 무엇보다도 달과 산, 술을 좋아하여 시에서 즐겨 노래하였다. 그는 특히 여느 시인보다 술을 좋아하고 많이 마신 것으로도 유명하다. 이백이 궁중에 있을 때 그를 아낀 현종이 술을 마셔서는 안 되는 규정을 따르지 않고 그에게만 술을 마실 수 있는 특권을 부여하였을 정도로 그는 술을 좋아하였다. 그는 궁궐에서도 언제나 술에 취해 살다시피 하였다. '취선옹醉仙翁'이니 '술 속의 팔선八仙'이니 심지어 '주태백酒太白'이니 하는 별명을 얻게 된 것은 바로 그 때문이다. 술은 그에게 예술적 영감을 불어넣는 촉매였다. 두보가 "이백은 술 한 말 마시면 시 백 편이 나오고/

취하면 장안의 저자거리 술집에서 잠이 든다." 하고 노래한 것을 보아도
그가 얼마나 술을 즐겼는지 알 수 있다. 이백 자신도 "석 잔을 마시면 크
게 깨우치고／다섯 말을 마시면 자연과 합하네." 하고 노래하기도 하였다.

> 술 마시다 날 저무는 줄 몰랐더니
> 떨어진 꽃잎 옷 위에 수북하네.
> 취한 걸음, 시내에 어린 달빛 밟고 가니
> 새는 둥지에 들고 사람 또한 드물구나.

　「자견自遣」이라는 작품이다. 제목 그대로 이 시의 화자는 호젓이 술을
마시면서 스스로 자신을 위로한다. 화자는 날이 어두워지는 것도, 꽃잎
이 떨어져 옷자락에 수북이 쌓이는 것도 깨닫지 못한 채 혼자서 술을 마
시고 있다. 뛰어난 풍류가가
아니고서는 좀처럼 있을 수 없
는 일이다. 마침내 자리를 털
고 일어난 그는 새소리도 끊기
고 인기척도 없는 시냇가를 따
라 달빛을 밟으며 비틀거리는
걸음으로 홀로 어디론가 걸어
간다. 조지훈趙芝薫이 「완화삼
浣花衫」에서 "나그네 긴 소매
꽃잎에 젖어／술 익는 강 마을
의 저녁노을이여."니, "다정하
고 한 많음도 병인 양하여／달
빛 아래 고요히 흔들거리며 가

「이태백취주도」. 두보는 "이백은 술 한 말에 시 백
편을 짓는다." 하고 노래하였다.

명나라 때 화가 소육붕蘇六朋이 그린 「이백취주도李白醉酒圖」. 술에 취하여 비틀거리며 걷는 모습을 그린 것이다.

노니."니 하고 노래한 것은 이백의 시에서 영감을 받은 듯하다.

「자견」은 내용 못지않게 그 형식도 찬찬히 살펴볼 필요가 있다. 이백은 어떤 시 형식보다도 오언절구五言絶句에 탁월한 재능을 보인다. 겨우 다섯 행밖에 되지 않는 짧은 그릇 안에 함축적인 의미를 담아내기란 생각처럼 쉽지 않다. 그러다 보니 시인은 시의 생명이라고 할 이미지를 최대한 효과적으로 살리려고 한다. 어둠·낙화·달빛 등의 시각적 이미지가 술을 따르고 마시는 소리·비틀거리는 걸음걸이·시냇물 소리의 청각적 이미지와 한데 어울려 독특한 효과를 자아낸다. 서양 시단에서 이미지즘 운동을 일으킨 에즈러 파운드 같은 시인이 이백의 시에 남달리 깊은 관심을 기울인 것은 어찌 보면 당연하다. 딱딱하고 정확한 이미지뿐 아니라 시어가 아닌 일상어를 즐겨 사용하는 것도 이미지즘 시인들이 이백한테서 배운 교훈이다.

침상머리 비친 달빛
땅 위에 내린 서리인가 하였네.
고개 들어 밝은 달 바라보다
고개 떨궈 고향을 그리워하네.

역시 오언절구로 쓴 「정야사靜夜思」라는 작품이다. 이 시의 화자는 고향 생각에 잠을 못 이루다 문득 고개 들어 창밖을 바라본다. 그런데 땅 위에 서리가 하얗게 내린 것이 아닌가. 고개를 쳐들고 산에 걸린 밝은 달을 보고서야 비로소 서리가 아니고 달빛임을 깨닫는다. 그 순간 화자는 다시 머리를 떨어뜨리고 고향 생각에 젖어든다. 평생 동안 가족도 버리고 떠돌이로 살다시피 한 이백에게 고향이 무슨 의미가 있겠냐고 반문할는지 모른다. 하지만 오히려 그렇기 때문에 고향에 대한 그리움이 더더욱 클 것이다.

다섯 줄 짧은 시에 시각적 이미지와 동적 이미지가 가득 차 있다. 땅 위에 비친 밝은 달빛을 하얀 서리로 생각한 상상력이 여간 놀랍지 않다. 화자의 시선도 예사롭지 않다. 침상에 누워 창밖을 바라보는 것이 수평적 시각이라면 고개를 쳐들었다 떨어뜨리는 것은 수직적 시각이다. 같은 수직적 시각이라도 방향성에 주목할 필요가 있다. 넷째 행에서 산에 걸린 달을 쳐다보는 것은 상향적 시각이지만, 마지막 행에 이르러 쳐들었던 머리를 다시 아래로 떨어뜨리는 것은 하향적 시각이다. 언뜻 보면 고개를 쳐들고 떨어뜨리는 단순한 몸짓에 지나지 않는 것 같지만 이 구절은 화자가 가족에 대하여 느끼는 온갖 감회를 함축적으로 보여 준다. 몇십 마디, 아니 몇 백 마디 말로 감정을 헤프게 늘어놓는 것보다 훨씬 더 효과적이다.

푸른 산 북쪽 성곽 빗겨 있고
흰 강물 동편 성 감아흐르네.
여기서 한번 헤어지면
나그네는 만리 길 떠돌겠지.
떠 가는 저 구름 그대의 마음이요

지는 이 해는 보내는 옛 벗의 정이라네.
손 흔들며 이제 떠나가니
쓸쓸타, 말 울음마저도.

「송우인送友人」이라는 작품이다. 친구를 떠나보내며 읊은 이 시는 한 편의 수채화 같다. 이백은 이 작품에서는 이미지도 이미지이지만 온갖 대조법을 효과적으로 구사한다. 이를테면 푸른 산과 흰 물에서 볼 수 있는 색깔, 우뚝 선 산과 끊임없이 흐르는 물, 떠나보내야 하는 '나'와 떠나야 하는 '그대'가 마치 빛과 그림자처럼 뚜렷한 대조를 이룬다. "여기서 한번 헤어지면"에서의 '한번'과 "나그네는 만 리 길"에서의 '만'이며, '저 구름'과 '이 해'며, 그저 손만 흔들 뿐 말없이 이별하는 장면과 마지막 행에서 쓸쓸히 우는 말 울음소리도 대조를 이루기는 마찬가지이다.

그런데 이 시를 읽고 있노라면 문득 박목월朴木月의 「나그네」가 떠오른다. 물론 두 작품의 상황은 조금 다르다. 이백의 작품이 친구와 이별하는 장면을 다룬다면, 목월은 이별한 뒤 길을 걸어가는 장면을 다룬다. 그러나 저녁을 시간적 배경으로 삼은 것이라든지, 시냇물이나 강을 지리적 배경으로 삼은 것 등이 비슷하다. 특히 "나그네는 만리 길 떠돌겠지 / 떠가는 저 구름은 그대의 마음이요." 하는 구절은 박목월의 "구름에 달 가듯이 가는 나그네."의 구절과 매우 비슷한 데가 있다.

왜 푸른 산에 사냐고 묻기에
대답 않고 빙그레 웃으니 마음 절로 한가롭네.
복사꽃 흐르는 강물따라 아득히 떠나가니
인간 세상이 아닌 별천지에 있다네.

칠언절구七言絶句로 된 「산중문답山中間答」이다. 산속에 살고 있는 시의 화자에게 누군가가 하필이면 왜 깊은 산속에 사느냐고 묻는다. 하지만 그 이유를 산 밖에 사는 사람에게 아무리 설명하여도 이해하지 못할 것은 불을 보듯 뻔하다. 화자는 그저 빙긋 웃을 수밖에 없다. 이미 푸른 산과 하나가 되어 살고 있는 화자에게 인간의 언어는 거추장스러운 장식에 지나지 않는다. 그 때문에 그는 번거로운 로고스의 세계를 뛰어넘어 그윽한 미소로 대답한다. 이 시의 복사꽃은 흔히 신선의 세계를 상징하는데 이것은 도연명의 「도화원기桃花源記」에 나오는 무릉도원武陵桃源을 뜻한다. 어쩌면 이백이 일생 동안 찾아 헤매던 진정한 자유와 평화의 세계일는지도 모른다.

1930년대 김상용金尙容은 「남으로 창을 내겠소」라는 작품에서 "왜 사냐건/웃지요." 하고 읊는다. 요즈음 포스트모더니즘에서 자주 쓰는 말을 빌린다면 김상용의 작품은 이백의 「산중문답」과 상호 텍스성의 관계를 맺고 있다. 앞서 조지훈과 박목월도 언급하였지만 이백의 작품은 뒷날 중국은 물론 우리나라의 시인들에게도 직접 또는 간접으로 많은 영향을 끼쳤다.

두보가 시를 쓸 때 마치 보석을 갈고 닦듯이 퇴고에 퇴고를 거듭한 반면, 이백은 샘물이 저절로 흘러넘치듯 자연스럽게 시를 읊었다. 당시의 정형화된 시 형식에 구애받지 않고 자유롭게 자신의 생각과 감정을 구사하는 능력이야말로 이백의 천재적인 재능이라고 할 수 있다. 두보가 인간의 고뇌에 깊이 침잠하여 시대적 아픔을 깊은 울림으로 노래한다면, 이백은 타고난 자유분방함과 아름다움에 대한 뛰어난 감각으로 인간의 기쁨을 드높이 노래한다. 두보는 천재적인 이백을 두고 "붓을 들면 비바람이 일어나고/시가 완성되면 귀신마저 울게 한다." 하고 읊었다. 하지만 장賀知章이 이백을 '천상적선天上謫仙', 곧 하늘에서 인간이 사는 누추한 지상으로 귀양 온 신선이라고 말한 것도 이러한 까닭에서일 것이다. 위로는 임금에게 비굴할 줄 모르고 아래로는 처자식도 돌볼 줄 몰랐던 이백은 그야말로 타고난 시인이었던 것이다.

두보

두보杜甫는 이백과 더불어 당시唐詩의 거목으로 우뚝 서 있는 시인이다. 이백은 '시선詩仙'으로, 두보는 '시성詩聖'으로 일컫는다. 신선과 성인 가운데에서 누가 더 위대한지 따지는 것은 부질없는 짓이다. 새벽녘에 동쪽 하늘에서 반짝이는 별을 두고 '샛별', '금성', '태백성', '명성', '신성', '효성'이라고 부르듯 어찌 보면 같은 것을 두고 다른 이름으로 부르는 것에 지나지 않기 때문이다. 이 무렵 '시불詩佛'로 불린 왕유王維를 비롯하여 백거

'시성'으로 일컫는 두보. 사회성이 뚜렷한 그의 장편 고체시古體詩는 '시의 역사'라는 뜻에서 '시사詩史'라고도 부른다.

이白居易, 두목杜牧, 이상은李商隱 같은 대가도 있었지만 이백과 두보에는 미치지 못한다. 두보는 당대 시인으로서는 백거이 다음으로 가장 많은 시를 남겼다.

두보는 712년 중국 허난성河南省 궁현鞏縣에서 시인 두심언杜審言의 손자이자, 봉천 현령을 지낸 두한杜閑의 아들로 태어났다. 그의 자字는 자미

子美이고, 호는 소릉少陵이다. 두보의 집안은 두심언이 유배되면서 기울었고, 그는 어머니를 일찍 여의어 숙모 밑에서 자랐다. 두보는 어릴 때부터 시를 잘 지어 낙양洛陽의 명사들에게 인정을 받았다. 그는 스무 살을 전후하여 십여 년 가까운 세월 동안 여러 지방을 유람한다. 그 뒤에 낙양에 돌아와 과거를 보지만 진사 시험에 낙제한다. 다시 여행길에 나서 산둥성山東省 등 여러 지역을 유랑하였다.

744년에 두보는 낙양에서 마침 장안長安의 궁정에서 추방되어 산둥성으로 향하던 이백을 만난다. 두보는 평소 이백의 천재적인 풍격을 사모해 왔던 터라 그와 함께 지금의 허난성 지방으로 유람을 떠났다. 그 유람길에서 고적高適, 잠삼岑參 등과도 알게 되어 함께 술을 마시며 시를 짓기도 하였다. 두보와 이백과의 만남은 서양 문학사에서 프리드리히 쉴러가 요한 볼프강 폰 괴테를 만난 것처럼 큰 의미가 있다. 그들은 단순히 친교를 맺은 것 이상으로 서로의 문학 세계에 적잖이 영향을 끼쳤다.

완화초당에 서 있는 두보 두상. 그는 "사람을 놀라게 하는 시를 쓰지 못하면 죽어서도 쉬지 않으리." 하고 노래하였다.

뒷날 두보는 장안으로 왔지만 그의 삶은 여전히 불우하였다. 그가 마흔네 살 때 안녹산의 난이 일어나는데, 이때 그는 적군에게 포로가 되어 장안에 연금된다. 그는 1년 만에 탈출하여 새로 즉위한 황제 숙종肅宗을 찾아가고, 그 공으로 좌습유左拾遺라는 관직에 오른다. 두보는 관군이 장안을 회복하자 돌아와 조정에서 벼슬자리를 얻지만 1년 만에 화주華州의 지방

관으로 좌천된다.

759년에 나라에 큰 기근이 들었다. 두보는 관직을 버리고 먹을 것을 찾아 식구와 함께 간쑤성甘肅省의 태주秦州와 동곡同谷을 거쳐 쓰촨성四川省의 성도成都에 정착하여 완화浣花 계곡에 초당을 세운다. 이것이 곧 '완화초당浣花草堂'이다. 두보는 한때 지방 군벌의 내란 때문에 다른 곳으로 피난을 떠난 적도 있지만 이 초당에서 비교적 평화롭고 안정적인 생활을 몇 년 동안 지속한다. 이 시절 성도 절도사 엄무嚴武의 막료로서 공부원외랑工部員外郎을 지냈기 때문에 '두공부杜工部'라는 이름을 얻었다. 두보는 쉰두 살 때 고향에 돌아갈 뜻을 품고 성도를 떠나 양쯔강을 따라 쓰촨성 동쪽 끝 협곡에 이르러 이곳에서 2년 동안 머물다가 협곡에서 나와 다시 2년 동안 수상水上에서 방랑을 계속하였다. 그러던 중 배에서 병을 얻어 마침내 770년 겨울 동정호洞庭湖에서 쉰아홉 살로 세상을 떴다. 가족은 그의 관을 마을로 운반할 돈이 없어 오랫동안 악주에 두었다가 40여 년이 지난 뒤에야 비로소 두보의 손자 두사업杜嗣業이 선조의 묘 옆에 묻었다고 한다.

두보도 이백처럼 거의 벼슬을 지내지 않고 일생 가난과 굶주림, 병마와 싸우며 불행한 삶을 보냈다. 기근이 들었을 때 먹을 것이 없어 막내아들이 굶어죽는 모습마저 지켜보아야 할 정도로 그의 생활은 비참하기 이를 데 없었다. 이러한 와중에도 그는 무려 1,400여 수에 이르는 작품을 썼다. 파란만장한 삶을 살았지만 끊임없이 전쟁과 굶주림 속에서 현실을 외면하지 않고 조국의 흥망과 백성의 한을 주옥같은 시어로 담아내었다.

맑은 강의 한 굽이 마을을 안아 흐르니
긴 여름 강촌의 일마다 그윽하도다.
절로 가며 오는 것은 집 위의 제비요

서로 친하며 서로 가까운 것은 물 가운데의 갈매기로다.

늙은 아내는 종이에다 바둑판을 그리고

어린 아들놈은 바늘을 두드려 고기 낚을 낚시를 만든다.

많은 병에 얻고자 하는 것은 오직 약물이니

이 천한 몸이 이것 밖에 다시 무엇을 구하리오.

「강촌江村」이라는 작품이다. 수묵화 한 폭을 바라보는 듯 한가롭기 그지없는 강촌의 여름 풍경이 눈앞에 선하다. 이 작품의 연대는 명확하지 않다. 내용으로 보아 아마 완화초당에서 잠깐 동안 평화를 누리고 있을 무렵에 쓴 작품일 것이다. 첫 행에서 맑은 강이 마을을 안고 흐른다는 은유가 먼저 눈길을 끈다. 시골 마을이 자연이라는 어머니의 품에 안겨 있다. 자애로운 자연의 품에 안긴 것은 제멋대로 집 위 처마를 나드는 제비도, 가까이 다가가도 날아갈 줄 모르는 갈매기도 마찬가지이다. 늙은 아내는 종이에다 바둑판을 그리고 어린 아들은 바늘을 두들겨서 낚싯바늘을 만드는 모습이 무척 한가롭다 못하여 졸음이 올 정도이다.

현대 화가 장대천張大千이 그린 「완계행음도浣溪行吟圖」. 성도 완화 계곡에 지은 초당에서 소일하고 있는 두보를 그린 그림이다.

이 작품에서 두보가 늙은 아내와 어린 아들을 언급한 것을 눈여겨보아야 한다. 떠돌이 생활 중에도 그는 양楊 씨를 만나 혼인하여 평생의 반려자로 살았다. 그는 지극히 궁핍한 떠돌이 생활 속에서도 늘 아내와 함께 다녔고, 잠시라도 떨어져 있게 되면 언제나 처자를 염려하는 애정이 흘러넘치는 시를 짓곤 하였다. 아내 넷을 두고 어느 누구에게도 정을 주지 않았던 이백과는 크게 다르다.

이 시의 화자는 마지막 행에서도 잘 드러나듯이 지금 온갖 질병에 시달리고 있다. 동정호에서 병을 얻었다고 하지만 두보는 이미 완화초당에 살 때도 건강한 몸이 아니었다. 이전부터 폐병을 앓았는데 엎친 데 덮친 격으로 이즈음에는 중풍 기운까지 나타나기 시작한다. 뒷날 두보의 건강은 더욱 쇠약해져 폐병, 중풍, 학질에다 당뇨까지 겹치고 왼쪽 귀까지 멀었다. 이 시에서 지금 자신에게 무엇보다도 필요한 것이 몸을 다스릴 약이라고 밝힌 것도 무리가 아니다. 그러나 따지고 보면 이렇게 평화스러운 자연의 모습보다 더 좋은 약도 없을 것이다.

두보가 이렇게 폐병과 당뇨 등 온갖 질병에 시달린 것은 그가 즐겨 마신 술과 무관하지 않다. 일반적으로 이백이 '취선옹醉仙翁'이니 '주태백酒太白'이니 하고 불리며 술을 즐겨 마신 것으로 유명하다. 그러나 후세에 알려진 것과는 달리 이백보다는 두보가 훨씬 더 술꾼이었다고 한다. 한 호사가가 집계한 통계에 따르면 1,050여 수에 이르는 이백의 시 가운데에서 술을 언급한 작품이 16퍼센트인 반면, 두보는 1,400여 수의 시 가운데에서 무려 21퍼센트의 작품에서 술을 언급하였다. 두 사람은 술을 마시는 방법도 달라서 이백은 술을 즐기면서 마셨지만 두보는 술에 원수라도 진 사람처럼 마셨다고 한다. 두보는 일단 술을 마시면 완전히 취할 때까지 여러 차례에 걸쳐 술을 마셨고, 심지어 말에서 떨어져 다쳤을 때도 병문안 하러 찾아온 친구와 같이 술을 마셨다고 한다. 말년에 당뇨와 폐병으로 고생할 때도 "흰머리 몇 개 났다고 술을 버릴 수야 없지 않는가." 하고 노래할 정도였다.

원숭이 울음 바람을 타고 하늘에 날리는데
흰 모래 위 휘도는 새 한 마리.
끝없이 끝없이 나무마다 낙엽이 지네
어느 때나 다하랴, 저 푸른 장강長江의 흐름.
가을마다 만 리 밖 나그네 되어
오늘도 아픈 몸 끌고 대臺에 올라라.
괴로움에 귀밑털은 날로 희어 가노니
늙어서 술마저도 끊은 몸이여.

「강촌」과 더불어 두보의 대표작으로 잘 알려진 「등고登高」라는 작품이다. 중국에는 예부터 음력 9월 9일이면 높은 산에 올라가 국화주를 마시는 풍습이 있다. 두보가 이 시를 쓴 것은 쉰다섯 살 때 기주夔州에 살면서 채소를 가꾸며 생계를 꾸려가던 무렵이다. 이때 두보는 오랫동안 앓던 폐병으로 고생한데다 귀조차 먹어 비참한 삶이 더욱 비참하였다. 이 시에는 바람 타고 들려오는 원숭이 울음소리, 모래사장에 나르는 한 마리 새, 끊임없이 떨어지는 낙엽 등 하나같이 을씨년스러운 가을 풍경이 펼쳐진다. "가을마다 만 리 밖 나그네 되어"라는 구절에서도 잘 드러나듯이 가을은 일 년 가운데에서도 가장 쓸쓸한 계절이다. 고향을 떠나 낯선 땅에서 아픈 몸을 이끌고 산에 오르는 화자의 심경이 오죽하였을까. 애달프고 쓰라린 삶에서 그토록 위안을 주던 술마저 이제는 병들고 늙어 끊고 말았다.

이 작품의 주제는 "어느 때나 다하랴, 저 푸른 장강長江의 흐름."과 "괴로움에 귀밑털은 날로 희어 가노니."에서 찾아야 한다. 화자의 몸은 시간의 흐름 속에서 병들고 늙어만 간다. 걱정과 근심에 귀밑에 난 털은 날이 갈수록 희어진다. 귀밑털은 세월의 흐름을 재는 바로미터이다. 그런데 산에서 굽어보는 푸른 장강은 변함이 없이 여전히 흐르고 있다. 두보는 이 작품에서 영원무궁한 자연과 비교할 때 인간의 삶이란 얼마나 덧없는지를 노래한다.

그러나 두보는 언제나 한가롭게 자연의 아름다움을 즐기거나 삶의 덧없음을 탓할 수만은 없었다. 남달리 사회 의식이 강한 그에게는 또 다른 사명이 있었다.

> 나라는 망하여도 산하는 그대로구나
> 성 안은 봄이 되어 초목이 무성하여라.
> 시대를 슬퍼하며 꽃들도 눈물 짓고
> 이별이 한스러워 나는 새도 놀라는구나.
> 봉화불은 석 달째 계속 타오르고
> 집에서 부쳐오는 편지 만금처럼 소중하여라.
> 흰 머리를 긁자니 또 다시 성글어진 머리
> 이제는 비녀조차 붙잡아 매지 못할레라.

역시 두보의 대표작 「춘망春望」이다. 안녹산의 난이 일어나자 두보는 아내와 함께 피난을 가다가 반란군에 잡혀 장안에 연금된다. 이 시는 두보가 지덕至德 2년 안녹산이 이끄는 반란군에 점령당한 장안에 있으면서 지은 작품이다. 이 작품에 대하여 사마광司馬光은 『속시화續詩話』에서 "나라는 망하였어도 산하는 그대로라 하였으니 남아 있는 것이 아무 것도 없음을 밝힌 것이요, 성에 봄이 오매 초목이 깊었다고 하였으니 인적이

끊어졌음을 명백히 한 것이다. 화조花鳥는 평소에 우리가 즐기는 대상이
건만 이를 보고 울고 이를 듣고 슬퍼한다 하였으니 가히 시세時勢를 알
만하다." 하고 평하였다.

사마광의 지적대로 두보는 이 시에서 전쟁과 반란에 통렬한 비판을 가
한다. 이러한 비판은 "시대를 슬퍼하며 꽃들도 눈물을 짓고/이별이 한스
러워 나는 새도 놀라는구나." 하는 구절에서 단적으로 드러난다. 이 무렵
에는 젊은이는 말할 것도 없고 노인과 아녀자까지 전쟁터에 끌려갈 정도
였다고 하니 그 당시의 상황을 쉽게 미루어볼 수 있다. 두보는 강한 사회
성을 띤 이 작품에서 부패한 사회와 그 때문에 생긴 비참한 현실을 날카
롭게 지적하고, 한편으로는 국가와 민중에 대한 뜨거운 애정을 노래한
다. 또 다른 작품에서 두보는 "부잣집에서는 술과 고기 냄새가 진동하는
데/길바닥에는 얼어 죽은 사람의 뼈가 있네." 하고 읊은 적이 있다.

제국주의 시대 일본의 한 시인은 이 작품의 첫 구절 "나라는 망하여도
산하는 그대로구나."를 패러디하여 "산하는 없어져도 나라는 그대로 남
아 있구나." 하고 읊은 적이 있다. 태평양 전쟁에 패하여 일본의 산천은
초토화되었지만 일본 제국주의는 영원히 남아 있다는 것이다. 이 무렵
일본 사람 사이에서 널리 퍼져 있던 맹목적 국수주의를 그대로 드러낸

「여인행」. 양귀비의 오빠 양국충의 행태를 풍자한 두보의 시 「여인행」을 소재로 그린 그림이다.

대목이다.

두보는 그야말로 동양적 휴머니스트이다. 그의 시에는 인간에 대한 깊은 관심과 애정이 일관되게 나타난다. 이백이 다분히 도가 전통에 서 있다면 두보는 유가 전통에 서 있다. 그는 경세제민經世濟民의 이상으로 중국 고대의 순수한 정신을 되찾으려고 하였다. 이백이 호방하고 자유로운 분위기로 자연과 인생을 노래한다면, 두보는 신중한 태도로 나라에 대한 충성과 인간으로서의 도리와 가족에 대한 애정을 노래한다. 이백의 시는 흔히 '호방표일豪放飄逸'이라는 넉 자로 요약한다. 감정의 폭이 드넓고 천마가 하늘을 나는 듯 정신이 자유롭다는 말이다. 두보의 시 세계는 '침울돈좌沈鬱頓挫'라는 넉 자로 요약한다. 의미가 깊고 구성이 치밀하다는 뜻이다.

이태백이 연꽃처럼 청순한 자연의 아름다움을 환상적으로 그려내 우리를 높고 우아한 정신 세계로 이끈다면, 두보는 뼈를 깎는 노력으로 인

1897년 일본 화가 유키 소메이結城素明가 그린 「병거행도兵車行圖」. 같은 제목의 두보 작품을 소재로 한 그림으로 전쟁에 나가는 병사들을 전송하며 가족들이 통곡하는 모습을 묘사한다.

생과 사회를 반영하면서 우리를 역사적인 현실 사회로 이끈다. 그러므로 이태백이 낭만적이라면 두보는 사실적이다. 이태백이 개인주의적이요 귀족적이며 유미주의적이라면, 두보는 사회적이요 평민적이며 현실주의적이다. 한마디로 이태백이 천상의 세계에서 누추한 지상으로 귀양 온 신선이라면, 두보는 인간 세상의 온갖 고통을 짊어지고 가시밭길을 걸었던 성인이다.

두보의 작품이 우리 문학에 끼친 영향은 자못 크다. 고려시대에 이제현李齊賢과 이색李穡이 크게 영향을 받았고, 채몽필蔡夢弼은 『두공부초당시전杜工部草堂詩箋』을 편찬하였고 황학黃鶴은 두보시에 주석을 달아 『두공부시보유杜工部詩補遺』를 펴냈다. 조선시대에 들어와서 그의 작품은 더욱 높이 평가를 받아 『찬주분류두시纂註分類杜詩』가 무려 다섯 차례에 걸쳐 간행되었다. 성종成宗 때에는 유윤겸柳允謙 등이 왕명을 받아 그의 시를 한글로 번역한 『두시언해杜詩諺解』를 간행하여 그의 작품을 일반 평민에게도 널리 알렸다.

수호지

시내암

서양에서 자주 사용하는 '판도라 상자'와 비슷한 표현으로 동양 사람들은 '복마전伏魔殿'이라는 말을 즐겨 쓴다. 복마전이란 글자 그대로 마귀가 숨어 있는 전각을 뜻한다. 나쁜 일이나 음모가 끊이지 않고 일어나는 악의 근거지라는 말이다. 이 말의 뿌리를 캐어 들어가다 보면 중국 명明나라 때에 나온 소설 『수호지水湖志』를 만나게 된다. 이 작품의 첫머리에서 작가는 양산박梁山泊의 소굴에 모여 있는 도둑들을 설명하면서 이 말을 처음 사용하였다.

현대 화가 안소상安少翔이 그린 「수호지를 집필하고 있는 시내암」. 그의 뒤에는 양산박의 호걸들이 그려져 있다.

　북송北宋 인종仁宗 때 온 나라에 전염병이 돌자 조정에서는 전염병을 물리쳐 달라는 기도를 부탁하러 신주信州의 용호산龍虎山에 은거한 장진인張眞人에게 태위太尉 홍신洪信을 칙사로 보낸다. 용호산에 도착한 홍신은 도사의 안내를 받으며 경내 이곳저곳을 구경한다. 그러다가 우연히 '복마지전伏魔之殿'이라는 간판이 걸린 전각을 발견한다. 그는 호기심이 일어 주위의 만류를 뿌리치고 문을 열고 돌판을 들춘다. 그러자 검은 연기가 하늘 높이 치솟아 오르며 그 안에 갇혀 있던 마왕 108명이 뛰쳐나오는 바람에 그야말로 복마전이 되고 만다.

『수호지』는『삼국지연의三國志演義』·『금병매金甁梅』·『서유기西遊記』와 더불어 '중국의 4대 기서奇書'로 꼽히는 작품이다.『삼국지연의』가 황건적黃巾賊의 난을 시작으로 삼국이 통일되기까지 실제 역사를 바탕으로 쓴 장편 역사소설이라면,『수호지』는 의협심이 강한 사람들이 부패한 탐관오리를 징벌하는 장편 무협소설이나 의적소설이다. 이 점에서『수호지』는 우리나라에서 나온『홍길동전洪吉童傳』과 아주 비슷하다. 실제로 허균許均이『수호지』의 영향을 받고『홍길동전』을 썼다고 주장하는 학자도 있다.

『수호지』를 쓴 저자에 대하여 그 동안 학자들 사이에서 의견이 서로 엇갈려 왔다. 시내암施耐庵이 썼다고도 하고, 나관중羅貫中이 썼다고도 한다. 71회까지는 시내암이 쓰고 그 나머지는 나관중이 덧붙였다는 학자도 있다. 최근에는 대체로 시내암이 민간에 전승되어 온 내용을 토대로 쓴 것으로 본다. 다만 뒷날 나관중을 비롯하여 곽훈郭勳, 양정견楊定見, 김성탄金聖嘆 같은 사람이 원작의 내용을 추가하거나 삭제하는 등 손을 보았다는 것이다. 그래서「수호지」는 짧게는 70회 본에서 많게는 100회본, 더 많게는 120회 본까지 여러 텍스트가 있다.

시내암은 다른 고전의 작가들에 비하면 비교적 최근에 활동한 작가인데도 그에 대해서 지금까지 별로 알려진 것이 없다. 그는 장쑤성江蘇省 흥화현興化縣 화이안淮安에서 태어났다. 이름은 자안子安이고 내암은 그의 자이다. 서른다섯 살 때 진사가 되어 2년 동안 관직에 있었지만 상급 관리와 사이가 좋지 않아 관직을 그만두고 소주蘇州에 칩거하여 창작에 전념하였다고 전한다. 그의 행적과 관련해서는 원元나라 말기에 군웅의 한 사람인 장사성張士誠의 난에 가담하였다는 기록이 남아 있을 뿐이다. 그는 나관중과 함께 『삼수평요전三遂平妖傳』과 『지여志餘』 같은 책을 지었다고도 한다.

시내암이 태어난 집의 내부.

흥미롭게도 시내암 자신보다는 오히려 그의 자손에 관한 이야기가 더욱 잘 알려져 있다. 그의 자손은 5대에 걸쳐 눈이 멀고 귀가 먹었다고 한다. 그 까닭은 선조인 시내암이 도적의 이야기를 의롭게 꾸며 백성을 현혹시킨 '죄'를 저질렀기 때문이라는 것이다. 두말 할 나위 없이 이것은 나이 어린 사람들이 소설을 읽지 못하도록 근엄한 유학자들이 꾸며낸 터무니없는 이야기임에 틀림없다. 실제로 이 소설은 그 동안 "나쁜 짓을 가르치는 작품"으로 따가운 눈총을 받아 왔다.

시내암은 『수호지』를 쓸 때 『송사宋史』의 「선화유사宣和遺事」에 기록된 한두 구절에서 힌트를 얻었다. 거기에 보면 "휘종徽宗 때 송강宋江이 휘하 장수 36명과 합세하여 양산박에 모여 그 군세가 10만에 이르매 천자가 군사를 보냈지만 보내는 족족 격파되니 결국 칙서를 내려 항복하게 하였다." 하고 적혀 있다. 『송사』의 기록대로 송강은 실제 인물이다. 그는 1121년에 회남淮南에서 농민 반란을 일으켜 35명의 부하를 이끌고 한때 상당한 기세를 올렸다. 시내암은 이렇게 짧은 역사 기록을 씨앗으로 삼아 『수호지』라는 방대한 나무를 키워 냈으니 그의 문학적 상상력이 과연

일본의 우타가와 쿠니요시歌川國芳가 그린 「구문룡 사진九紋龍史進·도간호 진달跳澗虎陳達」. 구문룡 사 진이 산적 도간호 진달을 사로잡는 장면. 『수호 지』의 이야기는 '구문룡'이라는 별명을 가진 사진 의 이야기에서 출발한다.

어떠한지 짐작이 가고도 남는 다. 나관중만 하여도 『삼국지연 의』를 쓸 때 진수陳壽의 『삼국지 三國志』를 비롯하여 여러 자료의 뒷받침을 받았다. 그러나 시내 암은 오직 『송사』에 기록된 두 세 군데의 한두 구절만을 자료 로 삼았을 뿐이다.

『수호지』와 관련한 설화나 전 설이 없는 것은 아니다. 송나라 때에는 역사 이야기를 구두로 들려주는 '강사講史' 또는 '강석 講釋'이라는 것이 크게 유행하였 고, 그 대본에 해당하는 강사화 본講史話本이 많이 등장하였다. 『수호지』는 처음에는 강사나 강 석에서 출발하여 원나라 때에는 주로 잡극雜劇으로 많이 공연되었고, 이 것이 다시 명대明代에 이르러 소설로 정착되었다. 이러한 과정에서 원래 이야기에 다른 이야기가 덧붙여져 내용이 계속 불어났다. 예를 들어 실 제 역사에서는 장수의 수가 36명밖에 되지 않지만 시내암은 가상 인물 72명을 더 보태어서 모두 108명으로 만들었다. 굳이 108명으로 만든 것 은 불가佛家에서 염주를 108개로 만들 듯이 중국에서도 이 숫자는 마술 적인 힘을 지니고 있다고 생각하기 때문이다.

『수호지』는 『삼국지연의』와 마찬가지로 플롯이 크게 두 부분으로 나뉜 다. 전반부는 의적들의 영웅적인 모험담을 다루고, 후반부는 그들이 맞는 비극적 종말을 그린다. 시내암은 위정자의 실정과 탐관오리의 부패한 정치 그리고 민생고에 허덕이는 민중의 삶에서 이 소설의 실마리를 풀어 나간다. 당시 휘종은 문학을 좋아하였지만 정치에는 별로 관심이 없어 나라 일을 대신들에게 맡기다시피 하였다. 정치를 맡은 대신들은 거의 모두가 간신이거나 탐관오리로서 나라는 어려워질 대로 어려워졌다. 이러한 상황에서 질곡 같은 생활을 하며 온갖 이유로 죄를 범하기도 하고 억울한 누명을 쓰기도 하고 몸을 의지할 데 없는 불평분자들이 산둥성山東省 수장현壽張縣 양산 호숫가에 모여 든다.

작가가 이 소설 제목을 '수호지'로 삼은 까닭은 이 작품에서 가장 중요한 지리적 배경인 양산박 때문이다. '수호지'란 바로 물가에서 일어난 이야기라는 뜻이다. 서구에서는 이 소설을 '도적들의 이야기'라고 부른다. 어찌 되었든 양산박에 모인 의적들은 송강과 노준의盧俊義를 총수로 삼고 오용吳用과 공손승公孫勝을 사령관으로 뽑아 하늘을 대신하여 도를 실천한다는 '체천행도替天行道'의 깃발을 높이 쳐들고 부패한 조정 관료

청대 후기의 소주 연화年畵「삼타축가장三打祝家莊」. 양산박의 의병과 축가장 지주들이 싸우는 모습을 생동감 있게 묘사한다.

에 맞서 싸운다. 의적들은 부패 관료들이 이끄는 관군과 싸울 때마다 승리를 거둔다.

그러나 작품의 후반부에 이르러 의적들은 천자의 초안招安을 받고 양산박을 버린 뒤 칙명에 따라 북방의 요遼나라에 원정하여 항복을 받아낸다. 잠시 쉴 사이도 없이 또 다시 여러 반란을 잇달아 평정한다. 그들이 악전고투하는 사이에 108명 중 절반이 전사하거나 병사하여 차츰 그 수가 줄어간다. 마지막으로 방랍方臘을 토벌한 뒤 막상 도읍에 개선한 사람은 겨우 27명에 지나지 않는다. 그들 중 일부는 공에 따라 관직과 작위를 받지만 나머지는 관직을 반납하고 뿔뿔이 흩어진다. 송강과 노준의는 간신들의 모략으로 비극적인 최후를 맞는다.

송강과 노준의를 비롯한 의적들은 봉건 사회에서 민중이 만들어 내는 이상적이고 전형적인 영웅상이다. 민초의 입장에 서서 부패한 관리를 벌하는 의적 이야기는 중국뿐 아니라 서양에서도 쉽게 찾아볼 수 있다. 이를테면 영국의 『로빈후드』 이야기가 그러하고, 독일에서 프리드리히 쉴러의 『군도群盜』(1781)가 그러하다. 폭군이나 무능한 군주 밑에서 고통 받는 민중은 의적들의 용감한 행동에 박수갈채를 보내고, 그들의 비극적 종말에 동정과 슬픔을 느낀다. 의적소설

명나라 때 화가 주신周臣이 그린 「유민도流民圖」의 일부. 명나라 중반기에 들어서면서 살 곳을 잃은 백성들이 점차 늘어나기 시작하였다. 『수호지』는 이런 시대를 배경으로 하고 있다.

은 민중의 울분이나 한을 달래 준다는 점에서 카타르시스의 효과가 무척 크다. 더구나 카타르시스의 차원을 뛰어넘어 『수호지』를 비롯한 의적소설은 이 무렵 점차 눈을 뜨기 시작하던 시민 계층의 저항 의식을 다룬다는 점에서도 자못 큰 의미가 있다.

한편 『수호지』는 의적의 총수 송강을 통하여 '충忠'과 '의義'의 대립을 보여 주기도 한다. 송강은 유가 전통에 얽매여 충과 의 사이에서 갈등을 일으킨다. 여기에서 '충'이란 기존 사회에 대한 맹목적인 헌신을 나타내며, '의'란 기

현대 화가 대돈방이 그린 「양산박영웅배좌차梁山泊英雄排座次」. 양산박의 호걸 108명이 모여 동맹식을 거행하는 장면.

존 사회에 어울리지 못하고 양산박에 모여든 인물들이 추구하는 동류 의식 또는 집단 의식을 나타낸다. 이 소설의 전반부까지는 주로 '의'를 중심으로 양산박이 결속되는 과정을 보여 주는 반면, 후반 이후부터는 '충'을 중심으로 양산박이 해체되는 과정을 보여 준다. 또 '의'를 선택한 인물과 '충'을 선택한 인물의 서로 다른 최후를 보여 주기도 한다. 처음에는 '의'에 무게를 싣다가 점차 '충'을 중시하는 것은 아마 민간에서 시작한 이야기가 사대부의 손을 거치면서 변형되었기 때문일 것이다.

『수호지』에서 가장 눈길을 끄는 것은 온갖 작중인물과 그들의 다채로운 직업 그리고 탁월한 성격 묘사이다. 『서유기』가 초인간적인 인물을 다루고 『홍루몽紅樓夢』이 명문 집안의 자녀를 묘사하는 것과는 달리 이

작품에는 온갖 신분의 인물이 골고루 등장한다. 그들의 직업을 대충 헤아려 보더라도 무관이 24명, 산채의 두목에서 좀도둑에 이르는 도둑이 19명, 크고 작은 장사꾼이 12명, 하급 관리가 10명이다. 또 농민이 6명, 배를 만드는 목수·대장장이·석공·은세공업자 등 기술자가 6명, 건달과 깡패가 5명, 지식인·부자·어부가 각각 3명, 도사·사냥꾼·나무꾼·하인이 각각 2명, 왕족·거간꾼·의사·수의사·도박꾼·마부·병사·소작인 농부가 각각 1명씩이다. 108명 의적은 이 무렵의 중국 사회를 축소해 놓은 것이라고 하여도 크게 틀리지 않는다.

시내암이 작중인물 한 사람 한 사람을 묘사하는 솜씨도 아주 뛰어나다. 예를 들어 송강을 묘사하는 장면을 읽다보면 의적의 두목으로서 그의 모습을 눈앞에 직접 보는 듯하다.

> 두 눈은 마치 붉은 봉황새의 눈이요, 두 눈썹은 마치 두 마리의 누에가 누운 듯하였다. 두 귀는 둥글넓적하고 입술은 단정하게 각이 져 있었다. 수염은 턱을 뒤덮고 있었는데, 이마는 훤칠하게 넓었다. 나이는 서른 정도 되어 보였고, 키는 여섯 자 정도로 작아 보였다.

송강은 운성현 현청에서 압사로 일하고 있었는데 그가 맡은 일은 막힘이 없어 다른 공인들의 부러움을 샀다. 또 창과 봉을 다루는 솜씨도 뛰어났다. 평생 호걸들과 사귀기를 좋아해서 자기를 찾아오는 사람은 신분의 높고 낮음을 가리지 않고 모두 받아들였다. 그는 다른 사람이 어려움을 겪는 것을 보면 마치 자신의 일처럼 발 벗고 나서서 힘껏 거들었다. 뿐만 아니라 가난한 초상집을 보면 관을 사 주고, 가난한 병자에게 약재를 베풀었다. 그러한 까닭에 그의 이름이 이미 산둥과 하북 지방에 널리 퍼져 있었다. 어떤 사람들은 하늘이 때에 맞추어 비를 내려 만물을 구한다는

106

뜻으로 그를 '급시우及時雨'라고 불렀다.

송강 외에 이 작품에 나오는 의적 가운데에서 특히 민중에게 인기가 있는 인물은 노지심과 이규 같은 자유분방한 야인이다. 방랍을 생포한 노지심은 돌아오는 길에 항주杭州의 육화탑六和塔에서 운명을 깨닫고 좌선한 채 입적한다. 난폭하기로 유명하지만 그의 강직한 성격은 이 무렵 하급 군인에게서 볼 수 있는 전형적인 모습이다. 노지심이 등장하는 경극 「야저림野

베이징 오페라단의 배우. 『수호지』는 현대에 다양하게 변주되어 읽힌다.

猪林」은 지금도 자주 무대에 오른다. 이규와 무송 같은 인물도 민중에게 꽤 인기 있는 인물이다.

『수호지』가 중국을 비롯한 동양 문학에 끼친 영향은 아주 크다. 이를테면 명나라와 청나라 때에 나온 희곡 중에는 『수호지』에서 인물이나 내용을 빌려온 작품이 많다. 명나라 후기에 '난릉소소생蘭陵笑笑生'이라고 일컫는 작가는 이 소설의 제23회부터 제27회까지의 내용을 확대하여 『금병매』를 썼다. 『설악전전說岳全傳』에 등장하는 몇몇 인물은 『수호지』의 인물들의 후계자에 해당한다. 진침陳忱은 『수호후전水滸後傳』을 썼으며, 유만춘兪萬春은 '결수호지結水湖志'라고 일컫는 『탕구지蕩寇志』를 지었다. 『수호지』는 우리나라에도 큰 영향을 끼쳐 『홍길동전』을 비롯하여 『일지매』, 비교적 최근에는 홍명희洪明憙의 『임꺽정』(1945)이나 황석영黃晳暎의 『장길산』(1984) 같은 의적소설이 탄생하는 데에도 산파 역할을 맡았다.

이 작품은 지배 계급에 맞서 민중 의식을 드높였을 뿐 아니라 문학에서도 혁명적인 역할을 맡았다. 문체에서 『수호지』는 『삼국지연의』보다 한 발 앞선다. 시내암이 이 소설에서 구사하는 언어는 당대의 구어를 바탕으로 갈고 닦은 통속적이면서도 유창한 민중의 언어이다. 이 작품 이후 중국에서 장편 소설은 대부분 백화문을 사용하게 된다. 프랑스의 박물학자 뷔퐁은 "문체가 곧 인간이다." 하고 말하였지만 이 소설처럼 문체와 내용이 잘 맞아떨어지는 작품도 찾아보기 쉽지 않다.

『수호지』는 저물어가는 송조宋朝의 마지막 하늘을 화려하게 수놓았다가 사라져 간 108 호걸의 삶과 죽음을 다룬 이야기이다. 이렇게 목숨을 지푸라기처럼 버리면서도 민초를 위하여 관군과 맞서 싸운 영웅들의 이야기는 지금까지 수많은 독자의 가슴을 뭉클하게 한다. 피지배 계층은 지배 계층에게 억눌려 기를 펴지 못하고 주눅이 들어 살아왔다. 그들은 이 작품을 읽으면서 통쾌한 기분을 맛보는 것이다.

『수호지』가 나온 지도 어느덧 5백여 년의 세월이 흘렀다. 송강과 노준의를 비롯한 의적의 무대였던 양산박은 지금은 호수에 떠 있는 섬이 아니라 중국의 농지대 개혁으로 토지로 바뀌고 말았다. 하지만 지금 양산박에 가면 작중인물의 동상이 서 있어 그 감회가 새롭다. 허구의 산물인 소설은 흔히 현실을 모방한다고 한다. 그런데 이 경우에는 거꾸로 현실이 허구를 모방하고 있는 셈이다.

삼국지연의

나관중

문학 장르 가운데에서 소설만큼 따가
운 눈총을 받아 온 장르도 없다. 이는
동양이나 서양이나 마찬가지이다. 까
마득히 멀리 샤머니즘의 고대 원시 종
교 의식에 뿌리를 둔 시만 하여도 문
학 장르의 왕자로 그 동안 융숭한 대
접을 받았다. 중국에서는 아주 일찍부
터 '시언지詩言志'니 '사무사思無邪'니
하여 시를 문학의 반열에 올려놓았다.

『삼국지연의』의 중심인물 중 한 명인 조
조. 실제 위왕조를 세운 장군으로 흔히
'난세의 영웅'으로 일컫는다.

공자孔子도 제자들에게 왜 시 공부를 하지 않느냐고 나무랄 정도였다. 소
설 장르에 이르면 사정은 전혀 달라진다. 공자는 소설을 귀신이나 신선
이야기를 담은 비현실적인 작품이라고 하여 배척하였고, 장주莊周는 '대
수롭지 않은 사소한 이야기'로 치부하였다. 이러한 편견 때문에 소설은
문학 장르 가운데에서도 아주 뒤늦게 조명을 받았다.

소설은 이렇게 어렵게 태어난 뒤에도 마치 서자처럼 갖은 수모를 겪으며 자라났다. 동양에서는 전통적으로 '문이재도文以載道'니 '문이명도文以明道'니 하여 문학을 그 자체로 즐기기보다는 도를 담는 그릇이나 도를 밝히는 수단으로 보았다. 유학자들은 소설을 처음부터 달갑게 여기지 않았다. 그들은 소설을 읽지 못하도록 소설을 쓴 작가의 자손이 지옥에서 벌을 받고 있다느니, 소설을 읽으면 전염병에 걸린다느니 하는 소문을 퍼뜨렸다.

그런데 앞의 소문은 몰라도 적어도 뒤의 내용은 그렇게 터무니없는 말은 아니었다. 옛날 소설책은 한지로 만들었고, 한지는 책장이 잘 넘어가지 않아 손가락에 침을 발라서 넘기게 마련이다. 책이 귀한 탓에 여러 사람이 돌려가면서 읽다 보니 책에는 온갖 세균이 많이 묻어 있을 것이 뻔하다. 그래서 전염병 운운 한 것은 그리 터무니없는 말은 아니라고 할 수도 있다. 사정이야 어찌 되었든 이 모든 것은 소설을 읽지 못하게 하려는 궁여지책이었다. 하지만 어른들이 소설을 읽지 못하게 하면 할수록 아이들은 어른들 몰래 밤을 새워가면서라도 더 읽었다.

동양 사람들의 상상력에게 깊은 영향을 끼쳐 온『삼국지연의三國志演義』도 예외는 아니다. 중국에서『삼국지연의』를 비롯하여『수호지水滸志』이나『홍루몽紅樓夢』같은 소설은 어지간히 푸대접을 받았다. 우리나라에서도 사정은 마찬가지이다. 한 예로 조선시대에 선조宣祖가 하루는 경연에서 신하들과 토론하는 가운데 무심코 "장비張飛의 고함소리에 만군이 놀란다." 하는 말을 내뱉었다. 그러자 경연관이 선조에게 "듣자온즉『삼국지연의』라는 책이 근간에 중국에서 나와 항간에 돌아다닌다는데, 지금 전하께서 인용하신 말씀은 그 책에 있는 구절인가 합니다." 하고 아뢰었다. 그 경연관은 선조의 유식함이나 폭넓은 독서를 칭찬하려고 그러한 말을 한 것이 아니라 임금으로서 그러한 소설을 읽는 것을 은근히 못마땅하게 생각하고 있었기 때문이다.

『삼국지』와 『삼국지연의』는 뒤섞어 쓰고 있지만 이 두 책은 엄밀히 구별하여 사용하여야 한다. 『삼국지』는 중국의 위魏·촉蜀·오吳 세 나라의 역사를 기록한 책으로, 그것도 야사野史가 아닌 정사正史이다. 한편 『삼국지연의』는 어디까지나 허구의 소설 작품이다. 방금 앞에서 밝힌 선조와 관련한 이야기에서 경연관이 굳이 『삼국지』라고 하지 않고 『삼국지연의』라고 말한 까닭이다. 선조가 『삼국지』를 읽었다면 굳이 탓할 일이 아니지만 『삼국지연의』를 읽었기 때문에 문제를 삼은 것이다.

『삼국지』는 진晉나라의 학자 진수陳壽(233~297)가 편찬한 역사서이다. 이 책은 『사기史記』·『한서漢書』·『후한서後漢書』와 더불어 '중국 전사사前四史'로 부를 만큼 정통 역사서 가운데 하나로 평가받는다. 이 책은 위서魏書 30권, 촉서蜀書 15권, 오서吳書 20권 등 무려 65권으로 되어 있다. 진수는 이 책에서 위나라를 정통 왕조로 보아 위서에만 '제기帝紀'를 세우고

「황건적의 난」. 신흥 종교 대평도太平道의 교주 장각張角이 일으킨 난리로 무리들이 머리에 누런 두건을 둘러 '황건적'이라고 불렀다. 『삼국지연의』의 주요 인물들은 대거 이 난을 토벌하는 데 참가한다.

1700년경에 만들어진 관우 석상. 그는 『삼국지연의』에 등장한 뒤 중국 사람들로부터 가장 사랑받는 영웅이 되었다. 뒷날 신으로 승격되었다.

촉서와 오서는 '열전列傳'의 체제를 취하였기 때문에 뒷날 역사가로부터 적잖이 비판을 받기도 하였다. 하지만 이 책을 쓴 역사가가 촉한蜀漢에서 벼슬을 하다가 촉한이 멸망한 뒤 위나라의 조祚를 이은 진나라로 가서 저작랑著作郎의 관직을 맡았다는 사실을 염두에 둔다면 위나라의 역사에 무게를 실은 것은 그다지 이상할 것이 없다. 그 때문에 뒷날 역사가들은 촉한을 정통으로 한 역사서를 쓰기도 하였다.

진수가 찬술한 『삼국지』는 그 내용이 근엄하고 간결하여 정사 중에서도 명저로 일컫는다. 다만 내용이 간략하고 인용한 사료도 지나치게 간단하고 누락된 것이 많아 남송南宋 시대에 이르러 배송지裵松之가 문제文帝의 명을 받아 이 책에 자세하게 주석을 달고 누락된 사실을 보충하였다. 이러한 작업은 뒷날에 더욱 활발하게 이루어져 청靑나라 때에는 전대소錢大昭가 엮은 『삼국지변의三國志辨疑』, 양장거梁章鉅의 『삼국지방증三國志旁證』, 항세준杭世駿의 『삼국지보주三國志補注』 등이 잇달아 출간되었다. 최근에는 1957년 베이징北京의 고적출판사古籍出版社가 발간한 노필盧弼의 『삼국지집해三國志集解』가 가장 완벽한 해설서로 평가받고 있다.

한편 『삼국지연의』는 중국 원元나라 때의 소설가 나관중羅貫中(1328~1398)이 지은 장편 역사소설이다. 중국 '4대 기서奇書'의 하나로 일컫는 이 책의 원래 제목은 '삼국지통속연의三國志通俗演義'이다. 삼국의 역사를 알기 쉽게 풀이한 책이라는 뜻에서 '삼국지평화三國志平話'라고도 부른다. 그러니까 『삼국지』가 역사적 사실을 객관적으로 기록한 역사서라면, 『삼국지연의』는 역사에 바탕을 두되 어디까지나 작가의 상상력이 빚어 낸 허구적 문학 작품이다. 청나라 장학성張學誠은 이 두 책을 비교하여 『삼국지연의』의 내용이 "사실이 7할이요 허구적인 것이 3할이어서 읽는 사람을 혹란惑亂시킨다." 하고 말한 적이 있다.

나관중은 태어난 해도 정확하지 않고 어디에서 태어났는지도 알려져 있지 않다. 1328년경에 중국 절강성浙江省에서 태어났다고 하기도 하고 월越나라 사람이라고 하기도 하며 태원太原 사람이라고도 한다. 이름은 본本이고, 자는 관중貫中 또는 본중本中이며, 호는 호해산인湖海散人이다. 그가 원나라 말기에 태어나 명明나라 초기에 사망하였다는 사실밖에는 그에 대하여 알려진 것이 별로 없다. 다만 그가 『삼국지연의』 말고도 『수당지전隨唐之傳』이니 『잔당오대사연의殘唐五代史演義』니 『삼수평요전三遂平妖傳』이니 하는 책을 지었다고 전할 뿐이다. 흥미로운 것은 그가 시내암施耐庵이 『수호지』를 짓는 데 도와준 사람 가운데 하나라는 점이다.

현대 화가 범증范曾이 그린 「보출하문행步出夏門行」. 조조는 원소袁紹의 군대를 격파하고 망망대해를 바라보며 "가을바람 소슬히 불어오니 큰 파도 용솟음치네." 하고 노래한다.

진수의 『삼국지』는 『삼국지연의』가 나오기 훨씬 전부터 뭇 사람의 사랑을 받았다. 옛날부터 중국인들 사이에서 세 나라가 마치 가마솥의 세 다리처럼 맞서 싸우는 이야기는 그 전투 규모가 웅장한데다가 인간의 온갖 지혜와 책략을 총동원하여 치열한 공방전을 벌이는 만큼 흥미 있는 이야깃거리로 각광을 받았다. 9세기 당나라 말기에는 이미 강담講談의 자료로 사용되었다. 당唐나라 때 활약한 시인 이상은李商隱이 작품에 『삼국지』의 역사적 사실을 테마로 한 강석講釋을 언급한 것을 보면 이미 이 무렵에 이 이야기가 널리 퍼져 있었음을 알 수 있다.

소동파蘇東坡가 전하는 내용에 따르면 삼국의 각축을 둘러싼 이야기는 특히 이 무렵 이렇다 할 만한 소일거리가 없는 아이들에게 아주 큰 인기를 끌었다. "시중의 아이들은 개구쟁이들이어서 집안에서는 골칫거리였기 때문에 부모들은 돈 몇 푼을 주어 거리에 나가 모여 앉아 고담古談을 강설講說하는 것을 듣게 하였다. …… 유현덕이 (전쟁에서) 패하였다는 이야기를 들을 적에는 얼굴을 찌푸리며 눈물을 흘리는 아이도 있고, 조조가 패하였다는 이야기를 들을 적에는 좋아서 날뛰는 아이도 있었다." 그런데 이러한 이야기를 아주 즐긴 것은 아이들만이 아니라 일반 민중도 마찬가지였다.

이러한 강석이나 강설은 송대宋代 이후에 이르러 더욱 활기를 띤다. '설화인說話人'이라고 하여 역사나 전투 이야기를 구연하는 직업적인 배우가 등장한다. 그들은 '화본話本'이라고 일컫는 대본까지 갖추고 있었다. 금金과 원元나라에 때에는 잡극雜劇의 형태로 나타나 많은 사람의 사랑을 받았다. 『삼국지』가 입에서 입으로 전하던 이야깃거리에서 읽을거리 책으로 엮인 것은 바로 이 무렵이다. 원나라 지치至治 연간, 좀더 정확히 말해서 영종英宗이 집권하던 1321∼1323년경에 이야기에 그림까지 곁들인 『전상삼국지평화全相三國志平話』3권이 발간된다. 이 책은 루쉰魯迅

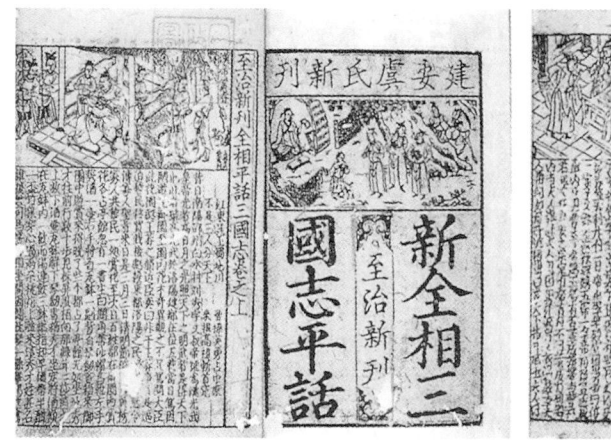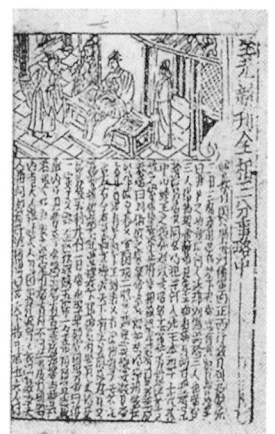

『삼국지평화』 상권 제1회 본문(왼쪽), 원나라 지치 연간에 발간된 『삼국지평화』의 속표지(가운데), 『삼분사략三分事略』 중권 제1회(오른쪽).

의 지적대로 설화인이 사용하던 화본 같은 것이어서 문장이 조잡하고 유치하였다.

　나관중은 진수의 『삼국지』와 『전상삼국지평화』를 뼈대로 삼아 그것에 살을 붙이고 피를 통하게 하여 『삼국지연의』라는 장편 소설을 만들었다. 나관중이 이 소설을 쓰면서 이 두 권 말고도 배송지의 주석본을 비롯하여 이 무렵에 유행한 '삼국극三國劇'과 민가에서 수백 년 동안 전해 내려온 설화를 끌어들이고 역사적 사실을 곁들였음은 두말 할 나위가 없다. 그러다 보니 분량도 『삼국지』의 10배 정도로 늘어날 수밖에 없었다. 그러나 나관중이 쓴 원본은 지금 전하지 않고 현존하는 최고본은 1494년의 서문이 붙어 있는 '홍치본弘治本'으로 이 책은 실제로는 1522년에 간행되었다. 청나라 초기에 모성산毛聲山·모종강毛宗崗 부자가 이 소설을 개정하여 만든 '모종강본毛宗崗本'이 오늘날의 정본으로 자리 잡았다.

　『삼국지』에서 진수가 위나라를 정통 왕조로 삼은 것과는 달리 나관중은 『삼국지연의』에서 촉나라 유비를 한漢나라의 정통 후계자로 삼는다. 나관중은 촉한 정통론의 입장에 서서 유비와 조조의 선악을 분명히 구분 짓고 장비 중심에서 관우 중심으로 다시 고쳐 쓰는 한편, 독자들의 호기심을 불러일으키도록 극적인 장면을 많이 삽입한다. 다시 말해서 역사적 사실을 기록한 책을 허구적인 문학 작품으로 끌어올린 것이다.

그러나 『삼국지』의 내용은 모두 사실이고 『삼국지연의』의 내용이 거짓말이라고 보는 것은 좁은 생각이다. 역사와 소설, 사실과 허구는 흔히 생각하듯 그렇게 뚜렷이 구분되지 않는다. 요즈음 포스트모더니즘의 거센 기류를 타고 "모든 것이 정치적이다."니 "모든 것이 이데올로기적이다."니 하는 말이 심심치 않게 지식인의 입에 오르내린다. 인간과 관련한 일은 하나같이 어떤 객관적이고 절대적 가치보다는 오히려 주관적이고 상대적 판단에 따라 결정된다는 것이다. 역사 기술도 언뜻 보면 객관적인 것처럼 보이지만 좀더 꼼꼼히 따져 보면 그것을 기술하는 사람의 세계관이나 정치적 이데올로기의 영향을 받게 마련이다. 역사는 어디까지나 승리자의 입장에서 씌어진다는 말도 있지 않은가. 진수가 위나라의 정통성을 내세워 조조를 중심으로 서술한 것은 어찌 보면 당연하다. 한편 나관중이 한나라의 정통성을 내세워 조조나 여포呂布 같은 인물을 부정적으로 그린 것도 어디까지나 이데올로기적인 판단에 따른 것이다. '역사적 상상력'이라는 말도 있듯이 나관중은 상상력에 기대어 삼국의 역사를 새롭게 재구성하였을 따름이다. 공식적인 역사라고 하여 역사적 사실만을 다루지 않듯이 소설이라고 하여 한낱 꾸며낸 거짓말만은 아닌 것이다.

『삼국지연의』에서 나관중은 169년부터 280년까지 일백여 년에 걸쳐 일어나는 이야기를 크게 두 부분으로 나눈다. 앞부분에서는 유비, 관우, 장비 세 사람이 의형제를 맺고 나중에 제갈공명이 가담하는 줄거리를 플롯의 중심 뼈대로 삼는다. 이 부분에서는 유비와 손권의 연합군이 조조의 대군을 화공火攻으로 무찌르는 적벽赤壁 대전에 이르러 절정에 이른다. 바로 이 대전의 결과로 조조가 이끄는 위나라와 손권이 이끄는 오나라, 그리고 유비가 이끄는 촉나라의 삼국이 나뉜다. 뒷부분은 활시위처럼 팽팽히 맞서던 삼국정립三國鼎立 시대가 막을 내리기까지의 사건을 다룬다. 유비의 아들 유선 대에 이르러 촉나라는 날로 그 세력이 약화되어 가다가 사마소가 대군을 이끌고 침공하자 쉽게 무너진다. 그 뒤 사마소의 아들 사마염이 조조의 손자인 위나라 황제 조환에게 퇴위할 것을 강요하여 진나라를 세워 마침내 천하를 통일하기에 이른다.

『삼국지연의』를 읽은 사람치고 도원결의桃園結義 장면을 기억하지 못하는 사람은 아마 거의 없을 것이다. 이 장면은 비록 실제로 있었던 역사적 사건은 아니지만 작가의 상상력이 빚어 낸 찬란한 우주이다. 동양과 서양의 소설을 통틀어 이 장면처럼 독자의 뇌리에 깊이 되새겨진 장면도 찾아보기 쉽지 않다. 연분홍 꽃이 만발한 복숭아밭에서 세 사람이 검은 말과 흰 말 그리고 온갖 제물을 차려놓고 제사를 지내며 의형제를 맹세

명나라 때 화가 주첨기朱瞻基가 그린 「무후고와도武侯高臥圖」. 제갈량이 남양에 한가롭게 은거하고 있을 때의 모습이다.

하는 장면은 마치 한 폭의 그림과 같다.

비옵건대 유비·관우·장비 세 사람은 각기 성姓은 다르지만 형제가
되어 마음과 힘을 합쳐 곤궁에 빠진 사람을 돕되 위로는 나라에 보
답하고 아래로는 백성을 편안하게 하고자 합니다. 태어난 날은 저마
다 다르지만 죽는 날은 동년동월동일同年同月同日이 되게 해 주소서.
천지신명이시여, 저희 마음을 살피시되 의義를 배반하고 은恩을 망
각하는 자가 있거든 천인天人이 공히 그를 주멸시키오소서.

맹세가 끝나자 유비가 맏형, 관우가 둘째, 장비가 막내가 된다. 이어서
이 세 사람은 인근의 장정 300명을 모아 의용군을 조직하여 여러 싸움에

적벽대전으로 이름난 적벽. 208년에 일어난 이 전쟁은 조조의 군대와 유비 손권의 연합군의 대전으로
수전水戰에 약한 조조 군대의 패배로 끝났다.

서 이겨 큰 공을 세운다. 이들의 우정은 실로 대단하였다. 한 예로, 뒷날 장비가 유비의 아내를 지키지 못한 책임을 느끼고 스스로 목숨을 끊으려고 하자, 유비는 그에게 "아내와 자식은 의복과 같고, 부모와 형제는 수족手足과 같다. 의복은 찢어지면 꿰맬 수 있지만 수족은 끊어지면 다시 이을 수 없다." 하고 말하면서 자살을 말리는 장면이 나온다.

동양 작가가 쓴 소설 가운데에서 『삼국지연의』만큼 큰 사랑을 받아 온 소설도 드물다. 이 소설은 온갖 성격을 지닌 작중인물에다 흥미진진한 이야깃거리로 그 동안 뭇 사람에게 가슴 뭉클한 감동을 주었다. 『삼국지연의』는 드넓은 중국 대륙을 배경으로 파노라마처럼 펼쳐지는 대서사시로 등장인물만도 무려 700여 명이 넘는다. 이 작품은 소설은 말할 것도 없고 연극, 영화, 만화, 최근에는 컴퓨터와 휴대 전화 게임으로도 만들어

「관우금장도關羽擒將圖」. 219년 촉의 형주 책임자인 관우가 위나라의 맹장 조인曹仁의 주둔지를 급습한다.

져 그 관심이 줄어들기는커녕 오히려 점점 더 커지고 있다. 최근에는 '삼국지 경영학'이라고 하여 이 책에 등장하는 인물한테서 현대 경영 방법과 기술을 찾으려는 학자도 있다. 이들은 특히 이 작품의 등장인물 가운데 조조야말로 가장 성공한 CEO(최고 경영책임자)이며, 오늘날의 기업에 견주면 위나라는 창업도 빠르고 외형도 크고 성장성·수익성·안정성에서 모두 뛰어난 우량 대기업이라고 한다. 더구나 기업 조직이 강하고 유연하며, 무엇보다도 인적 자원이 풍부하고 질도 높다는 것이다.

서유기

오승은

요즈음 J. R. R. 톨킨의 『반지의
제왕』(1954~1956)이나 조앤 K.
롤링이 쓴 『해리 포터』(1997~
2007)가 전 세계에서 큰 인기를
끌고 있다. 이러한 환상적 경험
을 다루는 판타지 소설은 오래
전 이미 동양에서 큰 인기를 끌
었다. 동양에서 판타지 소설의
역사를 더듬어 올라가다 보면
까마득히 먼 4세기경 중국의
위진魏晉 남북조南北朝 시대에 이

「현장취경도玄奘取經圖」. 현장 선사 일행이 대하大河를
만나자 제자 손오공은 구름을 불러 그것을 타고 건너
려고 한다. 서하西夏 왕국 말기 유림굴榆林窟 벽화.

른다. 이 무렵에 중국에서는 신선이나 귀신 이야기가 크게 유행하였다.
그러다가 16세기 중엽 명明나라의 오승은吳承恩이 쓴 『서유기西遊記』에 이
르러 판타지 소설은 그야말로 찬란한 꽃을 피운다. 이 작품은 '신마소설
神魔小說' 이라는 꼬리표가 붙어 다니는데, 두말할 나위 없이 뛰어난 판타

지 소설로 그 동안 동양 사람들의 상상력에 크나큰 영향을 끼쳤다.

동양 사람치고 『서유기』는 몰라도 손오공孫悟空이나 사오정沙悟淨 또는 저팔계猪八戒를 모르는 사람은 거의 없을 것이다. 소설은 아니더라도 만화나 영화 같은 매체를 통하여 어렸을 적부터 듣고 보아 온 신출귀몰하는 그들의 행적은 아직도 많은 사람의 뇌리에 깊이 아로새겨 있다. 이 소설만큼 '황당무계'니 '기상천외'니 하는 표현이 잘 맞아떨어지는 작품도 찾아보기 어렵다. 요즈음에는 '드래곤 볼'이니 '날아라 슈퍼보드'니 '최유기'니 하는 만화나 만화 영화 또는 게임으로 만들어져 어린이들과 청소년들의 환상을 더욱 자극하고 있다.

이 소설을 쓴 오승은(1500~1582)은 장쑤성江蘇省 흥화현興化縣 회안淮安에서 태어났다. 흥미롭게도 이곳은 바로 『수호지水滸志』의 저자 시내암施耐庵이 태어난 곳이기도 하다. 비슷한 시기에 걸쳐 같은 장소에서 '중국의 4대 기서奇書' 가운데 두 편이 씌어졌다는 것은 우연치고는 여간 큰 우연이 아니다. 오승은의 자는 여충汝忠이고, 호는 사양산인射陽山人이다. 시를 잘 썼지만 과거 시험에는 재주가 없는 듯 향시에도 합격하지 못하였다. 마흔다섯 살 때에 겨우 공생貢生이라는 벼슬자리를 얻었고, 예순 살이 다 되어서 저장성浙江省 장흥현長興縣에서 현승縣丞이라는 낮은 벼슬을 한 것이 그의 관직 생활의 전부이다. 게다가 그는 이른 살쯤에 『서유기』를 썼다고 하니 그야말로 늦깎이인 셈이다.

『서유기』는 제목 그대로 서쪽 지방으로 여행을 떠나는 이야기이다. 중국을 기준으로 삼아 서쪽이라면 두말 할 나위 없이 인도나 티베트를 가리킨다. 좀더 구체적으로 말해서 당唐나라 초기의 고승 현장선사玄奘禪師 또는 삼장법사三藏法師가 타클라마칸 사막을 지나 오늘날의 북인도에 해당하는 천축국天竺國에서 대승불교 경전을 구해 오는 과정을 다룬 작품이다. 이 여행에는 방금 앞에서 언급한 손오공, 사오정, 저팔계 같은 허구

인물이 삼장법사를 따라가며, 그들은 여정에서 온갖 고난을 겪는다. 그런데 그들은 온갖 고난을 일반인의 상상을 초월하는 갖은 묘기로 이겨내고 마침내 목적을 이루어 부처가 된다. 그러니까 이 작품에는 현실과 환상이 뒤섞여 있다. 삼장법사와 관련한 내용은 실제 역사적 사실이고, 그 수행원이 벌이는 갖가지 이야기는 작가의 상상력이 빚어낸 허구이다.

원나라 때 화가 장백공張伯供이 그린 또 다른 「현장삼장취경도」. 현장 일행이 경서를 담은 상자를 든 요괴와 함께 당나라로 돌아오고 있다.

뛰어난 문학 작품이 으레 그러하듯이 『서유기』도 그 내용 구성에 있어 예술적 상상력에 기대되 구체적인 현실에 뿌리를 둔다. 이 작품에서 오승은은 역사와 소설, 사실과 허구 사이에 절묘한 균형을 꾀한다. 작가가 이 소설을 쓰면서 뼈대로 삼은 것은 7세기에 살았던 현장 선사가 인도를 방문하고 쓴 『대당서역기大唐西域記』라는 견문록과 그의 제자 혜립慧立이 스승의 일대기를 쓴 『대자은사삼장법사전大慈恩寺三藏法師傳』이라는 전기이다.

현장선사와 관련한 이 이야기는 이미 당나라 말엽에 민간에 널리 퍼져 있었고, 역사적 사실에 허구적 요소를 덧붙여 설화도 만들어져 사람들 사이에서 회자되고 있었다. 송宋나라 때에는 비록 소박하게나마 소설의 모습을 갖춘 『대당삼장취경시화大唐三藏取經詩話』라는 책이 처음 나오기도 하였다. 이 책에 이미 손오공이나 사오정의 모델이 되는 인물이 등장한

『서유기』 59~61회에 나오는 화염산火焰山. 삼장법사 일행은 천축나라로 불경을 구하러 가는 도중에 이 산을 지난다. 토율 판분지 사막의 이 구릉은 명대 이후부터 화염산이라고 부른다.

다. 이 책은 『오대사평화五代史平話』나 『삼국지평화三國志平話』와 함께 '강사 화본講史話本'의 3대 대표작으로 꼽힌다. 강사 화본이란 역사를 쉽고 재미있게 이야기로 들려주는 '강사'의 대본을 가리킨다. 그 뒤에도 현장선사 이야기는 다양한 설화와 잡극 등으로 각색되었다. 이 이야기는 단편적으로나마 명나라 때의 『영락대전永樂大典』과 조선시대 중국어 회화 책인 『박통사언해朴通事諺解』에도 실려 있다. 심지어는 이 이야기는 벽화 그림으로 그리거나 시로 씌어지기도 하였다.

명대에 이르러 오승은이 여기에 살을 붙여 『서유기』라는 소설을 쓴 것이다. '서유기'라는 제목은 『대당서역기』의 '서역기'에서 '역域 자를 '유遊 자로 바꾼 것이다. 그러나 '어' 다르고 '아' 다르다는 우리 속담도 있듯이 이 두 글자 사이에는 하늘과 땅만큼의 차이가 있다. 하나는 역사적 사실을 있는 그대로 기록한 견문록이요, 다른 하나는 어디까지나 상상력에 기대어 쓴 소설이기 때문이다.

『서유기』는 동승신주東勝神州 오래국傲來國 화과산花果山 정상의 한 신선한 돌에서 생겨난 원숭이가 스스로 미후왕彌猴王이라고 부르는 이야기에서 시작한다. 이 원숭이는 영생불멸의 도를 얻으려고 수보리조사須菩提祖師를 만나 손오공이란 이름을 얻는다. 손오공은 수보리조사한테서 72반般의 변화술을 비롯하여 한 번 재주를 넘으면 10만 리 이상을 나는 근두

운법斛斗雲法과 자신의 털을 뽑아 작은 원숭이로 둔갑하는 신외신법身外身法 등을 배우고 동해 용왕으로부터 무슨 일이든지 뜻대로 할 수 있는 여의금고봉如意金箍棒을 빼앗는다. 그 뒤 천상에서 반도원蟠桃園을 관리하다가 선도仙桃와 선주仙酒 등을 훔쳐 먹고 소란을 피우는 바람에 석가여래에게 붙잡혀 오행산五行山에 갇히고 만다.

그로부터 5백 년 뒤 태종太宗으로부터 '삼장법사' 라는 호를 받은 현장 선사가 서역으로 불경을 가지러 가다가 오행산에서 손오공을 만나 그를 제자로 삼는다. 여행 도중에 돼지의 괴물이며 머리가 단순한 낙천가 저팔계와 하천의 괴물이며 충직한 비관주의자 사오정이 각각 삼장법사의 둘째, 셋째 제자가 된다. 손오공은 삼장법사를 모시고 가다 삼장법사에게 쫓겨나기도 하고 도적이나 요괴 등을 만나 싸우는 등 모두 80번의 재난을 겪고 10만 리 길을 걸어 서천에 도착하여 설법을 듣고 경전 5천 48권을 얻는다. 이 숫자는 경전을 얻는 데 걸린 날짜와 일치하는데, 14년을 날짜로 계산하면 정확히 5천 48일이 된다.

이들은 경전을 얻어 당나라로 돌아오던 중 통천하에서 자라가 석가여래에게서 자기 수명을 알아오지 않았다고 삼장 일행을 물에 처넣어 끝내 81난難을 채우게 된다. 마침내 삼장 일행은 당 태종에게 불경을 바치고 삼장은 '전단공덕불旃檀功德佛', 손오공은 '투전승불鬪戰勝佛', 저팔계는 '정단사자淨壇使者', 사오정은 '금신나한金身羅

당 태종. 현장선사에게 '삼장법사' 라는 칭호를 주어 인도에서 불경을 구해 오도록 한다.

漢´, 백마는 '팔부천룡八部天龍'의 직을 받고 마침내 부처가 된다.

『서유기』는 비교적 사회 분위기가 자유로운 명나라 때에 씌어졌다. 이러한 시대적 분위기를 반영이라도 하듯 이 작품에는 유교, 불교, 도교 세종교의 사상이 두루 나타난다. 즉 불교의 영향을 받았는가 하면 도교의 영향이 나타나고, 유교의 영향도 엿보인다. 신비로운 불교 설화와 도교의 영향을 받은 민간 설화가 한데 뒤섞여 있는데다가 오승은 자신이 유학자였기 때문에 유교의 이념을 사이사이에 양념처럼 끼어 놓았다.

예를 들어 이 작품에 보이는 윤회설이나 인과응보 또는 생명을 중시하는 사상은 불교에서 빌려온 반면, 여러 도술이나 불로장생은 도가의 신선 사상에서 따온 것이다. 간접적이나마 인의예지仁義禮智를 중시하는 태도는 두말 할 나위 없이 유교에서 물려받은 유산이다. 특히 저팔계는 비록 그 이름은 불교에서 왔지만 그 나름대로 유교적 가치를 보여 주는 인물이다. 그는 원래 하늘나라의 천봉장군이었는데 한 연회에서 술에 취해 선녀를 희롱하였다가 하계로 쫓겨난다. 그런데 돼지 뱃속으로 잘못 떨어져 흉측한 돼지 얼굴이 되었다. 그는 재물을 탐하고, 음식에 욕심을 부리며, 여자를 좋아하는 등 인간의 탐욕을 두루 갖추고 있어 삼장법사가 여덟 가지를 경계하라는 뜻으로 '팔계'라는 별명을 지어준 것이다.

명나라나 청靑나라 시대에 쏟아져 나온 장편 소설은 거의 대부분 많은 장章으로 구분되어 있어 흔히 '장회章回 소설'이라고 부른다. 『서유기』는 100회로 구성되어 있는데 크게 네 부분으로 나뉜다. 첫 번째(1회~7회)는 손오공이 태어난 내력, 두 번째(8회~12회)는 현장선사가 불전을 구하러 가는 일, 세 번째(13회~100회)는 현장선사와 그 일행이 '81난'을 겪어가며 경전을 얻는 과정 등으로 구성되어 있다. 그런데 이 가운데 10회와 11회에서 당나라 태종이 지옥을 순례하는 장면이 삽입되어 있어 이 부분을 따로 떼어 생각한다면 모두 네 부분이 되는 셈이다.

소설가로서 오승은의 솜씨는 상식과 합리의 세계를 뛰어넘어 환상적 세계를 다루면서 스토리를 재미있게 엮어 나가는 데에 있다. 이 작품에서 작가는 이야기를 종횡무진 펼침으로써 독자를 완전히 사로잡는다. 동양과 서양을 통틀어 오승은처럼 시간과 공간을 초월하여 예술적 상상력을 극단까지 밀고 나간 소설가도 없을 것이다. 이 소설처럼 귀신이나 신선 또는 요괴를 다룬 작품은 이전에도 있었지만 그는 소재의 신기함이나 미신적 요소를 내세우기보다는 기상천외한 상상력을 동원하여 환상적이며 낭만적인 세계를 새롭게 창조해 내는 데 힘을 쏟았다. 더구나 전통적인 지괴 소설이나 괴기 소설과는 달리 다양한 성격을 지닌 개성 있는 등장인물을 등장시켜 현실을 날카롭게 꼬집기도 한다.

작중인물들의 황당무계하고 기상천외한 행동에 가려 자칫 놓쳐 버리기 쉽지만 『서유기』는 풍자 소설로 읽어도 크게 무리가 없다. 천계의 일을 말하고 있지만 실제로는 이 무렵 현실 세계의 부조리와 추악함 그리고 통

중국 서부 실크로드에 있는 사막과 낙타 행렬. 현장선사 일행은 이 사막을 지나 천축국으로 간다.

중국 간쑤성 실크로드에 있는 둔황敦煌 동굴 벽에 그려진 붓다.

치 계급의 타락상 따위를 날카롭게 꼬집는다. 손오공은 상상을 뛰어넘는 온갖 방법으로 특히 약한 사람들을 돕고 강한 사람들을 무찌르며 악을 몰아내고 선이 이기도록 부추긴다. 그런가 하면 천제天帝의 자리를 윤번제로 하여야 한다고 주장하는 등 봉건 사회의 집을 주춧돌부터 흔들어 놓는다. 작가는 비록 겉에 드러내 놓고 말하지는 않지만 손오공의 입을 빌려 새로운 질서의 도래를 넌지시 내비친다.

손오공도 독자들에게 귀중한 교훈을 전해 준다. 처음에는 오만하고 무책임하지만 석가여래를 만나고부터 조금씩 바뀌어간다. 그는 손바닥 안에서 벗어나면 모든 것을 용서해 주겠다는 석가여래좌의 말에 따라 근두운법을 사용하여 세상 끝까지 갔다 오지만 그것은 결국 부처님의 손바닥 안에 지나지 않았음을 깨닫는다. 손오공은 교만하고 경솔한 자기의 과오를 뉘우치고 좀더 성숙한 인물로 변모한다.

여기에서 한 가지 찬찬히 눈여겨보아야 할 것은 손오공이 놀라운 생태 의식을 지니고 있다는 점이다. 그는 식물과 동물은 말할 것도 없고 심지어 돌멩이 같은 무생물, 그리고 자신마저도 궁극적으로 자연과 깊이 연결되어 있다는 사실을 새삼 깨닫는다.

요즈음 생태학이나 생태주의에서 입버릇처럼 하는 말을 빌리면 생태계를 구성하는 모든 종種이나 개체個體는 마치 거미줄처럼 서로 깊이 연관되어 있다. 거미줄 한끝을 잡아당기면 나머지 거미줄이 모두 움직이듯이 개체나 종도 어느 하나가 영향을 받으면 나머지 것들도 직접 또는 간접 영향을 받지 않을 수 없다. 이를테면 빅토리아비단나비가 멸종되는 것을 그토록 아쉽게 생각하는 것은 생태계의 소중한 식구 하나가 이 지구상에서 영원히 사라지기 때문일 뿐 아니라 생태계의 다른 식구들도 영향을 받기 때문이다.

『서유기』는 또 세계의 민담이나 전설에서 흔히 볼 수 있는 보편적인 주제를 다룬다. 삼장법사가 구하는 불전은 서양에서는 그리스 신화에서 이아손이 온갖 모험을 무릅쓰고 찾아 헤매는 황금 양털의 모습이고, 중세 때 유행한 아서 왕의 전설에서 녹색 기사단이 찾는 성배聖杯의 모습이다. 구체적인 대상이 조금씩 다를 뿐 주인공이 온갖 모험을 겪으며 무엇인가 얻고자 하는 야망은 한결같다. 황금 양털이건 예수 그리스도가 최후의 만찬 때 사용한 잔이건 아니면 대승불교의 불전이건 그것은 한 인간이 목숨을 바쳐서라도 얻어야 할 삶의 궁극적 이상이요 희망

온갖 재난을 겪고 10만 리 길을 걸어 목적지에 도착한 일행.

을 상징한다. 그래서 삼장법사가 손오공과 함께 얻는 경전의 의미는 시대에 따라 그 의미가 얼마든지 달라질 수 있다. 이를 테면 황금만능 사회에 부富나 권력을 상징할 수 있고, 미모에 무게를 싣는 시대에 여성의 아름다움을 상징할 수도 있으며, 입만 열면 '웰빙 웰빙' 하고 외치는 요즈음에는 건강이나 장수를 상징할 수도 있다. 그런가 하면 이승의 삶에서 반드시 이룩하여야 할 어떤 고귀한 목표일 수도 있을 것이다.

최근 들어 『서유기』가 또 다른 측면에서 흥미를 끌고 있다. 이전까지는 의심 없이 손오공을 소설 속의 가공인물이라 여겼는데 최근 그가 실존 인물이라는 사실이 밝혀지면서 부쩍 관심을 끌고 있다. 중국의 한 고고학자가 중국 푸젠성福建省에서 원元나라 말기에서 명나라 초기에 만들어진 듯한 손오공과 그의 아우가 합장된 묘를 발견하였다고 타이완 일간 『중국시보中國時報』가 2005년 1월에 중국 신화통신을 인용하여 보도하였다.

이 보도에 따르면 손오공 형제의 묘가 푸젠성 순창현順昌縣 해발 1천 3백 미터 높이 바오산寶호山 주봉 솽성먀오雙聖廟라는 6평 남짓한 절 안에 안장되어 있다는 것이다. 원나라 말기에 지어진 것으로 추정되는 이 절 안에는 돌 비석 2개가 세워져 있는데, 왼측 비석 위쪽에 가로로 '보봉寶峰'이라는 작은 글자가 적혀 있고, 그 아래로 중앙에는 손오공의 호인 '제천대성齊天大聖'이 세로로 새겨져 있으며, 그 아래에는 가로로 '신위神位'라고 씌어 있다. 또 오른쪽 비석의 위쪽에는 '보봉'이라는 글자는 없지만 중앙에 세로로 손오공의 동생의 호인 '통천대성通天大聖'이라는 글자가, 그 아래 왼쪽 비석과 똑같이 '신위'라고 씌어 있다고 한다.

왕이민王益民 순창현 박물관 관장은 "통천대성은 원나라 말기 양경현楊景賢이라는 작가가 쓴 『서유기』에 잠깐 거론되는 이름"이라면서 "손오공이 자신을 5남매 중 셋째이며 넷째가 통천대성이라고 소개하였다." 하고 밝힌다. 또한 옛날에는 왼쪽을 높이 여겼기 때문에 왼쪽에 형인 손오공의 묘비를 세우고 '보봉'이라는 글자를 새긴 반면, 아우의 묘에는 이러한 글자가 없다는 것이다. 그런데 '보봉'이라는 말은 보산의 주봉을 줄여서 쓴 말로 추측된다. 왕 관장은 손오공 형제의 합장묘 발견은 고고학계에 중대한 의미가 될 것으로 평가하면서 "『서유기』에 등장하는 인물에 관한 중요한 역사적인 자료가 될 것이다" 하고 말하였다.

홍루몽

조설근

『홍루몽』의 저자 조설근. 10여 년에 걸쳐 이 소설을 집필하였지만 미처 끝마치지 못한 채 사망하였다.

원元나라에서 명明나라를 거쳐 청靑나라에서 나온 중국 소설의 제목을 보면 더러 예외가 있긴 하지만 거의 하나같이 '지志'니 '기記'니 하는 글자로 끝난다. 이를테면 시내암이 지은 『수호지水滸志』가 그러하고, 오승은吳承恩이 지은 『서유기西遊記』가 그러하다. 이러한 작품은 역사적 사실에 뿌리를 두거나 현실적인 이야기를 다루는 경우가 많다. 한편 이 무렵에 새롭게 제목이 '몽夢' 자로 끝나는 작품이 등장한다. 그 가운데에서 가장 대표적인 작품이 바로 조설근曹雪芹(1715~1763)이 쓴 『홍루몽紅樓夢』이다. 이 소설은 비록 '중국 4대 기서奇書'에는 끼지 못하지만 '중국 5대 기서'에는 꼽힌다. 더욱이 좁게는 중국 소설사, 넓게는 동양 소설사, 더 넓게는 세계 소설사에서 새로운 지평을 연 작품으로 높이 평가받는다. 중국의 가장 인기 있는 소설로는 『삼국지연의』를 치지만 가장 뛰어난 소설로는 단연 『홍루몽』을 꼽는다. 한마디로 이 작품은 중국 소설의 기념비요 금자탑이라고 할 만하다.

청나라는 중앙 집권적 통치를 통하여 사회적으로나 경제적으로 크게 융성하였다. 그러나 한편으로는 통치 집단 내부의 갈등과 계층 사이의 갈등, 여러 사상 사이의 갈등의 골이 그 어느 때보다 깊었다. 그러자 이 무렵 통치자들은 온갖 수단을 동원하여 지식인 집단을 통제함으로써 정권을 더욱 공고히 하려 하였다. 특히 옹정擁正 황제 이후에는 '문자옥文字獄'이라고 하여 지식인을 대대적으로 탄압하였다. 이러한 상황에서 한쪽에서는 작가적 양심이 있는 작가들이 당시의 사회 현실을 비판하는 작품을 썼고, 다른 한쪽에서는 현실 도피적인 작가들이 남녀의 애정을 다룬 소설을 써서 스스로 마음을 달랬다. 『홍루몽』은 따지자면 애정 소설에 속하지만 단순히 기존의 전통을 따르는 데 그치지 않고 비판적으로 받아들여 그 수준을 한 단계 높였다.

『홍루몽』의 작가는 조설근으로 알려져 있지만 본디 이름은 조점曹霑이다. 자는 몽완夢阮 또는 근포芹圃이고, 설근은 그의 호이다. 중국 장쑤성江蘇省 난징南京에서 1715년에 태어났다고 하기도 하고, 1719년에 태어났다고 하기도 한다. 그는 어린 시절에는 유복하고 호화롭게 지냈지만 점차 집안이 몰락하는 바람에 소년기 이후에는 가난하게 살았다. 성격이 활달하고 얼굴이 검었으며 술을 좋아하고 시문에 뛰어났다. 그의 집안은 원래 한군팔기漢軍八旗의 하나인 '정백기正白旗'라는 이름난 귀족이었다. 그의 선조는 강희제康熙帝의 두터운 신임을 받아 4대에 걸쳐 궁중에서 사용하는 직물 제조소를 관장하는 강녕직조江寧織造의 벼슬을 지냈다. 그의 할아버지 조인曹寅의 두 딸은 왕비로 선발되어 궁중에 들어갔다. 강희제는 남방을 순시할 때마다 강녕직조서에 행궁을 마련하고 그곳에 머물렀다. 조설근이 세 살이 될 무렵 할아버지를 신임하던 강희제가 죽자

강희제. 조설근의 선조는 강희제의 두터운 신임을 받아 몇 대에 걸쳐 궁중에서 사용하는 직물 제조소를 관장하는 강녕직조의 벼슬을 지냈다.

그의 집안은 황위 계승 문제에 얽혀 가산을 몰수당한 뒤 베이징北京 교외로 이사하였다. 조설근은 시와 그림을 팔아 술에 빠져 살면서 어렸을 때의 추억을 바탕으로 10여 년에 걸쳐 심혈을 쏟아 『홍루몽』을 쓰기 시작하였다.

조설근이 소설을 쓰게 된 데에는 할아버지의 역할이 컸다. 할아버지는 강남江南의 명사들과 교제가 깊어 시사詩詞와 문장에 뛰어났으며 그 중에서도 소설에 대한 인식이 남달랐다. 소설 문학은 청나라 때에 절정에 이르렀지만 여전히 유학자들에게는 눈에 가시와 같았다. 그러나 명나라 말엽부터 소설을 중요하게 생각하는 움직임이 조금씩 일어났고, 이러한 움직임은 조설근의 할아버지에게 큰 영향을 끼쳤다. 그래서 할아버지한테서 문학적 기질을 물려받은 조설근은 처음부터 다른 작가들과는 뚜렷이 구별되는 문학관을 지닐 수 있었다.

『홍루몽』은 '석두기石頭記'를 비롯하여 '금옥연金玉緣', '금릉십이차金陵十二釵', '정승록情僧錄', '풍월보감風月寶鑑' 같은 이름으로 일컫기도 한다. 조설근은 본디 이 소설을 80회 본으로 썼는데, 뒷날 고악高鶚이 40회 본을 덧붙여서 120회 본으로 만들었다. 1791년경 정위원程偉元이 간행한 판본을 '정갑본程甲本'이라고 하고, 이 판본을 개정하여 1792년에 간행한 것을 '정을본程乙本'이라고 한다.

조설근은『홍루몽』을 쓰면서 명나라 때 나온『금병매金甁梅』의 애정 소설의 전통을 이어받았다. 이 두 소설은 적어도 남녀의 사랑을 중심적인 소재로 삼는다는 점에서 서로 비슷하다.『금병매』는 한 가정의 남녀 문제에 초점을 맞추어 기혼 성인 남녀의 가정사를 다룬 반면,『홍루몽』은 20대 전후의 청춘 남녀의 청순하고 진솔한 사랑에 초점을 맞춘다. 또 이 작품에는 다른 작품과 달리 꿈과 환상에서 볼 수 있는 신비스러운 색채가 짙게 나타난다.

『홍루몽』의 첫머리만 하여도 그러하다. 이 작품은『산해경山海經』의 여와 신화女媧神話를 인용한 석두기石頭記로부터 이야기를 풀어나간다. 이것은 하늘에서 버림받은 돌이 적막함과 무료함을 견디지 못하고 인간 세상으로 내려가 가보옥이라는 인간으로 환생하였다가 다시 하늘로 돌아가 자신이 인간 세상에서 겪은 일을 적어두는 형식을 취한다. 또 진사은과 가우촌의 만남과 이별을 다룬 첫 장면에서도 꿈과 현실, 진짜와 가짜가 서로 맞물려 있어 이 둘을 서로 구분 짓기가 매우 어렵다.

이 작품의 중심 무대는 오늘날의 난징인 금릉에 있는 가賈 씨 집안의 저택이다. 이 무렵의 장회章回 소설이 흔히 그러하듯이 이 작품도 스케일이 커서 등장인물이 무려 500명이 넘는다. 대략 작품의 중심 플롯을 이루는 인물로는 입에 옥을 물고 태어났다고 하여 '가보옥'이라고 부르는 미모의 귀공자 주인공, 전통적인 봉건주의 가치관을 잘 따르고 현숙한 그의 사촌 누이동생 설보차, 순수한 애정을 중시하고 감수성이 풍부한 임대옥 등을 들 수 있다. 이 작품은 이른바 위의 주인공들을 포함하여 '금릉십이채'라 부르는 열두 여성이 벌이는 온갖 사건이 중심 이야기이다.

가보옥은 집안사람들의 사치와 저택의 건축 등으로 점차 기울기 시작하는 집안에서 설보차에게 호감을 가지고 있지만 결혼은 임대옥과 하기를 더 원한다. 그러나 집안의 실권을 쥔 할머니 사태군은 임대옥의 몸이 허약하다는 이유를 들어 두 사람의 결혼을 허락하지 않는다. 가보옥이 할머니의 계략에 속아 설보차와 결혼하던 날 밤 임대옥은 쓸쓸히 숨을 거둔다. 이 일로 가보옥은 사랑의 속절없음과 삶의 허무를 뼈저리게 느끼고 과거를 보는 도중 자취를 감춘다. 뒷날 그는 한 나루터에서 아버지를 만나지만 목례만 보낼 뿐 승려와 도사 사이에 끼여 눈길 속으로 사라진다. 이 작품은 가보옥이 19년 동안의 인간 생활을 마치고 자신이 처음 떠나온 대황산 무계애로 돌아가는 것으로 대단원의 막을 내린다.

임대옥의 모습을 찰흙을 빚어 만든 인형.

작품의 줄거리에서도 잘 드러나듯이 『홍루몽』은 작가의 삶과 그 주변에서 소재를 빌려 온 자서전적 소설이다. 지금까지 중국 소설은 역사적 사실이나 다른 사람의 삶에서 작품의 소재를 빌려올 뿐 작가 자신의 삶에 대해서는 비교적 무관심하였다. 조설근에 이르러 작가는 처음으로 자신의 삶 쪽으로 눈을 돌리기 시작한다. 개국 공신 집안으로 100년 가까이 대를 이어오며 엄청난 재산을 축적하고 부귀영화를 누리다가 사치와 낭비로 몰락해 가는 가 씨 집안의 이야기는 곧 작가 자신의 집안 이야기라고 하여도 크게 틀리지 않는다. 이런 이유로 근대 이후 후스胡適나 위핑보兪平伯 같은 학자는 이 작품을 조설근의 자전적 소설이라고 결론을 내린다.

좀더 꼼꼼히 살펴보면 이 작품은 가보옥 가문을 비롯한 사대부 계층의 이야기를 훨씬 뛰어넘어 한 나라의 운명과 도 맞닿아 있음이 밝혀진 다. 이 소설에서 한 가문의 몰락은 곧 상징적으로 한 왕조의 몰락을 뜻하기도 한다. 조설근이 『홍루몽』 을 쓴 18세기 중엽은 청나 라 역사에서 가장 안정된 시기였지만 청 왕조를 반 대하는 움직임이 전혀 없

청나라 때 화가 비단욱費丹旭이 그린 「꽃을 묻는 임대옥」.

었던 것은 아니다. 남쪽 지방 사람들의 강력한 지지를 받아 남명南明이 몇 십 년 동안 존속할 정도였고, 이러한 정치적 여파에 휩쓸려 화를 당한 사람도 적지 않았다. 조설근은 화를 당하지 않을 정도로 교묘하게 명나 라를 그리는 마음을 이 소설에 담은 것이다. 그렇다면 이 작품은 비록 간 접적이나마 명나라 왕조의 복원을 꿈꾼 정치 소설로 읽을 수도 있다.

중국 근대 문학에 처음 불을 지핀 루쉰魯迅은 비극에 대하여 "역사에서 가치 있는 어떤 것이 소멸되는 것을 보여 주는 것이 바로 비극이다." 하 고 말한 적이 있다. 이러한 관점에서 본다면 이 작품은 분명히 비극의 범 주에 든다. 조설근이 이 작품에서 힘주어 말하는 가치란 다름 아닌 가보 옥과 금릉십이채가 상징하는 봉건 제도이다. 자칫 시대착오적으로 보일 는지 모르지만 그는 봉건제의 회복을 꿈꾸고 있었다. 서구와 마찬가지로 중국에서도 18세기부터 그 동안 중국 사회를 지탱해 온 봉건주의가 점차 흔들리기 시작하였다. 이렇게 봉건주의가 흔들리면서 정치와 경제는 물 론이고 사회 전반에 걸쳐 그야말로 엄청난 변화가 일어난다. 이러한 변 화가 조설근의 눈에는 그렇게 바람직하게 보이지 않았던 것이다.

『홍루몽』은 소재, 주제, 구성, 인물 묘사, 언어 구사 등 거의 모든 면에서 기존 소설의 벽을 뛰어넘는다. 더구나 이 작품이 다루는 내용도 아주 넓어 백과사전적이라고 할 만하다. 등장인물만 하더라도 왕비와 왕가의 친척을 비롯하여 고위 관리나 각료로부터 일반 백성, 승려, 도인, 장사꾼, 농부를 거쳐 몸종이나 시녀에 이르기까지 이 무렵 사회의 각계각층을 두루 망라한다. 한 통계에 따르면 이 소설에는 무려 700여 명의 작중 인물이 등장한다. 그 내용도 상류사회의 연회, 향응, 시회, 주연 같은 사대부 생활에서 대장간 일, 화초 재배, 목축, 양어 등의 평민 생활에 이르기까지 삶의 현장을 폭넓게 다룬다. 이 밖에도 의술, 점성술, 재봉, 요리 같은 것들을 자세히 묘사하고 있어 이 작품의 세계는 18세기 중국 사회의 축소판이라고 할 수 있다. 적어도 이 점에서 이 작품은 흔히 19세기 프랑스 사실주의 소설의 최고봉으로 일컫는 오노레 드 발자크의 '인간희극' 연작 소설과 비슷하다.

『홍루몽』은 중국 소설사에 낭만주의와 사실주의를 창조적으로 결합한 작품이다. 이 무렵에 나온 작품으로서는 보기 드물게 당대 현실을 '있는 그대로' 재현하였다. 삶의 모습이 아름다우면 아름다운 대로, 추악하면

「대관원도大觀園圖」. 가보옥 집안의 정원으로 이 정원을 짓는 데 많은 돈을 낭비하였다. 중국 역사박물관 소장.

추악한 대로 객관적으로 묘사하려고 하였다. 또 이 소설은 개성적이고 구체적인 작중인물을 창조하였다는 점에서 사실주의 전통에서 크게 벗어나지 않는다. 특히 상류 계층의 삶보다는 하층 계층의 삶을 실감나게 묘사한 것이 돋보인다. 그런가 하면 이러한 사실주의 밑바닥에는 몽상적이고 낭만적인 저류가 면면히 흐르고 있다.

『홍루몽』이 이렇게 소설의 대표적인 두 전통을 하나로 만들 수 있었던 것은 역시 그 이전의 작품을 받아들여 창조적으로 발전시켰기 때문이다. 이 소설을 읽노라면 『산해경』을 비롯하여 『초사』, 『장자』, 『서상기』, 『수호지』, 『서유기』, 『금병매』 등 중국의 대표적인 고전 작품이 자주 눈앞에 어른거린다. 조설근은 이 소설 안에 중국의 고전을 총망라하다시피 하였다. 여러 철학과 사상은 말할 것도 없고 다양하고 풍부한 문

『홍루몽』의 이야기를 소재로 청대 화가가 그린 「이홍야연도怡紅夜宴圖」. 이홍의 생일을 축하하기 위하여 여인들이 모여 밤에 연회를 열고 있다.

체를 빌려오기도 한다. 요즈음 문학 이론에서 즐겨 사용하는 용어를 빌린다면 이 소설만큼 중국 고전과 상호 텍스트적인 관계를 맺고 있는 작품도 찾아보기 드물다.

『홍루몽』을 전문으로 연구하는 학문 분야가 따로 발전할 만큼 이 작품에 대한 연구는 다른 작품을 훨씬 능가한다. 이 소설에 대한 연구는 흔히 '홍학紅學'이라고 일컫는다. 그런데 5·4운동을 분수령으로 홍학은 '구홍학'과 '신홍학'으로 나뉜다. 공산주의 혁명 이후 중화인민공화국이 들어선 뒤에 새롭게 등장한 홍학은 마르크스주의의 관점에 입각하여 작품을 읽어 적잖은 성과를 거둔다. 학자들만이 아니라 일반 독자도 이 작품에 크나큰 관심을 보인다. 중국에서는 이 소설을 좋아하는 사람들이 각 지역별로 동호회를 결성할 정도이다. 특히 이 작품의 애호가를 두고는 '홍미紅迷'라고 부른다.

명나라 때의 화가 구영이 그린 「천추절염도千秋絶艶圖」. 『홍루몽』과 함께 인기를 끈 『앵앵전』의 주인공 최앵앵의 모습이다.

중국 소설 가운데에서 『홍루몽』만큼 문학 장르에 큰 영향을 끼친 작품도 드물다. 이 소설을 소재로 한 시詩, 사詞, 희곡, 영화, 연극 등이 쏟아져 나왔다. 이 작품에 대한 아류 작품이나 후속 작품도 무려 30여 종 이상이나 쏟아져 나왔다. 『후홍루몽後紅樓夢』·『속홍루몽續紅樓夢』·『보홍루몽補紅樓夢』·『결본홍루몽潔本紅樓夢』·『홍루몽보紅樓夢補』·『홍루원몽紅樓圓夢』 등은 이러한 경우를 보여 주는 좋은 예이다. 심지어 『홍루몽』이 다시 꿈을 꾸었다는 뜻을 지닌 『홍루복몽紅樓復夢』이라는 작품이 나오기까지 하였다.

그런가 하면 이 소설을 패러디한 작품 『청루몽靑樓夢』이 나오기도 하였다. 이 소설은 청나라 말엽의 작가 유달兪達이 쓴 것으로 『홍루몽』을 모방한 협사狹邪 소설이다. 협사 소설이란 기루妓樓 생활을 소재로 한 장편 소설로 기녀로서의 가인佳人과 고객으로서의 재자才子 사이의 교유와 뒷거리의 암흑가를 묘사한 장르를 말한다. 이 밖에도 비록 간접적이나마 마오둔茅盾의 『단풍은 이월의 꽃보다 붉고』, 바진巴金의 『집』, 린위탕林語堂의 『베이징의 좋은 날』, 어우양산歐陽山의 『삼가항三家巷』 등의 근대와 현대 소설에도 큰 영향을 끼쳤다.

『홍루몽』의 인기는 비단 중국에만 그치지 않는다. 우리나라와 일본 등 동아시아 문화권 전방에 걸쳐 큰 관심을 끌었다. 특히 우리나라에서는 조선 시대에 고종 21년(1884)을 전후하여 이종태 등이 이 소설을 한글로 완역하였다. 무려 120권이나 되는 이 번역본은 흥미롭게도 원전뿐 아니라 그 아류나 후속 작품까지도 모조리 옮겼다. 이 번역본은 한국학중앙연구원 부설 장서각에 낙선재문고로 보관되어 있는데, 세계 최초의 『홍루몽』과 아류 작품의 완역본이라고 할 수 있다.

삼민주의

쑨원

중국 혁명의 아버지 쑨원. 위안스키 세력에 밀려난 뒤 중화혁명당(중국국민당)을 창설하여 삼민주의에 입각한 혁명을 위하여 노력하였다.

색깔은 때로 어떤 웅변보다도 우리의 가슴을 친다. 한 나라의 국기 색깔은 이러한 경우를 보여 주는 더할 나위 없이 좋은 예이다. 우리 나라 국기를 '태극기'라고 하듯이 타이완이라고 일컫는 중화민국의 국기는 '청천백일기 青天白日旗'라고 부른다. 이 국기는 쑨원孫文 (1866~1927)이 처음 만들었는데, 말 그대로 푸른 하늘에 흰 태양이 솟아 있는 모습을 담았다. 붉은색을 바탕으로 삼고 있지만 아무래도 푸른 하늘과 흰 태양에 무게가 실려 있는 듯하다. 이 세 색깔은 쑨원이 부르짖은 민족, 민권, 민생의 삼민주의三民主義를 상징하기도 한다. 일본의 '일장기日章旗'도 태양을 본떠 만들었지만 청천백일기와는 상징하는 바가 사뭇 다르다.

이왕 국기 이야기가 나왔으니 말이지만 '오성홍기五星紅旗'라고 일컫는 중화인민공화국의 국기에는 붉은 바탕에 노란 별이 하나, 그 오른쪽 옆에는 노란색의 작은 별 4개가 그려져 있다. 큰 별은 중국 공산당을, 작은 별은 노동자·농민·지식인·자본가의 네 계급을 상징한다. 큰 별이 한족을 상징하고 나머지 네 별은 변방 족을 상징한다고 말하는 사람도 있다. 어찌 되었던 예로부터 중국에서 숫자 '5'는 완벽을 뜻하며, 붉은색은 중국 본토를 상징적으로 보여 준다. 자유 민주주의를 정치 체제로 삼는 중화민국과 공산주의를 정치 노선으로 받아들이는 중화인민공화국은 이렇게 국기의 색깔과 문양에서부터 그 이념이 뚜렷이 다르다.

청천백일기를 만든 데에서도 엿볼 수 있듯이 중국 근대사에서 쑨원이 끼친 영향은 참으로 크다. 중국에서 국부國父로 우러름을 받는 그는 서구 사상과 중국 사상을 접목시킨 보기 드문 정치 사상가요, 자신의 이상과 꿈을 몸소 행동으로 옮긴 개혁가이기도 하다. 그런가 하면 몇 천 년 동안 내려온 봉건 제도의 고목을 무너뜨리고 그 자리에 근대 민주주의의 새 나무를 심은 중국 근대 민주 혁명의 선구자이기도 하다.

쑨원은 1866년 11월 중국 광둥성廣東省 향산현香山縣 취헝촌翠亨村, 그러니까 오늘날의 중산시中山市에서 3남 1녀의 셋째아들로 태어났다. 광둥과 마카오 그리고 홍콩에서 그다지 떨어져 있지 않은 취헝촌은 서양 제국과 가장 먼저 접촉한 지역으로 서양 문화가 제일 먼저 침투한 곳이다. 쑨원이 태어났을 때 그의 아버지는 쉰다섯 살, 그의 어머니는 서른아홉 살이었다. 쑨원의 이름은 문文이고, 자는 덕명德明이며, 호는 일신日新 또는 일선逸仙이다. 영문으로 이름을 표기할 때에는 '일선'이라는 호를 따서 언제나 '쑨얏센'으로 적는다. 그는 일본에서 혁명 활동을 할 무렵 이름을 중산초中山樵로 바꾸었고, 중국에서 그를 높여 부를 때에는 언제나 '쑨중산'이라고 한다.

1879년 열네 살 때 쑨원은 어머니를 따라 형이 살고 있는 미국 호놀룰루로 갔다. 그는 하와이의 화교 자본가이던 큰형 쑨미孫眉의 도움으로 호놀룰루에서 5년 동안 서양 교육을 받은 뒤 광저우廣州, 홍콩 등지를 오가며 서양식 근대 교육을 체계적으로 받았다. 이때 그는 미국의 합리적 사고와 생활 양식에 영향을 받았고, 그후 중국의 구습과 빈곤을 뼈저리게 느끼고 하루 빨리 중국을 개혁하려는 생각을 품기 시작하였다.

처음에 쑨원은 의사가 되기로 마음먹었다. 그는 1886년 미국인 선교사가 광저우에 세운 의과대학에 입학하였다가 그 이듬해에는 홍콩에 새로 세운 의과대학으로 옮긴다. 1892년 의과대학을 졸업하고 포르투갈 영토인 마카오와 광저우에서 개업을 한다. 그러나 그는 청靑나라 정부의 부패와 무능함을 보고 중국인의 육체적 질병을 치료하는 것보다 정신의 병을 치료하는 것이 훨씬 더 시급하다는 사실을 깨닫는다. 그리하여 개량주의자 하계何啓, 정관응鄭觀應 등 뜻을 같이 하는 사람들과 함께 손을 잡고 정치 개혁에 뛰어든다. 1894년 쑨원은 리훙장李鴻章에게 보낸 편지

청나라 말기 광둥의 모습. 쑨원이 태어난 광둥은 1685년 해외무역금지령이 해제되면서 이곳에 각국의 무역선이 몰려들기 시작하였다. 한편 광둥은 중국에서 외세 침입의 상징이었다.

에서 "사람은 그 재능을 다할 수 있어야 하고, 토지는 그 이익을 다할 수 있어야 하며, 물건은 그 쓰임을 다할 수 있어야 하고, 재화는 그 흐름이 통할 수 있어야 한다." 하고 말하면서 개혁을 주장하였지만 받아들여지지 않았다.

리홍장의 태도에 실망한 쑨원은 개혁과 혁명에 좀더 적극적으로 나선다. 1894년 11월 상하이上海에서 호놀룰루로 건

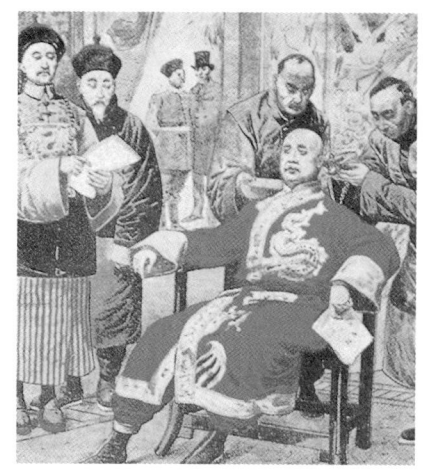

위안스카이가 중화민국 통총이 된 뒤 변발을 자르는 모습. 그는 군주제를 복원시켜 자신이 황제가 되려는 야심을 품고 있었다.

너가서 만주족 축출, 중국 회복, 연합정부 건설을 강령으로 삼아 '흥중회興中會'라는 비밀 결사 단체를 조직하는 등 혁명 운동에 박차를 가한다. 1911년 미국에 머물던 그는 신해혁명이 일어났다는 소식을 듣고 귀국하여 난징南京에서 임시 대총통에 취임한다. 1912년 마침내 청나라가 무너지고 중화민국이 탄생하지만 혁명의 열매는 북양北洋 군벌 위안스카이袁世凱에게 빼앗기고 만다. 1913년 쑨원은 위안스카이 토벌 전쟁에서 실패한 뒤 해외에 망명하여 중화혁명당을 조직하지만 주도권을 쥐지는 못한다. 위안스카이가 사망한 뒤 쑨원은 두 차례에 걸쳐 군 정부를 세우고 법통을 옹호한다는 호법 운동을 개시한다.

5·4운동 당시 상하이에서 대중 운동의 역량을 목격한 쑨원은 1919년에 중화혁명당을 중국국민당으로 개편하고, 1923년 1월에 다시 국민당의 새로운 강령과 선언을 채택한다. 여기에서 그는 반제국주의와 노동자, 농민 보호, 지주와 소작인의 지위의 점진적 평등을 주장한다. 국민당

은 이미 공산당원들의 개인자격 입당을 허용하고 있었고 소련과 코민테른의 지원을 약속받았다. 쑨원은 광둥에서 진형명陳炯明을 몰아내고 다시 근거지를 마련한다. 1924년 1월 국민당을 개편하여 공산당과의 합작을 시도한 그는 반제국주의, 반군벌의 국민 혁명 운동을 전개한다. 그러던 중 쑨원은 1925년 3월 12일 북경에서 예순 살의 나이로 간암으로 갑자기 세상을 떠났다.

쑨원은 현실 정치에 참여하는 틈틈이 많은 책을 집필하였다. 그의 주요 저작으로는 『사회건설』(1917), 『심리건설』(1918), 『물질건설』(1918)의 3부작으로 되어 있는 『건국방략建國方略』을 비롯하여 『건국대강建國大岡』(1924)과 『삼민주의』(1924) 등이 있다. 그의 저술은 그가 세상을 떠난 뒤 여러 차례 전집으로 출판되었다. 그 가운데 대표적인 것은 1986년 중화서국中華書局에서 출간한 『쑨중산전집』, 타이베이에서 출간한 『국부전집

쑨원이 난징에서 임시 대총통으로 일할 때 사용하던 집무실. '분투'라고 쓴 액자가 책상 뒤 벽에 걸려 있다.

國父全集』 등이다. 그의 저서 가운데에서도 『삼민주의』는 그의 정치 사상이 잘 드러나 있는 가장 대표적인 저서로 꼽힌다.

쑨원이 『삼민주의』를 집필하기까지는 그가 서구에서 몸소 겪은 경험과 평소 지니고 있던 정치 사상이 그 밑바탕이 되었다. 다시 말해서 그는 중국의 전통적인 사상에 서구의 자유주의 사상을 접목시켜 삼민주의라는 제3의 나무를 만들어내었다. 삼민주의는 단순히 그의 머릿속에서 나온 것이 아니라 그가 미국과 유럽 여러 나라의 정치와 경제 상황을 경험하고 여러 유파의 이론과 학설을 연구하며 선진 각국의 진보적 인사들과도 접촉하여 얻어낸 결과인 것이다. 이 점과 관련하여 그는 "내가 주장하는 '주의' 중에는 우리나라의 고유 사상을 계승하는 부분도 있고, 유럽의 학설에서 취해 온 부분도 있으며, 내가 독창적으로 만든 부분도 있다." 하고 말한 적이 있다.

쑨원이 평생 동안 정치 이념으로 삼은 삼민주의란 두말할 나위 없이 민족주의, 민권주의, 민생주의의 3원칙이다. 이 3원칙은 마치 삼각형의 세 모서리와 같아서 따로 떼어서 생각할 수 없고 서로 합하여 하나의 대원칙을 이룬다. 말하자면 상호 배타적 관계가 아니라 상호 보완적 관계를 맺고 있다. 그는 한마디로 "삼민주의란 곧 구국주의이다." 하고 잘라 말하기도 한다.

> 그러면 어째서 삼민주의를 구국주의라고 말하는가? 그 까닭은 삼민주의는 중국의 국제적 지위의 평등, 정치적 지위의 평등, 경제적 지위의 평등을 촉진시켜 중국을 영구히 세계에 적존適存시키려고 하는 것이기 때문에 삼민주의를 또한 구국주의라고 말하는 것이다. ……
> 삼민주의를 믿으면 바로 극히 큰 힘이 생기게 되는데, 이렇게 극히 큰 힘이라야 중국을 구할 수 있는 것이다.

쑨원은 1924년 1월부터 8월에 걸쳐 이 무렵 혁명의 기지였던 광저우에서 일요일마다 이 3원칙을 주제로 강연을 하였다. 『삼민주의』는 이 강연을 책으로 묶은 것이다. 그러나 그는 갑자기 사망하는 바람에 이 책을 처음 의도대로 완성하지 못하였다. 처음 이 책을 구상할 무렵에는 민족주의와 민권주의 그리고 민생주의에 각각 6장을 할애할 생각이었다. 민족주의와 민권주의는 구상대로 6장을 집필하였지만 민생주의는 4장밖에는 미처 마치지 못하였다. 그리하여 뒷날 장제스蔣介石가 육育과 낙樂에 관한 2장을 보충하여 이 책을 완결 지었다.

쑨원은 1924년 삼민주의에 대하여 강의하기에 앞서 체계적으로 이 책을 집필하고 있었다. 이 책 집필과 관련하여 그는 『삼민주의』의 서문에서 본디 '국가건설'이라는 방대한 책의 일부로 썼다고 밝힌다. '국가건설'에는 삼민주의 말고도 오권헌법五權憲法, 외교정책, 중앙정부, 지방정부, 국방계획 등이 더 들어 있다. 그러나 이 책을 집필하던 1922년에 진형명이 반란을 일으키는 바람에 쑨원이 몇 년 동안 심혈을 기울여 집필해 놓은 원고와 참고 자료가 모두 불에 타 버리고 말았다.

그런데 삼민주의의 뿌리는 이보다 훨씬 이전으로 거슬러 올라간다.

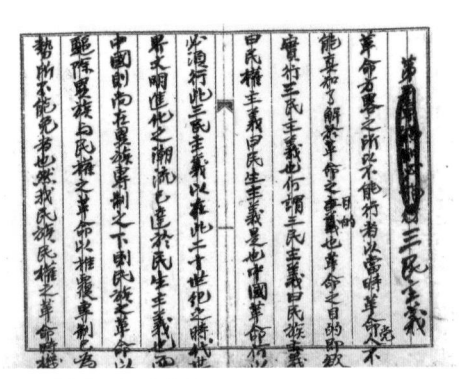

쑨원의 『삼민주의』 자필 원고.

1906년 일본 도쿄東京에서 결성한 혁명 단체 동맹회同盟會의 기관지 『민보民報』의 발간사에서 쑨원은 민족, 민권, 민생을 '삼대주의'라는 이름을 붙여 발표한다. 그 이듬해 『민보』 창간 일주년 기념식에서 「삼민주의와 중국의 전도前途」라는 강연을 하면서 이 삼대주의를 '삼민주의'라는 용어로 바꾼다. 그는 이미 유럽에 망명하고 있을 때 각국의 정세를 보고 민생주의를 채택하지 않고서는 민족과 민권 문제도 해결할 수 없다고 생각하였다. 그렇다면 삼민주의의 역

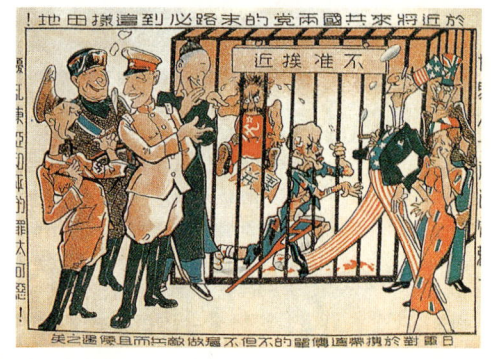

일본의 선전 포스터. 장제스와 공산당이 감옥에 갇혀 있다. 바깥에서는 미국, 영국, 프랑스가 장제스의 호소를 외면하는 한편 일본이 독일과 이탈리아에게 그것을 자랑하고 있다. 쑨원은 이런 현실에서 혁명과 개혁에 적극적으로 나설 수밖에 없었다.

사는 1900년 이전으로까지 거슬러 올라갈 수 있다.

삼민주의는 처음에는 신해혁명을 통하여 청나라 정부를 무너뜨리는 혁명 사상으로 각광을 받았지만 중화민국 건국 뒤에는 국가의 지도 이념으로서 힘을 떨쳤다. 쑨원은 민족주의, 민권주의, 민생주의의 3원칙을 천명하는 데 프랑스 대혁명이 내세운 자유, 평등, 박애의 이념에서 영향을 받았다. 학자에 따라서는 미국의 16대 대통령 에이브러햄 링컨이 민주주의의 모토로 내세운 그 유명한 "국민의, 국민에 의한, 국민을 위한 정치"에서 힌트를 얻었다고 지적하기도 한다.

삼민주의의 내용은 어디까지나 중국적인 특성에 바탕을 두고 있었다. 민족주의는 처음에는 멸만흥한滅滿興漢, 즉 만주족을 무찌르고 한족의 명예를 되찾자는 생각에서 출발하였지만 나중에는 일본을 비롯한 제국주의 열강의 침략에 대한 중화 민족의 해방으로 그 개념을 점차 넓혀 나갔다. 국내 소수 민족에 지나지 않는 만주족이 세운 청조淸朝를 타도할 것을 표방하는 종족주의가 식민지 민족 해방 투쟁으로 발전하였다. 미국의

정치 체제를 모델로 삼은 민권주의는 공화주의와 민주주의로서 입법, 사법, 행정의 3권 분립에 중국의 전통적인 고시와 감찰을 덧붙여 5권 분립을 구상하였다. 민생주의는 지권地權 균등과 자본의 제한을 축으로 경제적 평등을 이룩하는 것을 목표로 삼았다. 이것은 쑨원이 처음에 이상으로 삼았던 미국이나 유럽 사회에도 빈곤이 있음을 알아차리고 그것을 미리 막기 위한 경제 정책이었다.

이 민생주의에서는 자본주의의 병폐와 한계를 극복한다는 점에서 다분히 사회주의 냄새를 풍긴다. 그러나 민생주의는 집단보다는 개인, 프롤레타리아 계급만이 아닌 전 민중의 삶에 무게를 싣는다는 점에서 사회주의와는 그 성격이 조금 다르다. 삼민주의 사상은 자유 민주주의를 내세우는 중화민국의 정치 이념뿐 아니라, 계급 없는 이상주의 사회를 꿈꾸는 중화인민공화국의 정치 이념으로도 크게 손색이 없다. 그러한 점에서 쑨원처럼 극단적인 두 정치 체제에서 모두 환영받는 사상가도 드물

동희문董希文이 감독한 영화 「개국대전開國大典」의 한 장면. 1941년 10월 1일 마오쩌둥이 천안문 문루에 서서 "지금 중화인민들이 일어섰습니다." 하고 선포하고 있다. 마오쩌둥은 쑨원의 몸에서 갈라져 나온 왼쪽 팔이라고 할 수 있다.

다. 빗대어 말하자면 중화민국을 세운 장제스는 쑨원의 몸에서 갈라져 나온 오른쪽 팔이요, 중화인민공화국을 세운 마오쩌둥毛澤東은 그의 몸에서 갈라져 나온 왼쪽 팔이라고 할 수 있다.

쑨원이 부르짖은 삼민주의는 시간이 흐르면서 조금씩 그 성격이 달라지기도 하였다. 그는 청조의 붕괴에 따라 민족주의가, 공화제 실현에 따라서는 민권주의가 실현되었으므로 이제 남는 것은 민생주의뿐이라고 생각하였다. 그러나 1919년 5·4운동이 일어나면서 제국주의 반대와 봉건 군벌 반대를 결합시킨 새로운 대중 운동의 시기를 맞아 쑨원은 삼민주의의 방향을 바꿀 수밖에 없었다. 즉 자신이 통솔하는 중국 국민당을 개편하여 중국 공산당과 손잡을 것을 결심한 것이다.

1924년 1월 광저우에서 국공國共 합작에 의한 국민당 제1차 전국대표대회가 열렸다. 이때 쑨원은 "소련과의 연합, 공산당과의 연합, 노동자 농민에 대한 원조"라는 3대 정책을 내세움으로써 삼민주의의 새로운 장을 연다. 여기에서 그는 민족주의란 피억압 민족 입장에서 반제국주의 투쟁을 통하여 중국 민족의 자유와 독립을 꾀하는 것이라고 밝힌다. 민권주의에 대해서는 종래의 시민적 민주주의에 더하여 직접 민권을 주창하였다. 민생주의의 지권 균등에는 경자유기전耕者有其田의 원칙, 즉 직접 경작하는 농민에게 토지를 소유하게 하자는 주장을 도입함으로써 봉건적 지주제 폐지라는 내용을 담고 거대한 개인 자본을 국가의 관리 아래에 두도록 하였다. 이러한 혁명적 내용을 갖춘 삼민주의는 뒷날 통일전선 결성의 이론적 토대가 된다.

『삼민주의』가 중국에 끼친 영향은 참으로 크다. 쑨원을 따라 북벌을 지휘하고 1949년에는 공산 정권에 중국 본토를 빼앗기고 대만으로 쫓겨난 장제스 총통은 "본토 수복과 삼민주의를 중국 천하에서 이룩할 때까지 나의 영혼은 국민과 같이 있을 것이다." 하는 내용의 유언을 남기고 사망하였다. 한편 중국 공산당은 삼민주의의 혁명적 측면을 새롭게 부각하면서 쑨원의 사상을 신민주주의론의 틀 속에 포함시켰다. 그런데 쑨원의 미망인 송경령宋慶齡이 장제스의 보호를 떠나 중국 공산당으로 들어가면서 삼민주의의 추는 국민당 쪽보다는 공산당 쪽으로 기울고 말 았다.

아Q정전

루쉰

시인은 만들어지는 것이 아니라 태어
나는 것이라는 말을 자주 듣는다. 태
어날 때부터 예술의 신 무사의 영감
을 받지 않고서는 시인이 될 수 없다
는 말이다. 그러나 이 말은 시인을 비
롯한 예술가의 천부적 재능을 일컫는
것일 뿐 모든 예술가가 처음부터 예
술을 지상 목표로 삼는다는 것은 아
니다. 문학사를 들여다보면 언뜻 대
수롭지 않아 보이는 작은 사건이 계
기가 되어 작가의 길로 들어선 사람

현대 화가 탕샤오밍湯小銘이 그린 루신의
초상.

이 참으로 많다. 중국에서 처음으로 현대 소설을 써서 '중국 근대 문학의
아버지'로 일컫고 중국 신문학의 선구자요 문예 운동가로 평가받는 루쉰
魯迅(1881~1936)도 그러한 사람 가운데 하나이다.

1902년 3월 스물두 살의 청년 루쉰은 의사가 되려는 청운의 꿈을 품고 동양에서 개화 문명의 전초지인 일본으로 유학길에 오른다. 의사가 되어 고국으로 돌아가 자신의 아버지처럼 고통 받고 있는 환자를 도와주고 전쟁이 일어났을 때에는 군의관으로 지원하여 병사를 돌보는 것이 그가 평소에 품고 있던 꿈이다. 그리하여 그는 먼저 도쿄의 고분학원弘文學院에 들어가 일본어를 익힌 뒤 센다이仙臺 의학전문학교에 입학한다.

이 무렵은 러일전쟁이 한창이던 때라 센다이 의학전문학교에서는 남은 수업시간에 슬라이드로 미생물을 보여 주는 대신에 전쟁에 관한 슬라이드를 보여 주었다. 어느 날 루쉰은 뜻밖에도 슬라이드 화면 속에서 일본 군인이 러시아 첩자 노릇을 한 중국인을 군도로 베어 죽이는 장면을 본다. 뒷날 루쉰은 "한 사람이 중간에 묶여 있고, 수많은 사람이 주위에 서 있었는데, 하나같이 건장한 체격이고 무감각한 표정을 짓고 있었다." 하고 회고한다. 동포가 처참하게 죽어가는데도 팔짱을 낀 채 무감

루쉰의 옛집에 있는 서재. 그는 이곳에서 많은 작품을 집필하였다.

각한 표정으로 바라보고 있는 중국인들의 모습, 이 장면은 루쉰의 가슴속에 그야말로 엄청난 충격을 안겨 주었다.

루쉰의 동생 저우줘런. 문학의 사회적 기능에 무게를 실은 루쉰과는 달리 그는 서사와 서정을 위주로 하는 미문美文 문학을 주창하였다.

그 일이 있은 뒤 루쉰은 곧 의학 공부에 회의를 품게 된다. 어리석은 국민은 아무리 체격이 건장하고 튼튼하더라도 한낱 무기력한 구경꾼에 지나지 않을 뿐이라는 생각이 들었다. 그는 육체의 병을 고치는 일보다 훨씬 더 중요한 것이 바로 정신을 개조하는 일이라고 판단을 내렸다. 그는 "앞으로 가장 중요한 일은 국민성 개조이다. 그렇지 않으면 전제 정치든 공화 정치든 무엇이 오든 모두 안 된다." 하고 말하였다.

루쉰은 이렇게 중국 국민의 정신을 개조하는 데에는 문학보다 더 좋은 지름길이 없다고 생각하였다. 1906년 3월 그는 마침내 의학전문학교를 그만두고 도쿄東京로 돌아와 독일어를 배우며 세계 여러 나라의 문학 작품을 읽기 시작한다. 바로 중국이 낳은 세계적인 문학가가 탄생하는 순간이었다. 물론 루쉰이 이렇게 국민 개조를 생각하게 된 데에는 미국의 전도사 아서 스미스가 쓴 『중국인의 기질』(1894)이라는 책이 아주 큰 역할을 하였다.

루쉰은 필명으로 본명은 저우수런周樹人이고, 자는 위차이豫才이다. 한편 루쉰의 동생은 저우줘런周作人이다. 루쉰은 1881년 중국 저장성浙江省 샤오싱紹興에서 지주 집안의 맏아들로 태어났다. 그의 집안은 할아버지가 과거 시험 부정 사건으로 감옥에 갇히고 아버지가 병으로 사망하는 등 잇단 불행이 겹쳐 그는 어려서부터 고생스럽게 살았다. 1898년에 국가에서 운영하는 군대 학교인 난징南京의 강남수사학당江南水師學堂에 다니다가 강남육사학당江南陸師學堂 부설 광산철도 학교에 입학하여 이 무렵의 계몽적 신학문의 영향을 크게 받는다. 특히 토머스 헉슬리의 진화론은 그의 문학관은 말할 것도 없고 정치 사상에까지 큰 영향을 끼쳤다.

1909년 8월 일본에서 돌아온 루쉰은 중국의 여러 대학에서 강의를 하는 한편 문학을 통하여 중국 국민의 의식을 개조하려고 애쓴다. 그는 1910년대의 중국을 '무덤'에, 1920년대를 '사막'에 빗대면서 깊은 잠에 들어 있는 중국을 깨우는 데 일생을 바친다. 그가 활약하기 시작한 때는 청나라가 서구 열강에 무너지고 중국에 서구 민주주의, 공산주의, 아나키즘 등 수많은 사상이 물밀듯이 밀려들어오는 한편, 일본도 서서히 제국주의의 마각馬脚을 드러내기 시작한 시점이다. 이러한 상황에서 루쉰은 사상적으로 방황하여 처음에는 러시아의 맹인 시인 야코플레비치 에로셍코한테서 아나키즘의 세례를 한 차례 받고 나서 마르크스주의를 받아들였고, 다시 프리드리히 니체의 니힐리즘에서 자양분을 받기도 하였다.

루쉰은 처녀작 「광인일기狂人日記」(1918)를 발표한 뒤 잇달아 단편 소설과 중편 소설 「쿵이지孔乙己」(1919), 「약藥」(1919), 「명일明日」(1920), 「풍파風波」(1920), 「고향故鄕」(1921), 『아Q정전阿Q正傳』(1921) 같은 작품을 발표하여 중국 근대 문학의 기틀을 확립하는 데 크게 이바지하였다. 이 밖에도 『외침訥喊』(1923), 『방황彷徨』(1926) 『고사신편故事新編』(1936) 등의 작품집과 산문 시집 『야초野草』(1924) 등을 출간하였다.

루쉰은 문학 작품뿐 아니라 『중국소설사략中國小說史略』 같은 문학사도 기술하였고, 『열풍熱風』(1925)과 『분분墳』(1927) 같은 문학 비평집도 출간하

였다. 그런가 하면 문학 논쟁이나 문단 정치에도 깊숙이 관여하여 1930
년에 좌익작가연맹이 결성되자 중심 인물이 되어 창조사와 태양사 등의
극좌파적 경향과 맞서면서 프롤레타리아 문학 이론을 내세웠다. 이때
그가 우익 진영의 량스추梁實秋, 제3종인第三種人의 문학을 주창한 두헝杜
衡 등의 예술지상주의, 그리고 개성주의를 내세우는 린위탕林語堂 등과
치열한 논쟁을 벌인 것은 매우 유명하다. 그는 틈틈이 외국 문학의 연구
와 번역에도 힘써 안톤 체홉, 니콜라이 고골리, 막심 고리키 등의 작품
을 중국어로 번역하기도 하였다. 판화에도 관심을 가지고 이 운동을 주
도하여 중국 신판화 운동의 기틀을 다진 것도 흥미롭다면 흥미로운 그
의 행적이다.

　1911년의 신해혁명을 통하여 봉건 제도를 무너뜨린 민중은 근본적인
제도 개혁을 통한 사회의 재생을 기대하였다. 이 혁명은 300여 년에 걸
친 봉건 왕조 청나라에
대한 부르주아 민주주의
의 혁명이고, 변방 오랑
캐 만주족에 대한 중국
한민족의 반감이 집약된
중화 혁명이었다. 니콜라
이 레닌이 "사상은 구호
로 완성된다." 하고 말하
였듯이 신해혁명의 핵심
은 바로 '반봉건, 반청
국'에 있다. 그러나 통치
제도의 껍질만 달라졌을
뿐 제도 자체는 크게 달

1988년 현대 화가 심가울沈加蔚이 그린 「겸용병포兼容幷包」.
5·4 운동에 길을 열어 준 루쉰을 비롯하여 베이징 대학교
총장 차이위안페이, 루쉰의 동생 저우쭤런, 후쓰 등의 모습
이 보인다.

라지지 않았고, 더구나 체제의 와해를 틈탄 군벌들의 발호와 일본 등 외세의 침략으로 중국 사회는 더욱 더 혼란에 빠져들었다.

루쉰의 대표작 『아Q정전』은 이러한 사회 분위기를 배경으로 탄생한 작품이다. 이 중편 소설은 1만여 자의 한자로 되어 있고, 루쉰의 많은 작품 가운데에서도 세계적으로 명성을 떨쳤다. 루쉰은 '파인巴人'이라는 필명으로 1921년 12월부터 그 이듬해 2월까지 베이징北京에서 발행한 주간 신문 『천바오晨報』에 매주 또는 격주로 이 작품을 연재하다가 1923년에 첫 번째 창작집 『외침』에 수록하였다. 중국 지식인들 중에는 이 작품이 처음 연재될 무렵 마치 날카로운 비수가 자신의 몸을 향하여 날아오는 듯한 전율을 느꼈다고 고백한 이가 적지 않다.

『아Q정전』은 신해혁명을 전후하여 농촌을 배경으로 자신의 이름도 태어난 곳도 모르는 최하층의 날품팔이 '아Q'라는 인물이 주인공이다. 그런데 무엇보다도 주인공의 이름이 눈길을 끈다. 세계 문학사를 아무리 샅샅이 뒤져 보아도 '아Q'처럼 이상야릇한 이름을 가진 인물은 찾아보기 어렵다. 체코의 프라하에서 태어난 독일 작가 프란츠 카프카의 『심판』(1925)에 등장하는 인물 'K'와는 또 다른 이름이다. '아阿'란 친근감을 주기 위하여 사람의 성이나 이름 앞에 붙이는 접두어이다. 한편 영어 알파벳 'Q'는 청나라 말엽 중국인 사람들의 변발한 머리 모습을 상징적으로 표현한 기호이다. 그러나 달리 보면 이 'Q'는 질문이나 의문을 뜻하는 영어 '퀘천'의 머리글자이기도 하다.

이 작품은 주인공 '아Q'의 전기를 쓰는 형식을 취한다. 루쉰은 작품의 첫머리에서 이 작품의 제목을 붙이는 데 골머리를 앓았다고 털어놓는다. 열전列傳, 자전自傳, 별전別傳, 가전家傳, 본전本傳 등 수많은 종류의 전기가 있지만 그 어느 것도 주인공을 묘사하는 데에는 썩 잘 들어맞지 않다는 것이다. 그리하여 결국 작가는 고심 끝에 그의 이야기를 '정전正傳'이라는 말을 빌려다가 제목으로 삼는다고 밝힌다.

주인공 '아Q'는 참으로 이상하게 행동하는 인물이다. 이를테면 사람들한테 뭇매를 맞고 스스로 자신을 '버러지'라고 말하면서도 "나는 스스로를 천하게 여길 수 있는 제일인자다." 하고 생각하며 위로를 삼는다.

'아Q'가 자신이 벌레라고 말하여도 건달들은 그를 놓아 주지 않았다. 전과 똑같이 가까운 아무 데나 그의 머리를 대여섯 번 소리 나게 짓찧고 난 뒤에야 만족해하며 의기양양하게 돌아갔다. 그들은 이번에는 '아Q'도 꼼짝하지 못할 것이라고 생각하였다. 그러나 십 초도 지나지 않아 '아Q'도 역시 만족해하며 의기양양하게 돌아갔다. 그는 자기가 스스로를 천하게 여길 수 있는 제일인자라고 생각하였다. '스스로를 천하게 여길 수 있는'이라는 말을 빼고 나면 남는 것은 '제일인자'라는 말뿐이다. 장원狀元도 '제일인자'가 아니던가.

이것이 바로 루쉰이 말하는 '정신 승리법'이다. 즉 육체적으로는 남에게 수치와 모욕을 당하고 고통을 겪으면서도 마음속으로는 마치 자신이 승리를 거둔 것처럼 생각하며 위로를 삼는다. 그러나 이러한 자기 합리화는 실제로 노예 근성과 크게 다르지 않다. 노예이면서 자신이 노예임을 깨닫지 못하는 비극적 인물인 주인공에게는 아예 처음부터 상대방과 맞서 싸워서 이

소설의 주인공 아Q의 동상.

중국 영화 「아Q정전」의 한 장면. 엄순개嚴順開가 주인공 '아Q' 역을 맡았다.

길 생각이라고는 조금도 없다. 이렇게 '아Q'는 한 번도 현실을 있는 그대로 똑바로 바라보는 법이 없이 언제나 자신의 행동을 합리화하려고만 든다. 주인공의 이러한 정신 승리법은 아서 스미스가 『중국인의 기질』에서 말하는 체면 중시를 좀더 발전시킨 것이라고 할 수 있다.

'아Q'는 다른 사람과 말다툼을 할 때나 마을 사람들이 비웃을 때도 "우리도 옛날에는 ······ 너보다 훨씬 더 잘살았어! 네가 뭐가 대단하다고!" 하고 생각하면서 오히려 의기양양해 한다. 그는 이렇게 지난날의 영광을 자랑하면서 오로지 환상에 의지하여 살아가는 인물이다. 머리에 난 부스럼도 고상하고 영광스러운 부스럼 자국이라고 생각한다. 그런가 하면 마을의 실력자인 짜오 영감과 치엔 노인에게는 아무 말도 못하고 굽실거리면서도 날품팔이꾼 샤오D나 왕털보 또는 젊은 여승을 괴롭히는 등 강한 자에게는 약하고 약한 자에게는 강한 모습을 보인다.

루쉰은 주인공 '아Q'라는 인물을 통하여 이 무렵 중국인의 의식에 깊숙이 자리 잡은 공허한 영웅주의, 자기 비하와 합리화, 무력한 패배주의, 과거에 대한 근거 없는 향수, 그리고 맹목적인 망상을 날카롭게 꼬집는다. 주인공의 모습은 곧 서구 열강의 갖은 모욕과 유린 속에서도 각성할 줄 모르고 오직 황제의 후손이라는 자기 기만 속에서 살고 있는 중국인의 모습이다. 주인공을 둘러싼 사람들이 보여 주는 무관심과 비인간적인 태도, 자신의 이익만을 좇는 모습은 현재 중국인의 모습을 꼬집는 것이다. 그런가 하면 이 작품은 혁명 당원을 자처하지만 도둑으로 몰려서 싱겁게 총살당하는 '아Q'의 운명과 혁명 앞에서도 끄떡없는 지주 계급을 대조적으로 보여 줌으로써 신해혁명의 허상을 드러내기도 한다.

루쉰은 이처럼 중국 사회의 부정적인 여러 모습을 가차 없이 보여 준다. 문학을 통한 철저한 자기 반성으로 개혁을 이루려고 하였다. 그는 언젠가 "미인에게 부스럼이 났을 때 그것을 감추고 단지 그녀의 아름다움을 찬미하기보다는, 그것을 지적하면서 그녀가 수치를 느끼게 하여 의사를 찾아가도록 해주는 것이 그녀를 사랑하는 것이다." 하고 말한 적이 있다. 루쉰은 중국 사람들에게 수치심을 느끼게 하여 새롭게 거듭 태어나게 하려는 데 작품의 목적을 두었다.

루쉰은 문학을 통하여 병든 사회를 치유하고 민족을 개량하려고 하였지만 때로는 그러한 일에 회의를 느끼기도 한다. 1927년 「혁명 시대의 문학」이라는 강연에서 그는 이렇게 말한다. "문학, 문학이란 가장 쓸모없는 것이다. 힘이 없는 사람들이 이야기하는 것이며, 실력이 있는 사람은 결코 입을 열지 않고, 바로 사람을 죽인다. 압박당하는 사람은 몇 마디의 말을 하고 몇 글자를 쓰지만 곧 죽임을 당한다. …… 실력이 있는 사람은 여전히 압박하고 학대하며 살육하니 그들을 대응할 방법이 없다. 이 문학이라는 것이 사람들에게 또 무슨 도움이 되겠는가?" 그러나 이것은 어디까지나 문학 자체에 대한 절망이라기보다는 문학이 뚫어야 할 현실의 벽이 너무 두터운 것에 대한 절망이라고 보는 쪽이 더 옳다. 루쉰은 때로는 문학뿐 아니라 삶 자체에 대하여 절망을 느끼기도 하였다.『외침』의 서문에서 "적막감이 하루하루 자라나서 마치 커다란 독사가 내 영혼에 달라붙어 있는 것 같았다." 하고 밝힌다. 여기에서 적막감이란 다름

'왕들과 황제들의 케이크'라는 설명과 함께 『프티 주르날』에 실린 그림. 의화단 사건 이후 서구 열강들은 중국을 분할하는 작업에 들어갔다. 루쉰은 이런 상황에서 무엇보다 중국 민족의 정신적인 각성을 중요하게 생각하였다.

아닌 삶의 무의미나 허무감을 뜻한다.

『아Q정전』이 처음 출간된 지도 어느덧 80여 년이 지난 지금 '아Q'는 이제 중국 사람을 가리키는 대명사가 되다시피 하였다. 『보바리 부인』(1857)을 쓴 귀스타브 플로베르는 "마담 보바리는 바로 나 자신이다." 하고 밝힌 적이 있다. 어쩌면 루쉰도 아마 "'아Q'는 바로 나 자신이다." 하고 말할는지도 모른다. 따지고 보면 '아Q'는 비단 루쉰 한 사람에 그치지 않고 중국 사람 모두, 더 나아가 동양 사람의 모습이요, 한 발 더 나아가서는 서양 사람을 포함하여 현대인 모두의 모습이기도 하다. 그는 시대와 공간을 뛰어넘어 모든 인간의 슬픈 자화상이다. 그의 모습에서 우리는 초라한 우리 자신의 모습을 본다. 프랑스의 소설가 로망 롤랑이 아Q에게서 프랑스 대혁명 시기의 프랑스 농민의 모습을 읽은 것은 바로 그 때문이다.

루쉰이 이 소설을 수록한 첫 번째 작품집의 제목을 왜 '외침'이라고 붙였는지 이제 알 만하다. 이 책에 수록한 작품은 하나같이 근대적 합리성과 계몽에 대한 외침이요, 서세동점西勢東漸의 현실 속에서 중국 사회에 대한 외침이다. 이 책은 중국 민족의 각성을 부르짖는 민족 정신에 대한 호소이며, '쇠방망이'를 맞고 깨어난 뒤에도 여전히 깊은 잠에 빠진 민중을 일깨우는 외침인 것이다.

현대 중국 문학사에서 루쉰의 자리는 만리장성처럼 확고하다. 마오쩌둥毛澤東도 그를 위대한 문학가와 사상가로 대접하였다. 마오쩌둥은 루쉰을 중국 문화 혁명의 주장主將으로 내세우며, "그는 위대한 문학가일 뿐 아니라 위대한 사상가이자 위대한 혁명가이기도 하다." 하고 치켜세운다. 더 나아가 "문화 전선에서 루쉰이야말로 전 민족의 대다수를 대표하여 적을 향하여 맹렬히 진격해 나간 가장 용감하고 가장 굳세고 가장 충실하고 가장 열렬한 민족 영웅"이었다고 말하며 "루쉰의 방향은 곧 중국 민족 신문화의 방향이었다." 하고 칭찬을 아끼지 않았다. 실제로 마오쩌둥은 옌안延安 시절에 루쉰의 책을 밤새도록 읽으면서 그의 저작을 '마오쩌둥의 성서'라고까지 표현할 정도였다. 그리하여 루쉰은 서슬 퍼런 문화 대혁명의 칼날도 무사히 비켜갈 수 있었다.

생활의 발견

린위탕

동양과 서양 사이에 문화의 다리를 놓은 린위탕. '동양과 서양의 사생아'라고 일컫기도 한다.

20세기 전반 중국 문예계의 양대 산맥이라고 하면 흔히 루쉰魯迅과 린위탕林語堂(1895~1979)을 꼽는다. 이 두 사람은 거의 비슷한 시대에 살았으면서도 여러모로 큰 차이를 보인다. 루쉰이 주로 소설을 통하여 중국의 병든 사회를 치료하려고 하였다면, 린위탕은 주로 비평과 에세이를 통하여 중국의 속물 근성을 꼬집으면서 중국 문화의 우월성을 서구 세계에 널리 알리려고 하였다. 루쉰이 7년에 걸친 일본 유학 시절을 빼고는 오직 중국에 살면서 활약한 반면, 린위탕은 그의 말대로 "동양과 서양의 사생아"라고 할 만큼 서양을 자기 집 드나들 듯하며 살았다.

　루쉰이 문학을 혁명과 투쟁의 수단으로 보았다면, 린위탕은 개인적 느낌과 정서를 중시하는 '소품 문학'을 강조하였다. 루쉰이 좌익 작가연맹을 이끌며 공산당에 투신한 반면, 린위탕은 장제스蔣介石의 국민당 정권에 손을 들어 주었다. 중국에 공산주의 정권이 들어선 뒤 루쉰은 신중국 건설의 성인으로 추앙받았지만, 린위탕은 반동 작가로 몰려 죽을 때까지 고향땅을 밟지 못하였다. 루쉰의 작품은 대만에서 금서가 되었고, 린위탕의 책은 대륙에서 제대로 평가를 받지 못하였다.

그러나 루쉰이나 린위탕이나 모국 중국에 대하여 남다른 관심과 따뜻한 애정이 있었다는 점에서는 크게 다르지 않다. 나중에는 갈라서고 말았지만 한때 두 사람은 같은 문학 노선을 걷기도 하였다. 린위탕은 이십대 후반에 루쉰과 함께 '어사사語絲社'라는 문학 그룹에 가담하여 반봉건주의 투쟁에 나선 적이 있다. 그런가 하면 저우쮜런周作人과 함께 이른바 '소품문小品文' 운동을 일으키기도 하였다.

린위탕은 중국 푸젠성福建省 룽치현龍溪縣에서 가난한 목사의 아들로 태어났다. 위탕이라는 발음은 같지만 '어당語堂'은 그의 자이고, '옥당玉堂'은 그의 본명이다. 그는 상하이上海의 세인트존스 대학(성요한 대학)을 졸업한 뒤 베이징北京 칭화학교淸華學校의 영어교사가 된다. 1919년 미국 하버드 대학교에 유학하여 언어학을 공부하고 독일로 건너가 예나 대학교와 라이프치히 대학교에서 역시 언어학을 연구한다. 스물여덟의 젊은 나이로 라이프치히 대학교에서 언어학 박사학위를 받고 1923년에 귀국하여 국립 베이징 대학교 영문학 교수가 된다. 군벌 정부가 진보 지식인을 탄압하기 시작하자 1926년에는 아모이廈門 대학교로 자리를 옮겨 문과 주임을 맡는다.

린위탕은 이듬해 광둥廣東 국민 정부에 가담하여 그 외교부 비서가 되지만 이 정부가 무너지자 다시 상하이로 옮겨 중앙연구원에 참여한다. 1936년 미국에 건너가 살면서 유네스코 사무국, 유엔 중국 대표단 고문, 외교부 고문 등으로 활동한다. 1954년에는 싱가포르의 남양南洋대학교

총장에 취임한다. 1968년에는 우리나라를 방문하여 시민회관에서 「전진, 전진, 전진」이라는 제목으로 강의를 하기도 하고, 1970년 6월에 제37차 국제 펜클럽 대회 때에도 한국을 다시 방문한다. 1975년에는 여든 살의 나이로 『경화연운』이라는 작품으로 노벨 문학상 후보에 오르는 영예를 안기도 한다.

린위탕은 음운론을 연구하는 언어학자로 만족하지 않고 그야말로 팔방미인으로 여러 방면에 걸쳐 필봉을 휘둘렀다. 어떤 때에는 모국어인 중국어로, 또 어떤 때에는 영어로 글을 썼다. 그에게 언어는 마치 날이 두 개 달린 칼과 같다. 모국어로 글을 쓸 때에는 주로 중국의 약점을 날카롭게 비판하고, 영어로 글을 쓸 때에는 중국 문화의 뛰어난 점을 서구 세계에 널리 알리는 데 힘을 쏟았다. 1932년부터 린위탕은 유머와 풍자를 주로 다루는 잡지 『논어』, 『인간세人間世』, 『우주풍宇宙風』을 주재하여 좌익 문단에 도전하는 한편, 영문 잡지에 평론과 에세이를 발표한다.

린위탕이 출간한 책은 장편 소설, 문명 비평집, 에세이, 기행문 등 아주 다양하다. 영문 장편 소설 『베이징의 좋은 날』(1937)과 『폭풍 속의 나뭇잎』(1941)에서 그는 20세기 초엽 근대 중국의 고민을 멜로드라마 풍으로 그려 관심을 끌었다.

중국에서 한자를 처음 만들었다고 전해지는 창힐倉頡. 린위탕은 "중국에는 만리장성이 있고, 그 만리장성보다 더 크고 깊은 뜻을 지닌 한자가 있다." 하고 말한 적이 있다. 린위탕은 모국어인 한자로 글을 쓸 때는 주로 중국의 약점을 날카롭게 비판하였다.

『나의 조국, 나의 겨레』(1935)에서는 중국의 풍물을 소개하였고,『생활의 발견』(1937)에서는 비교 문화의 관점에서 중국 문화와 서구 문화를 서로 비교하였다. 이 밖에도 그는『눈물과 웃음 사이』(1943),『새벽을 기다린다』(1945),『측천무후測天武后』(1957) 등의 책을 출간하였다.

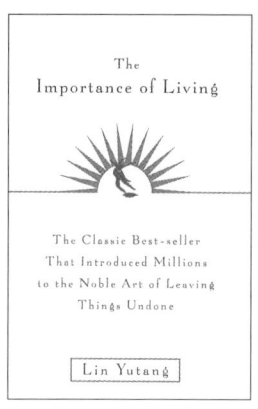

『생활의 발견』의 영어판 표지. 미국에서 처음 발간된 이 책의 제목은 '삶의 중요성'이다.

미국에서 처음 영어로 출간한『생활의 발견』은 린위탕이 쓴 책 가운데에서 가장 널리 알려져 있다. 출간되자마자 10여 나라 말로 번역되어 세계적인 베스트셀러가 되었고, 미국에서는 특별추천도서로 선정되면서 전국 베스트셀러 1위 자리를 무려 52주 동안이나 지켰다. 린위탕은 이 책의 서문에서 처음에 '서정 철학'이라는 제목을 붙이려고 생각하였다가 너무 거창한 것 같아 지금의 제목으로 정하였다고 밝힌다. 지금의 제목도 서로 달라서 영문으로 출간할 때에는 '삶의 중요성'이라고 하였다. 중국에서는 '생활적 예술'이라는 제목으로 출간하였으며, 우리말로는 '생활의 발견' 또는 '생활의 지혜' 등으로 번역하였다.

『생활의 발견』은 동양 사람이 쓴 최초의 서구 문명 비판서라는 점에서 눈길을 끌었다. 서양에서는 영국의 역사학자 아널드 토인비나 독일의 철학자요 역사학자인 오슈발트 슈펭글러 등이 서구를 비판하기 시작하였지만 그것은 어디까지나 자기 비판에 지나지 않았다. 그러나『생활의 발견』은 서양 사람이 아닌 동양 사람이 동양의 관점으로 서양 문명과 문화를 비판한 책이다. 서양 사람들에게 이 책이 그토록 관심을 불러일으킨 것도 동양 문화권에 속한 사람이 쓴 비판서이기 때문이다.

이 책이 관심을 끈 또 다른 까닭은 린위탕이 사용한 접근 방법이다. 오드르 로드라는 미국의 한 호전적인 흑인 여성 시인은 "주인집 연장을 빌려서는 주인집을 무너뜨릴 수 없다." 하고 말한 적이 있다. 백인의 주류 문화에 맞서 싸우기 위해서는 흑인은 그들이 조상 때부터 사용해 온 고유한 문화를 사용하여야 한다는 뜻이다. 『생활의 발견』에서 린위탕이 사용한 전략도 이와 비슷하다. 서구 문명의 집을 무너뜨리기 위하여 그가 사용한 도구는 서양에서 새로이 개발한 연장이 아니라 중국의 농가에서 쉽게 구할 수 있는 녹이 슨 옛날 망치이다. 합리나 논리의 중장비가 아니라 상식과 예지라는 평범한 연장으로써 그는 서양 문명의 집을 허물어 버리려고 한 것이다.

린위탕은 처음부터 이 책이 심오한 철학서가 아님을 분명히 못 박는다. 그가 여기에서 "내가 카를 마르크스나 임마누엘 칸트를 읽지 않은 이유는 아주 간단하다. 세 페이지 이상 읽을 수가 없기 때문이다." 하고 한 말을 떠올릴 필요가 있다. 또한 그는 영국의 경험주의 철학자 존 로크나 데이비드 흄이나 조지 버클리를 아직껏 읽지 못하였다고 솔직히 털어놓는다. "나는 철학을 읽지 않고 직접 인생을 읽었을 뿐이다." 하고 밝힌다. 그러면서 자신이 철학적 지식을 얻은 출처로 가정부, 입심이 좋은 소주蘇州 출신의 여자 뱃사공, 상하이의 전차 차장, 요리사의 아내, 어느 기선의 갑판 보이 따위를 든다. 심지어 동물원의 사자새끼나 뉴욕 센트럴파크의 다람쥐한테서도 철학

중국 고유 의상 차림을 하고 있는 린위탕. 그는 파이프 담배를 피울 때 행복하다고 말한다.

적 지식을 얻었다고 말한다. 만약 린위탕이 이 책에서 말하는 내용이 철학이라면 그것은 현학적이고 학구적인 철학이 아니라 어디까지나 구체적인 삶의 경험에서 우러나온 생활 철학이다.

『생활의 발견』에서 린위탕은 모두 14개에 이르는 주제를 다루지만 가장 중심적인 주제는 그가 '삶의 향락'이라고 부르는 행복이다. 한마디로 이 책은 행복에 관한 책이다. 그는 행복이란 지극히 일상적이고 지극히 작은 일에서 얻을 수 있다고 밝힌다. 그리하여 "행복에 대하여 말할 때 추상적인 것에 말려들지 않도록 주의하자." 하고 타이른다.

좀더 구체적으로 린위탕은 푹 잠을 자고 나서 아침에 일어나 맑은 새벽 공기를 들이마실 때, 손에 파이프를 쥐고 길게 발을 뻗고 의자에 앉아 있을 때, 여름철에 여행하다가 솟아오르는 샘물에 구두와 양말을 벗고 찬물에 발을 담글 때 행복을 느낀다고 말한다. 또 맛있는 음식을 배불리 먹고 나서 안락의자에 기대 앉아 마음 맞는 친구들과 정담을 나눌 때, 아이들이 떠들고 지껄이는 소리를 들을 때, 여름날 오후 들판에서 한 줄기 소나기를 맞고 빗물에 흠뻑 젖은 채 집에 돌아올 때에도 행복을 느낀다. 린위탕에게 행복이란 외부에서 오는 것이 아니라 어디까지나 마음속에서 우러나는 것이다. 어떠한 행복이든 느낄 준비가 되어 있는 사람만이 느낄 수 있다.

린위탕은 서양 사람들이 동양 사람들보다 행복하지 않은 것은 지나치게 내세나 저승에 희망을 걸기 때문이라고 비판한다. 요단 강 건너 쪽에서 행복을 찾을 것이 아니라 오히려 요단 강 이쪽에서 행복을 찾아야 한다고 말한다. 내세나 저승 같은 초월적 세계에서 얻는 것이 아니라 어디까지나 '지금 이곳' 즉 현세나 이승에서 얻으라고 가르친다. 이것이 그가 '추상적인 것'에 말려들지 말라고 충고하는 까닭이다. 린위탕의 행복론은 궁극적으로 서구 기독교에 대한 비판으로 이어진다.

천국이 좀더 확실하고 확신할 수 있는 것이 아닌 이상 이 지상의 삶
의 일까지 잊고 천국에 들어가려고 애쓰는 까닭이 어디 있을까. 누
군가의 말대로 "내일의 암탉보다는 오늘의 달걀이 더 소중하다." 여
름 휴가 계획을 세울 때 적어도 우리는 여행하려는 지방에 대하여
좀더 자세한 사실을 알려고 애쓴다.

린위탕은 사람들이 지상에서 여행할 곳에 대해서는 자세히 알아보려
고 하면서 막상 천국에 대해서는 별로 알아보지도 않고 기독교 교회의
말을 너무 쉽게 믿어 버린다고 한탄한다. 성가가 들리고 흰 옷 입은 천사
가 날아다닌다는 등 기독교에서 말하는 천국은 너무 막연하여 손에 잡히
지 않는다고 불평을 털어놓는다. 예컨대 마호메트만 하여도 술과 과일이
가득 차고 검은 머리에 눈이 큰 정열적인 처녀들이 놀고 있는 천국을 그
려내고 있다는 것이다. 목사 아들의 입에서 나온 말이라고는 좀처럼 믿
어지지 않을 만큼 무척 세속적이다.

린위탕은 '내일의 암탉' 보다는 차라리 '오늘의 달걀' 을 훨씬 더 소중
하게 생각하는 사람이다. "보석상의 진열장 속에 들어 있는 커다란 진주
를 우러러 보기보다는 차라리 쓰레기통에서 조그마한 진주를 줍겠다."
하는 그의 말에서도 그의 세계관이 잘 드러난다. 이렇게 내일의 암탉보
다는 오늘의 달걀에, 진열장 속의 진주보다는 쓰레기통의 진주에 더욱
관심을 두는 린위탕에게 현세의 삶이란 기독교에서 가르치듯이 "눈물의
골짜기요 고통의 길"이 아니다. 그에게 현세는 순간순간마다 행복을 느
낄 수 있는 곳이요 아름다움이 깃들어 있는 곳이다. 그는 옛 중국의 시인
들의 삶의 방식에서 그러한 예를 찾는다. "강 위에 부는 맑은 바람과 산
위에 떠 있는 밝은 달"을 노래한 소동파蘇東坡, "옷자락을 적시는 밤이슬"
과 "뽕나무 위에서 우는 닭"을 노래한 도연명陶淵明 등 그들은 하나같이

자연 속에서 행복을 찾았다. 이런 점에서 린위탕의 세계관은 알베르 카뮈의 세계관과도 통하는 데가 있다. 알제리 태생의 프랑스 실존주의 소설가 카뮈도 내세의 삶에 희망을 걸고 현세의 삶을 회피하는 것이야말로 가장 큰 죄악이라고 말한다.

린위탕은 아름다움과 관련하여 "살아 있는 생물은 하나같이 곡선을 이루지만 죽은 것은 모두 뻣뻣한 직선이다." 하고 말한 적이 있다. 여기에서 직선이란 기독교의 세계관을 가리키는 것으로 보아도 틀리지 않는다. 기독교에서는 내세의 구원이라는 목표를 정해 놓고 앞을 향하여 일직선으로 달려가기 때문이다. 공산주의나 사회주의도 계급 없는 이상주의 사회라는 목표를 정해 놓고 앞으로 나아간다. 적어도 이렇게 일직선적 세계관을 받아들인다는 점에서 기독교와 공산주의는 서로 비슷하다.

린위탕이 『생활의 발견』에서 강조하는 두 번째 주제는 유머, 해학이다. 앞에서도 밝혔듯이 그는 1920년대 말엽 '소품문' 운동에 앞장섰다. 소품문 운동이란 일종의 유머와 풍자를 부르짖는 운동이다. 이 무렵 중국 사회는 일본의 만주 침략에 뒤이

'당송 8대가'의 한 사람인 소동파. 린위탕은 그의 작품을 즐겨 읽었다.

어 불안과 혼란과 퇴폐의 분위에 휩싸여 있었다. 이러한 암울한 시대에 울분에 쌓인 사람들에게 유머나 해학을 통하여 잠시나마 탈출구를 마련해 주려고 하였다. 린위탕은 아리스토텔레스와 마찬가지로 살아 있는 모든 피조물 가운데에서 오직 인간만이 웃을 수 있는 유일한 동물이라고 생각하였다.

꿈이 없고 현실에 만족하며 살아가는 것은 동물이다. 현실과 함께 꿈을 가진 사람은 이상주의자이다. 현실과 함께 유머를 가진 사람은 현실주의자이다. 꿈만 있고 유머가 없으면 광신주의가 되기 쉽지만, 현실이 없이 오직 꿈과 유머를 가지고 있으면 환상주의자가 되기 쉽다. 그렇다면 가장 이상적인 사람은 현실과 꿈과 유머 세 가지를 모두 갖춘 사람이

원나라 때의 희극 배우 상. 린위탕은 현실과 꿈과 유머 세 가지를 모두 갖추고 있는 사람이 가장 이상적이라고 보았다.

다. 린위탕은 이러한 사람을 지혜롭고 슬기로운 사람이라고 부른다. 최근 그를 가장 가까이에서 지켜본 둘째딸이자 지난 23년 동안『리더스 다이제스트』중국어판 편집장을 맡은 언론인이며 작가인 린타이이林太乙는 아버지에 관한 전기를 쓰면서 그 책의 제목을 '현실 + 꿈 + 유머'라고 붙였다.

세계적인 지성인이라고 할 린위탕은 "중국에서는 열여덟 살이 되도록 사회주의자가 되지 않는 사내는 바보이다. 그러나 열여덟 살이 된 뒤에도 여전히 사회주의자로 남아 있는 사내도 바보이다." 하고 말하였다. 그는 자유 민주주의를 굳게 믿었지만 사회주의도 누구나 한 번쯤은 넘어 가야 할 언덕이라고 생각한다. 린위탕은 이렇게 우무가사리처럼 유연한 사고를 지녔

다. 그는 타고난 자유주의자요 세계주의자이다. 중국 문화를 옹호하면서
도 편협한 국수주의의 벽에 갇히지 않았고, 세계주의를 부르짖으면서도
좀처럼 보편성의 덫에 걸리지 않았다. 린위탕처럼 특수성과 보편성, 구
체성과 일반성의 팽팽한 밧줄에서 절묘하게 균형을 꾀한 사람도 찾아보
기 어렵다.

영혼의 산

가오싱젠

중국 문단의 이단아 가오싱젠. 2000년에 중국 작가로서는 처음으로 노벨 문학상을 받아 중국 문학을 세계 무대로 끌어올렸다.

20세기 중엽까지만 하여도 중국은 거대한 국가주의의 정치 체제와 획일적인 사회주의 문화 체계가 지배하였다. 이러한 현실은 자유로운 창작 활동을 갈구하는 작가들에게는 거추장스럽기 그지없는 굴레요 멍에이다. 1980년대에 이르러 소련의 미하일 고르바초프 수상이 처음 불을 지핀 개혁과 개방의 불꽃이 거세게 타오르면서 중국의 문학가들도 점차 사회주의 리얼리즘의 깊은 잠에서 깨어나기 시작한다. 이러한 새로운 예술적 자각은 중국 문학의 물줄기를 20세기 전반부와는 전혀 다른 방향으로 바꾸어 놓았다. 이렇게 물줄기를 바꾸어 놓은 데 누구보다도 앞장 선 작가가 가오싱젠高行健(1940~)이다.

가오싱젠은 소설가이자 비평가요 극작가이자 연극 연출가에다 번역가와 화가이기도 하다. 결론적으로 그는 20세기 초엽 루쉰魯迅이 기초를 다진 중국 근대 문학을 세계 문학의 반열에 올려놓는 데 크게 이바지한 인물이다. 루쉰은 중국 봉건 사회를 "사람이 사람을 잡아먹어 온 사회"라고 꾸짖으면서 중국의 영혼을 일깨웠다. 루신이 어디까지나 유가儒家 전통의 토양에서 문학의 사회적 역할에 무게를 실었다면, 가오싱젠은 자유주의 전통에서 개인의 심리에 무게를 싣는다. 더구나 가오싱젠은 사회주의 리얼리즘과 혁명적 낭만주의로 동맥경화에 걸린 중국 문학에 새롭게 피를 통하게 한다.

가오싱젠은 2000년에 중국 태생의 작가로서는 최초로 노벨 문학상을 받는 영예를 안았다. 그의 노벨 문학상 수상은 적어도 문학적으로는 변방과 다름없던 중국이 세계 문학의 중심에 진입하는 그야말로 극적인 사건이다. 스웨덴 한림원은 그의 문학을 "대중의 역사에서 개인을 지키려는 투쟁"으로 높이 평가하였다. 한림원은 "그의 문학이 보편적인 가치를 담고 있으며 신랄한 통찰과 참신한 언어로 중국 소설과 희곡의 새 지평을 열었다." 하고 평가하기도 하였다.

가오싱젠은 1940년 1월 중국 장시성江西省 간저우贛州에서 은행 간부인 아버지와 연극배우인 어머니 사이에서 태어났다. 특히 그의 어머니는 그가 어렸을 때부터 연극과 글쓰기에 흥미를 갖도록 북돋워 주었다. 가오싱젠은 베이징北京 외국어대학교에서 프랑스 문학을 전공하면서 서구 문학에 처음 눈을 뜬다. 그는 사뮈엘 베케트, 베르톨트 브레히트, 외젠 이오네스코, 앙토냉 아르토 등을 통하

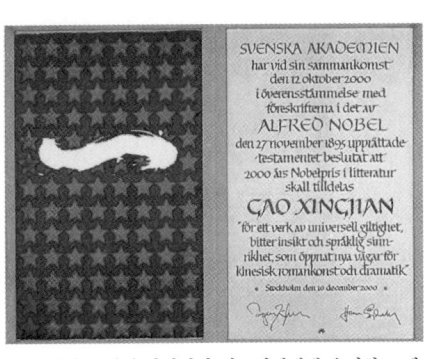

2000년에 스웨덴 한림원이 가오싱젠에게 수여한 노벨 문학상 기념패.

텐안먼 광장에서 민주와 자유를 부르짖는 대학생들.
텐안먼 사건은 가오싱젠에게 깊은 상처를 남겼다.

여 유럽의 아방가르드 문학과 부조리 연극의 세례를 강하게 받았다. 베케트와 이오네스코의 작품을 손수 번역하여 중국에 소개하는 한편, 문예지『중국 재건』의 프랑스 문학 담당 편집자로 일하면서 희곡과 소설 이론을 전개하였다. 이 무렵 그는 자신의 문학 주제라고 할 부조리의 개념을 정립해 나간다. 1966년부터 1976년에 이르는 문화 대혁명 기간 동안에는 중국 공산당의 공포 정치와 테러에서 부조리의 근원을 읽어내고 연극을 통하여 그것을 표현하려고 하였다.

자유주의적 문학관을 취한 가오싱젠은 사회주의 정치 권력과 자주 불화를 일으킬 수밖에 없었다. 그는 1980년에서 1987년에 걸쳐 아방가르드적인 단편 소설과 평론, 희곡을 잇달아 발표하여 중국 문단에서 언제나 논쟁의 중심에 서 있었다. 모더니즘의 입장에서 사회주의 리얼리즘 미학에 도전하였는가 하면, 브레히트와 베케트에게서 영감을 얻은 실험적인 희곡『절대 신호』(1982)를 베이징 인민예술극장 무대에 올려 당국으로부터 엄한 감시를 받기도 한다. 이듬해에 그는 여세를 몰아 희곡『버스 정류장』(1983)을 무대에 올리는데, 그 때문에 "서양 문학과 공모한 정신적 공해"니 "사회주의 국가에 대한 지적 오염"이니 하는 정부의 비판에 부딪혀야 하였다. 중국 공산당 고위 간부의 한 사람은 이 작품에 "중화인민공화국 창설 이후 가장 해로운 작품"이라는 낙인을 찍었다.

'잃어버린 10년'이라고 일컫는 문화 대혁명은 가오싱젠에게 크나큰 시련을 안겨 준다. 그는 지식인 하방下放 정책에 따라 시골로 강제 전출된

데다가 아내로부터 버림받는 아픔까지 겪어야 하였다. 무엇보다도 자신이 써 온 많은 원고를 불태워야 하였던 경험은 그에게 "테러를 가하는 것과 같은 쓰라린 고통"을 남긴다. 그는 1979년까지 작품을 발표할 수 없었다. 문화 대혁명이 끝난 뒤에서야 비로소 중국작가협회에서 번역가로 활동하면서 1980년부터 조금씩 단편 소설과 희곡과 평론을 발표하기 시작한다. 1987년 마침내 정치적 난민 신분으로 프랑스 파리로 망명하여 그 이듬해에 프랑스 시민이 된다.

가오싱젠은 많은 작품을 썼는데 그 가운데에서도 장편 소설 『영혼의 산』(1982)과 『나 혼자만의 성경』(1999), 그리고 희곡집 『절대신호』와 『버스 정류장』은 대표작으로 꼽힌다. 또 가오싱젠은 무려 30여 차례에 걸쳐 국제적인 전시회를 열고 화집을 여러 권 출간하여 화가로서의 면모를 보이기도 한다.

가오싱젠은 『영혼의 산』을 1982년 여름 베이징에서 처음 집필하기 시작한다. 그 뒤 프랑스에 망명하여 1989년 9월 파리에서 탈고하였고, 1990년에 타이완의 타이베이에서 중국어로 처음 출간한다. 그 뒤를 이어 스웨덴과 프랑스 그리고 미국에서 잇달아 번역본이 출간되어 나왔다. 그리하여 가오싱젠은 2000년에 이 작품으로 마침내 노벨 문학상을 받기에 이른다.

『영혼의 산』은 작가의 삶이 짙게 배어나는 자서전적 소설이다. 가오싱젠은 1983년 건강 진단을 받던 중에 뜻밖에도 폐암 선고를 받는다. 그의 아버지도 몇 해 전 폐암으로 사망하였기

문화 대혁명기의 아픔을 그린 중국 영화 「부용진 芙蓉鎭」의 한 장면.

에 그는 더욱 불안하였다. 그러나 몇 달 뒤 엑스레이 검사에서 오진임이 밝혀지면서 그는 말하자면 '죽음에 대한 유예 선고'를 받았다. 바로 이 무렵 그가 강제 수용소와 다름없는 농장으로 보내질 것이라는 풍문이 나돈다. 그는 즉시 쓰촨四川의 산림지방으로 도피하여 양쯔강 수원지에서 출발하여 다섯 달에 걸쳐 강을 따라 무려 1만 5천 킬로미터에 이르는 긴 여행을 한다. 그는 정부 당국의 감시가 풀렸을 때에서야 비로소 베이징으로 다시 돌아온다.

『영혼의 산』의 주인공 '나'도 티베트 고원과 쓰촨 분지와 치옹라이 산맥 중앙에서 시작하여 양쯔강을 따라 중국의 동남부 바닷가까지 긴 여행을 한다. 화자이며 주인공인 '나'는 가오싱젠처럼 사상적으로 불온하고 미학적으로 퇴폐적이라는 낙인이 찍힌 작가로 작품을 써도 중국에서는 제대로 출판할 수도 없다. '나'는 민요나 민담과 샤머니즘 풍속 등을 수

중국 남부 자치구에 있는 농장. 아직도 문명의 손길이 미처 닿지 않은 상태에 있다. 『영혼의 산』의 주인공은 아마도 이런 곳을 찾아다녔을 것이다.

집하며 아직 문명의 손길이 닿지 않은 시골 산간 지방과 원시림을 찾아
다닌다.

한편 '나'의 분신이요 제2의 자아라고 할 '당신'은 여우강尤水이 시작
되는 곳에 있다는 영산靈山, 즉 '영혼의 산'을 찾아가는 중이다. '당신'은
처음부터 이 산에 찾아갈 계획이 없었지만 기차 안에서 우연히 누군가로
부터 이 산에 대하여 듣고 한번 찾아가 보고 싶은 생각이 든 것이다. 이
영산에 가기 위해서는 우이鳥伊라는 조그마한 마을까지 차를 타고 가서
거기에서부터는 배를 타고 여우강을 따라 거슬러 올라가야 한다.

그런데 '당신'이 찾아가는 '영혼의 산'은 지도로써는 찾아갈 수 없는
곳이다. 그에게 이 여행은 지리적 여행이라기보다는 심리적 여정이요 공
간적 여행이라기보다는 형이상학적 여정이다. 다시 말해서 '당신'이 '영
혼의 산'을 찾아가는 것은 다름 아닌 내면 탐색이다. 그렇다면 '당신'이

중국 문명의 젖줄이라고 할 양쯔강. 가오싱젠과 『영혼의 산』의 주인공은 이 강을 따라 여행을 한다.

그토록 찾아 헤매는 '영혼의 산'이란 과연 무엇을 뜻하는 것일까? 영산이라고 하면 흔히 아시아의 지붕으로 일컫는 히말라야 산을 가리키지만이 작품에서는 그 이상의 깊은 의미를 지닌다. 이 신비스러운 산은 마치 19세기 미국 소설가 허먼 멜빌의 『모비딕』(1851)에 등장하는 흰 고래처럼 그 의미가 무척 다양하다. 이 작품의 거의 마지막 장면에서 '당신'은마침내 얼음으로 뒤덮인 빙하에 이른다.

> 모든 것이 하얗다. 당신이 찾아다녔던 상태가 바로 이것이 아닌가?
> 아무것도 가리키지 않고 아무 의미도 없는 그림자들로 이루어진 모
> 호한 이미지들로 가득한 이 얼음의 세계 같은 상태, 완전한 고독.

내세에서 영혼의 구원을 굳게 믿는 기독교인에게 이 '영혼의 산'은 성령을 뜻할 수도 있다. 천상의 별을 좇는 이상주의자에게 그것은 온갖 희생을 무릅쓰고 이룩하여야 할 삶의 궁극적 목표일 수도 있다. 예술혼을불태우는 작가에게는 정치적 이데올로기의 굴레에서 벗어나 자유롭게글을 쓸 수 있는 창조적 공간일는지도 모른다. 이 '영혼의 산'은 19세기프랑스 소설가 귀스타브 플로베르가 꿈꾸던 예술세계일 수도 있다. 플로베르는 1852년에 쓴 한 편지에서 "내가 집필하고 싶은 책은 나에게 아름답게 보이는 책, 즉 외적인 것과는 아무런 관계없이 오직 스타일의 내적인 힘에 의해서만 유지되는 책이다. …… 그것은 가능하다면 실질적으로아무런 주제가 없거나 적어도 주제가 거의 눈에 드러나지 않는 책을 말한다." 하고 밝힌 적이 있다.

『영혼의 산』을 읽다 보면 여기저기에서 포스트모더니즘의 그림자가어른거린다. 가오싱젠이 유럽 아방가르드의 세례를 강하게 받았다는 사실을 생각해 보면 그다지 이상할 것이 없다. 이 소설의 제72장에서 '나'

의 또 다른 분신인 '그'는 한 문학 비평가와 대화를 나눈다. 비평가는 '그'에게 "이것은 소설이 아닙니다!" 하고 한마디로 잘라 말한다. 여기에서 비평가가 말하는 '소설'이란 바로 전통적 의미의 중국 소설을 가리킨다. 『영혼의 산』은 중국 소설은 말할 것도 없고 더 나아가 일반적인 의미의 소설과도 꽤 거리가 멀다. 또 비평가는 "무작정 서양을 모방하려고 애쓰는 모더니스트가 여기 또 한 분 계셨군." 하고 빈정거린다. 그러나 가오싱젠은 모더니스트보다는 오히려 포스트모더니스트나 아방가르드주의자로 보는 쪽이 더 옳을 것이다.

가오싱젠은 이 작품에서 무엇보다도 자아 분열을 다룬다. 이 소설에서 어떤 총체적이고 일관된 자아를 찾아보기란 무척 어렵다. 작중인물은 하나같이 '나', '당신', '그녀', '그' 같은 단수 인칭대명사로써만 되어 있다. 일인칭 대명사 '나'가 사회적 자아라고 한다면 이인칭 대명사 '당신'은 내면적 자아라고 할 수 있다. 그런데 이 두 자아 사이에는 서로 갈등

파리에 있는 가오싱젠의 집필실.

과 긴장이 일어난다. 사회적 자아인 '나'는 여행 중 외로움을 달래기 위하여 내면적 자아인 '당신'을 창조해 낸다. 그러나 내면적 자아는 사회적 자아의 고독을 완화시키는 데에는 도움을 줄 수 있지만 불안을 가져다주기도 한다. 인간의 모든 관계에는 어쩔 수 없이 권력 투쟁이 뒤따르기 때문이다. '당신'은 '나'처럼 고독을 느끼며 여행의 동반자로 '그녀'를 만들어낸다. 그런가 하면 '당신'과 '나'의 거리가 너무 가깝게 되자 이번에는 '당신'을 가버리게 하고 그 대신 '그'를 만들어내기도 한다. 한마디로 가오싱젠은 작중인물과 그 성격 형성에서 혁명적인 변화를 꾀하고 있다.

『영혼의 산』에서 줄거리를 찾는 것은 일관된 자아나 작중인물을 찾는 것만큼이나 부질없다. 역시 제72장에서 비평가는 '그'에게 소설이란 "우선 도입부가 있어야 하고, 이어 전개가, 끝으로 클라이맥스와 결말이 있어야 하지요." 하고 밝힌다. 그러나 '그'는 비평가에게 이러한 소설의 기본 문법을 따르지 않고서도 얼마든지 소설을 쓸 수 있다고 반박한다. 실제로 이 작품에는 현실과 허구, 기억과 환상이 서로 뒤섞여 있어 일정한 줄거리를 찾는다는 것은 무의미하다. 이 소설의 플롯은 외적 사건보다는 오히려 내적 긴장에 더욱 기대기 때문이다. 가오싱젠은 중국적 '의식의 흐름'을 개발한 소설가 왕멍王蒙보다 소설 기법을 한 발 더 밀고나간다.

『영혼의 산』에서 가오싱젠은 이른바 '탈脫장르' 또는 장르의 혼합을 시도한다. 최근에 나온 중국 작품 가운데에서 이 소설만큼 장르 혼합을 꾀한 작품은 찾아보기 어렵다. 제72장에 등장하는 비평가의 말대로 이 소설에서 작가는 "기행문들을 모으고, 이야기 조각들과 붓 가는 대로 쓴 메모들을 짜깁기하고, 감상문과 수필과 이론과 시론을 뒤섞는 등" 전통적인 소설의 문법을 깨뜨린다. '그'의 입을 빌려 작가는 전국시대의 방지方志를 비롯하여 한漢이나 위진魏晉 남북조 시대의 지인志人과 지괴志怪,

당唐나라의 전기傳奇, 송宋나라와 원元나라의 화본話本, 명明나라와 청青나라의 장회章回소설과 필기筆記소설 등을 예로 들면서 소설이란 본디 저잣거리의 언어와 이 골목 저 골목의 소문을 전해 주는 장르라고 밝힌다. 실제로 이 작품은 일반적 의미의 소설보다는 여행기나 기행문, 문화 인류학 보고서, 신화와 민담서 등을 한데 묶어놓은 듯한 인상을 준다.

『영혼의 산』은 주제적으로 흔히 '타자他者'로 일컫는 중심부에서 밀려나 소외받은 사람이나 사물에 깊은 관심을 기울인다는 점에서도 가히 포스트모더니즘 소설이라고 할 만하다. 가오싱젠은 그 동안 중국을 지탱해 온 이념과 가치에 의문을 품는다. 한족의 중화 사상을 날카롭게 비판하는가 하면, 유교의 이성중심주의에 칼을 들이댄다. 자칫 놓쳐 버리기 쉽지만 중국은 한족 말고도 무려 55개에 이르는 소수 민족이 함께 거주하는 다민족 국가이다. 이 작품에서 주인공이 여행하는 서남부 지역은 서북부 지역과 더불어 주로 소수 민족이 살고 있는 곳으로 중국 역사에서 그 동안 소외를 받아 온 곳이다.

그런데 가오싱젠은 묘족苗族, 강족羌族, 이족彝族 같은 소수 민족의 생활 풍습과 민간 신앙 등에 관심을 둔다. 중화 사상이 한족의 사상적 엔진이라면 유교는 그 엔진을 움직이는 동력이었다. 가오싱젠은 그 동안 유교의 그늘에 가려 제대로 빛을 발하지 못하던 도교와 샤머니즘 그리고 불교에 깊은 관심을 기울인다. 다시 말해서 그는 황하 문명 중심론에 쐐기를 박는다. 그가 이 소설에서 노자老子의 『도덕경道德經』을 비롯하여 『산해경山海經』이나 『수경주水經注』 같은 책을 즐겨 언급하는 것은 바로 그 때문이다.

범위를 좀더 넓혀 보면 인간과 자연의 이항 대립에서 자연은 인간의 타자이다. 그 동안 진보와 발전이라는 그럴 듯한 이름으로 인간은 자연을 지배와 정복, 더 나아가 착취의 대상으로 삼아 왔다. 자연을 조직적으로 지배하고 착취하면 할수록 문명의 순도는 그만큼 높아졌다. 오늘날 우리가 겪고 있는 환경 위기나 생태계 위기는 바로 인간이 자연을 타자로 삼아 무자비하게 지배하고 착취한 결과라고 하여도 틀리지 않는다. 그런데 가오싱젠은 19세기 중엽 일찍이 미국에서 생태주의 복음을 전한 헨리 데이비드 소로우처럼 문명의 손길이 아직 미치지 않은 원시림에 아직 인류의 희망이 남아 있다고 부르짖는다.

한마디로 가오싱젠에게 소설 장르란 하나의 언어적 유희이며 사치일 뿐이다. 그는 "오직 글쓰기를 통해서만 자유를 얻는다." 하고 밝힌다. 가오싱젠은 『영혼의 산』에 등장하는 '그' 처럼 오직 외로움을 달래고 즐겨

황하 발원비. 중국 문명의 요람이라고 일컫는 황하는 청해성靑海省 청장靑藏 고원에서 시작하여 산둥성을 거쳐 발해만으로 흐른다. 가오싱젠은 황하 문명론에 쐐기를 박는다.

움을 얻기 위하여 소설을 쓸 따름이다. 그런데 이러한 태도는 전통적인 중국의 문학관과는 꽤 거리가 있다. 예로부터 중국에서는 '문이재도文以載道'라고 하여 문학을 도를 담는 그릇으로 보거나, 당나라의 시인 유종원柳宗元처럼 '문이명도文以明道'라고 하여 문학을 도를 밝히는 도구로 삼았다. 가오싱젠은 이러한 효용론적인 문학관을 좀처럼 받아들이려고 하지 않는다. "세계를 설명할 수 있다고 주장하지 않는 속 깊은 회의주의자"라는 평가처럼 그는 중국 주류 문학에서 벗어난 독특한 존재임에 틀림없다.

일본편

만요슈

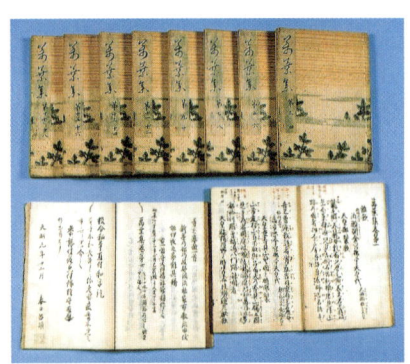

일본 문학사의 첫 장을 화려하게 장식한 『만요슈』.

서양 문화권에서 그리스어나 라틴어가 절대적인 영향력을 행사한 것처럼 동양 문화권에서는 한자가 오랫동안 문자의 황제로 군림하였다. 동양을 '한자 문화권'이라고 부르는 것은 바로 그 때문이다. 중국 태생의 저명한 문화 비평가 린위탕林語堂이 일찍이 "중국에는 만리장성이 있고, 그 만리장성보다 더 크고 깊은 뜻을 지닌 한자가 있다." 하고 자랑하는 까닭이 여기에 있다. 중국 사람들은 한자에 대한 자부심이 무척 크다. 그도 그럴 것이 아직 문자가 없던 동양의 여러 나라에서는 중국의 한자를 빌려 기록하기 일쑤였다. 우리나라에서도 최초로 향가를 한자의 소리와 뜻을 빌려 기록하였다. 물론 우리나라에서 사용한 한자는 글자만 빌려 왔을 뿐 중국의 한자와는 크게 달라서 중국말이 아닌 우리말이라고 하는 주장이 있기도 하다.

이러한 사정은 일본에서도 크게 다르지 않다. 일본 문학에서 가장 오래된 시가집으로 일컫는 『만요슈萬葉集』는 중국의 한자를 빌려 기록한 책이다. 7세기 초엽 일본 사람들은 중국과 한국에서 들어온 한자의 소리와 뜻을 빌려 그 동안 전해 내려오던 노래나 시를 처음 문자로 기록하기 시작하였다. 한자가 들어오기 전만 하여도 노래나 시는 오직 사람의 입에서 입으로 전해질 뿐 문자로는 기록할 수가 없었다. 그러다가 759년경, 즉 나라奈良 시대 말기에 이르러서야 비로소 구전 시가가 독특한 방법으로 『만요슈』라는 책 속에 집대성되었다. 흔히 '만요가나万葉假名'로 일컫는 표기 방법이 바로 그것이다. 이 표기 방법은 뒷날 9세기 후반에 이르러 히라가나平假名로 다시 태어난다.

모두 20권에 이르는 『만요슈』은 글자 그대로 '만 가지 잎사귀'를 한데 모아놓은 책이다. 여기에서 잎사귀란 노래나 시, 사연을 뜻한다. 또 이 제목에는 만 가지 노래나 시, 사연을 만세 뒤까지 전하며 축복을 기원하는 뜻도 담겨 있다.

이 시가집에는 무려 4,500여 수의 노래와 시가 실려 있다. 이 노래와 시를 지은 사람도 서민과 한량에서 관리와 승려, 천황에 이르기까지 폭넓은 계층에 걸쳐 모두 500여 명이나 된다.

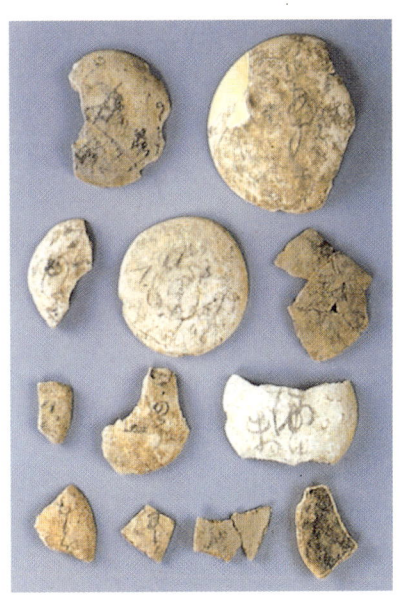

사이쿠齋宮에서 출토된 유물. 10세기에 궁녀가 히라가나를 연습하기 위하여 토기에 쓴 글씨이다.

시대도 4세기 닌토쿠仁德 천황 때부터 759년 오토모 야카모치大伴家持 시대까지 450여 년에 걸쳐 있다. 이 가운데 7세기 조메이舒明 천황이 즉위한 해부터 759년까지 130년 동안의 작품이 거의 대부분을 차지한다. 작품의 배경이 되는 지역도 야마토大和 지방을 중심으로 아즈마東國에서 규슈九州에 이르기까지 아주 폭넓다. 여러 사람의 손에 걸쳐 편집되어 오다가 마침내 오토모 야카모치가 자신의 단가 360여 수를 포함하여 그 동안 전해 내려오는 작품을 5년여에 걸쳐 집대성하였다.

『만요슈』에는 4,536편의 작품이 수록되어 있는데, 단가短歌가 4,207수, 장가長歌가 265수, 기타 시가가 64수이다. 단가가 무려 전체 작품의 93퍼센트 정도를 차지한다. 이 작품집은 주제나 내용에 따라 이성을 연모하는 소몬카相聞歌, 죽은 사람을 애도하는 반카輓歌, 주로 궁정의 공식 행사나 연회 또는 여행과 관련한 조카雜歌 등 세 종류로 나눈다. 표현 방법에 따라 비유를 사용하지 않고 심정을 직접 표현한 정술심서가正述心緖歌, 어떤 사물에 위탁하여 심정을 읊은 기물진사가寄物陳思歌, 다른 사물에 빗대어 표현하는 비유가比喩歌, 질문을 던지고 대답하는 형식을 취하는 문답가問答歌, 여행을 다룬 기려가羈旅歌 등으로 나누기도 한다.

일본에서는 7세기경에 이르러 개인 의식이 처음 싹트면서 집단적으로 읊었던 고대 가요가 점차 쇠퇴하고, 개인의 감정을 자유롭게 표현하는 개성적인 작품을 많이 읊게 되었다. 특히 『만요슈』에는 옛날 일본 사람의 순박하고 솔직한 정서를 표현한 작품이 많이 들어 있다. 일본 근세에 활약한 국학자 가모노 마부치賀茂眞淵는 이 시가집의 특징이라고 할 솔직하고 소박하며 남성적인 가풍을 두고 '마스라오부리'라는 용어로 불렀다. 이 시가집에 이르러 비로소 음수율도 5·7로 굳어지기 시작하였다. 『만요슈』의 시적 특징은 헤이안平安 시대에 일본의 대표적 정형시의 하나인 와카和歌가 발전하는 데 크나큰 영향을 끼쳤다는 데 있다.

『만요슈』의 작품은 계층을 넘어서 옛날 일본 사람의 감정을 순박하고 솔직하게 표현하였다고는 하지만 그 의미를 정확히 헤아리는 것은 마치 암호를 해독하는 것만큼이나 어렵다. 오랜 세월에 걸쳐 이 시가집은 수많은 연구자에게 기쁨과 희열을 안겨 주기도 하였지만 때로는 괴로움과 고통을 주기도 하였다. 이 작품을 완벽하게 해독하기란 거의 불가능하기 때문이다. 오죽하면 893년에 이 시가집의 새로운 판본을 만든 스가와라노 미치자네菅原道眞는 "『만요슈』는 옛날 노래여서 이제는 읽을 수 없게 되었다." 하고 두 손을 들고 말했을까.

아일랜드 태생의 소설가 제임스 조이스의 소설 『율리시스』(1922)는 무척 난해하기로 유명하다. 조이스는 이 작품을 두고 "나는 이 소설 속에 너무나 많은 불가사의한 수수께끼를 집어넣었기 때문에 아마 학자들은 앞으로 몇 세기에 걸쳐 내가 의도한 바를 두고 계속 논의를 벌이게 될 것이며, 이것이야말로 바로 예술가의 불멸성을 보장하는 유일한 방법이 될 것이다." 하고 농담 섞어 말한 적이 있다. 그러나 난해성으로 말하자면 『만요슈』는 조이스의 작품을 훨씬 넘어선다. 『율리시스』의 수수께끼는 상당 부분 풀린 반면, 『만요슈』에 실린 작품은 아직도 수수께끼로 남아 있는 부분이 적지 않다. 이 시가집은 아직 개척되지 않은 처녀림처럼 새로운 해석의 손길을 기다리고 있다. 그러므로 야심찬 학자들에게는 큰 도전 과제가 아닐 수 없다.

우리의 향가를 해독하는 데 겪는 어려움을 생각해 보면 『만요

그림의 원두막과 같은 것을 아지로기라고 한다. 『만요슈』에 보면 "아지로기에 밀려온 것 같지만 오지 않는 물결"이라는 서정적인 시가 나온다.

슈』를 해독하는 일이 얼마나 어려운지 짐작하고도 남는다. 두 작품은 비슷한 시기에 걸쳐 비슷한 방법으로 씌어졌지만 만요가나의 독특한 표현 방법은 향가보다 해독하기가 훨씬 더 까다롭다. 향가처럼 한자의 소리와 뜻을 빌려 적었다고는 하지만 그 방법은 향가와는 조금 다르기 때문이다. 향가를 표기한 향찰이 '선화공주님은'이라는 구절을 '善花公主任隱'이라고 썼듯이 만요가나도 한자의 소리와 뜻을 빌려 적었다.

예컨대 '아메阿米'(하늘)니 '고코로許己呂'(마음)니 하는 낱말처럼 한자의 소리를 빌려 표기하였다. 시간이 지나면서 한자음이 달라지기는 하였어도 이처럼 한자의 소리를 빌려 표기한 곳은 그런 대로 해독하기가 쉽다. 그러나 문제는 한자의 뜻을 빌린 표기법이다. '구니國'(하늘)니 '도후聞'(묻다)니 하는 말처럼 한자의 원뜻이 굳어진 것은 곧바로 풀리지만, 한자 하나가 여러 뜻을 지닌 경우에는 과연 어떤 뜻으로 받아들여야 할지 적잖은 어려움이 따른다. 더욱이 우리의 향가는 현재 남아 있는 작품이 25편 밖에 되지 않은 반면 『만요슈』는 4,500여 편이나 되어 그 많은 작품의 의미를 정확하기 찾아내기란 매우 어렵다.

더구나 이 시가집에는 조이스의 작품처럼 장난기 섞인 표기가 여기저기 지뢰처럼 도사리고 있어 학자들을 바짝 긴장시킨다. 가령 '시시獅子'라고 쓰면 될 것을 일부러 '十六'이라고 써서 읽는 사람이 '시시四四'라고 읽도록 하거나, '이즈 ⅲ'를 김삿갓의 장난처럼 '산 위에 또 산이 있다山上復有山'라고 쓴 예도 있다. 더구나 어순도 어떤 때에는 한자어 방식을 따르다가 어떤 때에는 일본어 방식을 따르고 있어 해독의 걸림돌이 된다.

물론 현재 남아 있는 텍스트는 만요가나로만 씌어진 원본이 아니라 여러 편찬자가 원본의 한자 옆에 가나로 읽는 법을 달아 둔 필사본이다. 10세기 이후 잇따라 만들어진 이 필사본은 해독하는 데 실마리가 되기도 하지만 걸림돌이 되기도 한다. 가나로 씌어진 풀이가 현재의 모습과는 꽤 거리가 먼 옛말과 옛글인데다가 같은 노래를 필사본마다 다르게 풀이하고 있어 오히려 혼란을 가중시킨다. 만요가나만 하여도 나라 시대에 활짝 꽃을 피운 뒤 헤이안 시대에 접어들면서 가나에 밀려 시들었다가 9세기 중반에는 아예

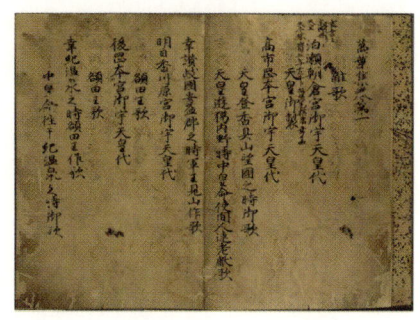

고가高河본 『만요슈』.

그 뿌리마저 끊기고 말았다. 만요가나에 커다란 영향을 끼친 향찰이 고려 시대에 들어오면서 쇠퇴한 과정과 아주 비슷하다.

우리의 향가를 일본 학자들이 해독하였듯이 『만요슈』의 해독도 그 동안 우리 학자들이 해독하려고 시도해 왔다. 만요가나가 일본어 표기 수단이라는 기본 가정을 버리고 아예 한국어로 해석하려고 하였다. 『만요슈』를 처음 편찬한 무렵 가야나 백제 사람들이 일본에 건너가 일본의 지배층을 형성한 만큼 이 작품을 가야나 백제 말로 표기하였을 가능성에 착안한 것이다. 심지어 이 시가집의 편찬자인 오토모 야카모치를 백제 사람이었다고 주장하는 학자마저 있다. 경남 지역이 가야의 중심 무대였으며 사투리에는 비교적 옛말의 흔적이 남아 있다는 점에서도 흥미 있는 시도였다. 그러나 이러한 시도는 8세기 무렵의 한국어의 모습을 제대로 알 수 없어 한계에 부딪히고 말았다. 안타깝게도 오늘날의 경상도 사투리, 그것도 반쯤은 욕설로 해독하여 대중적 인기를 끈 것으로 그치고 말았다.

『만요슈』에 실린 작품에서는 옛날 일본 사람들의 즉흥적이고 의욕적인 힘을 엿볼 수 있다. 아직 원시의 젖을 떼기 이전 생기발랄한 생명의 숨소리가 느껴진다. 특히 주제나 내용 중에 이 시가집에는 지순하고 강

히메와 이카루가. 『만요슈』에는
이 두 종류의 새가 궁전에 많이
모여 있었다고 기록되어 있다.

렬한 사랑의 노래가 많아 눈길을 끈다. 그
중에서도 사랑하는 임을 기다리는 노래와
사랑하는 임이 다시 돌아가고 난 뒤 느끼는
허전한 마음을 읊은 작품이 가장 많다. 아마
도 이 무렵의 부부는 오늘날의 결혼 생활과
는 달라서 상당히 오랜 세월 따로 떨어져 살
아야 하였기 때문에 애틋한 사랑을 표현한
작품이 많지 않나 싶다.

또 이 시가집에는 네 계절의 변화에서 온
갖 나무와 풀에 이르기까지 자연을 노래한
작품이 아주 많다. 자연을 읊은 작품은 뒷날
하이쿠俳句가 태어나는 데 큰 영향을 끼쳤
다. 흥미로운 것은 이들 작품 중 매화를 읊은 것이 무려 120여 수나 되고
일본의 상징인 벚꽃은 겨우 40여 수밖에 되지 않는다는 점이다. 일본 꽃
하면 벚꽃을 떠올리는 사람이 많지만 매화도 벚꽃 못지않게 일본 사람이
사랑하는 꽃이다.

예로부터 일본에서 매화는 문사文士의 꽃, 벚꽃은 무사武士의 꽃으로
대접받았다. 11세기경에 이르러 무사(사무라이)의 등장과 더불어 문사가
점차 힘을 잃기 시작하자 매화도 벚꽃에 영광의 자리를 내어 준다. 눈 속
에서 외롭게 피어나는 매화가 선비의 절개를 상징한다면, 봄의 한가운데
활짝 피었다가 지는 벚꽃은 무사의 향락적인 정신을 상징한다. 한꺼번에
화사하게 피었다가 미련 없이 흩어져 지는 벚꽃을 이념화한 것이 바로
사무라이 정신이요 죽음의 미학이다.

그런데 여기에서 한 가지 눈여겨보아야 할 것은 『만요슈』가 처음부터
일본에서 고전 중의 고전으로 각광받은 것이 아니라는 점이다. 이 책이

제대로 빛을 보기까지는 오랜 세월을 기다려야 하였다. 이와 관련하여 최근 가라타니 고진柄谷行人을 비롯한 몇몇 학자는『창조된 고전』(1999)이라는 책에서 흥미 있는 이론을 제기하여 관심을 끌었다.『만요슈』를 비롯한『고지키古事記』,『니혼쇼키日本書紀』,『겐지 이야기源氏物語』,『고킨와카슈古今和歌集』같은 내노라하는 일본의 고전은 하나같이 국민국가 일본이 '창조해 낸' 작품이었다고 지적한다. 1880년대 메이지明治 시대에 이르러 일본은 밖으로는 다른 나라와 구별 짓는 한편, 안으로는 국가와 국민의 통합을 이룩하려고 하였다. 이러한 목적을 달성하기 위한 구체적이고도 명시적인 방법의 하나가 바로 지금껏 별다른 관심을 받지 못하던 옛날 작품을 고전으로 떠받드는 작업이었다. 다시 말해서 이러한 '고전화' 작업은 국민국가 일본의 건설이라는 지상 명제와 서로 맞닿아 있었다는 것이다.

특히 일본에서 교과서를 중심으로 한 대중적인 공교육의 도입은 이러한 고전화 작업을 효율적으로 실행하는 수단이었다. 이 무렵 정부는 학자들의 적극적인 협조를 얻어 특정 작품을 교과서에 수록하고 일반 사람들에게 널리 알렸다. 가령『만요슈』는 나라 시대의 천황과 관련한 시가를 주로 담고 있다고 알려져 그 동안 대다수 국민은 자신들과는 별로 관련이 없는 책이라고 외면해 왔었다. 그러나 고전화 작업을 거치면서 이 책은 천왕에서 서민에 이르기까지 일본 사람 전체의 정서를 담고 있는 책으로 새롭게 평가를 받기 시작하였고, 그 동안 쌓였던 먼지를 툭툭 털고 당당히 고전의 반열에 올랐다. 마침내 '국민 문학'이라는 꼬리표를 단 채 이 책은 천황과 민중을 엮는 국민 정체성 확립이라는 목표를 이룩하는 데 톡톡히 한 몫 하였다.

이러한 자국 문학의 고전화 작업은 따지고 보면 비단 일본에만 그치지 않는다. 이를테면 영국에서도 제프리 초서나 윌리엄 셰익스피어, 존 밀

그림에서 우산 같은 것을 기누가사(蓋)
라고 하는데 다까마쯔즈까 고분 복원
도에 그려져 있다. 『만요슈』의 시 중에
기누가사를 쓴 천황에 대한 시가 있다.

턴 등을 비롯한 작가들의 작품을 국민
문학의 반열에 올려놓은 작업은 제국주
의나 식민주의 정책과 맞물려 있었다.
인도에 식민주의 정책을 펴기 전까지만
하여도 영국에서는 아직도 그리스 문학
이나 라틴 문학에 눌려 자국의 문학은
제대로 대접을 받지 못하였다. 그러다가
식민지 통치 수단으로 자국의 문학을 고
전의 반열에 올려놓기 시작한 것이다.

이러한 현상과 관련하여 요즈음 포스
트모더니즘의 거센 기류를 타고 서양에
서나 동양에서나 학자들 사이에서는 정
전正典을 둘러싸고 입씨름이 한창이다.

어느 작품을 정전에 넣고 어느 작품을 정전에서 제외시키느냐 하는 것은
어디까지나 정치적이고 이데올로기적인 판단에 따른 것일 뿐 어떤 본질
적인 가치 때문이 아니라는 생각이 진보적인 학자들을 중심으로 꽤 널리
퍼져 있다. 겉으로는 아무리 그럴듯하게 포장을 하여도 속으로는 한낱
각자의 기득권을 지키기 위한 싸움에 지나지 않는다는 것이다.

어찌 되었든 『만요슈』가 일본 문학이나 일본의 생활에 끼친 영향은 아
주 크다. 일본 문학의 뿌리라고 할 이 책은 문학은 말할 것도 없고 고대
일본어를 연구하는 데에도 보물창고와 같다. 더 나아가 이 책은 일본 사
상사와 일본 생활사를 연구하는 학자들에게도 귀중한 자료이다.

그런가 하면 일본에서는 '만엽제萬葉祭'라는 행사를 벌이기도 한다.
『만요슈』의 고향이라고 할 다카오카高岡 현에서는 몇 해 전 이 시가집의
출간 1,250주년을 기리기 위하여 1,300여 년 전의 복장을 고증을 거쳐

재현하고 각계 저명인사 2,300여 명이 밤낮에 걸쳐 이 시가집에 실린 작품을 낭독하는 등 대대적인 행사를 벌였다. 그런데 한 가지 흥미로운 것은 고증을 통하여 재현한 이 무렵의 복장이 백제인의 복장과 아주 비슷하였다는 점이다.

마쿠라노소시

세이 쇼나곤

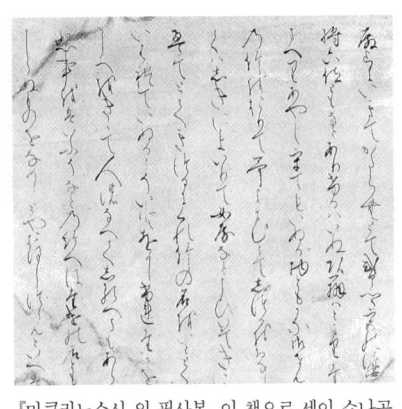

요즈음 들어 부쩍 "작은 것이 아름답다." 하는 구호가 뭇 사람의 입에 자주 오르내린다. 그 동안 크고 거창한 것에 관심을 쏟더니 이제는 오히려 작고 사소한 것에 관심을 쏟는다. 포스트모더니즘에서 자주 쓰는 말을 빌린다면 '거대 담론'이나 '대서사大敍事'보다는 '축소 담론'이나 '소서사小敍事'가 각광을 받

『마쿠라노소시』의 필사본. 이 책으로 세이 쇼나곤은 일본 문학의 첫 장을 열었다.

고 있다. 영국의 경제학자 E. F. 슈마허는 『작은 것이 아름답다』(1976)라는 책을 써서 세계적으로 큰 주목을 받았으며, 현대 언어학의 대부大父로 일컫는 노엄 촘스키는 최소주의 문법 이론을 펼쳐 관심을 끌고 있다. 한마디로 이제 맥시멀리즘보다는 미니멀리즘이 더 융숭한 대접을 받는 시대에 이르렀다.

그런데 이렇게 작은 것에서 아름다움을 찾으려는 미니멀리즘의 계보를 거슬러 올라가다 보면 일본 헤이안平安 시대 궁정 여성 작가 세이 쇼나곤淸少納言(966~1013)을 만나게 된다. 그녀는 이러한 축소지향적 미학의 맨 첫 장을 연 사람이

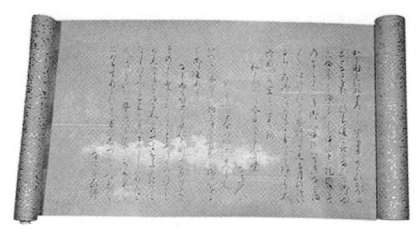

두루마리에 글과 삽화를 넣은 에마키繪卷. 에마키는 헤이안 시대 후기에 발달하여, 두 팔로 들고 한 구절씩 읽어가는 동안 알맞게 펼쳐진다. 궁정에서 에마키를 큰 소리로 낭독하였다.

다. 일본 수필 문학의 효시라고 일컫는 책 『마쿠라노소시枕草子』에서 세이 쇼나곤은 일찍이 "무엇이든 무엇이든 작은 것은 다 아름답다." 하고 밝힌다. 그녀에 따르면 이 세상에서 작은 것치고 아름답지 않은 것이 하나도 없다는 것이다.

일본 문학은 남성적인 중국 문학과는 달리 여성적이라는 말을 자주 듣는다. 실제로 일본 문학사를 들여다보면 처음부터 여성 작가들의 활약이 눈에 띈다. 중국에서 여성은 어린아이와 함께 아예 군자君子 축에는 끼지도 못한 채 문학과는 거리가 멀어도 한참 멀었다. 중국처럼 유학儒學이 큰 힘을 떨치던 우리나라에서도 사정은 이와 크게 다르지 않아서 여성에게 문학이란 마치 활쏘기나 씨름처럼 아주 낯설었다. 그러나 일본에서는 일찍이 여성 작가들이 남성 작가들을 제치고 문학의 왕국에서 여왕으로 군림하였다.

『마쿠라노소시』를 써서 일본 수필 문학의 첫 장을 연 세이 쇼나곤도, 『겐지 이야기源氏物語』를 써서 일본 장편 소설의 첫 장을 화려하게 장식한 무라사키 시키부紫式部도 여성이다. 이 밖에도 여성 작가들은 일본 문학사에서 하나하나 꼽을 수 없을 만큼 아주 많다. 특히 8세기에서 12세기에 이르는 헤이안 시대, 특히 헤이안 중기에는 후지와라藤原의 섭관攝官

정치와 더불어 여성 문학이 그야말로 찬란한 전성기를 맞이하였다.

일본에서 이렇게 여성 작가들이 두각을 나타내게 된 데에는 그럴 만한 까닭이 있었다. 무엇보다도 여성 작가들은 거의 대부분이 궁중과 관련을 맺고 있거나 중류층의 귀족 출신이었다. 중류층 귀족들은 상류 귀족에 비하여 지방관으로 부임해 가는 경우가 많았다. 상류 귀족은 교토京都에서만 살아 좀처럼 산을 넘어 지방으로 나가 본 적이 없었지만 지방 관리인 중류 귀족들은 도시와 지방 양쪽을 모두 알고 있었다. 또 중류 귀족의 가정에는 와카和歌나 한시를 짓는 등 문예 취미를 접하는 데 훨씬 자유로왔기 때문에 이러한 집안에서 자란 여성들은 어린 시절부터 문학과 친숙해질 기회가 많았다. 이렇게 경제적으로나 지적으로나 문화적으로 비교적 자유스런 분위기는 여성이 글을 쓸 수 있는 밑거름이 되었다. 문학이란 여유나 여가의 산물이라는 사실을 새삼 깨닫는다.

세이 쇼나곤은 966년경에 선비 집안에서 태어났다. 그녀가 태어난 기요하라清原 가문은 몇 대에 걸쳐 학문과 가인歌人의 집안으로 이름을 떨쳤다. 그녀의 아버지 기요하라 모토스케清原元輔는 『고센슈古選集』라는 책을 편찬하고 『만요슈萬葉集』에 훈訓을 다는 작업을 하였던 것으로 보아 문학적 자질과 소양이 뛰어났던 것 같다. 쇼나곤은 981년경 다치바나 노리미쓰橘則光와 결혼하여 아들 노리가나則長를 낳지만 남편과 헤어지고, 스

헤이안 시대 귀족 여성의 정장. 1990년 아키히토明仁 헤이세이平成 천황의 즉위식 때 미치코美智子 황후가 이 의상을 입었다.

물일곱 살이 되던 993년경부터 약 10년 동안 이치조一條 천왕의 중궁中宮 데이시定子의 '뇨보女房'로 일하였다. 뇨보란 중궁에게 한문을 가르치거나 편지나 와카 등을 대신 써 주는 등의 일을 맡은 가정교사 겸 비서이다. 뇨보는 가정교사나 비서라고는 하지만 자신의 방을 따로 갖고 있던 높은 지위의 궁녀로 우리나라의 궁녀와는 그 격이 사뭇 달랐다.

이 무렵 세이 쇼나곤은 당대 최고의 가인이며 지식인인 후지와라 사네카타藤原實方·후지와라 긴토藤原公任·후지와라 다다노부原齊宣 같은 귀족들과 가까이 사귀며 마음껏 재능을 발휘하였다. 이러한 경험이 뒷날 중궁으로부터 하사받은 종이에 『마쿠라노소시』를 쓰는 계기가 되었다. 1,000년 12월 중궁 데이시가 사망하자 궁중을 떠난 세이 쇼나곤의 만년은 그다지 행복하지 못하였던 것으로 보인다. 그녀는 만년을 그 동안 써 모은 『마쿠라노소시』를 정리하면서 비참하고 쓸쓸하게 보냈다고 전해진다.

세이 쇼나곤과 같은 시대에 살았고 그녀와 마찬가지로 궁정에서 일하던 소설가 무라사키 시키부는 한 일기에서 "세이 쇼나곤은 거만한 얼굴로 잘난 척하는 사람이다. …… 이처럼 다른 사람보다 뛰어나려고 하는 사람은 틀림없이 나중에 명망을 잃게 된다. 결국에는 좋지 않게 된다." 하고 적는다. 무라사키 시키부가 이렇게 혹평을 하는 배경에는 그들이 모시는 중궁의 정치적 이해 관계가 얽혀 있었다. 어찌 되었던 세이 쇼나곤은 번득이는 재치와 기지로 궁중에서 인정을 받았지만 그 못지않게 질투와 미움도 받았다.

『마쿠라노소시』는 세이 쇼나곤이 궁중에서 생활하던 시절 보고 느끼고 생각한 것을 기록한 수필집이다. 300개의 단段으로 이루어진 이 책은 그 내용과 형식에 따라 크게 세 갈래로 나눌 수 있다. '유취 장단類聚章段'으로 일컫는 첫 번째 갈래는 어떤 주제를 제시하고 그와 비슷한 것들의 이름을 열거하다가 그로부터 연상되는 것으로 다시 옮겨가 작자 나름의

세이 쇼나곤이 활동한 헤이안 시대 천왕의 행차 모습.

예리한 비평을 덧붙이는 글이다. '수상 장단隨想章段'이라고 부르는 두 번째 갈래는 "봄은 새벽녘이 좋다."처럼 자연이나 세상살이에 대하여 느끼는 감회를 자유롭게 적은 글이다. '일기회상 장단日記回想章段'으로 일컫는 세 번째 갈래는 뇨보로서 작가가 겪은 궁중 생활의 체험을 기록한 글이다. 여성 특유의 일기 문학적인 요소를 엿볼 수 있는 세 번째 갈래에서 세이 쇼나곤은 자신이 모신 중궁 데이시와 그 친정인 나카간파쿠中關白 집안의 번영을 찬미한다.

세이 쇼나곤은 『마쿠라노소시』를 처음 쓸 때만 하여도 이 책에 대하여 별로 큰 기대를 가지지 않았다. 그러나 뜻밖에 좋은 반응을 얻자 자못 흐뭇해하였다. 이 책의 후기에서 그녀는 "그저 내 마음 한편으로 생각하던 것을 재미삼아 쓴 것이기 때문에 '훌륭한 책으로 간주되어 남들과 비슷한 정도의 평판이 나겠는가.' 하고 생각하였는데, 읽어 본 분들이 '야아 대단하다' 하고 말씀하시는 것 같아 참으로 묘한 느낌이 든다." 하고 밝힌다. 이렇게 기대 이상으로 좋은 반응을 얻은 것은 아마 작가가 기존의 문학 형식에 얽매이지 않고 그야말로 '붓 가는 대로' 자연스럽게 자신의 생각과 느낌을 써 내려갔기 때문일 것이다.

본디 '마쿠라노소시'란 잠을 잘 때 머리를 받치는 베개를 가리킨다. 그러니까 이 책은 베갯머리맡에서 적어 놓은 글이라는 뜻이다. 헤이안 시대에 사람들은 머리맡에 수첩 같은 것을 놓아두고 일상적인 일을 적는 습관이 있었다. 이 수필집은 '베개의 책'이라는 제목으로 그 동안 두 차례에 걸쳐 영어로 번역되어 서양에서도 관심을 끌었다. 이 책을 읽고 있노라면 여성의 얼굴에 보일 듯 말 듯 떠오르는 잔잔한 미소를 보는 것 같다. 세이 쇼나곤은 한 번도 목소리를 높이는 일 없이 나지막하고 잔잔한 목소리로 일상의 경험을 기록한다. 이는 한 떨기 난초를 그린 수묵화를 보는 듯한 느낌을 주는 기록들이다.

시들어버린 접시꽃.
인형놀이 도구.
진보라와 연보랏빛이 조화로운 자투리 천이 납작하게 눌려진 채 책 갈피 사이에 있는 것을 찾아냈을 때, 그 옷을 만들던 추억이 떠오른다.
비오는 날, 오래 전 사랑한 사람의 편지들을 발견하고 애수에 젖어든다.
지난해에 사용한 여름 부채.
달빛이 아름다운 밤.

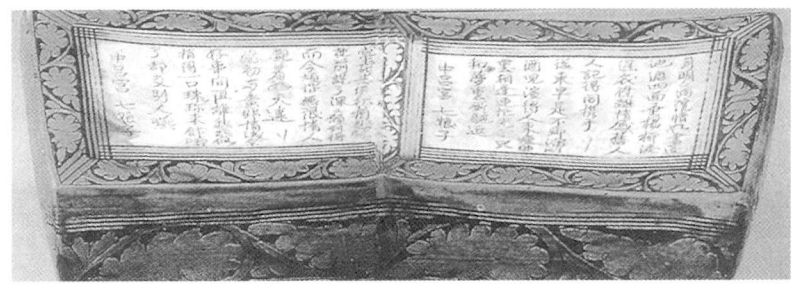

'사문침詞文枕'으로 일컫는 시를 적어 놓은 베개. 일본 하쿠쓰르白鶴미술관 소장.

「과거의 흐뭇한 추억을 되살아나게 하는 것들」이라는 글이다. 세이 쇼나곤은 언뜻 보면 이렇다 할 만한 논리적 연관도 없이 그저 과거의 흐뭇한 추억이 떠오르는 물건을 나열해 놓는 것 같다. 그러나 이질적으로 보이는 이미지 하나하나가 서로 결합될 때 기적이 일어나며 마술적 효과를 낳는다. 바로 이러한 논리적 비약 사이에 삶의 애환과 경이가 꿈틀거린다. "지난해에 사용하였던 여름 부채"와 "달빛이 아름다운 밤" 사이에는 합리나 논리로써는 건널 수 없는 깊은 강이 가로 놓여 있다. 오직 직관의 나룻배로써만 이 강을 건널 수 있다. 지난해 여름에 사용한 부채이건 달빛이 아름답게 비치던 밤이건 모두 지나가 버린 옛일이지만 세이 쇼나곤에게는 애틋한 추억이 깃들어 있기에 더욱 소중하다. 모르긴 몰라도 부채를 부치거나 달밤을 거닐 때 그녀 옆에는 그녀가 흠모하는 어떤 남자가 있었을 것이다.

남녀의 성행위를 그린 그림. 베갯머리에 놓는 그림이라고 하여 '마쿠라에枕繪'라고 한다.

무심코 그냥 지나쳐 버리기 쉽지만 세이 쇼나곤이 나열하는 물건들을 찬찬히 눈여겨보면 어떤 법칙을 찾아볼 수 있다. 그녀는 접시꽃이나 인형놀이 도구처럼 처음에는 주로 어린 시절에 가지고 놀던 물건을 언급한다. 옷을 만들다 남은 자투리 천이나 연애편지는 소녀 시절을 떠올리게 하는 물건들이다. 그러다가 마지막에는 중년을 연상시키는 한여름의 부채나 아름다운 달밤을 언급한다. 얼핏 하찮아 보이는 이러한 물건을 모두 합해 놓으면 바로 세이 쇼나곤이 걸어온 삶의 발자취가 되는 것이다.

　　궁정 부근에서 열리는 연회들.
　　서로 사랑하지 않는 형제자매와 친척들.
　　구라마야마鞍馬山의 구불구불한 산길.
　　섣달 그믐날과 정월 초하룻날 사이의 간격.

　「가까운 듯하여도 먼 것」이라는 글이다. 물리적으로는 바로 옆에 있으면서도 마음속으로는 멀리 떨어져 있는 것들이 직접 피부에 와 닿는다. 한편 쇼나곤은 「먼 듯하여도 가까운 것」이라는 글에서 "극락", "배를 타고 가는 여로", "남녀 사이"를 예로 든다.

　　봄은 새벽녘. 차츰 동이 터 가는 산기슭이 조금 밝아지며 보랏빛을 띤 구름이 가느다랗게 옆으로 길게 뻗어 있다. 여름은 밤이 좋다. 달이 떠 있을 때는 말할 나위도 없다. 어둠도 반딧불이 이리저리 날아다니는 것이 좋다. 비가 내리는 것마저 재미있다. 가을은 해질녘이 멋있다. 석양빛이 화려하게 비치어 산기슭이 아주 가깝게 느껴질 때 까마귀가 세 마리, 네 마리, 두 마리씩 둥지로 날아가는 것도 운치가 있다. …… 겨울은 이른 아침이 좋다. 눈이 내리고 있으면 그 아름다움은 이루 말할 수가 없다.

이 글을 읽고 있노라면 네 계절이 차례로 바뀌는 모습을 눈앞에 선히 보는 듯하다. 네 계절은 둥그런 원을 그리며 계속 돌고 있어 과연 어디에서 시작하여 어디에서 끝나는지 헤아릴 수가 없다. 비단 계절만이 아니다. 이른 새벽녘에서 늦은 밤까지 하루 동안의 시간이 피부에 와 닿듯이 생생하다. 이 글의 참맛을 제대로 느끼기 위해서는 문장 구조를 찬찬히 눈여겨 볼 필요가 있다. 네 계절을 각각 언급할 때마다 전보문처럼 압축해 놓은 문장을 즐겨 구사한다. "봄은 새벽녘.", "여름은 밤이 좋다.", "가을은 해질녘이 멋있다.", "겨울은 이른 아침이 좋다." 하는 문장이 바로 그러하다. 봄을 묘사하는 문장에서는 아예 '～이다'라는 종결어미마저 생략해 버린다. 더구나 봄을 빼고는 모두 '좋다'니 '멋있다'니 하는 종결어미를 되풀이하여 사용함으로써 자칫 단조로울 수 있는 글에 리듬감을 주기도 한다. 읽어 보면 볼수록 감칠맛이 나는 글이다.

흥미롭게도 『마쿠라노소시』는 최근 영화로 만들어져 화제가 되기도

헤이안 시대의 대표적인 건물로 꼽히는 뵤도인平等院. 이런 건물을 통하여 세이 쇼나곤의 작품에 등장하는 배경을 짐작해 볼 수 있다.

하였다. 피터 그리너웨이 감독이 만든 '필로우 북'이라는 영화가 바로 그것이다. 섹스와 문학 텍스트를 삶의 두 원동력으로 파악하는 그는 세이 쇼나곤의 수필집을 한 편의 에로틱한 영화로 만들었다. 이완 맥그리거와 비비안 우가 주연을 맡은 이 영화와 관련하여 그리너웨이 감독은 "육체는 예술가들이 지난 2,000년 동안 사용해 온 중요한 예술적 재료이다. 영화는 사상이라는 옷을 입은 누드이다." 하고 말한다. 이 영화에서 그는 엄격한 일본 궁중의 법도에 억압되어 있던 세이 쇼나곤의 성적 무의식을 현대인의 의식

『마쿠라노소시』를 원작으로 피터 그리너웨어 감독이 만든 영화 「필로우 북」. 이 영화와 관련하여 그리너웨어는 "영화는 사상이라는 옷을 입은 누드이다." 하고 말한다.

표면 위로 적나라하게 끌어올리는 데 성공하였다는 평가를 받고 있다.

겐지 이야기

무라사키 시키부

쇼오承應 3년 1654년에 나온 『겐지 이야기』. 일본 국립 도서관 소장.

일본 문학은 흔히 헤이안平安 시대의 궁정에서 태어났다고 한다. 그곳에는 언제나 천왕과 그의 왕비들 그리고 관료 사이에 오가는 화제와 음모를 지켜보는 궁녀들이 살았다. 이 무렵 남성들은 여전히 한문으로 글을 쓴 반면, 궁녀들은 살아 숨 쉬는 일상어로 생생하고 시적 이미지가 가득 찬 글을 쓰기 시작하였다. 무라사키 시키부紫式部는 『마쿠라노소시枕草子』를 쓴 세이 쇼나곤清少納言과 여러모로 닮은 점이 많다. 일본 문학사에 굵직한 획을 그었다는 점에서도 그러하고, 헤이안 시대에 활약하였다는 점에서도 그러하다. 그런가 하면 이치조一條 천황의 중궁中宮을 모셨다는 점에서도 그러하다. 중궁 쇼시彰子와 중궁 데시定子는 같은 천황을 모시는 라이벌이었다. 그런데 중궁 데시가 자신의 궁녀인 세이 쇼나곤의 뛰어난 문학적 재능 덕분에 명성이 높아지자 중궁 쇼시도 이에 질세라 그녀에 맞설 만한 무라사키 시키부를 궁녀로 데려왔다. 두 사람이 모시는 상전이 경쟁 관계에 있는 탓에 두 궁녀 사이에서도 자연히 라이벌 의식이 생기지 않을 수 없었다.

세이 쇼나곤이 축소지향의 미학을 수필 문학에 적용하였다면, 무라사키 시키부는 이와는 반대로 확대지향의 미학을 소설 문학에 적용하였다. 『마쿠라노소시』가 단상을 적어 두려고 베갯머리에 놓아둔 작은 수첩이라면, 시키부의 작품은 아주 두꺼운 공책이라고 할 수 있다. 아마도 시키부는 세이 쇼나곤의 "무엇이든 무엇이든 작은 것은 다 아름답다." 한 말에 아마 "무엇이든 무엇이든 큰 것은 다 아름답다." 하고 대꾸하였을 법하다.

에도 시대의 화가가 그린 「무라사키 시키부 상像像」. 이시야마데라石山寺 소장.

무라사키 시키부는 『겐지 이야기源氏物語』라는 작품으로 일본 소설사의 첫 페이지를 화려하게 장식하였다. 사실 『겐지 이야기』는 일본 문학사뿐 아니라 세계 문학사를 통틀어서도 최초의 소설로 꼽힌다. 서양에서도 소설이 문학 장르로 처음 모습을 드러낸 것은 그 시기를 아무리 일찍 잡아도 17세기 중반을 넘어서지 못한다. 흔히 최초의 서구 소설로 꼽히는 것이 존 번연의 우의寓意 소설 『천로역정天路歷程』(1678)이나 조너선 스위프트의 풍자 소설 『걸리버 여행기』(1726)이다. 중국에서도 원元나라 때에 소설의 싹을 보이다가 명明나라를 거쳐 청靑나라에 이르러서야 비로소 소설이 제 모습을 갖추기 시작하였다. 그런데 무라사키 시키부가 『겐지 이야기』를 쓴 것은 11세기 초엽으로 서양이나 중국보다 무려 7세기나 앞선다.

무라사키 시키부의 삶에 대해서는 정확히 알려진 내용이 그다지 많지 않다. 그녀가 태어난 해도 970년이라고 하기도 하고, 그보다 8년 뒤인 978년이라고도 한다. 사망한 해도 마찬가지여서 빠르게는 1012년, 늦게는 1016년이라는 설도 있고, 1014년이라는 설도 만만치 않다. 헤이안 시대에 여성은 이름을 가지지 않는 것이 상례였다. '무라사키'라는 이름은 『겐지 이야기』에 등장하는 여주인공의 이름에서 땄거나 그녀의 아버지 후지와라노 다케토키藤原爲時의 성의 첫 글자 '후지'와 관련이 있는 듯하다. 자주색을 가리키는 '무라藤'란 자주색 꽃을 피우는 등나무를 가리키기 때문이다. 한편 '시키부'란 그녀의 아버지가 맡고 있던 관직을 가리키는 말이었다. 그녀는 이 당시로서는 비교적 뒤늦은 998년 또는 999년에 결혼한 것으로 알려진다.

무라사키 시키부는 교토京都에서 일본의 중류 계층의 귀족 집안에서 둘째딸로 태어났다. 그녀는 어머니를 일찍 여의고 홀아버지 밑에서 자랐다. 지방 장관이던 그녀의 아버지는 한시를 잘 쓰는 문장가로 이름을 날렸다. 아버지의 문학적 교양은 뒷날 딸에게 큰 영향을 끼쳤다. 무라사키 시키부는 이 무렵의 많은 여성 작가와 달리 한시에 조예가 깊었다. 그녀가 남긴 일기에는 그 시절의 상황을 보여 주는 흥미로운 일화 한 토막이 적혀 있다. 어느 날 궁중에서 그녀가 한문책을 읽고 있으려니까 옆에 있던 궁녀들이 그녀의 등 뒤에서 "저런 것을 읽으니까 팔자가 사납지. 여자인 주제에 무엇 때문에 한문책을 읽는거람?" 하고 쑥덕거리더라는 것이다. 무라사키 시키부는 『겐지 이야기』 말고도 궁중의 생활을 기록한 일기를 남기기도 하였다. 이 일기에 따르면 그녀의 아버지는 딸에게서 문학적 재능이 번쩍이는 것을 보고 아들로 태어나지 않고 딸로 태어난 것을 한탄하였다고 한다.

무라사키 시키부는 『겐지 이야기』를 1001년 남편 후지와라 노부타카 藤原宣孝와 사별하고 난 뒤 1005년 궁중에서 궁녀로 일하기 시작한 지 네다섯 해에 걸쳐 썼다고 전해진다. 그러나 모두 54장에 이르는 길고 복잡한 작품의 양으로 미루어보아 이렇게 짧은 기간에 모든 작품을 쓰기란 무척 어려웠을 것이다. 물론 이 작품의 마지막 14장은 뒷날 다른 작가가

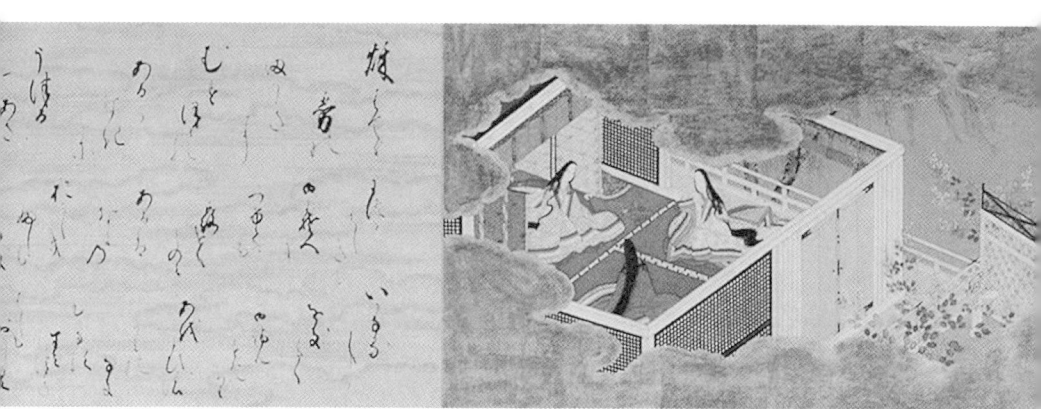

『겐지 이야기』를 소재로 한 에마키. 사이쿠 역사박물관 소장.

에도 시대의 우키요에浮世繪 화가 기타가와 우마타로喜多川歌麿가 그린 『겐지 이야기』 삽화. 가나가와神奈川 현립 역사박물관 소장.

썼다고 주장하는 학자도 있다. 어쩌면 사망할 때까지 이 작품을 썼을 가능성이 훨씬 높다. 그녀가 화려한 궁정 생활의 뒤안길에서 느꼈던 쓸쓸한 마음을 달래기 위하여 이 작품을 계속 썼을 것이라고 짐작해 볼 수 있다. 그녀는 궁중에 사는 궁녀들과 귀족 여성들을 염두에 두고 이 작품을 썼다고 한다.

『겐지 이야기』를 좀더 쉽게 이해하기 위해서는 무엇보다도 먼저 '모노가타리'라는 문학 양식을 살펴보는 것이 좋다. 우리말로 '겐지 이야기'라고 옮겼지만 본디 제목은 '겐지모노가타리'이다. 모노가타리란 헤이안 시대에서 가마쿠라鎌倉 시대에 걸쳐 크게 유행한 소설 양식을 가리킨다. 물론 소설이라고 하여도 오늘날의 소설과는 조금 다르다. 모노가타리에는 '가타리테'라는 이야기꾼이 등장하여 이야기를 전해 주는 방식을 사용할 뿐더러 시에서처럼 운율에 무게를 싣는다. 더구나 모노가타리에서는 실제 현실 세계에서는 좀처럼 일어날 수 없는 다분히 환상적인 이야기를 다룬다는 점에서도 보통 소설과는 다르다. 다시 말해서 허구적인 색채가 좀더 짙게 나타난다. 10세기 초엽에 가구야 히메輝夜姫라는 사람이 쓴 『다케토리모노가타리竹取物語』가 최초의 모노가타리로 알려져 있다. 그런데 모노가타리를 쓴 사람들은 주로 한문과 한시를 자유롭게 읽고 쓸 수 있는 남성 문인이었던 반면, 그 독자는 거의 대부분이 여성이었다.

『겐지 이야기』에 이르러 모노가타리는 획기적인 변화를 겪는다. 남성 작가들은 이제 여성 작가에게 그 바통을 넘겨준다. 여성은 모노가타리의 단순한 수용자에서 생산자로 탈바꿈하기 시작하였다. 무라사키 시키부는 이전의 모노가타리의 전통을 이어받았고, 한편으로는 전통적인 형식을 과감하게 깨뜨려 모노가타리 문학의 새로운 지평을 열었다. 그녀는 상상력이 빚어내는 허구에 바탕을 두되 어디까지나 역사적 사실을 근거로 이야기를 전개하였다. 더 나아가 인간의 미묘한 성격과 내면 세계를 깊이 들여다보는 심리적인 성찰의 문학으로 끌어 올렸다. 몇몇 비평가가 이 소설을 서구 모더니즘 소설을 대표하는 작가 마르셀 프루스트에 견주는 것은 바로 그 때문이다. 흔히 모노가타리 문학의 최고봉을 일컫는『겐지 이야기』는 뒷날 장르와 시대를 뛰어넘어 본격적인 근대 소설, 연극, 미술을 비롯한 예술 분야에 걸쳐 크나큰 영향을 끼쳤다.

『겐지 이야기』는 네 명의 천황을 비롯한 황족들이 70여 년에 걸쳐 겪는 파란만장한 삶을 허구화한 작품이다. 주인공 히카루 겐지의 생애를 중심으로 한 전편과 그의 아들 가오루의 반평생을 다룬 후편으로 구성되어 있다. 좀더 자세히 구분하면 겐지의 부귀영화를 다룬 제1부(1권~33권), 영화의 절정에 오른 겐지의 내면적 조락을 다룬 제2부(34권~41권), 아들 가오루의 반평생을 다룬 제3부(42권~54권)로 나뉜다.

이 작품은 왕의 옷시중을 드는 신분이 낮은 직책을 맡은 궁녀가 천황의 총애를 받아 히카루 겐지를 낳고 곧 주위의 질시와 냉대로 죽음을 맞는 것으로 시작한다. 어른이 된 주인공 겐지는 황후이자 계모인 후지츠보노미야와 불의의 관계를 맺으며, 그 사이에서 난 아들이 나중에 레이제이 천황이 된다. 높은 지위에 올라 부귀영화를 누리는 겐지는 로쿠조인이라는 저택을 짓고 여덟 명의 여자를 거느리는 등 호화로운 생활에 빠진다. 그는 '히카루'라는 이름처럼 찬란한 빛을 내뿜는 인물이다. 그러나 빛이 있는 곳에 그림자가 있게 마련이고 빛이 밝으면 밝을수록 그 그림자는 더욱 짙어지는 법이다. 그의 삶은 언제나 찬란하지만은 않아서 여러 시련과 우여곡절을 겪기도 한다. 마침내 그는 인생무상을 깨닫고 출가出家를 결심하지만 끝내 기회를 얻지 못하고 죽는다. 겐지와 불의의 관계를 맺었던 후지쓰보노미야는 출가한 뒤 곧 세상을 떠나고, 또한 겐지의 아내인 온나산노미야와 불의의 관계를 맺은 카시와기는 시름시름 앓다 죽는다. 이 작품의 후반부는 겐지의 아내이며 겐지의 이복형 스자쿠 천황의 둘째 황녀인 온나산노미야가 겐지의 아들 친구인 카시와기와 불의의 관계로 낳은 아들 가오루, 겐지의 딸이 중궁이 되어 낳은 왕자 니오우노미야, 그리고 우키후네라는 여성과 맺는 삼각관계가 그 중심축을 이룬다.

그러나 『겐지 이야기』를 흔한 연애 소설로만 읽는 것은 좁은 생각이다. 물론 연애 소설로써도 뛰어난 작품이지만 그 이상의 깊은 의미를 지닌다. 다시 말해서 이 작품에서 연애는 플롯을 설정하기 위한 뼈대일 뿐 작가가 관심을 기울이는 부분은 인간 실존을 둘러싼 문제이다. 실존주의자들의 말을 빌린다면 이 황량한 우주 속에 '던져진 존재'로서 인간이 느끼는 고독과 절망이 이 작품의 중요한 주제 가운데 하나이다. 인간이 느끼는 근원적인 우수와 비애 그리고 죽음이 이

『겐지 이야기』에 나오는 장면을 조개와 상자에 그려 넣은 작품. 1628년 작품으로 하야시하라林原 미술관 소장.

소설 전편에 밤안개처럼 짙게 깔려 있다. 작가에게 주인공의 삶은 한바탕 어지러운 꿈에 지나지 않는다. 이러한 실존주의적인 색채는 불교에서 비롯한 것임은 새삼 말할 나위가 없을 것이다.

『겐지 이야기』는 서포西浦 김만중金萬重이 우리말로 쓴 『구운몽九雲夢』과 비슷한 데가 있다. 불우한 처지에 놓인 작가가 여성에게 위안을 주려고 썼다는 점도 비슷하지만 무엇보다도 플롯이 서로 닮아 있다. 과거에 급제하고 황제의 부마가 되며 팔선녀를 거느리고 부귀영화를 누리는 양소유의 삶은 히카루 겐지의 삶을 떠오르게 한다. 모든 부귀영화가 한낱 일장춘몽임을 깨닫는다는 점에서도 두 주인공은 문학적 형제라고 할 만하다. 그런가 하면 두 작품 모두에서 불교적인 냄새가 짙게 풍긴다.

이 작품에서 무라사키 시키부는 예술의 영역에 속하는 소설이란 도덕이나 윤리를 가르치는 수신 교과서와는 다르다는 사실을 일깨우기도 한다. 문학은 문학만의 독특한 존재 이유가 있다는 것이다. 에도江戶 시대에 활약한 국학자 모토오리 노리나가本居宣長는 『겐지 이야기』의 본질적 특성을 '모노노아와레'라는 말로 요약하였다. 그에 따르면 겐지의 여성 편력은 "유교와 불교의 도리에서 보면 그 이상 더 죄악이 없을 정도로 아주 나쁜 악행으로, 어떤 다른 선행이 있다고 하여도 좋은 사람이라 하기는 어려운데도 (작가는) 그 도에 어긋난 악행을 특별히 지적해서 언급하지 않고 다만 '모노노아와레'(그윽한 정취)가 깊은 것만을 반복하여 쓰고 있고, 겐지가 마치 선인의 규범같이 좋은 것은 다 모아 놓고 있다." 하고 밝힌다.

비극적 영웅이나 주인공이 흔히 그러하듯이 히카루 겐지는 과감하게 인습의 울타리를 뛰어넘은 인물이다. 주인공이 천황의 중궁과 밀통한다는 것은 보통 사람으로서는 상상하기도 어렵다. 이렇게 터부를 깨뜨리면서까지 중궁과 관계를 맺는 겐지의 열정은 비록 비도덕적이고 비윤리적이라는 낙인이 찍힐지라도 뭇 사람의 마음을 사로잡았던 것이다. 하느님에 맞서 천사들을 규합하여 반란을 꾀하는 존 밀턴의 『실낙원』(1667)에 등장하는 사탄이나, 지식과 젊음을 얻기 위하여 영혼을 판 요한 볼프강 폰 괴테의 『파우스트』(1808, 1832)의 주인공에 견줄 수 있는 인물이다.

물론 주인공 히카루 겐지의 이러한 태도가 언제나 사랑을 받은 것은 아니다. 가령 천황의 극단적인 신격화가 이루어지던 제2차 세계대전 때 『겐지 이야기』는 '불경스런 책'으로 따가운 시선을 받았다. 이 소설의 주인공이 천황의 중궁과 밀통하여 태어난 사생아가 뒷날 천황에 즉위한다는 것은 이 무렵 천황을 신처럼 떠받들던 분위기에 그야말로 찬물을 끼얹는 것과 다름없다. 이 소설에 따른다면 천황은 신이 아니라 불륜이 잉태한 씨앗이기 때문이다.

그런가 하면 이 작품은 시를 무색하게 할 만큼 서정적이다. 이러한 서정성은 자연과 계절의 변화를 묘사하는 장면에서 두드러지게 드러난다. 이 소설에서 장소와 인물, 계절과 사건, 전경과 배경은 마치 육체와 영혼처럼 서로 뒤엉켜 있어 서로 구분 짓기가 무척 어렵다.

『겐지 이야기』는 서구 세계에도 널리 알려진 동양의 고전이다. 일본 왕조 시대의 풍류와 관능적인 아름다움을 엿볼 수 있어 서양 독자들에게

『겐지 이야기』를 소재로 한 병풍.

는 일본 요리만큼이나 독특한 맛을 자아낸다. 소설의 퇴폐적인 분위기도 이 작품이 서구 독자들에게 다가가는 데 한몫 톡톡히 하였다. 미국 컬럼비아대학교의 도널드 킨 교수는 이 작품에 대하여 "세계 최초의 소설일 뿐더러 가장 위대한 작품 가운데 하나"라고 칭찬을 아끼지 않는다.

『무라사키 시키부 일기』 에마키. 가마쿠라 시대 작품으로 일본 국보로 지정되었다. 고미五美 미술관 소장

최근 들어 이 작품의 인기는 대중 문화에서도 엿볼 수 있다. 가령 주인공 히카루 겐지는 아이돌 가수를 배출해 낸 것으로 유명한 일본 쟈니즈 프로덕션의 남성 7인조 아이돌 그룹으로 다시 태어난다. 2인조 '히카루'와 5인조 '겐지'로 구성되어 1987년에 「스타 라이트」라는 곡으로 데뷔한 그들은 롤러스케이트를 타고 무대를 누비며 단숨에 일본 가요계 정상에 올랐다. '히카루 겐지 신드롬'을 일으킨 그들은 노래뿐 아니라 영화, 드라마, 라디오, 광고 등에서도 큰 인기를 끌었다. 한편 이 소설은 「히카루 겐지: 천년의 사랑」이라는 영화로 만들어져 관심을 모으기도 하였다. 호리카와 돈코우堀川どんこう 감독은 히카루 겐지의 재능보다는 미모를 우선으로 꼽았는지 남자 주인공인 겐지 역으로 여자배우를 기용하였다. 소설 못지않게 아름다운 영상미를 살렸다는 평을 받았다. 특히 궁정의 뜰에 눈처럼 흩날리는 벚꽃의 꽃잎을 맞으며 초상화를 그리는 장면은 그림 한 폭을 보는 듯하다.

하이쿠

마쓰오 바쇼

나그네 차림을 한 마쓰오 바
쇼의 동상. 킨테쓰近鐵 우에노
上野 시 역전에 서 있다.

저 옛날 중국 시인들은 12행行 안에 무엇인가
를 말할 수 없다면 차라리 침묵하는 쪽이 더
낫다고 말하였다. 그래서 그런지는 몰라도 일
본 사람들은 이 12행보다도 훨씬 짧은 하이쿠
俳句라는 시 형식을 만들어 내었다. 하이쿠는
행으로 치면 단 한 줄이요 음절수도 겨우 17음
절밖에 되지 않는다. 세계 문학사를 아무리 샅
샅이 뒤져보아도 하이쿠보다 더 짧은 시를 찾
기란 매우 어렵다. 서구의 대표적인 정형시라
고 할 소네트보다도 훨씬 더 짧고, 중국의 오
언절구五言絶句나 우리의 시조보다도 짧다. 하
이쿠를 중국어로 번역하면 열 자 안팎이고, 3
행 정형시로 길이가 짧다는 시조도 글자 수로
치면 하이쿠의 두 배 반이나 된다. 그러니까 정형시 가운데에서 하이쿠
는 세계에서 가장 짧은 시인 셈이다.

장기판은 바둑판보다 작지만 그 수는 바둑보다 많고, 일본의 전통 악기 샤미센의 줄은 거문고보다 적지만 그 소리는 거문고보다 크다. '하이쿠'라는 용어를 처음 사용한 메이지明治 시대의 시인 마사오카 시키正岡子規가 이 시의 특징을 설명하기 위하여 끌어들인 비유이다. 하이쿠는 비록 그 길이는 짧지만 그 안에 깊은 삶의 뜻을 담고 있다. 우리 속담으로 말하자면 큰 고추보다는 오히려 작은 고추가 더 매운 법이다. 이렇게 하이쿠라는 작은 그릇 안에 일본 시인들은 우주의 심오한 의미를 담아내려고 하였다.

　　'하이쿠의 성인'으로 일컫는 마쓰오 바쇼松尾芭蕉(1644~1694)는 오늘날의 나라奈良 근처 이가구니伊賀國 우에노上野에서 하급 사무라이 겸 농민의 아들로 태어났다. 본명은 무네후사宗房이고, 아명은 긴사쿠金作이며, 호는 처음에는 도세이桃青라고 하였다가 뒷날에 이르러 바쇼로 고쳤다. 바쇼는 도도오 요시타다藤堂良忠라는 사무라이의 문하에 들어갔다가 주군이 사망하는 바람에 삶에서 새로운 전환점을 맞이한다. 교토京都에 가서 고전을 배우고, 1672년에 에도江戶로 가서 다시 하이카이俳諧를 배웠다. 1680년에는 에도의 후카가와深川의 바쇼암芭蕉庵에서 은둔 생활을 하면서 그 특유의 하이카

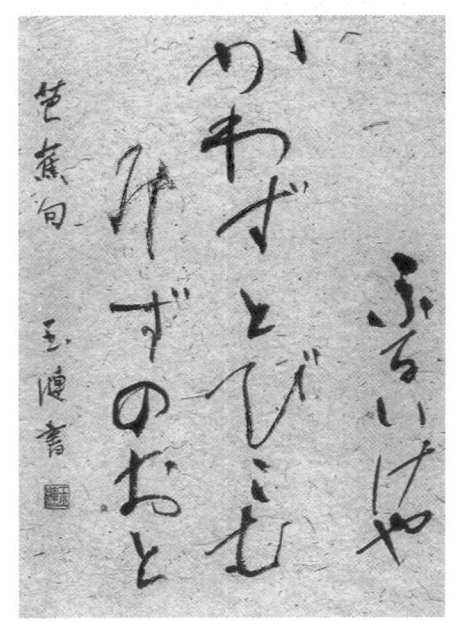

바쇼의 하이쿠.

이를 갈고 닦았다. 그는 지나치게 유희적인 종래의 하이카이에 염증을 느끼고 중국의 한문 서적을 공부하기 시작하였다. 특히 두보杜甫의 영향을 많이 받아 한시풍의 하이카이를 시도하였다.

한편 바쇼는 중세 일본의 방랑 시인인 사이교西行에 심취하여 사이교의 행적을 찾아가는 긴 방랑을 시작하였다. 1684년 에도에서 고향인 이가구니를 오고가며 기행문과 하이카이집을 편찬하였고 1687년에는 가시·마스마·아카시, 1688년에는 사라시나, 1689년에는 호쿠리쿠를 여행하며 바쇼 풍의 하이카이를 완성하였다. 1694년에 나가사키長崎로 가던 도중 "방랑에 병들어 / 꿈은 마른 들판을 / 헤매고 돈다." 하는 마지막 시를 남기고 쉰둘의 나이로 오사카大阪에서 객사하였다.

바쇼가 태어난 집. 오늘날의 나라 근처 우에노에 있다.

바쇼가 태어난 집 앞에 세워 놓은 기념비.

하이쿠의 역사는 중세 무렵부터 크게 유행한 조렝카長連歌라는 장시로 거슬러 올라간다. 조렝카란 글자 그대로 여러 사람이 모여 함께 시를 이어가며 읊는 공동 창작의 성격을 띤 연작시이다. 조렝카는 15세기 말엽부터 고상한 품격의 정통 렝카連歌와 서민 생활을 주제로 한 비속한 하이카이 렝카俳諧連歌의 두 갈래로 갈라진다. 두 번째 하이카이 렝카는 제1구가 5·7·5의 17음, 제2구가 7·7의 14음, 제3구가 다시 5·7·5의 17음으로 이루어졌다. 그런데 마쓰오 바쇼는 하이카이 렝카에서 흔히 '홋쿠發句'라고 일컫는 첫 번째 구를 따로 떼어내어 하나의 독립적인 시로 만들었고, 이것이 다름 아닌 하이쿠가 된 것이다. 응축된 어휘로 민중의 삶의 애환을 노래한 이 하이쿠는 메이지 시대에 이르러 와카和歌와 함께 일본 시가 문학의 대표적인 장르로 자리를 잡았다.

미국의 현대 시인 로버트 프로스트는 일정한 형식에 따르지 않고 시를 쓰는 것은 마치 네트를 치지 않고 테니스를 치는 것과 같다고 말한 적이 있다. 시란 자유시보다는 모름지기 정형시가 제격이라는 말이다. 모든 정형시가 으레 그러하듯이 하이쿠도 형식에서 반드시 일정한 규칙과 인습을 따라야 한다. 특히 하이쿠에서는 그러한 인습이 훨씬 더 엄격하다. 첫째는 5·7·5의 17음절의 음률을 지켜야 하고, 둘째는 계절을 나타내는 시어인 '기고季語'를 사용하여야 하며, 셋째로는 17음절 중에 시의 흐름을 끊는 역할을 하는 '기레지切字'를 구사하여야 한다.

해묵은 연못이여
개구리 뛰어드는
물소리

마쓰오 바쇼의 하이쿠 가운데에서도 가장 대표적인 작품이다. 하이쿠와 관련된 책마다 그 표지에 개구리 그림을 그려 넣을 만큼 이 작품은 좁게는 바쇼, 넓게는 하이쿠의 기호로 널리 알려져 있다. 흔히 '비광'으로 일컫는 화투장을 보면 어떤 노인 한 사람이 비오는 날 우산을 받쳐 들고 나막신을 신고 걸어가고 그의 발밑에 개구리 한 마리가 뛰어오르는 그림이 그려져 있다. 이 화투장은 바로 마쓰오 바쇼와 위의 하이쿠를 염두에

세키구치關ロ에 있는 바쇼암芭蕉庵의 정문. 바쇼는 이곳에서 은둔생활을 하며 특유의 하이카이를 갈고 닦았다.

두고 그린 것이라고 한다.

위의 하이쿠는 5·7·5의 17음절을 갖추고 있다. 그런데 5·7이나 7·5의 음률은 일본에서 가장 오래된 시가집 『만요슈萬葉集』에서도 이미 엿볼 수 있는 일본 전통 시가의 공통된 음률이다. 또 이 작품에는 개구리라는 '기고'가 들어가 있다. '봄바람'이라든가 '여름 산' 같은 구절은 몰라도 어떻게 개구리가 계절을 나타내는지 이상하게 생각할는지 모른다. 그러나 개구리는 봄이 되면 마침내 겨울잠에서 깨어나 활동을 시작하기 때문에 네 계절 가운데 봄과 가장 깊이 관련되어 있다. 하이쿠에 '달'이나 '벌레'가 들어 있으면 그 달이나 벌레는 가을밤의 달이나 가을 풀벌레를 말하고, '꽃'이라는 말은 봄의 '벚꽃'을 가리키는 것과 같은 이치이다. 그런가 하면 이 작품에서 바쇼는 "해묵은 연못이여"에서 '여'에 해당하는 일본어 '야'를 '기레지'로 사용하여 시적 흐름을 끊는다. 가령 "해묵은 연못에" 하고 노래하였다면 아마 시적 긴장이 마치 탄력을 잃어버린 고무줄처럼 풀려 버려 싱거웠을 것이다.

더구나 바쇼는 오래된 연못에 뛰어드는 개구리의 모습이나 동작 못지 않게 개구리가 연못에 뛰어들면서 내는 소리에 무게를 싣기도 한다. 어떤 번역가는 '물소리'라는 말과 더불어 아예 '첨벙'이나 '풍덩'이라는 의성어를 덧붙여 놓기도 한다. 이 하이쿠를 다 읽고 난 뒤 연못에 조용하게 퍼져 나가는 파문을 머릿속에 그리는 독자가 적지 않을 것이다. 시인이 궁극적으로 이 작품에서 노리는 것은 이른 봄에 연못 속으로 뛰어드는 개구리의 모습도 아니요, 개구리가 풍덩 뛰어드는 오래된 연못의 모습도 아니며, 개구리가 내는 물소리도 아니다. 시인이 노린 것은 연못과 개구리와 물소리 사이의 중간 지대에 있는 어떤 것이다.

마쓰오 바쇼가 하이쿠에서 가장 중요하게 생각한 것이 바로 이미지이다. 이미지 하면 곧 눈앞에 그리는 시각적 형상만 생각하기 쉽다. 그러나 직접 감각 기관의 자극을 받지 않고 마음속에 느끼는 것은 하나같이 이미지에 속한다. 그러니까 마음속에 그리는 그림은 물론이고 귀로 듣는 청각 이미지, 코로 맡는 후각 이미지, 손끝이나 피부에 닿는 촉각 이미지, 혀끝에 닿는 미각 이미지, 동적 이미지 등도 아주 소중한 이미지이다. 그러고 보면 이미지를 '심상心象'이라고 옮기는 것은 이 개념을 너무 좁게 한정 짓는 것이다. 바쇼의 하이쿠에서는 이끼나 수초가 자란 오래

바쇼암 안에 있는 연못. "해묵은 연못이여/개구리 뛰어드는/물소리." 하는 유명한 시가 적혀 있다.

된 연못이 가져다주는 시각 이미지, 겨울잠에서 갓 깨어난 연못 속으로 뛰어드는 동적 이미지, 물속에 뛰어들며 내는 첨벙 소리의 청각 이미지가 한데 어울려 독특한 효과를 자아낸다.

서양에서는 뒤늦게 20세기 초엽에 이르러서야 시에서 이미지를 중시하는 운동이 일어나기 시작하였다. 낭만주의 시에 반기를 들고 일어난 이미지즘 운동이 바로 그것이다. 이 운동에서 주도적 역할을 한 에즈러 파운드는 하이쿠에서 큰 영향을 받았다. 낭만주의 시가 달짝지근하고 물컹한 젤리와 같다면 이미지즘 시는 껍질이 딱딱한 호도와 같다.

군중 속에서 유령처럼 나타나는 얼굴들
까맣게 젖은 나뭇가지 위의 꽃잎들

에즈러 파운드의 「지하철 정거장에서」라는 작품이다. 누가 보더라도 하이쿠를 흉내 낸 작품이라는 것을 곧 알 수 있다. 흉내 내었다는 것은 조금 지나친 표현이고 하이쿠에서처럼 구체적인 이미지를 최대한 살리려고 애쓴 작품이다. 지하철을 타고 출근하는 사람들이라면 쉽게 알아차리듯이 환승역에서 차를 갈아타기 위하여 기다리고 있다가 갑자기 지하철 문이 열리며 밀려 나오는 군중의 모습은 꼭 유령이 갑자기 얼굴을 드러내는 것과 같다. 그 유령 같은 얼굴들은 비가 내린 뒤 까맣게 젖은 나뭇가지 위에 매달린 꽃잎의 이미지를 떠올리게 한다.

조용함이여
바위에 스며드는
매미 울음소리

224

1689년에 바쇼가 여행하는 도중에 잠깐 산사에 들렀을 때 지은 작품
이다. 한여름 매미가 요란하게 울고 있는데 조용하다고 말하는 것은 모
순 어법이다. 그러나 달리 생각해 보면 산 속의 절에서는 인기척이라고
는 하나도 없이 오직 매미의 울음소리밖에 들리지 않기 때문에 오히려
더 정적을 느낄 수 있을는지 모른다. 더구나 매미 울음소리가 절 주변의
바위에 스며든다고 생각하는 시적 상상력이 아주 놀랍다. 흥미롭게도 이

여행을 떠나는 마쓰오 바쇼. 1693년 하이쿠 시인이요 바쇼의 제자인 모리카와 교리쿠杉川許六의 그림.
일본 텐리대학교 도서관 소장.

하이쿠의 배경이 된 산사에는 바쇼가 읊은 이 하이쿠의 정취에 감동하여 해마다 200만 명의 관광객이 찾아온다고 한다.

바쇼의 작품을 읽고 있노라면 때로는 선문답禪問答을 하는 느낌이 든다. 실제로 바쇼는 선불교의 가르침을 담은 간결한 문구인 공안公案에서 영향을 받았다. 공안에서처럼 그의 하이쿠에서도 논리적 사고 체계가 아닌 직관을 통해서만 깨달음의 경지에 이를 수 있다. 말하자면 선승이면서 시인이었던 바쇼는 하이쿠에 불교 선종禪宗의 영혼을 불어넣었던 것이다.

마츠오 바쇼는 자연에 대한 관심과 애정이 남달랐다. 자연에 얼마나 순응하고 자연과 얼마나 깊은 교감을 갖느냐에 따라 예술가의 자질을 가늠하려고 하였다. 이 점과 관련하여 그는 "어떤 예술에서도 참으로 두각을 나타낸 사람은 하나같이 한 가지 공통점을 지닌다. 즉 사시사철 자연에 순종하고 자연과 하나가 되려는 마음이 바로 그것이다" 하고 밝힌다.

마쓰오 바쇼 가문이 다니던 절인 보다이지菩提寺.

참나무는
벗꽃에는
흥미가 없다

참나무란 상수리나무와 떡갈나무 그리고 굴참나무 따위를 통틀어 일컫는 말이다. 온갖 나무 가운데에서도 참나무는 박달나무와 함께 가장 질기고 강인하기로 유명하다. 참나무는 이렇게 힘이 세기는 하지만 소나무나 잣나무 같은 상록수와는 달리 멋이 없는 나무이기도 하다. 가을이 되면 나뭇잎이 칙칙하게 물이 들고 낙엽이 떨어지고 나면 앙상한 가지를 드러낸 채 한겨울을 보낸다. 꽃다운 꽃도 피지 않는 참나무는 그야말로 볼품없는 나무이다. 한편 장미과의 교목인 벗나무는 새 봄이 되면 아름다운 분홍 꽃을 피운다. 일본의 나라꽃이기도 한 벗꽃은 그 화려함이 그야말로 눈이 부실 정도이다.

그러나 바쇼는 이 작품에서 참나무가 화려한 벗꽃에 이렇다 할 관심이 없다고 노래한다. 참나무는 참나무대로 벗꽃은 벗꽃대로 저 나름대로의 존재 이유가 있기 때문이다. 나무의 세계에서 높고 낮음을 따지는 것처럼 어리석은 일도 없을 것이다. 벗나무는 화려한 꽃으로 사람의 눈을 즐겁게 해 주지만 참나무는 죽어서 숯을 만들어 준다. 참나무와 벗나무가 서로 높낮이를 다투지 않고 함께 조화와 균형을 꾀할 때 생태계는 그만큼 건강하다고 할 수 있다.

바쇼의 하이쿠는 자연과 인간이 서로 깊이 관계를 맺거나 하나로 결합하는 순간의 에센스를 예리하게 인식하여 표현한다. 메이지 정부의 초청으로 일본에서 생활한 적이 있는 영국 사람 바질 홀 체임벌린이 "일본의 하이쿠는 어느 한순간 대자연을 향하여 열려 있는 창이다." 하고 말한 적이 있다. 더 나아가 바쇼는 단순히 자연을 노래하는 것에 그치지 않고 인간이란 어디까지나 자연의 일부임을 일깨워 준다. 세계 여러 나라의 시 가운데에서도 하이쿠만큼 자연 친화적이고 생태주의적인 세계관을 보여 주는 작품도 찾아보기 어렵다. 하이쿠는 삼라만상은 서로 깊이 연결되어 있어 상호 의존적인 관계를 맺고 있다는 소중한 교훈을 가르쳐 준다. 바쇼는 어떤 예술에서도 참으로 두각을 나타낸 사람은 하나같이 자연에 순응하고 자연과 하나가 되려는 마음을 지니고 있었다고 밝힌다.

바쇼의 하이쿠를 두고 '와비侘'니 '사비寂'니 하는 말을 자주 한다. 와비란 소박하고 차분한 멋이나 한적한 정취를 말하고, 사비란 해묵고 빛바랜 것에서 느낄 수 있는 그윽한 정취를 가리킨다. 하이쿠는 와사비처럼 톡 쏘지 않고 미소 된장처럼 은근한 맛을 풍긴다. 와비와 사비는 일본의 전통적인 다도茶道가 지향하는 미적 경지와도 맞닿아 있다. 적막감을 바탕으로 소박함과 간략함을 추구할 뿐 겉으로 드러난 화려함을 애써 피하려고 한다. 개구리를 읊은 하이쿠에서 바쇼는 오래된 연못이 있는 낡은 집에서 경제적인 이해 관계나 번잡한 인간 관계에서 벗어나 자연과 하나가 되어 조용하게 살아가고 있다. 그림으로 치자면 한 폭의 수묵화이지 울긋불긋하게 화려한 유화는 아니다.

더구나 고상한 언어를 사용하는 렝카나 와카와는 달리 하이쿠는 일상생활에서 쓰는 평범한 말

히로시게廣重가 그린 『에도 백경』 시리즈 중의 하나. 오른쪽으로 소나무와 바쇼암이 보인다.

을 즐겨 사용한다. 하이쿠는 처음부터 서민이 느끼는 해학적이고 일상적인 삶의 경험을 표현하려는 문학 형식이었다. 그러므로 하이쿠 시인들은 속어나 비어 등을 많이 사용한다. 외래어가 홍수처럼 범람하는 최근에는 외래어의 묘미를 살려 새로움을 얻기도 한다. 야마구치 세이시山口誓子의 "메이데이는 / 여름 축제인가 하고 / 아이가 기다

바쇼와 함께 유명한 하이쿠 시인 요사 부손이 1771년에 그린 『십의첩』의 「의풍宜風」. 가와바타 야스나리川端康成 기념관 소장.

리네." 같은 하이쿠는 이러한 경우를 보여 주는 한 예이다.

하이쿠 하면 자연스럽게 마쓰오 바쇼를 떠올리지만 바쇼 말고도 일본에는 하이쿠의 대가가 두 사람 더 있다. 요사 부손與謝蕪村과 고바야시 잇사小林一茶가 바쇼의 전통을 이어 받아 하이쿠의 수준을 한 단계 올려놓았다. 이 세 사람은 일본 하이쿠 문학의 세 봉우리라고 할 수 있다. 일본 학계에서는 이 세 사람이 서로 다른 측면을 하나씩 보여 준다는 것이 정설이다. 바쇼는 금욕주의적인 추구자의 모습을 보여 주고, 부손은 세속적인 예술가의 면모를 보여 주며, 잇사는 휴머니스트의 진면목을 보여 준다는 것이다. 부손은 "국화 키우는 사람 / 그대는 / 국화의 노예로다."니 "구름을 삼키고 / 활짝 핀 꽃을 뱉어내다 / 요시노."이니 하는 주옥같은 작품을 남겼다. 잇사는 "부처에게 기도를 드리는 동안 / 나는 여전히 / 모기를 죽이네.", "이 어리석은 세상이여 / 마른 모기 마른 빈대 / 마른 어린아이들." 같은 유명한 작품을 남겼다.

하이쿠가 하나의 문예 형식으로 자리를 굳힌 지도 300여 년이 지난 지

금 일본에서 하이쿠를 짓는 인구가 적게는 500만 명에서 많게는 1,000만 명 이상에 이른다. 1,000만 명이라면 일본 사람 13명 가운데 한 명이 하이쿠를 쓴다는 이야기이다. '구카이句會'라는 하이쿠 모임이 있는가 하면, 하이쿠를 전문으로 다루는 잡지도 많다. 이처럼 일본에서 하이쿠는 이제 몇몇 지식인이나 문학가들이 즐기는 지적 유희가 아니라 아주 대중적인 문학 형식으로 자리 잡았다. 텔레비전에도 하이쿠 프로그램이 있을 정도이다.

하이쿠는 일본 밖에서도 인기가 대단하다. 중국에서는 '한배漢俳'라는 이름으로 하이쿠가 중국 문화 속에 깊이 파고 들었다. 미국에서는 학생들에게 하이쿠 창작을 가르치는 초등학교가 있을 뿐 아니라, 하이쿠 협회가 있고 정기적으로 하이쿠 잡지를 발행하기도 한다. 그런가 하면 하이쿠를 일본 문화를 이해하는 문화 코드로 이해하려는 학자도 적지 않다. 예컨대 프랑스의 기호학자이며 문학 이론가인 롤랑 바르트는 『기호의 제국』(1970)에서 하이쿠를 열쇠로 삼아 일본 문화의 문을 열려고 하였다.

학문을 권함

후쿠자와 유키치

서양 속담에 "한 사람에게 약이 되는 것이
다른 사람에게는 독이 된다." 하는 말이 있
다. 이를테면 한 나라의 애국자가 다른 나라
에서는 침략자로 낙인찍히는 경우를 쉽게
볼 수 있다. 메이지明治 시대 일본의 문명 개
화의 횃불을 들고 자유 민권 사상에 처음 불
을 지핀 계몽 사상가요 '일본의 볼테르'로
일컫는 후쿠자와 유키치福澤諭吉(1835~1901)
가 바로 그러하다. 그는 1868년에 260여 년
동안 계속된 도쿠가와德川 막부 체제를 종식
시킨 메이지 유신 정부에 이론적 동력을 마

'일본의 볼테르'로 일컫는 후쿠
자와 유키치. 실학을 장려하고 부
국강병을 주장하여 일본 자본주
의 발달에 견인차 역할을 맡았다.

련해 준 장본인이다. 그러나 그는 일본에서는 근대 일본의 국부國父로서
조국 근대화를 이끈 위대한 사상가로 존중받지만 우리나라와 중국에서
는 제국주의자요 군국주의 침략의 원흉으로 따가운 시선을 받는다. 그는
철저한 국수주의자로 자국민의 민권에 대해서는 목청을 높이면서도 막

상 이웃 나라 국민의 민권에 대해서는 아랑곳하지 않았기 때문이다.

1885년 3월 후쿠자와가 자신이 직접 펴낸 신문 『시사신보時事新報』에 「탈아론脫亞論」이라는 글을 발표하여 조선과 중국을 매도하였다는 것은 이미 잘 알려진 사실이다. 이른바 '탈아입구脫亞入毆'라고 하여 그는 일본이 살아남기 위해서는 아시아를 버리고 유럽 국가와 손을 잡을 것을 부르짖었다. 한마디로 그는 "우리는 아시아 국가들에서 벗어나 우리 자신의 운명을 서구의 문명 국가와 함께 하는 게 낫다." 하고 못 박는다. 특히 후쿠자와는 조선의 친일 정책을 비호하고 사주하여 조선의 내정을 조종한 것으로도 유명하다. 임오군란에 대하여 강경한 조선 정책을 주장하였는가 하면, 갑신정변에 깊숙이 개입하기도 하였다.

청일전쟁을 앞두고 개전론과 부전론으로 팽팽히 맞서 있을 때에도 후쿠자와는 앞장서서 정부의 침략 정책을 지지하는 등 대륙 침략을 강력히 옹호하였다. 청일전쟁을 '문명의 의전義戰'으로 여기며 이 전쟁이야말로 중국 국민을 "도탄에서 건져내어 문명의 혜택을 입게 하고 세계 만국과 함께 천여天與의 행복을 함께 하게 하려는 의거로, 하늘을 우러르고 땅을 굽어보아 부끄럽지 않다." 하고 합리화하였다. 후쿠자와는 이 전쟁에서 일본이 승리를 거두었다는 소식을 듣고 지금 죽어도 여한이 없다고 말하

1868년 4월 6일 메이지 천황이 메이지 유신의 뼈대가 되는 5개 칙령을 발표하는 모습.

면서 크게 기뻐하였다. 그러나
그가 입에 침이 마르도록 외친
서구 문명론이란 것도 한 꺼풀
만 벗겨 놓고 보면 빛 좋은 개살
구에 지나지 않는다.

후쿠자와 유키치는 1835년 1
월 일본 오이타大分 현 오사카大
阪 근교 토지마堂島에 있는 나카
쓰中津에서 후쿠자와 햐쿠스케福
擇의 2남 3녀의 막내아들로 태
어났다. 그의 아버지는 가난한
하급 사무라이로 나카쓰 번藩의
창고 겸 거래처인 쿠라야시키藏
屋敷를 관리하는 일을 하였다.

와나타베 가잔이 그린 일본 난학의 대선배인 타카
미 센세기鷹見泉石(1785~1858). 도쿄 국립박물관
소장.

그러나 유키치가 두 살이 되던 해 아버지는 죽었고 그는 더욱더 불우한
환경에서 자랄 수밖에 없었다. 그가 비판적 사고에 눈을 뜬 것도 어렸을
때부터 고생을 많이 하였기 때문이다. 뒷날 그가 "나에게 문벌 제도는 부
모의 적이다." 하고 말한 것을 보면 엄격한 신분 제도에서 오는 차별이
그에게는 씻을 수 없는 상처였음에 틀림없다.

후쿠자와는 열아홉 살 때 나가사키長崎로 유학하여 처음으로 네덜란드
어를 배운다. 1855년에는 수많은 메이지 혁명가를 배출한 오사카의 오
가타 고안諸方洪庵의 데키쥬쿠適熟에 입학하여 본격적으로 난학蘭學, 즉 서
양 학문을 배우기 시작한다. 후쿠자와는 이곳에서 네덜란드어를 비롯하
여 서양의 물리학과 의학 등 서양의 학문을 열정적으로 공부한다. 1858
년 에도江戶로 진출한 그는 이곳에 네덜란드어 학교인 '난학숙蘭學塾'을

열었고, 1868년 이 학교를 다른 곳으로 옮기면서 그 이름을 게이오기주쿠慶應義塾로 바꾸었다. 이 학교가 바로 오늘날 게이오기주쿠대학의 전신이다.

독학으로 영어를 공부하다시피 한 후쿠자와는 1860년 막부의 미국 방문 사절단의 수행원으로 선발되었다. 이때 그는 서양 사회의 제도와 발달한 문명을 접하고 큰 충격을 받았다. 2년 뒤에는 다시 막부 사절단에 끼어 프랑스·영국·네덜란드·독일·러시아·포르투갈 등 유럽을 다녀왔다. 1867년에는 다시 미국 파견 사절단을 수행하기도 하였다.

일본 안에서 후쿠자와의 영향력은 점차 커졌고 메이지 정부는 여러 차례에 걸쳐 그에게 관직을 맡기려고 하였고, 작위를 수여하려고도 하였다. 그러나 그는 이 모두를 거절한 채 오직 교육과 저술, 언론 활동에 온 힘을 쏟다가 20세기의 문이 막 열린 1901년 예순여섯의 나이로 삶을 마감하였다. 그가 사망하자 일본 중의원은 국회를 열어 그의 죽음을 애도하였으며, 2월 8일의 장례식 때에는 장지인 아자부麻布의 젠부쿠지善福寺에 이르는 2킬로미터의 도로에 그의 죽음을 애도하는 인파가 구름처럼 모여들었다. 그는 아직도 1만 엔 권의 일본 화폐 속에 살아남아 일본 사람들의 정신적 지주 노릇을 하고 있다.

후쿠자와의 학문과 교육에 대한 남다른 정열은 일본의 세계

일본의 근대화를 이끈 메이지 천황(1852~1912).

적인 세균학자 기타사토 시바사부로北里柴三郎을 위하여 개인 돈을 털어 연구소를 세운 데에서도 엿볼 수 있다. 기타사토는 생리의학 부문에서 첫 번째로 노벨상을 수상한 에밀 아돌프 폰 베링과 공동 연구를 한 세계적인 학자이다. 그런데도 일본 정부와 도쿄東京제국대학이 기타사토의 연구를 재정적으로 제대로 밀어주지 않자 후쿠자와 자신이 직접 나서 그를 도운 것이다. 그 무렵 일본에서 난학이라고 하면 기본적으로 의학을 가리켰다. 후쿠자와도 젊은 시절 한때 의사가 되려고 한 적이 있었고 그의 스승도 의사였다. 그런 만큼 그는 의학과 위생학에 남다른 관심이 있었다. 그러나 그가 기타사토를 도와준 것은 개인의 관심을 뛰어넘어 학문의 중요성을 누구보다도 깊이 깨닫고 있었기 때문이다. 후쿠자와가 이렇게 나서자 마침내 일본 정부도 기타사토를 지원해 줄 수밖에 없었다.

후쿠자와 유키치는 일본에 문명 개화의 복음을 전한 사도이자 저술가로도 크게 이름을 떨쳤다. 그가 간결하면서 평이한 문체로 쓴 작품들은 커다란 반향을 불러 일으켰다. 그의 『서양 사정』(1870)은 미국과 유럽을 여행한 경험과 윌리엄 챔버스와 로버트 챔버스, 그리고 프랜시스 웨일랜드의 경제서 등 여러 가지 서적을 번안하다시피 하여 쓴 것으로 서양에 대한 지식과 정보를 제공해 준다. 우리나라 유길준兪吉濬의 유명한 『서유견문』(1889)은 바로 후쿠자와의 이 책을 모방하여 저술한 책이다.

이 무렵 조선이 가진 일본 관련 최신 정보는 100여 년 전 1764년 조선 통신사가 수집해 온 것이 대부분이다. 뒤늦게 다시 일본에 조사단을 파견하지만 그들이 수집한 정보는 별 볼일이 없었다. 후쿠자와는 "조선 사람들은 (일본에 왔다가) 단지 놀라기만 하고 돌아가지만 우리 일본 사람은 (유럽 문명을 보고) 놀라는 데 그치지 않고 몹시 부러워하며 그것을 우리나라에도 실행해야겠다는 야심을 단단히 굳혔다." 하고 말하며 조선 조사단을 비웃었다. 이때 후쿠자와가 발표한 『학문을 권함』(1872), 『문명론의 개략』(1875), 그리고 자서전인 『복옹자전福翁自傳』(1889) 같은 책도 하나같이 베스트셀러가 되었다. 그는 저서뿐 아니라 대중 강연과 대중 토론을 통하여 자신의 입장을 널리 알리기도 하였다.

후쿠자와가 한 일 중에 찬찬히 눈여겨보아야 할 또 한 가지는 우리나라나 중국에서 사용하는 외래어 번역 용어 가운데에 그가 번역한 것이 상당하다는 것이다. 그는 여러 책을 쓰면서 '자유', '민권', '권리', '사회' 같은 추상적인 용어에서 '경제', '연설', '토론', '개인' 같은 일상어에 이르기까지 서양 용어를 처음으로 한자로 번역해 놓았다. 이러한 용어가 일본은 말할 것도 없고 우리나라와 중국 같은 동아시아 국가에 정착되기까지는 후쿠자와의 피나는 노력이 있었다. 일본의 메이지 시대를 흔히 '번역의 시대'라고 부른다. 이 무렵 일본 사람들에게 근대 국가의 건설은 곧 서양 문물을 받아들이는 것을 뜻하였고, 번역 작업은 서양 문물을 받아들이는 다리 역할을 하였다. 많은 지식인이 외래 문물과 사상을 일본어로 번역하는 일에 매달렸지만 후쿠자와만큼 큰 성과를 거둔 사람도 드물다.

후쿠자와 유키치는 많은 저서를 남겼다. 그 가운데에서도 『학문을 권함』은 가장 대표적인 책으로 그의 진보적 계몽 사상가로서의 모습을 잘 읽을 수 있는 책이다. 그는 1872년부터 이 책을 소책자로 출간하기 시작하여 1876년에 모두 17편으로 완성하였다. 1872년에 출판한 제1편은 무려 20여 만 부가 팔려 나갔다. 이 무렵의 일본 인구가 줄잡아 3천 5백만 명 정도였으니 160명 당 한 명 꼴로 이 책을 산 셈이다. 1876년 이 책이 완간되었을 때 무려 370여 만 부가 팔려 나가 그야말로 낙양의 지가紙價를 올렸다. 그리하여 "문부성은 타케바시竹橋에 있고, 문부경은 미타三田에 있다." 하는 말이 나돌 정도였다. 문부경이란 오늘날의 문교부 장관을 가리키고, 미타는 후쿠자와가 살던 동네 이름이다.

후쿠자와는 『학문을 권함』에서 제목 그대로 일본 사람들에게 학문을 배울 것을 간곡히 권한다. 그는 여기서 "한평생 내가 행한 대로 돌려받을 수 있는 것은 오직 학문뿐이다." 하고 잘라 말한다. 또 학문을 하는 참뜻은 "누구에게나 거리낌 없이 서로에게 폐를 끼치지 않으며, 각자가 안락하게 이 세상을 살아나갈 수 있어야 한다." 하고 밝힌다. 후쿠자와에게 문명이란 바로 "사람의 몸을 안락하게 하고 마음을 고상하게 하는 것"이다. 그는 물질 문명과 정신 문명의 균형 잡힌 발달에 따른 인간의 완전 가능성을 겨냥한 19세기 서양의 진보사관을 거의 그대로 따르고 있었던 셈이다.

그런데 여기에서 후쿠자와가 말하는 학문이란 좁게는 서양 학문, 넓게는 서양 문명을 가리킨다. 그가 그토록 추구한 서양 문명은 무엇보다도 먼저 개인의 독립성과 중요성에서 출발한다. 그는 "한 개인이 독립하고 나서야 비로소 한 나라가 독립할 수 있다." 하고 부르짖는다. 이 유명한 말은 국가나 공동체를 강조하는 전통적인 사고 방식에 정면으로 맞서는 것이다. 그는 한 개인의 자율성과 능동성이 전제되지 않고서는 근대 사회를 건설하는 일은 불가능하다고 밝힌다. 둘째로 그는 근대 사회를 건설하기 위해서는 관존민비官尊民卑 사상을 없애고 관과 민 사이에 평등을 이룩해야 한다고 말한다. 그에 따르면 정부와 국민의 관계는 어디까지나 계약으로 성립된 것이기 때문에 정부는 국민 위에 군림할 수 없다는 것이다. 셋째로 후쿠자와는 국민과 국민 사이에 관계가 올바로 성립된 사회가 문명 개화된 사회라고 할 수 있다고 지적하였다.

그의 서양 학문과 서양 문명에 대한 태도는 "하늘은 사람 위에 사람을 만들지 않고, 사람 밑에 사람을 만들지 않는다." 한 이 책의 첫머리 구절에서 단적으로 드러난다. 더 나아가 후쿠자와는 실학實學의 중요성을 부르짖고, 국가의 독립과 국법의 준수 등을 외쳤다.

또 후쿠자와 유키치는 인간이 마음에 새겨 두어야 할 가르침으로 일곱 가지를 꼽았다. 흔히 '후쿠자와 유키치 7훈'이라고 일컫는 가르침이 바로 그것이다.

1. 세상에서 가장 즐겁고 멋진 일은 일생을 바쳐 할 일이 있다는 것이다.
2. 세상에서 가장 비참한 것은 인간으로서 교양이 없는 것이다.
3. 세상에서 가장 쓸쓸한 것은 할 일이 없는 것이다.
4. 세상에서 가장 추한 것은 다른 사람의 생활을 부러워하는이다.
5. 세상에서 가장 존귀한 것은 남을 위하여 봉사하고 결코 보답을 바라지 않는 것이다.
6. 세상에서 가장 아름다운 것은 모든 사물에 애정을 가지는 것이다.
7. 세상에서 가장 슬픈 것은 거짓말하는 것이다.

그러나 안타깝게도 후쿠자와 유키치가 『학문을 권함』에서 부르짖은 계몽적이고 자유주의적인 사상은 메이지 정부의 보수화로 점차 빛을 잃기 시작하였다. 그는 천황을 문명 개화의 중심이라고 떠받들었는가 하면, 중국과 조선 등은 스스로 발전하기를 기대할 수 없으므로 일본이 마땅히 지도자가 되어 서양 열강의 침략에 맞서야 한다는 '아시아 맹주론'을 펼치기도 하였다. 1900년 중국에서 터진 의화단義和團의 난을 진압하기 위하여 일본군이 서양 열강의 군대와 함께 중국에 파견되자 후쿠자와는 "그 전쟁 보도 기사를 읽을 적마다 저절로 눈물이 나는 것을 금할 길 없다." 하고 밝힌다. 이 무렵 그의 태도에서는 『학문을 권함』이나 『서양 사정』에서 부르짖은 개인이나 국가의 평등이나 자유주의 사상은 아무리 눈을 씻고 보아도 찾아볼 수 없다. 서구 열강을 흉내 낸 일본 제국주의에 대한 감격만이 후쿠자와를 사로잡고 있을 뿐이다. 그가 젊은 시절 가슴에 품고 있던 이상주의적 세계관은 어느덧 사라지고, 국제 사회를 약육

강식의 정글 법칙의 관점에서만 바라보았다. 청년기의 자유주의자요 민권론자는 만년에 이르러 이렇게 국가주의자요 제국주의자로 탈바꿈하였던 것이다.

후쿠자와는 일본의 근대화뿐 아니라 우리나라의 개화 운동과도 깊이 관련되어 있다는 점에서 흥미롭다. 그의 초기 사상은 앞에서 언급한 유길준을 비롯하여 김옥균金玉均, 박영효朴泳孝, 서광범徐光範, 서재필徐載弼, 이동인李東仁, 최남선崔南善, 이광수李光洙 등 국내 개화파 지식인들에게 그야말로 엄청난 영향을 끼쳤다.

김옥균은 1882년 일본을 처음 방문하였을 때 후쿠자와를 만난 뒤 갑신정변을 전후하여 여러 차례에 걸쳐 그를 만났다. 박영효는 1883년 1월 일본에 수신사로 갔을 때 후쿠자와의 추천을 받아 그의 제자인 이노우에 카쿠고로오井上角五郎 등 세 명을 데리고 귀국하였다. 이노우에는 그 뒤 조선에 계속 머물면서 1883년 조선 최초의 신문인 『한성순보』를 창

1882년 도쿄의 긴자銀座 거리의 모습. 메이지 유신과 함께 일본은 급속한 근대화의 길로 들어섰다.

간하는 데 주도적 역할을 맡았고, 이듬해 갑신정변에도 깊숙이 개입하였다. 유길준도 후쿠자와의 배려로 케이오의숙에 입학하여 1년 반 동안 후쿠자와에게서 근대 학문을 배웠다.

도쿄東京 유학 시절 후쿠자와로부터 절대적인 영향을 받은 춘원 이광수는 이보다 한 발 더 나아가 그를 두고 "하늘이 일본을 축복하셔서 이러한 위인을 내리셨다." 하는 말을 서슴지 않았다. 또 "그의 생명은 그의 조국의 영원함과 동히 영원하고 그의 조국과 영광됨과 공히 영광되리로다." 하고 밝히기도 하였다. 1923년에 이광수가 『민족 개조론』에서 "조선인의 명운 개선에는 결코 민족 개조를 제한 외에 아무 지름길도 없는 것이외다. …… 부질없이 다른 요행의 지름길을 찾다가는 한갓 세월만 더 허비하고 힘만 더 소비할 것이외다." 한 것도 후쿠자와를 염두에 두고 한 말이었다.

일본이 지난 100여 년 동안 군사 대국과 경제 대국으로서 눈부시게 성장해 온 그 뒤에는 바로 일본의 국부이자 정신적 지도자인 후쿠자와 유키치가 버티고 서 있다. 일본 근대화는 그의 사상에서 자양분을 받아 찬란한 꽃을 피웠다고 하여도 크게 틀리지 않는다. 그는 때로 암살 위협에 시달리면서도 끝까지 자신의 신념을 굽히지 않고 계몽주의 사상을 밀고 나갔던 것이다.

나는 고양이로소이다

나쓰메 소세키

정치가를 화폐의 초상으로 사용하
는 나라는 많아도 소설가를 그 초
상으로 사용하는 나라는 거의 없
다. 이를테면 미국에서는 조지 워
싱턴이나 에이브러햄 링컨처럼 국
민의 존경을 받는 대통령의 초상
을 화폐에 사용한다. 중국의 100
위안 지폐에는 마오쩌둥毛澤東을
비롯하여 저우언라이朱恩來, 류사
오치劉小奇, 주더朱德 같은 공산주의

생각에 잠긴 나쓰메 소세키. 문예지 『타이요太
陽』가 수여하는 '최고 작가'로 선정되지만 수
상을 거부하여 화제를 모았다.

혁명에서 주역을 맡은 사람들의 초상이 그려져 있다. 우리나라만 하여도
세종대왕 같은 성군을 초상으로 사용하고 퇴계 이황李滉이나 율곡 이이李
珥 같은 유학자가 가까스로 그러한 영광을 받는다.

일본은 이와는 사정이 조금 다르다. 1만 엔권에는 실학을 장려하고 부
국강병을 주장하여 일본의 자본주의 발전에 기틀을 마련한 후쿠자와 유

일본 화폐의 초상으로 사용된 일본의 국민 작가 나쓰메 소세키. 맨 아래 천 엔권이 소세키.

중화인민공화국의 화폐. 오른쪽부터 마오쩌둥毛澤東, 쥐우언라이周恩來, 류사오치劉少奇, 주더朱德.

키치福澤諭吉의 초상이 들어 있다. 오천 엔권에는 도쿄제국대학교 총장을 지낸 니도베 이나도니新渡戶稻造의 초상이, 그리고 일천 엔권에는 소설가 나쓰메 소세키夏目漱石(1867~1916)의 초상이 그려져 있다. 2004년에 새로 발행된 오천 엔권의 앞면 초상에는 니도베 이나도니 대신에 일본 근대 소설의 여명기에 활동하다 요절한 여성 작가 히구치 이치요樋口一葉를 사용하고 있다. 일본 지폐에 여성이 등장하기는 제2차 세계대전 후 처음이다.

이렇듯 일본의 화폐 주인공은 하나같이 정치가가 아니라 교육자이거나 작가이다. 만약 화폐의 사진이나 초상을 한 나라의 문화 척도로 삼는다면 아마 일본이 단연 첫 손가락에 꼽힐 것이다. 특히 여러 작가 가운데에서 다른 작가들을 제치고 나쓰메 소세키를 화폐에 넣은 데에는 그럴 만한 까닭이 있다. 그는 '국민 작가'로서 일본 근대 문학의 토대를 굳게 다진 대표적인 소설가이기 때문이다. 웬만한 일본 가정의 서가에는 거의 예외 없이 나쓰메 소세키의 전집이 꽂혀 있고, 중학교와 고등학교의 일본어 문학 시간에도 언제나 그를 비중 있는 작가로 다룬다. 그는 메이지明治 시대가 낳은 가장 뛰어난 소설가 가운데 한 사람인가 하면 일찍이 영국 유학을 다녀온 영문학자요, 훌륭한 하이쿠를 지은 시인이기도 하다. 몇 해 전 이와나미岩波 문고는 창립 90

주년을 맞이하여 일본에서 인기 있는 작가에 대하여 설문 조사를 한 적이 있다. 이때 나쓰메 소세키의 작품이 나란히 1위와 2위를 차지하였고 100위 안에 그의 작품이 무려 7편이나 선정되는 영예를 안았다.

나쓰메 소세키는 오늘날의 도쿄에 해당하는 에도江戸 신주쿠新宿에서 8형제 중 막내로 태어났다. 본명은 긴노스케金之助이고, 소세키는 필명이다. 토지를 소유하고 관리하는 묘슈名主였던 그의 아버지는 소세키가 태어난 지 1년 만에 그를 시오바라 마사노스케鹽原昌之의 양자로 보냈다. 소세키는 양부모 밑에서 경제적으로는 비교적 유복하게 자랐지만 심리적으로는 아주 고독한 어린 시절을 보냈다. 열 살 때 양부모가 이혼하자 소세키는 다시 시오바라 집안의 호적을 지닌 채 생가로 돌아왔다. 그는 한문학을 통하여 처음 문학에 대한 취미를 가지게 되었고, 서구 문명이 물밀듯이 들어오는 시대에 영어의 필요성을 깊이 깨닫고 1883년에 세이리츠가쿠샤成立學舍에서 영어를 공부하였다. 그는 제1고등학교를 거쳐 도쿄

나쓰메 소세키의 옛 저택. 그는 이곳에서 많은 작품을 썼다.

제국대학교 영문학과를 졸업하였다.

대학을 졸업한 뒤 소세키는 도쿄 고등사범학교와 제5고등학교 등에서 교사를 하다가 1900년에 문부성 국비 장학생으로 2년 동안 영국 런던에서 영문학을 공부하였다. 귀국한 뒤 도쿄 제국대학교 전임강사로 재직하던 1905년과 1906년에 걸쳐 『나는 고양이로소이다』를 발표하여 서른여덟 살의 나이로 비교적 뒤늦게 문단에 데뷔하였다. 1907년에 그는 아예 작품 활동에 전념하기 위하여 아사히朝日신문사에 입사하여 기자 겸 전속 작가로 활약하였다. 이때 그는 남들이 그토록 부러워하는 제국대학교 전임강사 자리를 헌신짝처럼 집어던져 버려 뭇 사람의 관심을 끌었다. 그는 아사히신문에 『우미인초虞美人草』를 연재하는 것을 시작으로 『도련님』(1906), 『풀베개』(1906) 등을 잇달아 발표하여 문단의 주목을 받았다. 이 밖에도 『그 후』(1906), 『산시로』(1908), 『문』(1910), 『피안 지나기까지』(1912), 『행인』(1913), 『마음』(1914) 등을 발표하였다. 한때 폐결핵으로 고생한 그는 1916년에 극심한 신경 쇠약증과 위궤양으로 사망하였다.

나쓰메 소세키는 1905년 1월부터 이듬해 8월까지 『호토토기스』라는 잡지에 『나는 고양이로소이다』를 연재하였다. 그의 처녀작이라고 할 이 작품은 처음 발표될 때부터 아주 큰 관심을 모았다. 처음에는 단편 소설로 시작하였지만 뜻밖에 호평을 받자 11장에 이르는 장편 소설로 발전시켰다. 제목은 말할 것도 없고 "나로 말하면 고양이이다." 하

일본의 국민 작가 나쓰메 소세키는 만년필의 장식으로 등장할 만큼 아주 유명하다.

는 첫 문장에서도 잘 드러나듯이 소세키는 이 작품에서 고양이의 눈을
빌려 좁게는 메이지 시대의 지식인, 넓게는 인간 세태를 날카롭게 꼬집
는다. 고양이를 일인칭 화자話者로 삼아 인간의 심리를 파고드는 수법은
이 무렵으로서는 가히 혁명적이었다.

　나츠메 소세키는 하필이면 왜 고양이를 화자로 삼았을까? 우리나라
사람들과는 달라서 일본 사람들에게 고양이는 아주 각별한 의미가 있다.
일본 식당에 가면 '마네키-네코'라는 흰 고양이 인형을 진열해 놓은 것
을 쉽게 볼 수 있다. 흰 고양이는 왼쪽 발을 드는 습성이 있는데 그러한
행동이 사람들에게 많은 행복과 행운과 건강을 가져다 준다고 믿기 때문
이다. 고양이는 일본 사람들에게 가장 친근한 애완동물이다. 또 고양이
는 이웃의 어느 집이든지 자유롭게 마음대로 드나들 수 있는 동물이다.
그래서 고양이를 주인공으로 내세우는 것은 인간의 온갖 세태를 관찰하
고 풍자하는 데 더할 나위 없이 좋은 장치이다. 소설 기법으로 말하자면
고양이는 전지적全知的 시점을 가지고 있는 것이다.

　중학교 영어 교사인 치노 쿠샤미는 집에 고양이 한 마리를 키운다. 그
런데 이 고양이는 보통 고양이와 다르다. 마치 사람처럼 고양이는 쿠사
미와 그 집안 식구들, 친구들의 말과 행동을 예리하게 관찰하고 그들의
약점이나 어리석음 따위를 가차 없이 비판한다.

> 인간이란 동물은 시간을 보내기 위하여 억지로 입을 놀려 우습지도
> 않은 일에 웃고, 재미도 없는 일에 기뻐하는 것 말고는 별다른 능력
> 이 없는 것 같다. …… 내 주인도 그저 한가로운 사람으로 제법 초연
> 한 척하지만 실은 속물 근성을 가진 욕심쟁이이다. 남에게 지기 싫
> 어하는 마음은 그가 보통 때 하는 언행에서도 그대로 드러난다. 어
> 떤 때는 고양이인 내 처지에서 생각해 보면 그렇게 늘 남을 깔보는

속물들과 같은 굴에서 살아야 한다는 것이 지극히 불쌍하다는 생각
이 들 때도 있다.

이것은 고양이가 주인집 서재에 모여드는 메이테이, 칸게츠, 도후 등
고등교육을 받은 사람들의 말과 행동을 관찰하며 하는 말이다. 무엇보다
도 '인간이란 동물'이라는 첫 구절이 관심을 끈다. 만물의 영장으로 군
림하는 인간은 고양이 같은 피조물을 동물이니 짐승이니 하고 부른다.
그러나 이 장면에서 고양이는 인간도 자신처럼 동물의 하나에 지나지 않
는다고 말한다. 다시 말해서 인간과 고양이는 수직적 관계가 아니라 수
평적 관계를 맺고 있다는 것이다.

이 작품에서 쿠샤미는 소세키 자신이며, 소세키는 고양이를 탐정의 역
할로 설정하여 고양이의 눈을 통하여 자기 자신은 물론이고 인간 사회를

와세다早稻田의 자택에 있는 나쓰메 소세키의 서재. 겨우 10년 남짓 작가 생활 동안 그는 이 서재에서
열정적인 창작열을 불태웠다.

마음껏 조롱한다. 그가 비판의 대상으로 삼은 것은 서구 근대성의 허구, 인간의 현학성, 금권주의, 여성에 대한 혐오감, 인간중심주의 등 하나하나 헤아리기 어려울 정도로 아주 많다.

이 가운데서도 나쓰메 소세키가 가장 먼저 꼬집는 것은 메이지 시대 지식인의 속물 근성이다. 쿠샤미는 직업은 영어 교사이지만 취미가 매우 다양하다. 특히 하이쿠와 신체시를 비롯하여 가면극 노가쿠能樂에 맞

화가 오카모토 잇페이岡本—平가 그린 「소세키 선생」. 소세키는 자신이 직접 자화상을 그리기도 하였지만 여러 화가가 그의 모습을 화폭에 담았다.

추어 부르는 가사인 우타이, 바이올린, 수채화 등 다양한 분야에 흥미가 있다. 그는 퇴근하자마자 서재에 틀어박혀 있어 식구들은 그가 대단한 면학가인 줄 알지만 실제로는 책 위에 엎어져 침을 흘리며 잠을 자는 때가 더 많다. 메이테이는 자신을 미학자라고 일컫지만, 사실은 허풍선이에다 거짓말쟁이일 뿐이다. 물리학자 미즈시마 간게쓰도 언제나 말만 앞서지 행동이 뒤따르지 못하는 인물이다. 작가는 이들을 두고 '타이헤이泰平의 이쓰밍逸民'이라고 부른다. 세상이 태평한데도 세상을 등지고 살아가는 사람들이라는 뜻이다.

그렇다고 소세키가 이렇게 속물 근성을 지니고 이중적 태도를 보이는 지식인을 탓하는 것만은 아니다. 어떤 면에서는 세상의 이해관계에서 벗어나 정신의 자유를 구가하며 자유롭고 편안하게 살아가는 그들에게 애정을 보인다. 오히려 그가 더 비판의 소리를 높이는 것은 사사로운 이

익에 눈이 먼 채 물질주의에 얽매어 있는 속세인이다. 이를테면 가네다 하나코 부인과 그녀의 남편을 비롯한 그 집안 식구들이 좋은 예이다. 그들은 돈만 벌 수 있다면 무슨 일이든지 서슴지 않으며 거짓말도 식은 죽 먹듯 한다.

또 소세키는 고양이의 입을 빌려 일본의 근대화가 한낱 빛 좋은 개살구에 지나지 않는다고 말한다. 그는 영국에서 유학하는 동안 연기와 안개에 휩싸인 런던 거리를 배회하며 서구 근대의 일그러진 얼굴을 직접 목격하였다. 그의 작품 『그 후』를 보면 주인공이 도쿄 하늘에 검은 연기를 쉴 새 없이 내뿜어대는 공장 굴뚝을 바라보며 암울한 시대 인식에 사로잡히는 장면이 나온다. 그런데 이 장면은 40여 년 전 메이지 유신 직후 일본 정부 파견으로 영국 글래스고의 공장 지대를 시찰한 이토 히로부미伊藤博文 일행이 공장 굴뚝마다 피어오르는 검은 연기를 보고 "참으로 아름답다." 하며 산업 혁명의 눈부신 성과를 찬양한 것과는 뚜렷한 대조를 이룬다. 나쓰메 소세키는 아무런 비판 없이 서구 근대화를 받아들이는 것이야말로 일본의 비극이라고 생각하였다. 이와 같은 그의 지론은 『나는 고양이로소이다』를 통해서 잘 드러난다. 그는 일본 근대화의 모순과 병폐를 명료하고 설득력 있는 문장으로 그려낸 최초의 작가이다.

나쓰메 소세키의 처녀작이자 출세작인 『나는 고양이로소이다』의 단행본.

서구 근대화에 대한 비판은 인간중심주의에 대한 비판으로 이어진다. 서구 근대화나 문명의 발전이란 따지고 보면 인간중심주의가 낳은 결과에 지나지 않는다. 근대에 이르러 서양에서는 인간과 자연을 이른바 '동일자同一者'와 '타자他者'의 이항 대립의 작두날 위에 세워놓고 타자인 자연을 지배와 정복의 대상으로 삼았다. 자연을 조직적으로 지배하고 정복하면 할수록 근대화와 문명의 순도는 그만큼 높아지는 것으로 생각하였다.

『나는 고양이로소이다』와 『도련님』 출간을 기념하는 우표.

『나는 고양이로소이다』를 좀 더 꼼꼼히 살펴보면 작가가 서구 전통과 일본의 고유 전통을 교묘하게 절충하고 있음이 드러난다. 동물의 눈을 통하여 인간 사회와 그 문명을 통렬하게 비판하는 것은 서양에서 받은 영향이다. 서양에서 우화 전통은 멀게는 이솝우화에서 가깝게는 라 퐁텐의 우화에 이르기까지 아주 역사가 깊다. 이 작품에는 영국 지식인 클럽의 분위기가 드러나기도 한다. 일본의 소설가이며 비평가인 이토 세이伊藤整는 "이러한 유의 소설은 영국에도 있는 것으로 18세기 영국 작가 로런스 스턴의 『트리스트럼 샌디』라는 소설이 그런 소설이다." 하고 지적한다. 실제로 나쓰메는 1897년에 스턴의 파격적인 소설에 관하여 비평을 쓴 적이 있다. 짜임새 있는 구성보다는 삽화적인 장면을 재미있게 연결시킨다는 점에서 나쓰메의 작품은 스턴의 소설과 비슷한 데가 있다.

한편 만담체의 문체에다 일상생활을 도입하여 독특한 풍자 정신과 해학적 분위기를 드러내는 것은 일본의 하이쿠 전통에서 힘입은 바가 무척 크다. 하이카이 렝카俳諧連歌가 발전한 하이쿠는 무엇보다도 서민의 해학적 정서에 무게를 싣는다. 실제로 나쓰메 소세키는 제1고등학교에 다니던 시절 하이쿠를 일본 문학의 대표 장르로 굳건하게 올려놓는 데 크게 이바지한 마사오카 시키正岡子規와 가깝게 지내면서 그로부터 하이쿠에 대하여 많은 것을 배웠다.

일찍이 서구 정신을 호흡한 나쓰메 소세키는 어느 한 문학 전통이나 유파에 얽매이지 않는다. 서구 리얼리즘에서 예술적 자양분을 섭취하는가 하면, 세기말적인 탐미주의를 받아들이기도 한다. 근대의 삶이 다양한 만큼 다채로운 문체로 표현하려고 한다. 동양과 서양의 교양을 두루 갖춘 소세키의 문체나 문학 세계는 어느 누구도 쉽게 흉내 낼 수 없는 영역이다.

일본의 저명한 문학 평론가 가라타니 고진柄谷行人은 『일본 근대 문학의 기원』(1997)이라는 책에서 나쓰메 소세키의 언문 일치와 비평 의식 그리고 문체에서 일본 근대의 풍경을 그려낸다고 지적한다. 그는 "나쓰메 소세키만큼 온갖 장르와 문체를 구사한 작가는 일본뿐 아니라 외국에도 존재하지 않을 것이다. 이 다양성은 하나의 수수께끼이다." 하고 평가한다. 소설가 고바야시 교지小林恭二도 "나쓰메 소세키의 소설은 일본 근대 문학의 선구이면서도 처음부터 높은 완성도를 보여 주었고 현재도 전혀 낡은 느낌을 주지 않는다. 이것은 가히 기적이다." 하고 칭찬을 아끼지 않는다.

나쓰메 소세키는 우리나라와도 인연이 있는 작가이다. 그는 1909년 9월부터 한 달 반 동안 만주와 한국을 여행하고 아사히신문에 「만주와 한국의 이곳저곳」이라는 기행문을 연재하였다. 이 글에서 그는 한국에 대한 첫인상으로 파란 가을 하늘 아래 초가지붕 위에 빨간 고추를 널어 말리는 모습과 온통 흰옷을 입은 한국 사람의 옷차림을 인상적으로 묘사하였다. 이때의 한국의 모습은 서양 문물에 물들지 않은 순수한 동양의 제 모습이었고, 이는 그가 꿈꾸어 온 낙원이요 이상향이었던 것이다.

라쇼몬

아쿠타가와 류노스케

아쿠타가와 류노스케芥川龍之介(1892~1927)라
는 작가는 막상 알지 못하여도 '아쿠타가와
상'은 아는 사람이 많을 것이다. 일본에서 가
장 권위 있는 신인 문학상이라고 할 수 있는
'아쿠타가와 상'은 바로 이 소설가를 기념하
기 위하여 1934년 문예춘추사가 제정하였
다. '나오키直木 상'이 일본 대중 문학을 대표
하는 상이라면, '아쿠타가와 상'은 일본의 순
수 문학을 대표하는 상이다. 1956년에 이시
하라 신타로石原愼太郎, 1958년에 오에 겐자

일본 문학사에서 단편 소설의
수준을 끌어올린 아쿠타가와 류
노스케의 초상.

부로大江健三郎, 1967년에 마루야마 겐지丸山源氏 같은 쟁쟁한 작가가 이
상을 받았고, 1999년에는 히라노 게이치로平野啓一郎 같은 나이 어린 작가
도 이 상을 받았다. 일본 문단에서 활약하는 이회성李會成, 현월玄月, 유미
리柳美里 같은 재일 한국 작가도 이 상을 받았다. 일본 문단에서 주목 받
는 작가치고 이 등용문을 거치지 않은 사람은 거의 없을 만큼 이 상은 가

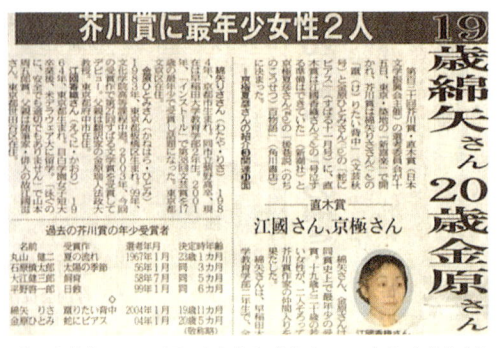

아쿠타가와 류노스케를 기념하기 위하여 1935년에 제정한 '아쿠타가와 상'의 수상자 발표 기사.

장 권위 있는 문학상으로 자리 잡았다.

아쿠타가와 류노스케는 일본 현대 문학사에 굵직한 획을 그은 작가로 평가받는다. 나쓰메 소세키夏目漱石가 일본 문학사에 장편 소설의 이정표를 세웠다면, 그의 문하생 아쿠타가와 류노스케는 단편 소설의 신기원을 이룩하였다. 나쓰메가 서구를 향하여 고개를 돌리고 있었던 반면, 아쿠타가와는 일본의 전통 문화 쪽에서 시선을 떼지 않았다. 하지만 이 두 사람이 바라본 방향은 달라도 이들이 일본 근대 문학의 초석을 다진 것은 분명하다.

아쿠타가와는 1892년 3월 도쿄東京에서 신바라新原 집안에서 태어났다. 그의 아버지가 우유 판매업을 한 것으로 보아 집안 살림이 넉넉한 편은 아니었던 것 같다. 아쿠타가와는 용의 해, 용의 달, 용의 날에 태어났다 하여 '류노스케'라는 이름을 얻었다. 하지만 태어난 지 여덟 달 뒤 어머니가 정신 질환을 일으켜 그는 외가에 맡겨져 자랐고, 열한 살 때 어머니가 사망하자 외가인 아쿠타가와 집안의 양자가 되었다. 양자로 들어간 아쿠타가와 가문은 대를 이어 에도江戸 막부의 벼슬을 지낸 집안으로 비록 가세는 기울었지만 예절과 형식을 중시하는 가풍이 있었다. 이러한 분위기에서 아쿠타가와의 행동에는 제약이 따를 수밖에 없었다. 그는 집안사람들에게 관심과 사랑을 받았지만 양자라는 콤플렉스와 행동에 대한 구속감 때문에 행복하지는 못하였다. 그가 중학생 시절에 쓴 「의중론義中論」이란 글에는 "화가 나면 소리치고, 슬프면 우는 자연인" 요시나카라는 인물이 나온다. 그런데 아쿠타가와는 실제 생활에서 자연인일 수 없었고 작품 속 요시나카를 통하여 대리 만족을 얻었을 뿐이다.

아쿠타카와는 열 살 때 하이쿠俳句를 짓고 중학교 시절부터 친구들과 잡지를 만들고 글을 쓸 만큼 문학에 뛰어난 재능을 보였다. 그러다가 도쿄 제국대학교 영문과에 입학하면서 본격적으로 문학 활동을 시작한다. 특히 그가 영문학 교수였던 나쓰메 소세키 밑에서 문학 수업을 받은 것은 무척 소중한 경험이었다. 이 무렵 아쿠타가와는 키쿠지 칸菊池寬과 구메 마사오久米正雄 등과 함께 동인지 『신사조新思潮』을 창간하는 한편, 이 잡지에 「코」라는 작품을 발표하여 나쓰메로부터 격찬을 받았다.

아쿠타가와는 대학을 졸업한 뒤 문제작을 잇달아 발표하면서 일본 문단에서 '귀재鬼才'로 주목받았다. 한때 오사카大阪『매일신문』과 계약을 맺고 이 신문에 작품을 연재하였고, 중국을 여행한 뒤 한국을 거쳐 돌아

가마쿠라 문학관. 가마쿠라와 관계 있는 문학 자료와 함께 아쿠타가와 류노스케·나쓰메 소세키·가와바타 야스나리·요사노 아키코 등의 작가의 작품과 원고를 소장하고 있다.

오기도 하였다. 아쿠타가와는 평소 신경 쇠약 증세를 보였는데, 결국 1927년 7월 새벽 수면제를 다량으로 먹고 스스로 목숨을 끊었다. 유서에서 자신의 죽음의 이유를 "장래에 대한 막연한 불안 때문"이라고 밝혔지만 그의 자살은 한 개인의 죽음에 그치지 않았다. 당시의 청년들과 지식인들은 다이와大正 시대에서 쇼와昭和 시대로 넘어가는 분수령에서 일어난 그의 죽음에서 시대의 위기와 불안을 읽었다.

아쿠타가와는 작가로서 겨우 10년 남짓밖에는 활동하지 않았지만 믿기 어려울 만큼 많은 작품을 썼다. 무려 150편에 이르는 단편 소설을 비롯하여 그 정도 분량의 희곡, 수필, 기행문, 평론 등을 발표하였다. 대표적인 단편집으로는 『라쇼몬』(1917), 『코』(1918), 『장군』(1922), 『지옥변』(1926) 등이 있다. 그는 특이한 주제, 새로운 형식, 예리한 감각과 재기로 글을 써 일본 문단에 싱그러운 새 바람을 불어넣었다.

아쿠타가와 문학을 좀더 쉽게 이해하기 위해서는 그의 어머니가 보인 광기를 살펴보아야 한다. 그는 자살할 때까지 언제나 어머니의 광기가 자신에게도 유전될지도 모른다는 공포에 시달렸다. 그는 「덴키보點鬼薄」라는 작품에서 "나의 어머니는 광인이었다. 나는 한번도 내 어머니에게서 어머니다운 친근감을 느낀 적이 없다." 하고 털어놓는다. 요시다 세이치吉田精一는 "아쿠타가와가 광기를 보인 옛 작가에게 자주 친밀감을 느끼고 또 상식을 넘어선 괴이함이나 광기가 담긴 작품을 좋아한 것도 본래의 천성적인 면도 있겠지만, 이러한 유전 등의 두려움에 대한 자각일는지도 모른다." 하고 지적한다. 아쿠타가와는 36년이라는 짧은 생애를 살면서 끝내 광기에 대한 공포감을 떨쳐 버리지 못하였다. 그의 작품에 좌절, 절망, 패배, 이기주의, 정서 불안, 광기, 자살, 살인 등 삶의 어두운 요소가 유난히 짙게 드리운 것은 바로 그 때문이다.

아쿠타가와가 데뷔할 당시 일본 문단에는 메이지明治 시대 자연주의 작가를 비롯하여 '시라가바白樺 파' 등 쟁쟁한 작가들이 활약하고 있었다. 이러한 상황에서 그가 문단에 발을 붙일 수 있었던 것은 나름대로의 독특한 창작 방법을 구사하였기 때문이다. 이 무렵에 활약한 대부분의 작가들과는 달리 아쿠타가와는 단순히 자신이 겪은 삶의 경험에 기대지 않고 아주 폭넓게 작품의 소재를 취하였다. 일본의 고전은 말할 것도 없고 『불전佛典』과 『성서』, 『사기史記』나 『요재지이聊齋志異』 같은 중국 고전 문헌에서 작품의 소재를 자유롭게 빌려온다. 심지어 한국의 전래 동화나 아나톨 프랑스나 프로스페르 메리메 또는 니콜라이 고골리 같은 외국 작가의 작품도 그에게는 좋은 소재가 되었다. 이런 점 때문에 흔히 그의 작품 세계를 '서재적書齋的'이라고 일컫는다. 주제를 힘 있게 표현하려면 심상치 않은 사건을 전개하여야 하고, 그러한 사건을 찾기 위해서는 현재 아닌 과거, 일본이 아닌 남의 땅, 일본이라면 먼 옛날의 일로 무대를 설정할 수밖에 없게 된다.

아쿠타가와 류노스케의 작품 가운데에서 가장 대표적인 소설 한 편을 뽑는다면 아마 「라쇼몬羅生門」이 첫손가락에 꼽힐 것이다. 그는 스물네 살이던 1915년, 그러니까 도쿄 제국대학 2학년 때 이 작품을 발표하였다. 이 작품을 『제국 문학』에 처음 발표하였을 때에는 문단에서 이렇다 할 만한 반응을 얻지 못하지만 점차 일본 문학사에 굵직한 획을 그은 작품으로 평가받기 시작한다. 아쿠타가와는 다른 작품에서와 마찬가지로 이 작품도 일본의 전통 설화에서 그 소재를 빌려 왔다. 헤이안平安 시대 최대의 설화집인 『곤자쿠모노가타리今昔物語』에 실린 일화 한 토막에 살을 붙이고 피를 통하게 하여 새로운 작품으로 만든 것이다.

어느 날 해질녘의 일이다. 하인 한 사람이 라쇼몬 아래에서 비가 멎기를 기다리고 있었다.

넓은 문 아래에서는 이 사나이 말고는 아무도 없다. 오직 군데군데 단청이 벗겨진, 굵은 기둥에 귀뚜라미 한 마리가 앉아 있다. 라쇼몬이 스자쿠朱雀의 대로변에 있는 이상, 이 사나이 외에도 비를 피하기 위한 장돌뱅이 여자나 삿갓 쓴 사람들이 두셋은 있음직하다. 그러나 이 사나이 외에는 아무도 없다.

이 작품에서 작가는 지난 한두 해 동안 교토京都에는 온갖 재난이 잇달아 일어나 도성 안은 폐허가 되고 많은 사람이 죽었다고 적는다. 한때 찬란한 사찰이던 라쇼몬은 이제는 시체를 내다 버리는 장소가 되어 버렸다. 지금 비를 피하고 서 있는 하인은 며칠 전 주인집에서 해고당한 사람이다. 앞으로 어떻게 살아갈 것인지 그저 막막할 뿐이다. 그는 비도 피할 겸 하룻밤 라쇼몬에서 보내기로 하고 이층으로 올라간다. 그런데 그곳에는 한 노파가 시체에서 머리카락을 뽑고 있다. 겁에 질린 노파는 죽은 사람의 머리털로 가발을 만들어 팔려고 한다고 대답한다. 이 말을 듣자 하인은 노파의 옷을 빼앗고는 나도 이렇게 하지 않으면 굶어죽으니까 이해하라고 말한 뒤 어둠 속으로 사라진다.

이 이야기는 언뜻 보면 단조롭고 별로 대수롭지 않은 사건처럼 보일는지 모르지만 좀더 꼼꼼히 따져보면 깊은 의미가 담겨 있다. 이 작품은 아쿠타가와 특유의 허무주의와 절망이 작품 곳곳에 짙게 배어 있다. 작가가 첫사랑에 실패하고 나서 쓴 것이기도 하지만 그의 비극적 인생관과 세계관을 엿볼 수 있다. 여기저기 단청이 벗겨진 기둥에 오직 귀뚜라미 한 마리가 앉아 있는 모습이라든지, 불상을 땔감으로 사고파는 행위는 비단 옛 사찰의 퇴락 이상의 깊은 의미를 지닌다. 이는 곧 인간 정신의 몰락이요 붕괴를 뜻한다. 게다가 생계를 유지하기 위해 시체에서 머리카락을 뽑아 가발을 만드는 노파의 행위, 그 노파에게서 옷을 빼앗는 주인공의 행위에서는 숭고한 인간성은 눈을 씻고 찾아도 찾을 수 없다.

아쿠타가와는 「라쇼몬」에서 인간성, 좀더 구체적으로 말해 인간의 원초적인 본능에 관심을 기울인다. 만약 내가 상대방의 물건을 빼앗거나 그를 죽이지 않고서는 살아갈 수 없는 상황이라면 나는 인간으로서 과연 어떻게 행동하여야 할까. 상대방의 물건을 빼앗거나 죽여야 하는가? 아니면 나는 이기심을 버리고 죽음을 택할 것인가? 아쿠타가와는

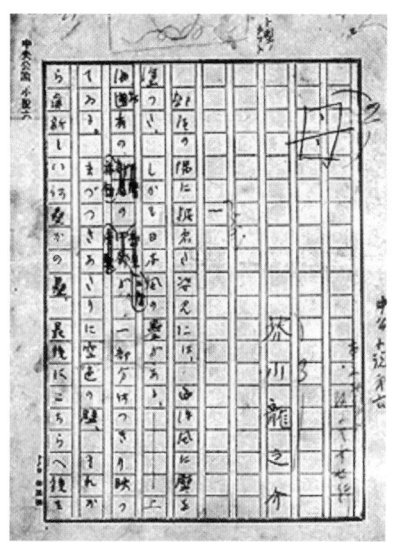

아쿠타가와의 친필 원고. 「어머니」라는 작품 첫머리이다.

후자보다는 전자가 인간성에 훨씬 걸맞다고 생각한다. 인간이란 어쩔 수 없이 이기적인 존재이기 때문이다. 적자생존이나 정글 법칙은 짐승뿐 아니라 인간에게도 마찬가지로 적용된다. 「라쇼몬」에서 하인은 살아가기 위하여 시체에서 머리카락을 뽑는다는 노파의 말을 듣고 "그럼, 내가 도둑질을 하더라도 원망하지 않으렷다. 나도 그렇게 하지 않으면 굶어죽을 몸이니 말이다." 하고 말한다.

그렇다면 이기심이 판을 치는 세계에서 선과 악은 과연 어떤 의미가 있을까. 아쿠타가와는 종래의 선악관에 의문을 품는다. 전통적인 선악관에 따르면 선과 악은 마치 불과 물처럼 상극의 관계를 맺고 있다. 특히 기독교 전통이 굳게 자리 잡은 서양에서 선과 악은 천사와 악마처럼 늘 이분법적인 대립 관계를 맺고 있다. 그러나 아쿠타가와에게 선과 악은 동전의 양면과 같아서 절대적이 아니라 상대적이요 객관적이 아니라 주

관적이다. 처음에 주인공은 도둑질을 하지 않으면 굶어 죽을 수밖에 없는 절박한 처지였으면서도 도둑질을 하지 않기로 마음먹는다. 그러나 다락에서 시체의 머리카락을 뽑는 노파를 보는 순간 그러한 선한 결심은 온데간데없이 사라지고 악한 마음이 서서히 고개를 쳐든다. 그의 악한 마음은 이제 양심이니 정의감이니 도덕이니 하는 고상한 옷으로 갈아입는다. 주인공의 내면에는 언제나 선의 요소와 악의 요소가 함께 잠들어 있다. 이 점과 관련하여 아쿠타카와는 1914년 한 친구에게 보낸 편지에서 "나에게는 선과 악이 상반되지 않고 상관적으로 존재하고 있다는 느낌이 든다." 하고 말한 적이 있다.

이 작품의 비극적 의미를 깨닫기 위해서는 "어느 날 해질녘의 일이다." 하는 첫 문장을 눈여겨보아야 한다. 이 표현은 약방의 감초처럼 아쿠타가와의 작품에 자주 나온다. 하필이면 왜 해질녘을 소설의 시간 배경으로 삼는가. 일본의 국기에도 드러나듯이 일본 사람들은 유난히 동이 트는 아침녘을 좋아한다. 일반적으로 동해 바다에 떠오르는 아침 해가 삶과 희망을 상징한다면, 서쪽 하늘에 뉘엿뉘엿 기우는 저녁 해는 죽음과 절망을 상징한다. 아쿠타가와는 이 작품을 어떤 식으로든지 19세기 말엽의 '세기말' 의식과 관련시키려고 한 것 같다.

구로사와 아키라가 감독한 영화 「라쇼몬」 포스터

아쿠타가와의 세기말적 의식은 작품의 시작뿐 아니라 결말에서도 엿볼 수 있다. 그는 「라쇼몬」 초판본에서는 결말을 "하인은 비를 무릅쓰고 교토의 마을로 서둘러 강도질을 하러 떠난다." 하는 문장으로 끝낸다. 그런데 개정판에서는 "하인의 행방은 아무도 모른다." 하고 살짝 바꾸어 놓았다. 즉 초판에는 비록 강도질일망정 하인의 미래를 구체적으로 제시하였지만 개정판에서는 그의 행방에 대해서는 아무도 모른다고 함으로써 주인공의 미래에 굳게 빗장을 채웠다. 미국의 시인 T. S. 엘리엇은 샤를 보들레르에 관한 글에서 "역설적으로 말해서 아무 일도 하지 않는 것보다는 차라리 악을 행하는 것이 더 낫다. 적어도 악을 행하는 행위는 그가 살아 숨 쉰다는 사실을 보여 준다." 하고 말한 적이 있다. 이 소설의 주인공에게도 강도질이라도 하는 쪽이 아무 일도 하지 않고 행방을 감추는 것보다는 나을 것이다. 그렇다면 주인공이 강도질을 하기 위하여 길을 떠나는 것으로 끝나는 초판보다는 주인공의 행방을 아무도 알 수 없다는 것으로 끝을 맺는 개정판에 이르러 인간에 대한 작가의 깊은 절망감을 읽을 수 있다.

유럽에서 19세기 세기말 예술 운동이 그러하였듯이 이 작품도 탐미주의나 퇴폐주의적인 냄새가 짙게 난다. 실제로 아쿠타가와는 이 무렵 일본 문단을 휩쓴 자연주의 문학에 맞서 새로운 기교와 문체를 통한 심리적인 문학을 부르짖었다. 그는 자살하면서 유서에 "인생은 보들레르의 시 한 줄만도 못하다." 하는 유언을 남기기도 하였다. 샤를 보들레르는 프랑스 상징주의에 처음 불을 지폈고 에밀 졸라의 자연주의 문학에 쐐기를 박은 인물이다. 또한 아쿠타가와의 작품은 다이쇼 시대의 소시민적인 지식층의 사상과 감각을 그대로 반영한다. 그래서 그의 작품은 1920년대에 프롤레타리아 문학이 대두하면서 '소부르주아지의 패배적 문학'이라는 낙인이 찍히기도 한다.

아쿠타가와 류노스케의 이 작품은 「7인의 사무라이」로 이름을 날린 구로사와 아키라黑澤明 감독이 영화로 만들어 더욱 널리 알려지게 되었다. 하지만 엄밀히 말하면 소설 「라쇼몬」과 영화 「라쇼몬」은 조금 다르다. 구로사와 감독은 아쿠타가와의 「라쇼몬」과 그의 또 다른 작품 「숲속에서」(1921)를 묶어 각색하여 한 편의 영화로 만들었다. 뒷날 1964년 마틴 릿 감독이 작품을 다시 「폭행」이라는 영화로 리메이크하였다. 이 영화의 불가사의한 진실이라는 주제는 알랭 르네의 「지난해 마리앙 바드에서」, 미켈란젤로 안토니오니의 「블로업」 같은 영화에도 큰 영향을 끼쳤다.

설국

가와바타 야스나리

1968년 스웨덴 한림원이 노벨 문학상 수상자로 일본 작가 가와바타 야스나리川端康成(1899~1972)를 선정하였다고 발표하였을 때 고개를 갸우뚱하는 사람이 많았다. 당시 세계 문단에는 소설가로는 반스탈린주의의 깃발을 높이 치켜든 소련 작가 알렉산더 솔제니친, 극작가로는 부조리 연극의 간판스타 프랑스의 사무엘 베케트, 시인으로는 칠레의 파블로 네루다 등이 버티고 있었다. 이러한 상황에서 그가 노벨 문학상을 받은 것은 의외라는 분위기였다.

라빈드라나드 타고르에 이어 동양에서 두 번째로 노벨 문학상을 받은 가와바타 야스나리.

일본 작가로 범위를 좁혀도 가와바타보다 먼저 노벨 문학상을 받을 만한 작가가 적지 않았다. '일본 문학의 신'으로 일컫는 요코미쓰 리이치橫光利—는 이미 사망하였지만 그 동안 심심치 않게 노벨 문학상 물망에 오른 미시마 유키오三島由紀夫는 어떤 면에서는 가와바타를 앞지른다고 할 수 있었다. 물론 동시대 일본 작가 가운데서 가와바타만큼 한눈 팔지 않고 일본의 정서를 표현하는 데에만 관심을 기울인 작가도 아마 찾아보기 드물 것 같다. 어찌 되었던 인도 시인 라빈드라나드 타고르에 이어 그는 동양 사람으로서는 두 번째로 노벨 문학상을 받는 영광을 안았다.

가와바타는 일곱 해 먼저 내어난 아쿠타가와 류노스케茶川龍之介와 여러모로 비슷한 점이 많다. 불행한 어린 시절을 보낸 점도 그러하고, 이러한 불행에 굴복하지 않고 그것을 예술로 승화한 점에서도 그러하다. 고등학교 시절부터 작품을 발표하기 시작하였다는 점과 두 사람 다 스스로 목숨을 끊어 세상을 깜짝 놀라게 하였다는 점까지도 닮았다.

가와바타 야스나리는 1899년 6월 일본 오사카大阪에서 의사 집안의 장남으로 태어났다. 하지만 두 살 때 아버지를, 그 이듬해에는 어머니마저 여위고 고아가 되었다. 외가에서 이모의 보살핌을 받았으나 일곱 살 때 할머니가 사망한 뒤로는 10년 동안 할아버지와 단 둘이서 살았다. 이러한 환경에서 가와바타가 고아로서 얼마나 외롭고 쓸쓸

스웨덴 구스타프 아돌프 왕으로부터 노벨상을 받는 가와바타 야스나리.

1968년 가와바타 야스나리가 노벨 문학상 수상 소식을 전한 『아사히 신문』 일면 기사.

한 어린 시절을 보냈는지 짐작하고도 남는다. 그가 유년과 소년 시절에 겪은 고독과 비애는 작품 곳곳에서 우수의 그림자를 짙게 드리운다.

1920년 가와바타는 아쿠타가와와 마찬가지로 도쿄 제국대학 영문과에 입학하였다가 그 이듬해 국문과로 옮겼다. 그는 키쿠지 칸菊池寬과 아쿠타가와 등이 창간한 『신사조新思潮』에 처음 작품을 발표하면서 문단에 데뷔하였다. 대학을 졸업한 1924년 가와바타는 요코미쓰 등과 『문예 시대』를 창간하여 신감각파 문학의 첫 장을 연다. 그는 아쿠타가와가 처음 뿌린 심미주의 문학을 한 발 더 밀고나가 「이즈伊豆의 무희」(1925) 등으로 작가로서의 지위를 확립한다. 그 뒤 「수정 환상水晶幻想」(1931), 「서정가抒情歌」(1932), 「금수禽獸」(1933) 등의 문제작을 잇달아 발표하였으며, 그의 작품은 『설국雪國』(1935~1947), 『센바즈루千羽鶴』(1951), 『산소리』(1954) 등에 이르러 최고조에 이르렀다.

가와바타 문학을 말할 때마다 한 편의 시를 무색하게 하는 순수한 서정성, 일본의 전통에 깊이 뿌리박은 정서, 감각적이고 관능적인 분위기를 풍기는 애상이나 애수 등의 평이 자주 입에 오르내린다. 실제로 이 세 가지 특징은 그의 문학을 규정짓는 꼬리표라고 하여도 크게 틀리지 않는다. 그의 작품은 산문으로 씌어진 한 편의 시와도 같다. 이처럼 소설에 나타나는 서정성은 서양 작가 가운데에서 버지니아 울프의 작품에서 겨우 그 예를 찾을 수 있을 정도이다.

가와바타의 서정성은 일본 생활의 정서와 깊이 맞닿아 있다. 1945년 일본이 태평양 전쟁에서 패하고 난 뒤 그는 미시마 유키오에게 "이제부터는 일본의 슬픔, 일본의 아름다움 말고는 노래하지 않으리라." 하고 말하였다고 전한다. 그러나 그는 전쟁이 시작하기 훨씬 전부터 '일본의 슬픔, 일본의 아름다움'을 즐겨 다루었다. 그의 작품에서 역사의 거친 맥박이나 시대의 함성을 찾으려는 것은 부질없는 일이다. 그리하여 한 비평

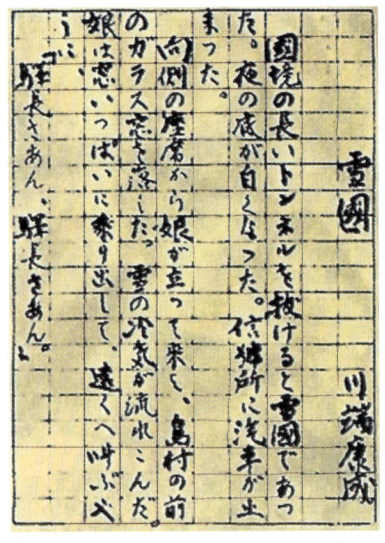

가는 그의 문학을 '실내 공업적인 정교한 수예품'에 빗댄다. 실제로 그의 작품을 읽다 보면 손솜씨를 한껏 부려 만든 아름다운 수예품을 떠올리게 된다.

그런가 하면 가와바타의 작품에는 애상이나 애수가 마치 음악의 저음처럼 면면히 흐르고 있다. 이왕 음악 이야기가 나왔으니 말이지만 그의 작품을 읽고 나면 감미로우면서 슬픈 실내악을 듣고 난 듯한 느낌이 든다. 그의 작품은 장엄한 교향곡이 아닌 실내악

『설국』의 친필 원고. 그는 여러 번 이 작품을 고쳐 썼다.

이요, 음조도 장조가 아닌 단조의 음악이다. 그 분위기는 퇴폐적이라는 말이 지나치다면 관능적이거나 감각적이라고 할 만하다. 그가 사망한 뒤출간된 『아름다움과 슬픔』(1975)이라는 작품의 제목은 이러한 특성을 잘보여 준다.

가와바타 야스나리 작품 가운데에서 최고봉을 꼽으라면 단연 『설국』이다. 여기에 이의를 제기할 사람은 그다지 많지 않을 것이다. 많은 비평가와 학자 역시도 이 작품을 그의 문학에서 가장 뛰어난 작품이라고 입을 모은다. 『뉴욕타임스』는 이 작품에 대한 서평에서 "『설국』을 비롯한 가와바타의 소설은 우리 시대에 가장 영향력 있고 독창적인 작품에 속한다." 하고 밝힌다. 『뉴욕 헤럴드 트리뷴』도 "『설국』은 지금까지 미국에 소개된 작품 중에서 가장 뛰어나고 감동적인 일본 소설 가운데 하나"라고 칭찬을 아끼지 않는다.

가와바타는 처음부터 한꺼번에 『설국』을 집필하지는 않았다. 현재 우리가 읽는 『설국』은 처음부터 지금의 형태로 발표된 것이 아니다. 가와바타는 1935년 잡지 『문예 춘추文藝春秋』에 「석경夕景의 거울」이라는 작품을 처음 발표한 뒤 같은 해 잇달아 「흰 아침의 거울」, 「설화 이야기」, 「도로徒勞」 등을 발표하였다. 1936년에는 「억새꽃」과 「불 베개」를 발표하고, 1937년에는 「모구毛毬 노래」를 발표한 뒤 5월에 새로 쓴 원고를 덧붙여 『설국』이라는 단행본으로 출간하였다. 이 작품은 말하자면 연작 단편 소설의 형태를 갖춘 셈이다. 가와바타는 이것으로 만족하지 않고 그 뒤에도 이 작품을 계속 수정하고 보완하여 1947년 10월에 『속설국』을 발표하고, 이듬해 12월에 다시 『설국』 완결판을 출간하였다. 장편 소설로 보기에는 길이가 조금 짧고 중편 소설로 보기에는 좀 긴 이 작품을 그는 마치 보석을 다듬듯 무려 13년에 걸쳐 쉬지 않고 갈고 닦았다.

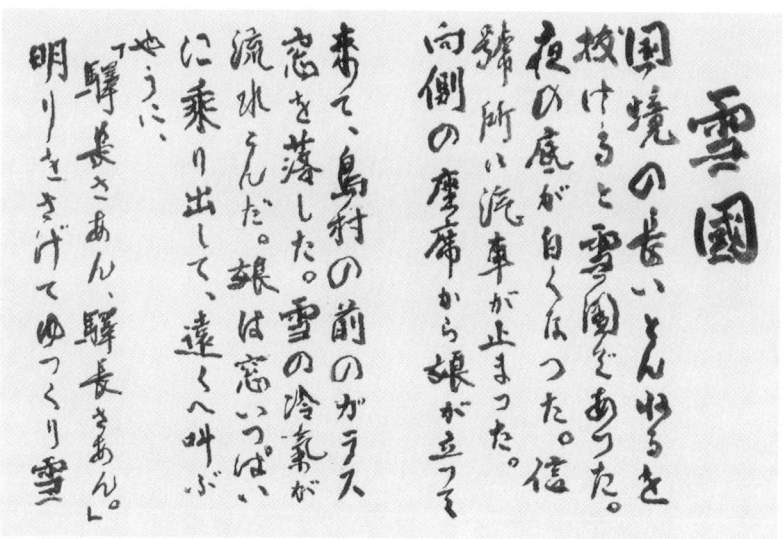

1972년 자살 당시 머리맡에서 발견된 『설국』의 초본. 가와바타가 이 작품에 얼마나 깊은 관심을 갖고 있었는지 미루어볼 수 있다.

『설국』은 일본에서도 가장 눈이 많이 내린다는 에치고越後 지방이 공간적 배경이다. 물론 작가는 작품에서 에치고를 직접 언급하지는 않는다. 그러나 "국경의 긴 터널을 빠져나오면 눈 고장이었다." 하는 그 유명한 첫 단락 첫 문장에서 일본의 혼슈本州 북서부 유자와湯澤가 그 배경임을 쉽게 짐작할 수 있다. 우리말로 '국경'이라고 옮겼지만 실제로는 나라와 나라의 경계가 아니라 한 지방과 지방 사이의 경계를 가리킨다. 구체적으로 말해서 국경이란 군마群馬 현과 니이가타新潟 현의 접경을 뜻한다. 일본에서는 유난히 눈이 많이 내리는 니이이카타 현 일대를 일반적으로 '유키구니雪國'이라고 부른다. 이 작품은 니이카타 현 가운데에서도 특히 유자와 온천을 지리적 배경으로 삼는다. 우리나라에서는 이 작품을 '설국'으로 번역하지만, 영어 번역본에서는 '눈 고장'이라고 번역한다. 작품의 배경을 생각한다면 '눈 고장'이라고 하는 것이 훨씬 걸맞은 듯하다.

『설국』의 배경이 된 혼슈 북서부 에치고 유자와 온천 마을. 온 마을이 흰 눈에 덮여 있다.

이 작품에서 공간적 배경은 단순히 작중인물이 움직이는 무대 이상의 의미를 지닌다. 공간적 배경은 그 자체가 또 하나의 살아 있는 작중인물로서 이 소설의 의미에 직접 또는 간접으로 영향을 끼친다. 이 작품에서 작중인물들은 흰 눈이 덮인 마을처럼 좀처럼 마음의 문을 열지 않는다. 바꾸어 말해서 눈 덮인 마을은 작중인물의 심리 세계라고 할 수도 있다.

흔히 가와바타의 작품은 이렇다 할 만한 사건이나 줄거리를 찾기가 쉽지 않다. 『설국』도 마찬가지다. 그렇다고 인물의 성격이 눈에 띄는 것도 아니다. 작가는 사건을 어디까지나 암시적으로만 보여줄 뿐 구체적으로 명시하지 않는다. 예를 들어 고치 창고 겸 가설 극장에 불이 나는 마지막 장면에서 불길이 치솟는 가운데 이층에서 떨어진 요코는 죽었는지 살아남았는지 좀처럼 알 수 없다. 애매모호하기는 요코와 유키오의 관계도 마찬가지이다. 정신적으로 불안한 증세를 보이는 요코는 고마코가 좋아하는 남자라면 누구나 좋아한다고 하지만 그가 죽은 뒤 거의 날마다 그의 무덤을 찾아가는 것을 보면 유키오에 대하여 질투심 이상의 애정을 느끼는 듯하다.

이러한 사정은 이 소설에서 가장 핵심적 플롯인 딜레탕트인 시마무라와 젊은 게이샤 고마코의 관계에서도 달라지지 않는다. 본디 춤과 노래를 부르고 악기를 연주하는 게이샤는 글자 그대로 넓은 의미에서 예능인에 해당할 뿐 기생과는 조금 다르다. 그러나 시골 온천장에서 일하는 게이샤는 대도시의 게이샤와 달라서 돈을 받고 몸을 파는 창녀와 구분짓기 어렵다. 이 무렵 게이샤의 화대를 '본本'으로 계산하였는데 불을 댕긴 향 하나가 타는 시간을 '일본一本'이라고 하였다. 자칫 낭만적인 사랑에 가려 놓쳐 버리기 쉽지만 시마무라와 고마코의 관계도 향을 태우는 시간에 따라 결정된다. 두 사람이 아무리 순수하게 정신적으로 이끌릴지라도 궁극적으로는 화대를 매개로 몸을 사고 파는 손님과 접대부일 뿐이다. 어찌 되었던 가냘픈 실과 같은 두 사람의 관계는 요코가 나타나면서 그만 끊어지고 만다.

시마무라는 안마사로부터 고마코와 요코 그리고 요시코의 삼각관계를 전해 듣는다. 그는 "고마코가 (스승의) 아들의 약혼자, 요코가 아들의 새로운 애인, 그렇다고 하고 아들이 머지않아 죽는다면 어떻게 되나. 시마무라의 머리에는 또다시 헛수고라는 말이 떠올랐다. 고마코가 약혼자와의 약속을 지킨 것도, 몸을 희생해 가며 요양을 시킨 것도 모두가 헛수고가 아니고 무엇인가." 하고 생각한다. 그들의 관계뿐 아니라 시마무라의 사랑도 결국에는 헛수고임이 밝혀진다. 이 작품의 주제를 캐는 열쇠는 바로 이 '헛수고'라는 낱말에 들어 있다. 가와바타는 이 작품에서 참다운 인간 관계를 맺기가 얼마나 어려운지 보여 준다. 인간 관계 중에서도 남녀의 사랑은 더더욱 어렵다. 아일랜드의 소설가 제임스 조이스

기타가와 우마타로가 그린 우키요에. 일본에서 가장 유명한 춘화 가운데 하나로 꼽힌다.

는 한 희곡 작품에서 "남자와 남자의 관계, 여자와 여자의 관계는 사랑이 없기 때문에 불가능하다. 그러나 남자와 여자의 관계는 사랑이 있기 때문에 불가능하다." 하고 밝힌 적이 있다. 어쩔 수 없이 인간은 고독을 멍에처럼 짊어지고 살아갈 수밖에 없다는 것이다.

가와바타의 작품이 흔히 그러하듯이 이 작품에서도 남녀의 사랑은 비극으로 끝난다. 고마코가 요코를 가슴에 안고 뛰쳐나오는 맨 마지막 장면은 이 점을 잘 보여 준다. 시마무라는 고마코에게 가까이 다가가려고 하지만 요코를 고마코에게서 빼앗아 안으려는 사나이들에게 밀려 비틀거린다. 그는 "발을 버티고 바로 서면서 눈을 든 순간, 쏴아 하고 소리를 내면서 은하수가 시마무라 속으로 흘러 떨어지는 것 같았다." 이는 시마무라가 손에 잡을 수 없는 천상의 별 은하수처럼 끝내 고마코를 붙잡을 수 없음을 상징적으로 보여 준다. 이렇듯 『설국』은 심층적 의미를 대부분 언어 뒤에 숨긴 채 오직 일부만을 언어의 표층에 드러낸다. 행간에 숨은 의미를 읽지 않으면 이 작품을 제대로 이해할 수 없다.

이 작품을 읽다 보면 한 편의 하이쿠俳句 시가 떠오른다. 17음 안에 깊은 정서를 함축하여 표현하는 하이쿠처럼 작가는 아름다운 정서를 이 작품에 압축하여 표현하려고 하였다. 작품의 의미와 감정적인 충격은 뜻하지 않은 한 마디 말이나 구절에서 드러난다. 작품의 후반부에서 누에 창고 겸 가설 극장에 불이 난 날 밤 은하수를 묘사하는 대목에서 "은하수의 밝은 빛이 시마무라를 건져 올릴 만큼 가까웠다. 나그네 길의 바쇼가 거친 바다 위에서 본 것이 이처럼 선명한 은하수의 크기였을까." 하고 말한다. 여기에서 가와바타가 말하는 바쇼의 작품이란 "거친 사도佐渡 섬 위에 걸린 은하수" 하는 시이다.

불꽃이 아랫마을 중간쯤에서 타오르고 있었다. 고마코는 뭐라고 두

세 마디 외치고 는 시마무라의 손을 잡았다.

검은 연기가 뭉게뭉게 오르는 속에서 시뻘건 불꽃이 혓바닥을 널름거리고 있었다. 그 불꽃은 옆으로 퍼져 처마를 핥으며 돌고 있는 것 같았다.

누에 창고 겸 가설 극장이 활활 불타는 모습을 묘사한 장면으로 마치한 편의 서정시를 읽는 느낌이 든다. "시뻘건 불꽃이 혓바닥을 널름거리고 있었다." 하는 문장에서 가와바타는 시인을 무색하게 할 만큼 뛰어난 은유법을 구사한다. 불꽃을 사나운 짐승의 혓바닥에 빗댄 이 은유는, "그불꽃이 옆으로 퍼져 처마를 핥으며 돌고 있는 것 같았다." 하는 그 다음문장에 이르면 더욱 찬란한 빛을 내뿜는다. 황홀하게 타오르는 불기둥과불꽃이 시마무라와 마사코의 정열적인 사랑을 상징적으로 보여 준다면, 흰 보자기를 뒤집어씌운 듯온 대지를 뒤덮고 있는 흰 눈과 꽁꽁 얼어붙은 땅은 그들의 사랑이허망하게 실패할 수밖에 없다는것을 상징적으로 보여 준다. 이렇게 뛰어난 서정을 상징적으로 구사하는 걸 보면 가와바타가 이 작품에서 마쓰오 바쇼松尾芭蕉를 언급한 것은 우연한 일이 아니다.

카와바타 야스나리가 깊은 관심을 보인 한국의
무용가 최승희. 이 사진은 1951년 최승희가
'한맑스 동무'에게 보낸 사진이다.

『설국』의 주인공 시마무라는 춤이나 발레에 깊은 관심이 있다. 그의 작품에 유난히 춤이나 무용을 소재로 한 것이 눈에 띈다. 가와바타가 실제로 춤이나 발레에 관심이 많았다는 것은 잘 알려진 사실이다. 그러나 그가 한국인 무용가 최승희 崔勝喜에 관심을 두고 있었다는 것은 별로 알려져 있지 않다. 1934년 그는 최승희의 일본 데뷔 무용 발표회를 보고 무척 큰 감명을 받았다. 그는 이 무렵 일본 신진 여성 무용가 가운데에서 그녀를 제1인자로 꼽았다. 태평양 전쟁 뒤에 발표한 장편 소설 『무희舞姬』(1951)는 바로 최승희의 예술 세계를 다룬 작품이다.

금각사

미시마 유키오

일본 검을 들고 사무라이 포즈를 취하고 있는 미시마 유키오. 이마에 두른 머리띠에는 '칠생보국七生報國', 즉 일곱 생명을 바쳐서라도 나라를 지키겠다는 구호가 적혀 있다.

일본 작가 가운데에는 스스로 목숨을 끊은 사람이 유난히 많다. 아쿠타가와 류노스케芥川龍之介가 그러하였고, 가와바타 야스나리川端康成가 그러하였으며, 다자이 오사무太宰治가 그러하다. 그 방법도 가지가지여서 아쿠타가와는 수면제를 다량으로 복용하였고, 가와바타는 가스관을 입에 물고 자살하였으며, 다자이는 사랑하는 여성과 함께 강물에 몸을 던져 자살하였다. 그러나 미시마 유키오三島由紀夫(1925~1971)의 자살만큼 극적으로 세상 사람의 관심을 끈 예는 드물다.

1970년 11월 미시마는 그가 이끈 극우 단체 '방패회' 회원 네 명과 함께 도쿄東京 시내 근처에 있는 육상 자위대 본부에 들어가 총감실을 점거하였다. 그는 발코니에 올라가 밖에 모인 1천여 명의 자위대원과 경찰에게 일본의 재무장과 전쟁을 금지하는 평화 헌법을 폐기하고 천황을 정점으로 하는 사무라이武士 정신을 복원하여야 한다고 부르짖었다. 그리고 바로 사무라이처럼 칼을 뽑아 할복을 하였고, 곧 이어 그의 부하 한 사람이 그의 목을 잘라 전통적인 하라키리 의식을 행하였다. 그의 뜻하지 않은 죽음으로 일본 문단과 일본 사회 전체가 왈칵 뒤집혔다. 문단에서는 젊은 천재 작가 한 사람을 잃어 버렸다고 슬퍼하였고, 극우 세력은 일본의 마지막 사무라이다운 죽음이라며 극찬하였다.

미시마는 짧다면 짧은 45년 동안 한 편의 박진감 있는 드라마처럼 아주 극적인 삶을 살았다. 그는 많은 스포츠에 관심을 기울였고 심지어 유도와 검도는 직업 선수 못지않은 실력을 발휘하였다. 또 미시마는 남성미를 과시하는 나체 사진첩을 발행하여 관심을 끌었다. 그는 노벨 문학상 후보에 오를 만큼 세계적인 작가이면서도 가장 서민적인 제례 행렬에 끼어 오미코시神輿를 어깨에 들러 메고 길거리를 누비기도 하였다. 이런 그를 두고 한 비평가는 "드넓은 바다를 헤엄치는 겁 없는 물고기"에 빗대기도 하였다. 남다른 행보 때문에 그의 문학보다는 오히려 그의 삶에 흥미를 느끼는 사람도 없지 않았다. 그는 동양 사람으로는 보기 드물게 미국에서 전기가 씌어졌는가 하면, 얼마 전 우리나라에서는『미시마 유키오를 만났다』라는 제목의 장편 소설이 출간되기도 하였다.

미시마 유키오는 1925년 1월 도쿄에서 농림성 관리의 아들로 태어났다. '미시마 유키오'는 필명으로 본명은 히라오카 기미타케平岡公威이다. 그가 이 무렵 황족이나 귀족 자녀만이 다닐 수 있던 학습원 초등과에 입학하여 중등 과정을 거쳐 고등 과정까지 마친 것으로 보아 그의 집안은 특권층과 가까웠던 것 같다. 그는 1944년 도쿄제국대학 법학부에 입학하여 졸업과 더불어 고등문관 시험에 합격하였다. 그 이듬해 미시마는 재무성 관리로 들어가지만 몇 달 뒤 창작에 전념하기 위하여 관리직을 그만두었다. 그가 고등문관 시험을 본 것도 자신의 실력을 과시하기 위한 것이었을 뿐 처음부터 정부 관리가 될 생각은 없었던 것 같다.

흔히 문학은 음악이나 미술과는 달라서 천재가 없다고 한다. 문학은 타고난 재능 못지않게 구체적인 삶의 경험이 무엇보다도 필요하기 때문이다. 그럼에도 미시마에게서는 어렴풋하게나마 문학적 천재성을 엿볼 수 있다. 그는 이미 열세 살 때부터 소설을 쓰기 시작하였고 열다섯 살 때는 문예지에 「꽃피는 숲」이라는 작품을 발표하였으며 열아홉 살 때 같은 이름의 처녀 단편집을 발행하였다. 그는 대학 시절에 쓴 「담배」라는 작품이 가와바타 야스나리의 추천을 받아 정식으로 문단에 데뷔한다. 그리고 1949년 장편 소설 『가면의 고백』으로 문단에서의 지위를 확고하게 굳혔다. 그의 대표작으로는 『사랑의 갈증』(1950), 『금색禁色』(1953), 『파도 소리』(1954), 『금각사金閣寺』(1956) 등이 있다. 이 밖에도 『나의 벗 히틀

어느 연회장에서 문학적 스승 가와바타 야스나리와 함께 파안대소를 짓고 있는 미시마 유키오.

러』(1968)나 『검은 도마뱀』(1969) 같은 희곡 작품을 쓰기도 하였다. 특히 그는 전후 세대의 니힐리즘이나 이상 심리를 다룬 탐미적인 작품을 많이 쓴 작가로 주목을 받았다.

『금각사』는 미시마 유키오의 문학뿐 아니라 일본 전후 문학을 통틀어서도 최고의 걸작으로 손꼽히는 작품이다. 그는 이 작품을 1956년 1월부터 잡지『군조群像』에 연재한 뒤 같은 해 10월에 단행본으로 간행하였다. 이 소설은 출간되자마자 큰 방향을 불러일으켜 작가에게 '요미우리讀賣 문학상'을 안겨주었다. 이 작품은 외국에서도 영어를 비롯하여 프랑스어와 독일어는 물론이고 심지어 노르웨이어와 덴마크어 등으로도 번역되었다. 이 소설은 모두 10장으로 구성되어 있는데, 치밀한 구성, 작중 인물의 미묘한 성격 형성과 그것을 담아낸 절제된 문체가 돋보인다.

미시마는 이 작품의 집을 짓는 데 실제로 일어난 방화 사건에서 작은 주춧돌 하나를 빌려왔다. 1950년 7월 2일 새벽 교토京都의 유명한 절 로쿠온지鹿苑寺의 한 도제 승이 주지가 되려던 꿈이 좌절되자 이 절에 불을 지른 사건이 일어나 일본을 깜짝 놀라게 하였다. 방화범은 수사 과정에서 이 절에 놀러온 젊은 연인들의 모습을 보고 질투를 느껴 홧김에 불을 질렀다고 말하기도 하였다. 그 동기야 어찌 되었던 이 방화 사건은 결국 한 승려의 개인적 원한에 의한 것으로 일단락되었다.

이때 불에 탄 절은 임제종臨濟宗 쇼고쿠지相國寺 파의 선종 사원으로 본디 가마쿠라鎌倉 시대 사이온지西園寺 가문의 별장이었다. 그 뒤 1397년에 무로마치室町 막부의 장군 아시카가 요시미쓰足利義満가 사이온지 가문으로부터 이 별장을 물려받아 대규모 건물을 지었다. 이 건물은 불교 건축물과 주택 관련 건축물로 이루어져 있었다. 그런데 아시카가가 사망한 뒤 그의 유언에 따라 이 건물을 선종의 사찰로 만들었고 그의 법명을 따서 '로쿠온지'라고 이름을 붙였다. 다른 건물은 딴 곳으로 옮겨지기도 하고 없어지기도 하였지만 사리를 보관하는 금각金閣만은 1950년 방화로 소실되기 전까지 이전 모습 그대로 남아 있었다.

로쿠온지는 사리를 보존하는 전각이 화려한 금박으로 덮여 있어 흔히 금각사라고 부른다. 금각을 중심으로 한 정원과 건축은 극락 정토의 세계를 표현한 것으로 뒷날 고코마쓰後小松 천황이 다녀가기도 하였다. 일본 사람들이 전통 문화의 상징으로 떠받드는 이 절은 메이지明治 30년대에 국보로 지정되었고, 1994년에 마침내 세계 문화유산으로 등록되기에 이르렀다.

미시마는 몇 조각 되지 않는 앙상한 역사적 사실의 뼈에 허구의 살을 붙이고 상상력의 피를 통하게 하여 한 편의 가슴 뭉클한 장편 소설로 만들어 내었다. 진부하다면 진부한 실제 사건을 뼈대로 삼아 이러한 작품을 만들어 낸 것을 보면 그의 문학적 상상력이 얼마나 뛰어난지 짐작이 가고도 남는다.

이 소설의 주인공 미조구치는 말더듬이라는 장애를 가지고 태어난다. 어렸을 적부터 아버지한테서 아름다움의 상징인 금각사에 대한 이야기를 귀가 닳도록 들어 온 그는 이 절에 자못 깊은 관심을 갖으며 마침내 금각사의 도제가 된다. 물론 그는 자신이 머릿속으로 그려온 상상의 금각사와 현실 세계로 다가온 금각사 사이에 거리가 있음을 깨닫고 큰 실망을 느끼기도 한다. 그가 이러한 실망을 느끼는 것은 잠깐뿐 그는 태평양 전쟁 말기에 이르러 한층 더 금각사의 아름다움에 매력을 느낀다. 그러나 일본이 전쟁에서 패망한 뒤 금각사에 대한 미조구치의 태도는 조금 달라진다. 금각의 견고함, 절대적인 아름다움, 변하지 않는 영원성의 벽에 부딪혀 절망하는 그는 금각사가 자신이 살아가는 데 오히려 걸림돌이 된다고 생각한다. 그는 마침내 금각사에 불을 지르기에 이른다.

주인공이 이렇게 소중한 국보급 사찰에 불을 지르기로 결심하는 데에는 『임제록臨濟錄』의 한 구절이 톡톡히 한몫을 한다. 이 책에는 "부처를 만나면 부처를 죽이고, 조상을 만나면 조상을 죽이고, 나한을 만나면 나한을 죽이고, 친족을 만나면 친족을 죽이고서 비로소 해탈을 얻을지니라." 하는 구절이 나온다. 그는 바로 이 구절에서 힘을 얻고 금각사에 불을 지른다.

역설적으로 들릴는지 모르지만 『금각사』의 주인공 미조구치는 금각사를 너무나 사랑한 나머지 그것을 불태워 버릴 수밖에 없는 것이다. 바로 여기에서 작가 미시마 유키오의 미의식을 엿볼 수 있다.

> 내가 인생에서 최초로 부딪친 어려운 문제는 미美라고 하는 것이었다고 하여도 과언이 아니다. 부친은 시골의 소박한 승려로서 어휘도 부족하여 다만 "금각만큼 아름다운 것은 이 세상에 없다." 하고 내게 일러 주었다. 내게는 나 자신의 미지의 곳에 이미 미라고 하는 것이 존재해 있다는 생각에 불만과 초조를 느끼지 않을 수가 없었다. 미가 반드시 그곳에 있다면, 나라는 존재는 미에서 소외된 것이니 말이다.

이렇게 미조구치에게 금각의 아름다움은 축복이요 저주였다. 그는 어렸을 적부터 우이코와 미군의 창녀처럼 자신에게 경멸이나 싸늘한 시선을 보내는 사람에게 오히려 매력을 느낀다. 절대적 아름다움의 상징으로 그가 닿을 수 없는 금각도 마찬가지이다. 미조구치는 우이코와 미군 창녀가 마음에 걸렸던 것처럼 금각도 늘 마음 한 구석에 무거운 짐처럼 자리 잡고 있었다. 주인공이 대학에서 만나는 친구인 가시하기는 아름다움을 충치에 빗댄다. 충치가 혀에 닿을 때마다 신경을 건드리고 아프게 하여 자신의 존재를 주장하는 것처럼 아름다움도 즐거움의 원천 못지않게 고통의 근원이 된다는 것이다. 그리하여 미조구치는 우이코를 저주하여 죽기를 바라고 미군 창녀를 발로 짓밟은 것처럼 금각도 이 세상에서 영원히 사라지기를 바란다. 자신의 존재는 황금빛으로 찬란한 빛을 내뿜는 금각의 아름다움과 비교해 보면 넝마처럼 초라하고 추악하며 역겨울 뿐이기 때문이다. 그는 영원히 사라지는 데에 바로 아름다움의 극치가 있다고 생각한다.

다시 말해서 주인공 미조구치에게 아름다움이란 영원히 보존하여야 할 어떤 대상이 아니라 소멸하여야 할 대상이다. 참다운 아름다움이란 찬란한 불꽃처럼 명멸하다 사라질 뿐이다. 그는 "인간처럼 멸할 수 있는 것은 근절시킬 수가 없다. 그리고 금각처럼 불멸한 것은 소멸시킬 수가 있는 것이다." 하고 말한다. "내가 금각을 불 지른다면 그것은 순수한 파

미시마 유키오의 작품 『금각사』의 무대가 되어 더욱 유명해진 금각사. 교토 시에 있는 절로 금박으로 덮여 있어 '금각사' 라고 부른다. 1950년에 화재로 소실되었다가 다시 복원되었다.

괴, 돌이킬 수 없는 파멸이며 인간이 만든 미의 총량의 무게를 분명히 줄이는 일이 되는 것이다."하고 생각하기도 한다. 주인공이 해군 기관학교에 다니는 한 중학교 선배의 단검 칼집에 홈집을 내는 것도 이와 같은 맥락에서 이해할 수 있다. 미조구치의 이러한 행동에서는 죽은 여성에게서 아름다움의 극치를 발견한 19세기 미국 시인 에드거 앨런 포나, 아일랜드의 작가 오스카 와일드의 악마적 유미주의자의 그림자가 어른거린다. 그런 점에서 미시마가 간접적이나마 일본 낭만파의 세례를 받았고 「유미주의와 일본」이라는 에세이를 썼다는 점도 예사롭지 않다.

『금각사』에서는 작가 특유의 세기말적 종말 의식을 읽을 수도 있다. 미시마 유키오는 이 세계가 마침내 종말을 향하여 치닫고 있다는 생각에 사로잡혀 있다. 서양에서 이러한 종말 의식은 주로 기독교 전통에 뿌리

은각사銀角寺. 1489년 교토에 세운 아시카가 요시마사足利義政의 산장으로 은박으로 덮을 계획이었다고 하여 '은각사'로 부른다.

를 두지만 그의 종말 의식은 이와는 조금 다르다. 그의 종말 의식은 '생
자필멸生者必滅'이니 '회자정리會者定離'니 하는 동양적 사유와 맞닿아 있
다. 미조구치가 금각사에 불을 지를 것을 마음먹고 아직 행동으로 옮기
기 직전 작가는 제9장 마지막 단락에서 플롯과는 아무 상관없이 갑자기
한국전쟁을 언급한다. 화자이며 주인공인 미조구치의 입을 통하여 "6월
25일, 한국에 동란이 일어났다. 세계가 확실히 몰락하고 파멸한다는 나
의 예감은 맞아 들어가고 있다. 급히 서두르지 않으면 안 된다." 하고 말
한다. 그에게는 태평양 전쟁도 인류가 종말을 재촉하는 한 과정에 지나
지 않는다.

　비평가 중에는 금각사에 대한 역사적 사실을 들어 이 작품을 극우적이
라고 평가하는 이도 있다. 물론 그렇게 해석할 수도 있지만 지엽적인 문
제를 지나치게 확대하여 풀이한다는 비난을 면하기 어렵다. 금각사를 세
운 아시카가 요시미쓰는 일본 극우주의자들에게는 눈에 가시와 같은 사
람이다. 이 무렵 해적과 다름없던 왜구의 침입이 심해지자 중국의 명나
라 조정에서는 일본의 실권자인 무로마치 막부의 쇼군 아시카가와 손을
잡고 왜구를 정벌하였기 때문이다. 이에 따라 명나라의 천자는 아시카가
를 일본의 왕으로 봉하고, 아시카가는 각종 대외 문서에 일본의 왕이라
는 직함을 사용하였다. 천황의 입장에서 보면 그는 매국노에다 민족 반
역자와 다름없었다. 그러므로 그가 세운 금각사를 불태운다는 것은 극우
주의자들에게는 매국노와 민족 반역자를 처단한다는 상징적 행위로 비
칠 것이다. 그러나 이러한 해석은 상상력의 산물인 문학 텍스트를 역사
적 사실과 동일시하려는 과오를 범한다.

　미시마가 일본 자위대의 각성을 외치며 할복자살한 극적인 행동도 사
무라이 정신으로 무장한 '극우적인' 행동으로 볼 수만은 없다. 천황을 외
치기만 하면 무조건 극우적이라고 생각하는 것부터가 잘못이다. 최근 들

어 부쩍 주목받고 있는 일본 비평가 가라타니 고진柄谷行人은 미시마는 과연 우파였던가 하는 물음에 아니라고 잘라 대답한다. 우파주의자이기는커녕 오히려 좌익적 급진주의자였다고 밝힌다. 그렇다면 미시마는 왜 천황을 외쳤는가? 천황은 어디까지나 상징적 존재일 뿐 정치적 권력으로는 꼭두각시처럼 무력하고 공허하기 때문에 그를 부르짖었다는 것이다.

미시마의 죽음은 앞에서 밝힌 종말 의식과 맞닿아 있다. 미조구치가 금각사를 불태운 것처럼 일본 문단뿐 아니라 세계적으로 촉망받던 작가인 그도 자신을 찬란히 불태웠다. 평소 남의 시선을 의식하며 극적으로 행동하기를 좋아한 그로서 좀더 드라마틱한 방법으로 죽음을 표현하고 싶었을 뿐이다. 한마디로 그의 죽음은 삶과 예술을 완성하기 위하여 그가 선택한 미학의 한 방법이었던 것이다.

노르웨이의 숲

무라카미 하루키

신세대 작가로 전 세계적으로 '하루키 열풍'을 일으킨 무라카미 하루키.

작가들은 어떤 계기로 작품을 쓰기 시작할까? 미국 소설의 초석을 다진 작가 제임스 페니모어 쿠퍼는 어느 날 아내에게 소설을 읽어 주다가 소설책을 팽개쳐 버리면서 자리에서 벌떡 일어섰다. "내가 써도 이보다는 더 잘 쓸 수 있지." 하고 흥분한 목소리로 내뱉었다. 그의 아내는 "그러면 왜 쓰지 않는 거죠?" 하고 농담 섞인 말투로 대꾸하였다. 쿠퍼는 이때까지만 하여도 편지 쓰는 것조차 꺼려하던 사람이었지만 아내의 도전에 응하기 위하여 처음으로 소설에 손을 대기 시작한 것이다. 그는 서른 살이 넘어 늦깎이로 문단에 데뷔하지만 30여 년에 걸쳐 33권의 소설을 포함하여 무려 50여 권이 넘는 책을 썼다.

　무라카미 하루키村上春樹(1949~)도 참으로 우연한 일이 계기가 되어 작가가 되었다. 그는 스물아홉 살이 되던 해 어느 봄날 진구神宮 야구장에서 벌어지는 야쿠르트와 히로시마 팀의 대항전을 보러 갔다. 그때 공이 날아가는 모습을 바라보던 그는 뜻지 않게 소설을 쓰고 싶다는 충동에 사로잡혔다. "외야석에 눕다시피 앉아 맥주를 마시고 있는데 (데이브) 힐튼이 2루타를 쳤고, 그때 갑자기 '맞아, 소설을 쓰는 거야.' 라고 생각하였다." 하고 밝힌다. 야구 경기와 소설 창작 사이에 과연 어떤 함수 관계가 있는지 알 수 없지만 무라카미는 이렇게 우연한 계기로 소설가가 되었다. 그는 그날 오후 만약 야구장에 가지 않았더라면 어쩌면 소설을 쓰지 않고 인생을 보냈을는지도 모른다고 말한다.

제2차 세계대전에서 일본이 연합군에 패망한 뒤 가와바타 야스나리川端康成는 "이제부터는 일본의 슬픔, 일본의 아름다움 말고는 노래하지 않으리라." 하고 말하였다. 그는 오직 일본적인 것에서 작품의 소재를 찾아 일본 사람 특유의 정서를 표현하려고 노력하였다. 전쟁이 끝난 지도 어느덧 반세기가 지난 20세기 말엽 이와는 정반대로 일본 것이라면 일단 고개를 흔들고 보는 작가들이 많다. 태평양 건너 쪽을 향하여 고개를 쳐든 채 의식적으로 일본 문학 작품보다는 차라리 외국 작품에서 자양분을 섭취하려는 작가들이 있다.

이러한 작가 가운데에서도 일본의 가장 대표적인 신세대 작가라고 할 무라카미 하루키는 단연 첫손가락에 꼽힌다. 그는 '일본의 슬픔' 못지않게 외국의 슬픔, '일본의 아름다움' 못지않게 외국의 아름다움에도 깊은 관심을 기울인다. 그 동안 그는 영어는 말할 것도 없고 프랑스어, 독일어, 그리스어, 터키어, 스페인어 등 일곱 나라 말을 배우고, 무려 7년이 넘게 그리스와 이탈리아를 비롯한 유럽 여러 나라와 미국에서 생활하였다. 그의 작품 『슬픈 외국어』(1994)는 이런 배경에서 나왔다.

무라카미가 이렇게 '슬픈 외국어' 를 배우고 '슬픈 외국 생활' 을 마다하지 않은 것은 일본적인 것에서 벗어나 외국적인 것에서 작품의 소재를 찾으려고 하였기 때문이다. 이 점에 대하여 그는 "조금이라도 일본이라는 상황으로부터 멀어지고 싶다고 생각했었다. 다시 말해서 조금이라도 일본어적인 것의 속박에서 벗어나고 싶었다." 하고 솔직히 밝힌다. 가와바타 야스나리의 작품에서 달짝지근한 미소 된장이나 다쿠앙 냄새가 난다면, 무라카미 하루키의 작품에서는 어딘지 모르게 버터와 치즈 냄새가 풍긴다.

무라카미는 1949년 1월 일본의 교토京都에서 일본어 교사의 아들로 태어났다. 그러나 그는 주로 고베新戶에서 가까운 효고兵庫 현 아시야芦屋 시에서 십대 시절을 보낸다. 이 무렵 무라카미는 학교생활에는 별로 흥미를 느끼지 못하였다. 공부를 열심히 하지 않고 반항심이 강한 그는 중학교 때에는 선생에게 매를 맞기 일쑤였고, 고교 시절에는 마작을 하거나 여학생들과 놀러 다니는 것을 일삼았다. 그러나 그는 유난히 문학에는 관심이 많았다. 중학교 때 벌써 러시아 문학과 재즈에 탐닉하였고, 고등학교 시절부터는 한 손에 영어사전을 들고 미국 문학을 탐독하기 시작하였다. 고베에 있는 고등학교를 거쳐 일본 사학 명문인 와세다早稲田 대학교 문학부 영화연극과에 입학한 뒤에도 학업보다는 영화와 독서에 더 많은 시간을 쏟았다.

무라카미가 본격적으로 '공부'를 하기 시작한 것은 대학을 졸업하고 나서부터이다. 작가들이 흔히 그러하듯이 그도 제도 교육보다는 삶의 현장에서 더욱 소중한 것을 배웠다. 1974년부터 7년 동안 아내와 함께 '피터 캐츠'라는 재즈 카페를 경영하면서 틈틈이 영어 소설을 일본어로 번역하였다. 이 무렵 그는 주위 사람들의 행동을 유심히 관찰하거나 그들의 이야기를 주의 깊게 들으려고 애썼다. 이러한 경험에 대하여 그는 "당시에 나는 소설을 쓰려는 생각은 전혀 하지 않았지만, 그 경험은 뒷날 내가 소설을 쓰는 데 많은 도움을 주었다. 그것은 대학에서는 배울 수 없는 소중한 것 중의 하나였다." 하고 털어놓는다. 그는 『내가 정말 알아야 할 모든 것은 유치원에서 배웠다』는 책의 제목에 빗대어 "내가 정말 알아야 할 모든 것은 (재즈 카페) 가게에서 배웠다." 하고 밝힌다.

1979년 6월 무라카미는 처녀작 『바람의 노래를 들어라』를 발표하여 『군조群像』 신인 문학상'을 받으면서 혜성처럼 화려하게 일본 문단에 데 뷔한다. 1980년에는 이 처녀 소설의 속편이라고 할 『1973년의 핀볼』을 발표하고, 1982년에는 『양을 둘러싼 모험』으로 '노마 히로시野間宏 문예 신인상'을 받는다. 1985년에는 『세계의 끝과 하드보일드 원더랜드』로 '다니자키 준이치로谷崎潤一郎 상'을 받기도 한다. 1987년에 발표한 『노르 웨이의 숲』은 출간된 지 몇 달 만에 무려 3백만 부 이상이 팔려나가 그야 말로 낙양의 지가를 올렸다. 그는 이러한 여세를 몰아 『댄스 댄스 댄스』 (1988), 『국경의 남쪽, 태양의 서쪽』(1992), 『태엽 감는 새』(1994) 등을 잇 달아 발표하여 화제를 모은다. 그의 인기는 일본 열도를 훨씬 뛰어 넘어 전 세계적으로 '하루키 선풍' 또는 '무라카미 하루키 신드롬'을 불러일 으켰다.

미시마 유키오三島由紀夫를 이해하려면 반드시 태평양 전쟁을 알아야 하듯이, 무라카미 하루키를 이해하려면 이른바 '전공투'(전국 학생 공동 투

일본 신세대 작가들의 작품 표지. 왼쪽으로부터 요시모토 바나나吉本ばなな의 『키친』, 무라카미 하루키 의 『댄스·댄스·댄스』, 유미리柳美里의 『가족의 표본』, 다와라 마치俵万智의 『사라다 기념일』, 오에 겐자 부로大江健三郎의 『사자死者의 사치·사육』.

쟁 회의)를 먼저 살펴야 한다. 미시마를 전후 세대라고 한다면 무라카미는 '전공투' 세대이다. 1967년부터 1972년까지 계속된 일본 학생 운동의 경험은 뒷날 무라카미의 세계관과 문학관에 크나큰 영향을 끼친다.

무라카미 하루키가 직접 장정을 한 일본판 『노르웨이의 숲』(상하권)의 초판본 표지. 작가는 "이 소설은 대단히 감정이 강한 소설이기 때문에 선명하고 강한 색깔을 쓰고 싶었다." 하고 말한 적이 있다.

무라카미 하루키의 많은 작품 가운데에서도 그를 세계적인 작가로 끌어올린 대표작은 『노르웨이의 숲』이다. 그는 유럽 여러 나라를 돌아다니며 살 무렵 이 소설을 썼다. 이 소설이 발표되고 나서 일본 사람치고 이 소설을 읽지 않은 사람은 거의 없다시피 할 만큼 폭발적인 인기를 끌었다. 이 작품을 읽지 않은 사람은 일본 사람이 아니라는 말이 나올 정도이다. 이 책은 비틀즈 음악처럼 감미롭고 마약과도 같은 나른한 환각적 분위기 속에서 사건이 펼쳐진다. 이러한 점 때문에 특히 젊은 세대 독자들한테서 무척 큰 사랑을 받았다.

무라카미는 『노르웨이의 숲』의 장르에 대하여 한마디로 '연애 소설'이라고 못 박는다. 그는 지금까지 한 번도 쓰지 않았던 유형의 소설이지만 꼭 한 번은 쓰고 싶었던 소설이라고 한다. "무척 낡아빠진 표현이라고 생각하지만 ('연애 소설' 말고는) 적절한 말이 생각나지 않습니다. 격렬하고 조용하며 슬픈 100퍼센트 연애 소설입니다." 하고 밝힌다.

실제로 이 작품은 대학생들의 사랑을 중심 플롯으로 다룬다. 1968년 도쿄東京에 있는 한 사립대학에 갓 입학한 '나' 와타나베는 우연히 고등학교 시절에 자살한 여자친구 기즈키의 애인 나오코를 전차 안에서 우연히 만난다. 몇 번 데이트를 한 지 1년 뒤 나오코의 생일에 '나'는 나오코와 관계를 갖는다. 그러나 나오코는 곧바로 자취를 감추고, 그 뒤 교토의 산속에 있는 요양소에서 편지를 보내온다. 한편 이 무렵 '나'는 대학 캠퍼스에서 짙은 선글라스를 끼고 미니원피스를 입은 커트머리의 활달한 여성 고바야시 미도리를 만난다. 같은 대학 학생인 미도리는 혁명보다는 사랑을 믿는 여성이다. 이 작품은 이처럼 교토의 산속에서 요양 중인 나오코와 도쿄의 미도리 두 여성 사이를 오가며 진행되는 '나'의 아름답고 애절한 사랑을 그린 청춘 소설이다.

그러나 이 작품은 '연애 소설'이니 '청춘 소설'이니 하는 꼬리표를 떼어낼 때 비로소 그 의미가 되살아난다. 이 소설은 젊은이의 사랑이라는

주인공 나오코가 요양해 있을 법한 교토 근교의 숲. 이 소설의 제목 '노르웨이의 숲'은 비틀즈의 노래 제목에서 빌려왔다.

외피를 한 꺼풀만 벗겨내면 속살을 훤히 드러낸다. 좀더 구체적으로 말해서 죽음이 우리를 에워싸고 있는 상황에서 인간은 어떻게 살아야 하는가? 이러한 상황에서 사랑은 과연 어떠한 의미를 지닐 수 있는가? 나 아닌 다른 인간을 사랑한다는 것은 과연 무엇을 뜻하는가? 이 소설은 젊은 남녀의 사랑을 뛰어넘어 좀더 형이상학적인 문제를 다룬다.

주인공 '나'는 열아홉 살의 나이에 이미 죽음을 삶의 일부로 받아들인다. 고등학교 시절에는 하나밖에 없는 친구 기즈키를 잃으며, 대학 시절에는 기즈키의 애인인 나오코마저 잃는다. 기즈키는 차고에서 오토바이 엔진의 배기 파이프에 고무호스를 연결해서 가스 질식으로 자살하고, 나오코는 요양소 근처 숲에서 목을 매달아 죽는다.

> 죽음은 삶의 대극으로서가 아니라 그 일부로서 존재하고 있다. …… 그때까지 나는 죽음이라는 것을 완전히 삶으로부터 분리된 독립적인 존재로서 파악하고 있었다. …… 그러나 기즈키가 죽은 날 밤을 경계선으로 하여 나로서는 이제 그런 식으로 단순하게 죽음을 (또는 삶을) 파악할 수가 없게 되고 말았다. 죽음은 나라는 존재 속에 본질적으로 이미 내재되어 있는 것이며, 그 사실은 아무리 노력하여도 망각해 버릴 수 있는 것이 아니다.

위 인용문을 읽고 있노라면 장 폴 사르트르나 알베르 카뮈 같은 실존주의자가 떠오른다. 실존주의자들은 죽음을 삶의 일부로 받아들인다. 그래서 그들은 자연스럽게 비극적 세계관을 지닌다. 그들은 이러한 비극적 실존에 굴복하지 않고 어떻게 사는 것이 참다운 삶인가를 두고 고뇌한다. "본질보다 실존이 앞선다." 하고 부르짖은 까닭도 바로 여기에 있다.

『노르웨이의 숲』은 이렇게 주인공 '나'가 고통과 좌절을 겪으며 삶의 비극적 의미를 조금씩 깨달아간다는 점에서 전통적인 성장 소설(빌둥스로만)에서 크게 벗어나지 않는다. 작품이 처음 시작할 때 화자 '나'는 서른일곱 살의 중년이지만 이야기는 그가 열아홉 살에서 스물 살로 접어들 때까지의 경험을 다룬다. 십대에서 이십대로 넘어가면서 주인공은 정신적으로 한층 성장하였음을 깨닫는다. 작품이 거의 끝날 무렵 리에코로부터 나오코가 병이 악화되어 요양소에서 병원으로 옮긴다는 편지를 받고 난 뒤 '나'는 "나는 이제 성숙할 거다. 난 어른이 되려고 한다." 하고 생각한다. 그러면서 계속하여 "나는 언제나 열일곱이나 열여덟 살에 머물러 있고 싶다고 생각했었다. 그러나 이제는 그렇지 않다. 나는 이제 더 이상 십대가 아니다." 하고 말하기도 한다.

무라카미 하루키가 좋아한 미국 작가가 한두 사람이 아니지만 그 가운데에서도 특히 F. 스콧 피츠제럴드와 J. D. 샐린저를 빼놓을 수 없다. 『노

홋카이도北海島 최북단의 소야미사키宗谷岬. 교토 근처의 요양원에서 나온 리에코는 홋카이도에서 새로운 삶을 시작하기로 결심한다.

르웨이의 숲』은 여러모로 일본판 『위대한 개츠비』(1925)와 『호밀밭의 파수꾼』(1951)이라고 하여도 크게 틀리지 않는다. 피츠제럴드는 제1차 세계대전이 끝난 뒤 1920년대 '재즈 시대'를 대표하는 작가이고, 샐린저는 1950년대와 1960년대 미국의 청년 문화를 대표하는 작가이다.

무라카미는 이 소설에서 한 작중인물의 입을 빌려 "『위대한 개츠비』를 세 번 읽은 사람이라면 내 친구가 될 수 있다." 하고 말한다. 그는 직접 피츠제럴드를 두고 "한동안 그만이 나의 스승이요, 대학이요, 문학하는 동료였다." 하고 말할 만큼 이 미국 작가에게서 무척 큰 영향을 받았다. 이처럼 이 작품에서 피츠제럴드와 『위대한 개츠비』가 차지하는 몫은 아주 크다. 피츠제럴드의 소설에 화자며 작중인물로 등장하는 닉 캐러웨이처럼 주인공 '나'는 고통과 좌절을 겪으며 삶에 대한 새로운 통찰을 얻는다.

또한 『노르웨이의 숲』은 젊은 주인공의 방황과 모색을 다룬다는 점에서 『호밀밭의 파수꾼』과 비슷하다. 홀든 콜필드가 위선과 사이비 세계에서 벗어나 참다운 자아를 찾으려고 하듯이, '나'는 세속적인 이해관계를 떠난 참다운 인간관계를 찾아 헤맨다. 이렇게 성실한 인간관계를 추구하려는 '나'에게는 같은 기숙사에 살고 있는 나가사와 같은 인물은 한낱 위선자에 지나지 않는다. '나'는 그렇기에 그의 능력을 높이 평가하면서도 한편으로는 그의 삶의 방식을 경멸한다. 적어도 이 점에서 무라카미는 20세기 말엽 일본에서 기성 문화에 반기를 든 청년 문화를 대변하는 기수라고 할 수 있다.

앞에서 사르트르와 카뮈를 언급하였지만 『노르웨이의 숲』을 읽다 보면 지그문트 프로이트가 떠오르기도 한다. 이 작품에서 무라카미는 유난히 섹스와 죽음에 관심을 기울인다. 프로이트는 인간을 지배하는 두 가지 본능으로 사랑(에로스)과 죽음(사나토스)을 꼽는다. 그는 섹스를 삶의

원동력으로 파악하여 모든
길이 로마로 통하듯이 인
간의 모든 행위도 따지고
보면 섹스로 통한다고 지
적한다. 한편 프로이트는
인간이 사랑 못지않게 죽
음에 대한 본능도 지니고
있다고 말한다. 이런 점에
서 프로이트의 정신분석학

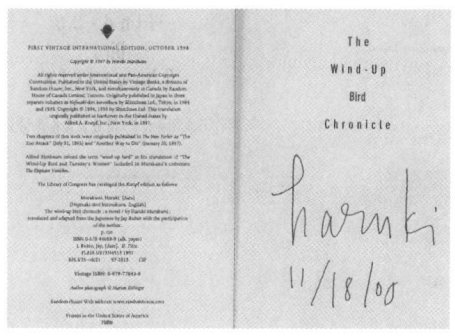

『시계 태엽 새』의 영어판 속표지에 무라카미 하루키가 한
사인.

은 "섹스는 삶의 앞문이고 죽음은 삶의 뒷문이다." 하는 20세기 미국 작
가 윌리엄 포크너의 말과 통하는 데가 있다.

　『노르웨이의 숲』의 주인공 '나' 도 성인이 되기 위하여 섹스와 죽음의
통과 의례를 거친다. 일본 작가는 말할 것도 없고 전 세계 작가를 통틀
어서도 무라카미처럼 섹스를 솔직하게 표현하는 작가도 아마 찾아보기
쉽지 않을 것 같다. 서양 작가 가운데에서는 체코 출신의 밀란 쿤데라가
섹스를 비교적 자유롭게 표현하는 편이지만 무라카미에는 미치지 못한
다. 그런데 무라카미에게 섹스란 단순히 육체적 접촉 이상의 깊은 의미
가 있다. 그것은 이성이 상대방과 감정적으로 교감하기 위한 하나의 구
체적인 수단이다. 그래서 그런지는 몰라도 그의 작품에서 섹스는 그렇
게 외설스럽게 느껴지지 않는다. 또 이 작품에는 죽는 사람이 유난히 많
이 등장한다. 기즈키를 비롯하여 나오코, 나오코의 언니, 나가사와의 애
인 하쓰미 등이 스스로 목숨을 끊고, 미도리의 어머니와 아버지는 암으
로 사망한다.

　더구나 이 작품은 프로이트가 말하는 인간 정신의 세 기구, 즉 이드原
我, 수퍼에고超自我, 에고自我를 다루기도 한다. 겨울잠을 마치고 "새봄을

맞아 세상에 나온 작은 동물처럼" 생동감을 내뿜는 미도리는 에고의 기저를 이루는 본능적 충동인 이드를 상징하는 인물이다. 한편 나오코는 도덕과 죄의식의 벽에 갇혀 점차 내면으로 가라앉는 인물로 수퍼에고를 상징한다. 나오코가 불감증인 것도 따지고 보면 엄격한 수퍼에고의 영향권에서 좀처럼 벗어나지 못하기 때문이다. 에고에 해당하는 '나'는 이드와 수퍼에고 사이에서 갈피를 잡지 못하고 방황할 수밖에 없다. 그렇다면 이 세 작중인물은 서로 다른 세 사람이 아니라 어디까지나 '나'의 서로 다른 모습이라고 할 수 있다.

무라카미 하루키가 좁게는 일본 문단, 넓게는 세계 문단에서 이룩한 업적이 한두 가지가 아니다. 무엇보다도 그는 그 동안 순수 문학과 대중 문학의 벽을 허무는 데 크게 이바지하였다. 지금까지 순수 문학의 그늘에 가려 제대로 빛을 보지 못하던 대중 문학을 순수 문학과 같은 반열에 올려놓았다. 무라카미에게 고도의 소비문화 시대에 문학의 고답성과 순수성을 부르짖는 것은 가히 시대착오적이다. 더구나 그는 영상 전자 매체가 판을 치는 시대에 문학을 다시 한 번 굳건한 발판에 올려놓았다. 이미지의 제국에서 문학은 날로 설 땅을 잃어가고 있다. 이러한 상황에서 무라카미는 『노르웨이의 숲』을 비롯한 소설을 통하여 문학이 아직도 건재하다는 사실을 여실히 보여 주는 것이다.

인도편

우파니샤드

인더스 문명이 건설한 도시 모헨조다로에서 출토된 남성 상. 당당한 모습을 하고 있는 이 주인공은 사제인 듯하다.

인류 문명이 처음 동이 틀 무렵 사람들은 하나같이 커다란 강 주변에 둥지를 틀었다. 인더스 문명도 예외가 아니어서 강은 생명의 젖줄 같은 구실을 하였다. 인더스 강가에 처음 터전을 잡은 사람들은 기원전 1500년에서 2300년까지, 줄잡아 8백 년 동안 하라파와 모헨조다로 같은 고대 도시를 건설하는 등 화려한 문명의 성을 쌓았다. 인더스 문명은 남쪽으로는 봄베이, 북쪽으로는 히말라야 산맥, 동쪽으로는 델리에 이르는데 메소포타미아의 수메르 문명이나 고대 이집트 문명 같은 다른 고대 문명보다 훨씬 더 규모가 크고 가장 발달한 것으로 알려진다. 그런데 인더스 문명은 갑자기 몰락의 길로 들어선다. 그 원인이 물이 부족해서인지 아니면 자연 재앙 때문인지 아직 정확히 밝혀지지 않았다. 바로 이 무렵 서쪽에서 아리안 족 유목민이 북부 인더스 계곡으로 이

주해 온다.

아리안 족은 유목민이면서도 철제 무기와 말이 끄는 전차를 사용하는 등 강력한 군사력을 자랑하였다. 최근 언어학자들은 아리안 족이 사용한 언어가 인도유럽 어족에 속한다는 사실을 밝혀내기도 하였다. 이 어족은 가족으로 치면 대가족이다. 인도와 서남아시아 그리고 유럽 여러 나라에 분포하는 언어의 대부분을 포함하기 때문이다. 요즈음 국제어가 되다시피 한 영어도 이 어족의 한 갈래이다. 이 어족의 분포를 보면 아리안 족은 유럽을 건너 처음에는 이란과 아프가니스탄에서 살다가 다시 동쪽으로 이동하여 마침내 북부 인도에 삶의 터전을 마련하였음을 알 수 있다. 아리안 족은 처음에는 오늘날의 펀자브 지방에 해당하는 인더스 강 상류 지역에 살았지만 점점 더 동쪽으로 옮겨 마침내 갠지스 강 쪽에까지 이르렀다.

아리안 문명은 인더스 문명과 비교해 보면 물질적인 면에서는 비록 뒤떨어졌지만 문학 분야에서는 두각을 나타낸다. 특히 이 무렵에 브라만교나 초기 힌두교의 경전인 베다가 크게 성행하여 아리안 문명을 흔히 '베다 문명'이라고 부른다. 문명을 물질적인 것으로 문화를 정신적인 것으로 보는 입

인도 방갈로르에 있는 바사바나구디 사원. 16세기 중반 켐 페 가우다가 세운 사원으로 인도의 신 중의 하나인 시바가 타고 다닌 황소 난디의 조각으로 유명하다.

춤을 추는 시바 신. 이 신은 '무용의 왕'이라는 뜻으로 '나타라자'라고도 부른다. 12세기 작품.

장은 이제는 한물 지난 낡은 이론이다. 그러나 이것을 기준으로 삼는다면 아리안 족의 업적은 '문명'보다는 차라리 '문화'에 가깝다. 아리안 족은 베다 문화를 만드는 데 주도적인 역할을 하였지만, 이 과정에서 토착 원주민의 종교적 요소를 받아들인 것도 사실이다.

이러한 베다 문명 또는 문화가 낳은 자식이 바로 힌두교의 핵심 경전인 『우파니샤드』이다. 이 책은 인류 사상사에서 굵직한 획을 그었다. 지난 수천여 년 동안 인도와 동양에서 철학과 종교에 크나큰 영향을 끼쳤다. 특히 불교나 자이나교뿐 아니라 인도에서 생겨난 모든 사상은 『우파니샤드』의 자양분을 먹고 자랐다. 인도의 정통 철학파로 일컫는 상키야, 요가, 니야야, 베셰시카, 미망사, 베단타 등의 이른바 육파六派 철학도 『우파니샤드』와 철학적 맥을 이으려고 무척 고심하였다.

이러한 사정은 서양에서도 크게 다르지 않다. 독일의 염세주의 철학자 아르투르 쇼펜하우어, 19세기 스코틀랜드의 사상가이며 역사가인 토머스 칼라일, 19세기 미국의 철학자요 문인인 랠프 왈도우 에머슨, 분석철학에 활짝 길을 열어놓은 독일 태생의 언어학자 루트비히 비트겐슈타인, 아일랜드의 시인 윌리엄 버틀러 예이츠 등이 직접 또는 간접으로 『우파니샤드』의 영향을 받았다. 특히 쇼펜하우어가 『우파니샤드』를 읽고 나서 "아, 어떻게 내 마음에 붙어 있던 유대인의 미신을 말끔히 씻어 줄 수 있단 말인가?" 하고 감탄한 것은 이미 잘 알려진 사실이다.

『우파니샤드』를 좀더 쉽게 이해하기 위해서 먼저 베다에 대하여 알아보는 것이 좋다. 베다는 산스크리트어로 지식이나 지혜를 뜻하는데, 이것은 어떤 특정 책을 가리키는 이름이 아니라 기원전 13세기경부터 약 2천여 년에 걸쳐 기록된 문헌을 두루 일컫는 말이다. 힌두교도들은 이 베다 문헌을 인간이 손으로 기록한 것으로 보지 않는다. 이들은 이것을 '신이 성자들에게 직접 가르친 것' 또는 '신이 성자들에게 스스로를 드러낸 것'으로 보아 매우 신성하게 여긴다. 이러한 베다는 '슈루티'(천계문학)라고 부르는데 이는 하늘로부터 받은 계시라는 뜻에서 비롯한 것이다. 기독교인이 『성서』를, 이슬람 교인이 『쿠란』을 하나님이나 알라신의 계시로 여기는 것과 같은 맥락이다.

이 베다 문헌은 그 목적이나 사용 용도에 따라 '리그 베다', '야주르 베다', '사마 베다', '아타르바 베다' 등 크게 네 개로 나뉜다. 또 각각의 베다는 다시 '삼히타本集', '브라흐마나梵書', '아란야카森林書', '우파니샤드奧義書' 등 네 개의 부분으로 나뉜다. 삼히타는 가장 기본적인 문헌으로 자연력을 신격화한 여러 신에 대한 찬가와 기도 주문인 '만트라'를 수집한 것이다. 브라흐마나란 제사 의식을 설명하는 문헌이다. 이러한 문헌을 근거

『리그 베다』의 첫째 부분인 「가영歌詠을 위한 베다」와 그 삽화.

할 때 이 시기에 인도의 사회계급 제도인 카스트가 생겨난 것으로 보인다. 아란야카는 브라흐마나에서 우파니샤드로 넘어가는 과도기적인 단계라고 할 수 있다. 아란야카는 삼림 속에서 전수할 제사의 의미를 재해석한 문헌이다.

아란야카에는 사색적이고 명상적인 경향이 처음으로 보이기 시작한다. 이러한 경향은 기원전 8세기경부터 좀더 극단적으로 발전한다. 이무렵 성자들은 형식주의에 치우친 무의미한 희생 제의를 거부하면서 삶의 진리에 접근하려고 하였다. 성자들은 우주 만상의 진리를 말하기 시작한다. '우파니샤드'는 그런 생각을 한데 모아 기록한 책이다.

이 문헌은 베다의 마지막 부분을 차지하면서 베다의 궁극적인 취지를 담고 있다. 이것을 '베단타 Vedanta'(베다의 말미·극치)라고 부르기도 한다. 베다는 이렇게 처음에는 외적인 행위에서 시작하여 차츰 직관적이고 신비적 체험을 통한 내적인 지식으로 발전하였다.

'우파니샤드'의 뜻을 쉽게 깨닫기 위해서는 이 말의 뿌리를 살펴볼 필요가 있다. 이 말의 뿌리를 캐어 들어가면 '우파upa', '니ni', '샤드shad'라는 세 낱말과 만난다. '우파'는 '아래로'라는 뜻이고, '니'는 '가까이'라는 뜻이며, '샤드'는 '앉다'라는 뜻

스승이 제자에게 비의를 전수하는 모습. '우파니샤드'라는 말은 본디 스승에게 좀더 가까이 다가앉는 것을 뜻한다.

이다. 따라서 이 말은 본래 제자가 신성하고 은밀한 가르침을 듣기 위하여 스승에게 '좀더 가까이 다가 앉는다' 라는 뜻이다. 이 책은 제목만 보더라도 스승이 제자에게 대화를 통하여 비의적秘義的 지식을 전수하는 것임을 곧 알 수 있다. 그리하여 중국 사람들은 이 책을 아예 '비밀스런 회좌會座' 라고 옮긴다.

> 어떤 제자가 스승에게 묻는다.
> 저 끝없는 깊이를 가진 물은 어떻게 생겨난 것입니까?
> 나는 어디로부터 왔습니까?
> 나는 어디로 가는 것입니까?
> 스승이 대답하기를
> '우파니샤드', 내게 좀더 가까이 오너라.
> 내 그대를 위해서 설명하리라.

이 인용문에서 '나' 란 성자와 다름없는 스승을 말하고 '그대' 란 사회적 신분이 높은 사내 제자들을 가리킨다. 『우파니샤드』는 처음부터 남성 특권층에게만 알려 주는 신비하고 은밀한 가르침이었다. 이 경전의 사상은 오직 선택된 일부 사람에게만 전수되었다. 그래서 이 사상은 지나치게 엘리트 중심적이고 배타적이라는 비난을 면하기 어렵다. 일반 사람을 져버린 가르침은 그것이 아무리 소중하고 가치가 있다 하여도 한계가 있을 수밖에 없다.

『우파니샤드』는 다른 고대 문헌처럼 문자로 기록되기 전에 오랜 세월 입에서 입으로 전해 왔다. 이러한 구전적인 특성은 이 경전에 같은 구절이나 비슷한 구절을 되풀이하여 말하는 어구가 유난히 많다는 사실에서도 드러난다. 『우파니샤드』는 이렇게 구전되다가 기원전 600년경에서 기원후 200년경 사이에 마침내 산스크리트어로 집대성된다. 『우파니샤드』는 이렇게 구어에서 문헌으로 기록되는 과정에서 무려 2백여 권의 종류가 생겼고, 그 저자나 사상의 전개도 아주 다양하게 나타났다. 이렇게 많은 종류 가운데에서 13개 정도가 '정통 우파니샤드'로 인정받는다.

『우파니샤드』의 철인들은 만물이 생겨나고 마침내는 그것으로 다시 돌아가는 존재의 근원을 '브라흐마'이라고 부른다. 이 브라흐마는 마치 공기처럼 우주 안에 존재하지 않는 곳이 없다. 이는 "천지 사방에 존재하는 것이 브라흐마이다. 브라흐마는 참으로 전체 우주이다." 하고 말하는 까닭이다. 브라흐마가 우주 곳곳에 존재한다는 것은 곧 범신론적인 입장이다. 베다 시대 초기에는 다신교적인 성격을 띠어 바람의 신, 태양의 신, 비의 신, 물의 신 등이 혼재해 있었다. 그러던 것이 차츰 신과 신 사이의 관계가 불분명해지고 신 가운데 누가 최고의 신인가 하는 의문이 생기기 시작한다. 중기에 이르면 유일신적인 종교 성향을 띠게 된다. 여기에서 베다의 철인들은 다시 딜레마에 빠진다. 이 유일신을 창조한 신은 또 누구인가 하는 새로운 문제에 부딪쳤다. 결국 철인들은 천지 창조의 근원을 어떤 유일신에서 찾으려다 실패한다. 그래서 이번에는 이전보다 포용적인 범신론을 상정한다. 막스 뮐러가 지적하였듯이 힌두교는 이처럼 다신교에서 교체신교를 거쳐 유일신과 범신론의 단계에 이르

힌두교의 브라흐마를 숭배하는 장면. 1760년대부터 시와 음악을 경축하기 위하여 만든 '라가 말라' 그림 시리즈.

는 과정을 겪는다.

브라흐마는 삶과 죽음의 윤회의 영향을 받지 않는 불변의 존재이다. 인간은 브라흐만과 하나가 될 때 비로소 생사의 윤회에서 벗어날 수 있다. 인간은 어떻게 브라흐마와 하나가 될 수 있는가? 이에 대해 『우파니샤드』는 "브라흐마를 아는 자는 곧 브라흐만이 된다." 하고 가르친다. 또 브라흐마를 깨닫고 브라흐마가 된 자는 이제 더 욕망이 없는 완전한 자족과 지고의 축복 상태인 해탈에 이른다는 것이다.

문제는 인간이 어떻게 브라흐마를 알 수 있는가이다. 브라흐마는 어떤 속성도 갖지 않고 모든 존재의 바탕이기 때문에 다른 사물이나 대상을 인식하듯이 지각이나 개념적 사

연꽃 위에 앉아 있는 시바 신. 얼굴이 여러 개 있어 동시에 사방을 바라볼 수 있는 그는 명상을 통하여 이 세계를 지킨다.

힌두교에서 최고 신인 시바와 양립하는 신인 비슈누 신의 현신. 온갖 동물의 모습으로 지상에 나타나 위기에 빠진 인간을 구해준다. 18세기 작품.

고로써는 알 수 없다. 철인 야갸왈캬는 『브리하다란야카 우파니샤드』에서 "그것을 안다고 하는 자는 그것을 모르는 자이고, 그것을 모른다고 하는 자는 아는 자이다." 하고 말한다. 이러한 역설적 진리는 공자에게서도 엿볼 수 있어 매우 흥미롭다. 공자는 한 제자에게 "네게 안다는 것에 대하여 가르쳐 주마. 아는 것을 안다고 하고 모르는 것을 모른다고 하는 것이 참으로 아는 것이다." 하고 밝힌다.

브라흐마는 개념화할 수도 기술할 수도 없는 초월적 실재이다. 하지만 『우파니샤드』의 저자들은 인간의 내면 깊은 곳에 들어 있는 '참다운 나', 즉 아트만이 우주의 근본 원리이며 질서로서의 브라흐마와 동일하다고 주장한다. 브라흐마는 곧 개인의 영혼인 아트만이므로 아트만을 아는 자는 브라흐마가 된다는 것이다. "그대가 곧 그것이다."니 "내가 곧 브라흐

비슈누 신과 라크시미가 머리가 여러 개 달린 뱀 위에 앉아 쉬고 있는 모습이다. 힌두교에서 뱀은 영원을 상징한다.

마이다."니 또는 "아트만이 브라흐마이다."니 하는 표현은 바로 이를 두고 일컫는 것이다. 이것이 바로 '범아일여梵我一如' 사상이다. 범아일여의 진리야말로 『우파니샤드』가 일깨우는 가장 중요한 가르침이다. 범아일여의 진리를 깨닫고 체험하는 것이 곧 해탈이며 윤회로부터 벗어나는 길이다. 루트비히 비트겐슈타인은 "뱀의 영혼은 너의 영혼이다. …… 왜냐하면 네가 영혼을 알고 있다는 사실은 오직 너 자신에게서 나오기 때문이다." 하고 말한 적이 있다. 이것은 비트겐슈타인이 범아일여를 뱀을 빌려 달리 표현하고 있다고 보아 크게 틀리지 않다.

산딜리얀은 『우파니샤드』에 등장하는 대표적인 철인 가운데 한 명으로 범아일여 사상을 이렇게 설명한다.

> 우주의 본질과 핵심은 브라흐마이다. 그러나 개인의 원초적인 원리는 아트만이다. 따라서 브라흐마와 아트만이 동일하다고 믿는 인간은 해탈할 수 있다. 그런데 이 아트만과 브라흐마는 가장 큰 것이면서도 가장 작은 것이다. 또한 이것은 모든 사물 속에 들어 있는 내재자이면서 동시에 그 모든 것을 뛰어넘는 초월자이다.

개인의 원초적 원리인 아트만이란 무엇인가? 아트만은 『우파니샤드』에 따르면 최고의 가치이다. 다른 모든 가치는 그 자체로서 소중한 것이 아니라 바로 이 아트만 때문에 소중한 것이다. 다른 것들은 언젠가 모두 소멸한다. 아트만만이 시간의 풍화작용에 파괴되지 않으며 늙음과 죽음, 배고픔과 목마름 등에서 벗어나 있다. 그러므로 그것을 아는 자는 세계 모두를 얻는 것이다. 『우파니샤드』는 인드라 신이 무려 101년이나 걸려 프라자파티 신으로부터 아트만에 대한 진리를 깨닫는 과정을 보여 줌으로써 아트만을 깨닫는 것이 얼마나 길고도 험난한 길인가를 웅변적으로 말해 준다.

『우파니샤드』의 가장 소중한 진리는 우주의 원리인 브라흐만과 동일한 인간이라면 누구나 신성함이 있다고 본 점이다. 부자이건 가난한 사람이건, 사회적 신분이 높건 낮건 모든 인간은 브라흐마 앞에서 평등하다. 평등한 것은 비단 인간만이 아니다. 우주의 집에 사는 다른 피조물도 하나같이 인간처럼 신성함이 있다. 브라흐마가 대우주라면 인간을 비롯한 피조물은 소우주이다. 또 다른 피조물이 인간처럼 신성하다면 인간은 그것들을 함부로 다루어서는 안 된다. 땅 위에 기어 다니는 벌레 한 마리, 들판의 풀 한 포기, 길가에 나뒹구는 돌멩이 하나도 모두 소중하다. 『우파니샤드』는 만물이 하나라고 일깨운다는 점에서 소중한 생태주의 메시지를 전하는 복음서이기도 하다.

라마야나

서양에서 최초의 대서사시로 호메로스의 『오디세이아』와 『일리아스』를 꼽는다면, 동양에서는 최초의 대서사시로 고대 인도의 『마하바라타』와 『라마야나』를 꼽는다. 동양에서 이 두 작품은 서사 문학의 쌍벽을 이룬다. 특히 『라마야나』에는 인도 정신이 담

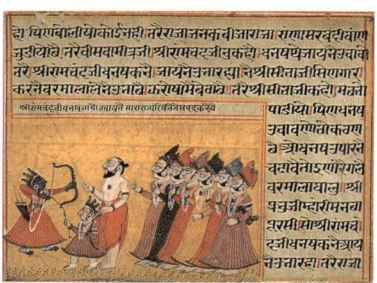

동양의 『오디세이아』로 일컫는 『라마야나』. 활을 잡고 있는 사람(왼쪽)이 주인공 라마이다.

겨 있어 인도에서 아주 큰 인기를 누린다. 인도 사람들은 이 시를 암송하는 것을 큰 공덕을 쌓는 일이라고 생각할 정도이다. 그들은 이 작품을 읽는 사람뿐 아니라 이 이야기를 듣는 사람조차 죄와 슬픔에서 벗어날 수 있다고 한다. 지성의 대가인 상카는 "만일 어떤 사람이 다사라타 왕의 아들 라마를 마음속에 간직하고 그에 대하여 명상을 하면 그 사람의 죄는 사라질 것이다." 하고 말한 적이 있다.

　『라마야나』는 인도 사람들의 의식에 깊이 아로새겨져 있다. 인도에서

인사를 할 때 흔히 "라마 라마", "람람"이라고 하는데, 이것은 '라마'를 뜻하는 말이다. 심지어 인도에서는 앵무새에게 처음 말을 가르칠 때에도 "라마 라마" 하는 말부터 가르친다고 한다. 인도 태생의 소설가 R. K. 나라얀이 "인도에 사는 사람치고 『라마야나』의 이야기를 모르는 사람은 거의 없다시피 하다. 이 작품은 인도의 문화적 삶 속에 깊이 스며들어 있다." 하고 말한다.

호메로스와 그의 서사시에 여러 전설이 전해오듯 『라마야나』를 둘러싼 전설도 많다. 우선 이 작품은 인도 최초의 시인으로 일컫는 위대한 시인 발미키가 썼다고 전한다. 그는 야만족 사이에서 험난한 생활을 하며 치트락타 산에서 고행을 하고 있었다. 이 무렵 공교롭게도 추방당한 라마와 시타가 이 산에 들어오고, 그들은 그 동안의 경위를 발미키에게 이야기한다. 뒷날 시타는 라마의 의심을 받게 되어 다시 이 산에 들어와서 라마의 두 아이를 낳았고, 발미키는 이 두 아이에게 라마 왕에 관한 이야기를 들려준다. 창조주 브라흐마 신의 아들인 고행자 나라다 선인은 발

『라마야나』의 첫 장면. 라마의 군대(가운데)가 코끼리를 타고 원숭이들과 싸우고 있다.

미키의 시적 재능을 잘 알고 있던 터라 그에게 라마에 관한 이야기를 서사시로 써서 사람들에게 널리 전파하라는 명을 내린다. 나라다 선인은 명을 내리면서 "대지에 산이 솟고 강이 흐르는 한, 라마의 시는 이 세상에 길이길이 남을 것이다." 하고 말한다. 발미키는 명령에 따라 라마에 관한 이야기를 노래로 짓기 시작하고, 이 노래가 오늘날의 『라마야나』가 되었다는 것이다.

일반적으로 발미키가 이 작품을 썼다고 전하지만, 그 방대한 양을 생각할 때 혼자 썼다고 보기는 어렵다. 영웅 라마에 관한 이야기는 아주 오래 전, 기원전 15세기경부터 뭇 사람의 입에서 입으로 전해져 내려왔다. 발미키가 이렇게 구전되어 오던 이야기를 하나의 체계적인 형태로 편찬하였다고 보는 쪽이 더 타당하다.

『라마야나』는 집필 연대를 아무리 일찍 잡아도 기원전 300년경을 넘어서지 못한다. 더구나 오늘날 전하는 『라마야나』 중에서 제1권과 제7권은 기원후 2세기경에 추가한 것으로 보인다. 이 서사시는 산스크리트어로 썼으며 약 2만 4천 개에 이르는 2행 연구聯句에 모두 7권이다. 이 작품은 여러 지방어로 번역되어 캄판의 타밀어 판, 크리티바스의 벵골어 판, 툴시다스의 힌디어 판 등이 있다. 이 밖에도 아삼어, 오리야어, 카시미르어로 번역한 텍스트 등 그 판본만도 수십여 종에 이른다.

이 작품의 영향력은 인도에 그치지 않고 주변 여러 나라로 널리 퍼졌다. 남쪽으로는 스리랑카, 네팔, 방글라데시, 말레이시아, 라오스, 베트남, 타이, 캄보디아, 인도네시아 같은 남아시아 및 동남아시아 전역에 전해졌고, 북쪽으로는 티베트와 중국 등지에 전해졌다. 특히 중국에서는 라마를 둘러싼 이 이야기를 『육도집경六度集經』과 『잡보장경雜寶藏經』 같은 불교 경전에 불교 설화 형태로 실었다. 이 서사시는 더 나아가 서양에서도 여러 번역본이 나와 있을 만큼 그 인기가 대단하다.

『라마야나』는 16세기 무굴 시대에 큰 인기를 끌었고, 17세기와 18세기에는 라자스탄 파派와 파하리 파 화가들이 이 이야기를 즐겨 그림의 소재로 다루었다. 인도 북부 지역에서는 이 작품의 사건을 각색하여 해마다 한 차례씩 야외극으로 상연한다. 이 각색 극은 '람릴라' 라고 한다. 인도 남부 지방에서는 말라바르의 카타칼리 무용극은 이 이야기를 줄거리로 삼는다. 『라마야나』는 전통적인 노래, 춤, 연극, 무용, 그림자극의 소재로 널리 사용하였다. 인도네시아에서는 많은 사원 건축물에 이 작품에 나오는 인물이나 사건을 얕은 부조 조각으로 만들어 놓기도 하였다. 대표적인 예가 동부 자바의 파나타란이다.

'라마야마' 라는 제목은 '라마의 이야기', '라마가 걸어간 길' 또는 '라마의 행동을 기록한 행전行傳' 이라는 뜻이다. 『라마야나』는 대서사시로 영웅적인 주인공이 겪는 파란만장한 모험을 다룬다. 주인공 라마는 갠지스 강 북쪽 코살라 왕국의 왕자로 태어나 현인 비슈바미트라의 보호를 받고 자란다. 라마는 어려서부터 활을 잘 쏘았는데 한번은 힘이 세기로

힌두교의 신들과 왕자들 그리고 일반 신자들이 라마를 축복하려고 접근하고 있다.

유명한 시바의 활을 휘었다. 그 뒤 라마는 자나카 왕의 공주인 시타와 결혼하게 된다. 하지만 라마는 아버지의 둘째 왕비의 음모에 빠져 상속권을 잃고 아내와 이복형제 라크슈마나와 함께 숲속으로 추방당한다. 어느 날 라마와 라크슈마나가 그들을 유인하러 보낸 황금 사슴을 쫓아 숲속을 헤매고 있을 때 오늘날의 스리랑카 섬인 랑카의 마왕 라바나가 시타를 유괴한다. 그러자 라마와 라크슈마나는 시타를 구하러 떠난다. 수많은 모험 끝에 그들은 원숭이들의 왕 수그리바와 동맹을 맺는다. 그들은 원숭이 장군 하누만과 라바나의 친형제 비비샤나의 도움으로 마침내 랑카를 공격하여 라바나를 죽이고 시타를 구출한다.

후대에 만들어진 한 판본에는 라마가 시타를 구한 뒤의 이야기가 담겨 있다. 라마는 시타가 몸을 더럽혔을 것이라고 의심한다. 하지만 시타는 화신火神의 심판으로 순결하다는 것을 증명 받는다. 그 뒤 라마와 시타가 왕국에 돌아온다. 이번에는 백성들이 여왕의 순결을 의심한다. 이를 보고 라마는 시타를 숲으로 추방한다. 시타는 추방당한 숲에서 이 서사시

원숭이의 왕 하누만이 라마를 돕기 위하여 인드라지타와 싸우고 있다.

를 쓴 시인 발미키를 만나 그의 암자에서 라마의 두 아들을 낳는다. 두 아들이 장성하자 가족이 다시 만나지만 시타는 다시 자신의 결백을 주장하면서 대지의 신에게 자신을 받아줄 것을 요청한다. 결국 대지의 신은 그녀를 삼켜버린다.

『라마야나』는 여러 층의 의미를 담고 있다. 그래서 읽는 관점에 따라 의미가 사뭇 달라진다. 인도 사람들은 처음에 이 작품에 종교적 의미를 부여하였다. 이 작품은 옛 인도 종교 문화의 뼈대를 이룬 베다의 가르침을 설화의 형태로 구현한 것으로 볼 수 있기 때문이다. 뒷날 비슈누 파는 이 작품의 주인공이며 영웅인 라마를 비슈누 신의 일곱 번째 화신으로 숭배한다. 이 신은 자비의 신으로 세계 질서를 유지하고 발전시키는 일을 맡는다.

좀더 자세히 말하자면 『라마야나』는 『마하바라타』와 함께 '스므리티'

숲속에서 라마가 악마에게 붙잡힌 여성들을 구해 내고 있는 모습.

310

전통에 속한 종교 문헌이다. 『리그 베다』나 『우파니샤드』 같은 신의 계시서인 '슈루티' 문헌보다는 한 수 아래지만 '스므리티' 문헌도 『바가바드 기타』처럼 종교적 경전임에 틀림없다.

라마와 원숭이 왕 하누만(왼쪽)의 인도를 받으며 아내 시타를 찾으러 가고 있다. 라마는 비슈누 신의 화신으로 진리를 밝힌다.

아리안 족의 브라만교는 불교나 자이나교 등 새롭게 일어나기 시작한 종교 운동의 도전에 대응해야 하였다. 이러한 대응은 비非아리아 족 계통의 민간 신앙 요소를 두루 흡수함으로써 이루어졌다. 정통 브라만교는 자기 쇄신을 시도한 것이다. 이 결과 대중적인 성격을 띤 후기 힌두교가 등장하였다. 후기 힌두교 사상은 처음에는 『라마야나』와 『마하바라타』 같은 서사시에서 모습을 드러냈고, 그 뒤를 이어 『푸라나』와 『탄트라』 같은 문헌에서도 모습을 드러낸다. 베다 이후에 나타난 이러한 종교 문헌을 통틀어 '스므리티'라고 부른다. '스므리티' 전통은 한편으로는 '슈루티' 전통을 계승하고, 다른 한편으로는 시바나 비슈누 등 계시서에서는 좀처럼 중요하게 생각하지 않았던 인격신이 주요 신으로 등장하고, 해탈에 이르는 길로 '바크티' 등 다양한 방법을 제시한다.

이처럼 『라마야나』는 종교의 옷을 입고 있지만 종교의 옷을 한 꺼풀만 벗겨내고 나면 『라마야나』는 문학의 속살을 고스란히 드러낸다. 우리의 『춘향전春香傳』이나 영국의 윌리엄 셰익스피어의 『로미오와 줄리엣』(1595)처럼 이 작품은 젊은 남녀의 사랑 이야기로 읽을 수 있다. 어떤 번

라마와 시타가 결혼식을 올리는 장면. 라마와 시타는
남편과 아내, 신과 인간 사이의 사랑과 헌신을 상징하
는 인물이다.

역자는 이 작품을 아예 '라마의 로맨스'나 '라마의 사랑 이야기'라고 옮기기도 한다. 이 서사시에서 라마와 시타의 이야기는 곧 러브 스토리라는 것이다. 라마는 용모가 수려하고 학덕이 뛰어나며 궁술에도 능하다. 이는 인도에서 가장 이상적인 남성상이다. 반면 시타는 현모양처로서 가장 이상적인 여성상이다. 이상적인 두 남녀가 사랑을 한다. 하지만 둘의 사랑은 비극으로 끝나고 만다.

『라마야나』는 남녀가 우여곡절을 겪지만 끝내 사랑의 결실을 맺지 못한다는 점에서 『춘향전』보다는 『로미오와 줄리엣』에 더 가깝다.

『라마야나』는 좀더 보편적인 관점에서 믿음과 사랑의 중요성을 일깨운다. 이 작품에서는 젊은 남녀 사이의 사랑과 믿음 못지않게 부모와 자식의 사랑, 형제와 형제의 사랑, 친구와 친구의 믿음을 목숨보다도 더욱 소중하게 여긴다. 이러한 성향은 유가儒家에서 말하는 삼강오륜의 덕목과 크게 다르지 않다. 이러한 보편적인 덕목 때문에 이 작품은 이 세상에 나온 지 몇 천 년이 지났지만 아직도 세월의 때에 묻지 않고 여전히 찬란한 빛을 내뿜고 있다. 인도의 정치가들은 이 작품의 철학을 인도의 통치 철학으로 삼아 왔다. 이는 중국 정치가들이 유가 철학을 백성을 다스리는 방편으로 삼은 것과 같다.

『라마야나』는 선과 악의 투쟁을 형상화한 작품으로 읽을 수도 있다. 이 작품에서 선은 주인공 라마, 그의 아내 시타, 원숭이의 왕 수그리바와 그 장군 하누만의 모습으로 나타나고, 악은 라마를 왕위에서 쫓아내는 둘째 왕비 카이케이, 랑카의 마왕 라바나의 모습으로 나타난다. 라마는 온갖 시련을 겪지만 마침내 악을 물리치고 선의 승리를 보여 준다. 이는 민간에 전해오는 설화나 전설이 일반적으로 권선징악의 교훈을 담고 있는 것과 같은 맥락이다.

더구나 『라마야나』는 고대 생물의 모습을 고스란히 담은 화석처럼 옛 인도의 생활상을 담고 있다는 점에서도 중요한 의미가 있다. 이 작품에는 이 무렵의 신화나 종교 사상뿐 아니라 의식주를 비롯한 생활의 모습이 담겨 있다. 그래서 민속학자나 역사학자에게 이 작품은 귀중한 보물 창고와 같다. 옛 인도의 역사와 정치, 사회와 문화를 이해하는 데에도 없어서는 안 될 귀중한 자료이다. 힌두교 학자 슈와미 비베카만다는 "『라마야나』와 『마하바라타』야말로 유사 이래 인류가 열망해 온 이상적인 문명을 묘사한 고대 아리아인 민족의 생활과 지혜를 담고 있는 백과사전이다." 하고 밝힌다.

시타와 라크슈마나가 지켜보는 가운데 하누만이 라마를 발을 만지며 존경심을 표하고 있다. 남인도와 델리에서는 하누만의 탄생일을 축하한다.

『라마야나』는 인간의 모험에 원숭이가 등장한다는 점에서 중국 명나라 때 오승은吳承恩이 쓴 『서유기』와 여러모로 비슷하다. 라마는 라크슈마나와 함께 마왕 라바나에게 유괴당한 시타를 구출하는 도중 원숭이의 왕을 만나 그의 도움을 받는다. 원숭이 장군 하누만은 시타를 찾아내는 데 크게 이바지한다. 라마와 원숭이 부대는 바다를 건너 랑카로 쳐들어가 격전 끝에 마족魔族을 섬멸하고 마침내 시타를 구출한다.

　『서유기』에서도 신성한 돌에서 생겨난 원숭이가 수보리조사須菩提祖師를 만나 손오공孫悟空이라는 이름을 얻고 그에게서 온갖 무술과 재주를 익힌다. 손오공은 서역으로 불경을 가지러 가는 삼장법사三藏法師를 모시고 가다 도적이나 요괴를 만나 싸우는 등 온갖 고난을 겪으며 서천에 도착하여 경전을 얻는다. 『라마야나』에서 신들이 원숭이로 태어났듯이 『서유기』에서도 손오공은 본디 동승신주東勝神州 오래국傲來國 화과산花果山 정상의 한 신선한 돌에서 태어난다. 남쪽의 끝 바닷가에서 원숭이의 장수 하누만이 몸을 부풀린 뒤 껑충 뛰어서 랑카로 건너가고 자신의 꼬리에 붙은 불로 온 시가지를 불바다로 만들어 버리는 것처럼, 손오공도 온갖 재주를 부려 요괴를 물리친다. 이런 점을 볼 때 오승은은 『서유기』

라마가 악마의 왕인 라바나와 랑카에서 싸우는 장면. 라바나의 군대는 원숭이 하누만이 이끄는 라마의 군대에 패배한다.

를 쓰면서 인도의 서사시에서 직접 또는 간접으로 영향을 받았음에 틀림없다.

『라마야나』는 인간의 상상력을 극단까지 밀고 나간 환상적인 작품이다. 라마는 원숭이의 장군과 함께 온갖 재주로 독자의 상상력을 사로잡는다. 예를 들어 라마는 라바나를 섬멸하고 유괴당한 아내 시타를 다시 찾기 위하여 랑카 섬까지 거대한 다리를 놓는다. 최첨단 공법을 사용하더라도 몇 년이 걸릴 이 공사를 그는 눈 깜짝할 사이에 완성하는 것이다. 이 외에도 이 작품에는 환상적인 이야기가 많이 나온다. 그래서 이 작품을 판타지 소설의 첫 장을 연 작품으로 보기도 한다.

여기에서 한 가지 흥미로운 것은 이 다리가 단순히 상상력이 빚어낸 허구가 아니라 실제 역사적 사실일지도 모른다는 점이다. 1994년 4월 9일 미국 우주항공국NASA은 텍사스 주 휴스턴 우주선 발사기지에서 지구 표면을 정밀하게 촬영하고 정확한 지도를 제작하기 위하여 왕복선 인데버 호를 발사한다. 레이더 스캔과 초정밀 3차원 촬영 장비 등 첨단 장비를 탑재하고 전문가 여섯 명이 11일 간의 우주여행을 떠났다. 그로부터 8년 뒤 2002년 10월 우주항공국은 위성사진을 여러 장 공개하면서 인도와 스리랑카 섬 사이 포크해협을 잇는 수중 구조물을 발견하였다고 공식 발표하였다. 우주항공국의 대변인은 『구약성서』의 「창세기」에 나오는 에덴동산이 아름다운 섬이 스리랑카일는지 모른다는 추정을 근거로 새로 발견한 구조물을 '아담의 다리'라고 이름 지었다고 덧붙였다. 그런데 적지 않은 신화학자가 이 '아담의 다리'가 바로 『라마야나』에서 라마가 사랑하는 아내 시타를 구하기 위하여 랑카(스리랑카) 섬과 인도 본토를 연결한 거대한 다리일는지 모른다고 주장하여 큰 주목을 끌었다.

바가바드 기타

크리슈나와 아르주나가 함께 마차를 타고 가는 『바가바드 기타』의 첫 장면을 그린 축소화. 18세기 작품.

1845년 7월 4일 미국 매사추세츠 주 콩코드 마을에서는 독립 기념일을 맞이하여 성조기를 흔들고 폭죽을 터뜨리며 성대한 축제를 벌이고 있었다. 바로 이 날 헨리 데이비드 소로우는 얼마 안 되는 짐 꾸러미를 수레에 싣고 월든 호숫가에 손수 지은 초라하기 그지없는 오두막집으로 이사를 간다. 그런데 그가 가지고 간 보따리 속에는 놀랍게도 『성경』 대신에 『바가바드 기타』 한 권이 들어 있었다. 소로우는 생태주의의 복음서라고 할 『월든』(1855)의 저자이다. 그는 이 책에서 "아침이 되면 나는 『바가바드 기타』의 엄청난 우주 철학에서 내 지성을 목욕시킨다." 하고 밝힌다. 다른 글에서도 "동양 철학과 비교해 볼 때 현대 유럽은 아무 것도 나은 것이 없다고 할 수 있다. 『바가바드 기타』의 그 광활한 우주 철학과 비교해 보면 심지어 우리의 셰익스피어조차 애송이처럼 미숙하고 다만 실용적인 것으로 보일 때가 있다." 하고 말하기도 한다.

『바가바드 기타』에서 깊은 감명을 받은 것은 비단 소로우 한 사람만이 아니다. 그에게 초월주의 사상을 가르쳐 준 스승 랠프 월도우 에머슨도 이 책을 읽고 큰 감명을 받았다. 에머슨은 소로우가 월든 호숫가로 거처를 옮긴 바로 그해에 쓴 저널에서 "멋진 하루 동안 나는 — 친구와 나는 — 『바가바드 기타』를 읽었다. 이 책은 최초의 책으로 한 제국이 우리에게 말하고 있는 것 같았다." 하고 적는다. 에머슨은 다른 글에서도 이 책에 대해 여러 번 언급하였다.

물론 이 무렵 소로우와 에머슨이 읽은 책은 산스크리트어로 된 『바가바드 기타』가 아니라 1785년에 찰스 윌킨스가 영어로 옮겨 출간한 번역본이다. 윌킨스는 벵갈에 있는 동인도회사 직원이었는데 언어학자 친구 윌리엄 조운스 경卿의 도움을 받아 처음으로 『바가바드 기타』를 영어로 번역하여 서구에 소개하였다. 그의 뒤를 이어 유럽의 다른 나라에서도 번역서가 쏟아져 나오면서 프리드리히 쉴레겔, 빌헬름 폰 훔볼트, 요한 볼프강 폰 괴테 같은 여러 문인과 언어학자가 이 작품을 비롯한 인도 고대 문학에 깊은 관심을 기울이기 시작하였다. 지금까지 『바가바드 기타』는 미국과 유럽에서 번역본이 무려 40여 종 이상 나와 있다. 인도의 고대와 현대 문헌을 통틀어 이 책만큼 서구 사람들에게 널리 읽힌 책도 드물 것이다.

『바가바드 기타』는 힌두교에서 가장 널리 사랑받는 대중적인 경전이다. 권위는 『리그 베다』나 『우파니샤드』 같은 계시서보다는 아래에 속하지만 인도의 일반 대중에게 끼친 영향력에서 보면 오히려 위의 계시서를 앞지른다. 『리그 베다』는 하층 천민이 좀처럼 가까이 다가갈 수 없는 지고의 경전이고, 『우파니샤드』는 오직 전문 지식인만이 이해할 수 있는 비전秘傳이다. 한마디로 이 두 계시서는 일반 서민에게는 그림의 떡이요 병풍 속의 닭이라고 할 수 있다. 그러나 『바가바드 기타』는 처음부터 일반 대중의 삶 속에서 서민과 함께 호흡해 온 경전이다. 특히 이 책은 하층 천민도 해탈할 수 있다는 가능성의 문을 활짝 열어놓았다는 점에서 비의적인 계시서와는 그 성격이 사뭇 다르다. 이전까지는 힌두교의 네 계급 가운데에서 오직 브라만(승려), 크샤트리야(무사), 바이샤(농부) 계급 만이 베다를 읽을 수 있고 구원을 받을 수 있었을 뿐 슈드라(노예) 계급은 베다를 읽거나 구원을 받을 수 없었다. 그러나 『바가바드 기타』에서 크리슈나는 "나를 사랑하고 믿는 자는 모두 / 가장 낮은 자 중의 낮은 자라도 / 창녀들이나 거지들이나 노예들조차도 / 궁극적인 목표를 얻으리라." 하고 말한다.

크리슈나와 아르주나. 『바가바드 기타』는 비슈누 신의 화신인 크리슈나와 아르주나 사이의 철학적 대화로 유명하다.

『바가바드 기타』는 '힌두교
의 살아 있는 성서'로 일컫는
다. 이것을 과연 누가 썼는가
는 아직도 정확이 알려져 있지
않다. 비야사라는 현자가 집필
하였을 것이라고 보는 학자도
있지만 한 사람이 썼다기보다
는 시간이 흐르는 동안 여러
사람이 기존의 노래에 다른 노
래를 덧붙여 오늘날의 형태로
만들었을 가능성이 더 크다.
말하자면 집단 창작으로 보는
쪽이 옳을 듯하다. 이 책이 언
제 씌어졌는지에 대해서도 학

인도에서 구어 전통은 오직 영적인 지도자인 브라흐
만만이 전수할 수 있었다.

자들 사이에서 의견이 엇갈린다. 기원전 500년경으로 보는 학자가 있는
가 하면, 가깝게는 기원후 1, 2세기로 보는 학자도 있다. 학자에 따라서
는 이 책이 『신약성서』의 영향을 받은 것으로 보아 5세기경에 씌어진 것
으로 보기도 한다. 이 책에 불교에 대한 언급이 없다는 점을 들어 불교가
성행하기 이전에 씌었을 것으로 추측하는 학자도 있다.

　이 책은 처음에는 독립된 작품이었지만 뒷날 인도의 대서사시『마하바
라타』제6권의 일부가 되었다. 이렇듯 이 작품은 '바라타 왕조의 대서사
시'라는 뜻을 지닌『마하바라타』와 깊은 연관이 있다.『마하바라타』가
거대한 사찰이라면『바가바드 기타』는 이 사찰에 딸린 작은 암자에 빗댈
수 있다. 무려 십만 대구對句로 되어 있는『마하바라타』는 세계에서 가장
긴 서사시로 호메로스의『오디세이아』와『일리아스』를 합해 놓은 것보다

도 8배쯤 길고, 존 밀턴의 서사시『실낙원』(1667)보다는 줄잡아 30배쯤 길다.『바가바드 기타』는『마하바라타』에 편입되어 있기는 하지만 그 내용은 독립적이고 문학성도 다른 부분에 비하여 뛰어나다. 그래서 오늘날은 이 작품을『마하바라타』에서 떼어내어 독자적인 작품으로 널리 읽힌다. 어떤 의미에서는『마하바라타』보다도 훨씬 더 유명한 세계적인 종교 문헌이요 문학 작품으로 평가받는다. 사찰보다는 오히려 사찰에 딸린 암자가 더 유명한 격이다.

『바가바드 기타』는 '신의 노래', '거룩한 이의 노래' 라는 뜻으로 힌두교의 핵심 사상을 담고 있다. 말하자면 기독교의 핵심 사상을 담은『신약성서』「마태복음서」제5장에서 제7장에 이르는 산상수훈과 여러모로 비슷하다. 여기에서 '신' 이나 '거룩한 이' 란 다름 아닌 힌두교의 영웅이며 비슈누 신이 인간의 몸으로 태어난 크리슈나를 가리킨다.『바가바드 기타』는 크리슈나의 가르침을 기록한 책이라고 할 수 있다. 크리슈나는 비슈누 신의 여덟 번째 화신으로 인도에서 가장 사랑받는 신 가운데 하나이며, 그의 아내 라다도 인도에서 이상적인 여인상으로 존경받는다.

창조의 신 비슈누가 여신 라크시미와 함께 가루다를 타고 날아가고 있다. 가루다는 흔히 '금시조金翅鳥' 라고 부르기도 한다.

『바가바드 기타』을 좀더 쉽게 이해하기 위해서는『마하바라타』를 다시 한번 살펴볼 필요가 있다.『마하바라타』에 따르면 바라타 왕국의 판두 왕이 사망하자 그의 동생인 드리타라슈트라가 왕위를 이어받는다. 드리타라슈트라 왕은 백 명이 넘는 자신의 아들과 함께 형의 다섯 아들을 교육한다. 그런데 판두의 아들들이 경건성이나 영웅적인 행동에서 드리타라슈트라의 아들들보다 두각을 나타낸다. 그러자 드리타라슈트라의 아들들(카우라바 형제들)은 질투심에 불타 수단과 방법을 가리지 않고 판두의 아들들(판다바 형제들)을 궁지에 몰아넣고 마침내 그들의 왕국을 빼앗는다.

힌두교 경배 의식의 하나인 '푸자'를 준비하는 브라흐만. 네 계급 가운데 오직 브라흐만 계급만이 종교 의식을 드릴 수 있다. 17세기 세밀화.

왕국의 정당한 후계자인 유디슈티라는 카우라바 형제의 맏형 두리요다나의 속임수 도박에 져서 왕국을 잃고 네 형제와 함께 13년 동안 숲 속에서 유배 생활을 한다. 유디슈티라는 약속한 유배 기한이 끝나고 두리요다나에게 자신의 왕국을 돌려 달라고 요구하지만 그의 요구는 거절당한다. 판두의 아들들은 왕국을 되찾기 위하여 드리타라슈트라의 아들들과 싸움을 벌일 수밖에 없다.

이렇게 『바가바드 기타』는 사촌 사이에서 일어난 친족 싸움에서 시작한다. 전쟁이 벌어지는 무대는 인도에서 순례지로 유명한 쿠루크셰트라 들판이다. 판다바 쪽 군대에서는 판두의 넷째아들 아르주나가 앞장을 서고, 카우라바 쪽 군대에서는 드리타라슈트라의 큰아들 두리요다나가 앞장을 선다. 드리타라슈트라는 장님인 탓에 전쟁을 직접 지켜볼 수 없지만 초능력을 부여받은 재상 산자야가 궁정에 앉아 멀리 전쟁터에서 벌어지는 사건을 드리타라슈트라에게 대신 전한다. 아르주나와 크리슈나가 서로 주고받는 대화가 곧 산자야가 전하는 내용이다. 이 작품은 말하자면 일종의 액자 소설의 형식을 취한다.

　그런데 아르주나는 이 전쟁에 직면하여 심각한 딜레마에 빠진다. 자신이 싸워서 무찔러야 하는 적은 다름 아닌 자신의 사촌과 친척, 스승과 친구들이기 때문이다. 부당하게 왕국을 빼앗기고도 싸우지 않는 것은 전사戰士의 의무에 어긋난다. 그러나 일단 싸움을 시작하면 자신의 친족을 죽일 수밖에 없다. 비록 왕국이 걸려 있는 전쟁이라지만 이런 무의미한 살육으로 지켜낸 왕국이 과연 무슨 의미가 있을까? 인간은 죄를 짓지 않고 살면서도 사회적 존재로서의 의무와 역할을 충실히 수행할 수 있는가? 바로 여기에 아르주나가 느끼는 고뇌와 절망이 있다. 지금 아르주나에게는 "싸울 것이냐 싸우지 말 것이냐." 하는 것이 가장 큰 문제이다. 이것은 햄릿 왕자가 "죽느냐 사느냐, 이것이 문제로다!" 하고 털어놓은 절망과 같다.

힌두교의 신 크리슈나와 소를 돌보는 목동들이 송가를 부르고 있는 그림. 인도 라자스탄 벽화.

　아르주나는 결국 자신의 마부 노릇을 하는 스승 크리슈나에게 도움을 청하고 크리슈나는 그에게 노래로써 삶의 진리를 일깨워 준다. 크리슈나는 아르주나에게 전쟁에서는 용감하게 싸우는 것이 전사로서의 의무(다르마)라고 잘라 말한다. 전쟁에서 사람을 죽이는 것은 그렇게 두려워할 일이 아니라는 것이다. 모든 존재는 물질적 차원에서 필멸必滅의 운명을 타고났다. 그래서 죽음은 "탄생처럼 피할 수 없는 일이고 북극성처럼 사라지지 않는" 당연한 귀결이다. 크리슈나는 한걸음 더 나아가서 죽음은 전혀 슬퍼하거나 피해야 할 대상이 아니며 오히려 자연스럽게 받아들여야 한다고 말한다. 햇빛이 있는 한 그림자에서 벗어날 수 없듯이 인간은 이 세상에 태어난 이상 결코 죽음에서 벗어날 수 없기 때문이다.

크리슈나는 아르주나에게 인간의 육신은 비록 죽어서 사라져 버릴는지 모르지만 영혼은 죽지 않고 영원히 살아 있다고 밝힌다. 마치 사람이 다른 옷으로 갈아 입기 위하여 입고 있던 옷을 벗어 버리듯이, 영혼도 새로운 몸을 위

힌두교의 만신전에는 신들이 넘쳐나지만 그 중에서도 으뜸가는 신은 역시 비슈누(왼쪽)와 라크슈마(오른쪽)이다. 크리슈나는 비슈누의 화신으로 사랑의 신이다.

하여 낡은 몸을 벗어 버린다. 인간의 내면에 자리 잡고 있는 영혼은 영원한 것이어서 "불로 태울 수도 없고 물로 적실 수도 없으며" 결코 파괴되지 않는다. 그러므로 한 사람이 어떤 사람을 죽였다고 말하는 것은 논리에 들어맞지 않는다. 사람은 죽지도 않고 죽임을 당하지도 않는다. 영원한 영혼을 가진 자아는 결코 죽지 않고 그저 새로운 몸으로 옮겨가서 모든 과정을 새로 시작할 뿐이다. 자신이 우주적 자아요 영원한 원리인 '브라흐마' 의 한 부분이라는 사실을 깨닫는 사람은 죽음을 조금도 슬퍼할 까닭이 없다.

아르주나가 크리슈타와 함께 소라로 만든 나팔을 불고 있다.

더구나 크리슈나는 아르주나에게 만약 대의大義를 위하여 싸운다면 집착에서 벗어난 것이며, 집착에서 벗어난다면 전투 중에 일어나는 죽음에 대하여 아무런 책임도 없다고 밝힌다. 전쟁은 말할 것도 없고 우주도 이 '다르마'의 법칙을 따른다는 것이다. 어떤 행위가 가치 있는 것이 되기 위해서는 무엇보다도 사사로운 욕망에 집착하지 말아야 한다. 그는 이기적인 욕망이 없이 그리고 궁극적인 영적인 실재를 잊지 않는다면 얼마든지 사회적 의무를 수행하여도 괜찮다고 설득한다. 크리슈나는 아르주나에게 탄생과 죽음의 영원한 수레바퀴에서 벗어나는 방법은 올바르게 행동하는 길밖에는 없다고 가르친다.

처음에는 전쟁에 관한 충고로 시작한 것이 점차 철학적이고 형이상학적인 내용으로 발전하고, 철학적이고 형이상학적 내용은 다시 심오한 인도의 종교 사상에까지 이른다. 아르주나는 크리슈나에게 "당신의 생명을 주는 꿀같이 달콤한 말은/아무리 들어도 싫증이 나지 않는다." 하고 말한다. 삶과 죽음, 사랑, 의무, 자아, 지혜 등 크리슈나가 우리에게 일깨워 주는 것이 한두 가지가 아니다. 이 가운데서도 그는 무엇보다 우리에게 감각적인 대상에서 벗어날 것을 가르친다. 인간은 감각을 통제할 때 비로소 삶에 대한 새로운 통찰을 얻을 수 있기 때문이다.

감각적인 대상을 곰곰이 생각하다 보면

그것에 대하여 애착이 생기게 되고

애착이 생기면 욕망이 생겨나며

욕망으로부터 분노가 태어난다.

분노로부터 혼란이 일어나고

혼란이 일어나면 기억이 흐려지며

기억이 흐려지면 이해력을 잃게 되고

이해력을 잃게 되면 파멸에 이르게 된다.

언뜻 크리슈나는 아르주나에게 전쟁을 부추기고 폭력을 옹호하는 것처럼 보일는지도 모른다. 그러나 이 작품을 좀더 꼼꼼히 살펴보면 크리슈나는 전쟁 자체를 옹호한다기보다는 오히려 아르주나가 싸우지 않겠다는 것이 왜 옳지 않은지를 설명하는 데 초점이 맞추어 있다. 『바가바드기타』도 다른 경전이나 종교서처럼 자못 상징적이다. 이 작품에서 전쟁은 인간 내면에서 일어나는 긴장과 갈등을 보여주는 더할 나위 없이 좋은 은유이다.

『바가바드 기타』는 한마디로 영혼의 순례를 다룬 작품이다. 인간 영혼과 세상의 유혹 사이에서 벌어지는 내적 갈등을 우화적으로 그린다. 그렇다면 쿠루크셰트라 싸움터는 인간의 마음이고, 카우라바 형제들은 영혼의 구원을 방해하는 악의 화신이며, 아르주나는 영혼의 구원을 얻으려는 보편적 인간이다. 아르주나는 지상 왕국을 얻기 위하여 카우라바 형제들과 싸움을 벌이는 것이 아니라 어디까지나 영혼의 왕국을 얻기 위하여 싸움을 벌인다. 아르주나의 고민은 "친척과 전쟁을 벌여야만 하는가?" 하는 데에 있지 않고 오히려 "우리는 어떻게 살아야 하는가?" 하는 데 있다.

지난 2천 년 이상 동안 『바가바드 기타』만큼 인도의 지적·문화적 삶과 사회적·정치적 삶에 깊은 영향을 끼친 책도 드물다. 그래서 사람들은 인도의 사상가나 지도자를 이해하려면 무엇보다도 먼저 『바가바드 기타』를 읽으라고 충고한다. 오랜 시간 동안 이 책에서 수많은 인도의 사상가와 지도자가 정신적 자양분을 섭취해 왔기 때문이다.

『바가바드 기타』에서 정신적 자양분을 섭취하는 방법은 사람에 따라 다르다. 이를테면 인도의 과격한 혁명주의자 발 간가다르 틸라크는 이 책에서 도피주의나 정적주의를 거부하고 폭력에 맞서 폭력을 사용하는 행동을 정당화하는 메시지를 읽었다. 실제로 그는 이 책을 영국 제국주의에 맞서 저항하는 독립 혁명의 이론적 근거로 삼았다.

한편 모한다스 간디는 『바가바드 기타』에서 틸라크와는 전혀 다른 정

비슈누 신의 여덟 번째 화신 크리슈나와 그의 아내 라다.

신적 자양분을 흡수한다. 간디가 이 책을 두고 자신의 '영원한 어머니'라고 부를 만큼 그는 이 책에서 큰 영향을 받았다. 그는 1925년 주간지 『젊은 인도』에 쓴 글에서 "의심이 나를 괴롭힐 때, 실망이 내 얼굴을 똑바로 쳐다볼 때, 지평선에 희망의 빛이 단 한 줄기도 보이지 않을 때 나는『바가바드 기타』를 펼쳐 들고 나를 위로해 줄 한 구절을 찾는다. 그러면 곧바로 엄청난 슬픔 가운데에서도 환한 미소가 떠오르기 시작한다." 하고 말한다. 간디의 한순간 한순간의 삶은 『바가바드 기타』의 메시지를 실천하려는 의식적인 노력이었다. 간디의 비폭력적 저항의 원칙도 따지고 보면 이 책에서 배웠다고 할 수 있다.

법구경

석가모니釋迦牟尼를 흔히 '붓다'라고 부르지만 그의 성姓은 고타마이고 이름은 싯다르타이다. 그는 기원전 5, 6세기 무렵 오늘날의 네팔 카파라 성 룬비니에서 샤키아 족 국왕의 장남으로 태어났다. 그가 태어난 해는 정확하지 않아서 기원전 463년이라고 하기도 하고, 기원전 566년이라고도 한다. 그의 아버지가 국왕이었다고는 하나 거대하고 강력한 왕국의 왕이 아니라 코사라 국의 한 속국인 조그마한 부족 국가의 우두머리였다.

인도 샤키아 국 왕자인 붓다. 그의 얼굴에서는 내면 깊숙이 우러나오는 선의와 인간에 대한 사랑이 흘러넘친다.

종교의 창시자가 으레 그러하듯이 붓다의 출생과 관련해서도 믿기지 않는 여러 이야기가 전한다. 노자老子가 태어날 때처럼 붓다는 어머니 마야 부인의 오른쪽 옆구리를 헤치고 나왔다느니, 이 세상에 나오자마자 일곱 걸음을 걸으면서 "천상천하유아독존天上天下唯我獨尊" 하고 말하였다고도 한다. 붓다의 어머니가 하얀 코끼리 한 마리가 자궁에 들어오는 꿈을 꾸고 난 뒤 붓다를 잉태하였다고도 한다. 이 이야기 때문에 때로 붓다를 '위대한 코끼리'라고 일컫는다. 그런가 하면 어머니의 뱃속에 큰 궁전이 있어 붓다는 그를 찾아온 많은 사람들에게 에워싸

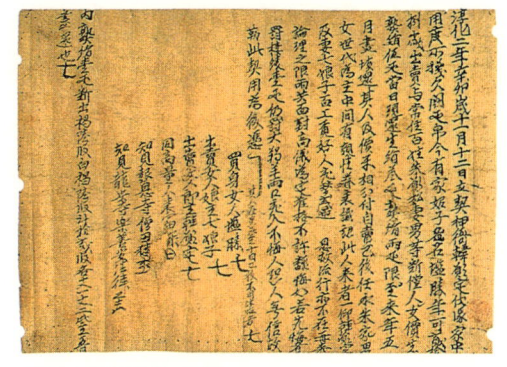

한문으로 번역한 불교 경전.

여 설법을 하였다는 이야기도 전한다. 어찌 되었든 그의 탄생이 예사롭지 않은 것만은 틀림없다. 붓다는 자라서 야소다라를 아내로 맞이하고 라아후라는 아들을 낳았다고 한다.

붓다는 어린 시절 성문 밖에 나가 산책을 즐기곤 하였다. 그때마다 그는 노인, 병자, 죽은 사람을 만났고, 그 때문에 일찍부터 인생의 괴로움에 대하여 깊이 생각하게 되었다. 붓다는 스물아홉 살 때 집을 나와 인도로 들어와 아라라 카라마와 웃다카 라마풋타 두 선인 밑에서 고행을 하지만 그것에 만족하지 못하고 홀로 명상을 거듭한 끝에 마침내 보리수 밑에서 깨달음을 얻는다. '붓다'란 말은 본디 고유명사가 아니라 보통명사로 '깨달은 사람'을 가리키는 말이다. 석가모니를 '붓다'라고 부르는 것은 그가 진리를 깨달았기 때문이다.

그 뒤 붓다는 오늘날의 사르나트에 해당하는 녹야원鹿野苑에서 행한 설법을 시작으로 여러 곳을 누비고 다니며 설법을 퍼뜨린다. 그는 45년에 걸친 전도 여행을 한 뒤 지금의 카시아인 쿠시나가라에서 여든 살의 나이로 숨을 거둔다. 그의 유체는 화장하였고, 유골은 신자들이 손으로 부셔 여덟 개의 탑에 안치하였다. 그런데 그가 사망한 해는 태어난 해와

마찬가지로 정확하지 않다. 일반적으로는 기원전 383년이라는 설과 기원전 486년이라는 설이 있다. 이 주장 사이에는 무려 100년의 차이가 난다.

붓다는 어떤 성인보다 인간적인 면모가 많이 엿보인다. 붓다는 병에 걸려 앓은 적도 있고, 때로는 자신의 몸을 낡은 수레에 빗대면서 늙음을 한탄하기도 하였다. 한번은 붓다가 고향을 찾아가 사아캬 족을 위하여 밤늦도록 설법을 하는데 몹시 피곤하였다. 그는 제자 아난타阿難陀에게 "아난타여, 너는 나를 대신하여 설법해 주려무나. 나는 등이 아프다. 잠깐 누워야 하겠다." 하고 말하였다. 예수 그리스도도 세 번 눈물을 흘리는 등 인간적인 면모를 보여 준 적이 있지만 붓다는 예수보다 훨씬 더 인간적이다. 그는 자신을 신이라고 일컫지도 않았다. 한때 서양에서는 그가 펼친 설법에 신이 없다는 점을 들어 불교를 종교의 테두리에서 제외시키려고 한 적도 있다. 유일신을 굳게 믿는 기독교의 관점에서 보면 불교는 조금 유별난 종교임에 틀림없다.

붓다가 입적한 해에 라쟈가하에서 500명의 제자가 모인 가운데 마하카샤파大迦葉의 사회로 제1차 승가단 회의가 열렸다. 붓다의 두 제자인 아난타가 교법을, 아파아리優波離가 계율을 암송하고 교단이 그것을 승인함으로써 불교 교의의 첫 장을 연다. 그로부터 100여 년 뒤 다시 열린 제2차 승가단 회의에서는 진보적인 다수파가 원로들에게 시대와 지역에 맞도록 계율을 새롭게 해석할 것을 주장하였다. 이러한 제안이 받아들여지지 않자 불교 교단은 진보적인 대중부大衆部와 보수적인 상좌부上座部의 두 갈래로 나뉘게 된다.

붓다가 보리수 밑에서 깨달은 정각의 내용 가운데에는 연기론緣起論이 들어 있다. 붓다가 "연기를 보는 사람은 곧 나를 보는 사람이다." 하고 말할 만큼 연기론이 불교에서 차지하는 몫이 무척 크다. 연기론에서는

"이것이 있으므로 저것이 있고〔此有故彼有〕, 이것이 생기므로 저것이 생기고〔此生故彼生〕, 이것이 없으므로 저것이 없고〔此無故彼無〕, 이것이 없어지므로 저것이 없어진다〔此滅故彼滅〕." 하고 말한다. 이 세계의 모든 것은 저 혼자서 존재하는 것은 아무 것도 없고 서로의 상관 관계 속에서만 의미를 갖는다는 것이다.

붓다는 보리수 밑에서 '사제四諦' 또는 '사성제四聖諦'라고 일컫는 네 가지 명제를 깨달았다. 이 명제는 고제苦諦, 집제集諦, 멸제滅諦, 도제道諦이다. 그는 고제에 대하여 "비구들이여, 이것이 '괴로움'의 성제이다. 마땅히 알라. 삶은 '괴로움'이다. 늙음은 괴로움이다. 병은 괴로움이다. 죽음은 괴로움이다. 미운 자와 만나는 것도 괴로움이요, 사랑하는 사람과 헤어지는 것도 괴로움이요, 욕심나는 것을 얻지 못하는 것도 괴로움이다. 통틀어 말한다면 이 인생이 바로 괴로움 그 자체이다." 하고 밝힌다.

붓다가 마왕 마라의 군대로부터 공격을 받으면서도 명상에 잠겨 있다. 19세기 미얀마 작품.

이러한 괴로움이 생겨나는 원인은 바로 '갈애渴愛'이고, 이 갈애를 모두 없애고 더 이상 아무 것에도 집착하지 말아야 한다고 가르친다. 붓다는 집착에서 벗어나 해탈에 이르는 방법으로 정견正見, 정사유正思唯, 정어正語, 정업正業, 정명正命, 정정진正精進, 정염正念, 정정正定 등 여덟 가지를 제시한다.

불교의 경전이나 논저를 한데 모아놓은 것을 흔히 '대장경大藏經'이라고 부른다. 불교의 경전은 2,500여 년에 이르는 기나긴 세월을 두고 발전해 온 까닭에 복잡하기 이를 데 없다. 기독교의 경전『구약성서』와『신약성서』, 이슬람교의 경전『쿠란』과 비교해 보면 불교의 경전은 정신이 아찔할 정도로 그 수도 많을 뿐더러 내용도 매우 복잡하다. 이를 테면 소승小乘 불교의 경전이 다르고 대승大乘 불교의 경전이 다르다. 더구나 불교의 경전을 적어 놓은 언어도 다양하여서 처음에는 산스크리트어나 팔리어로 기록하였지만 인도에서 불교가 소멸한 뒤에는 티베트어나 한문으로 번역되었다.

'대장경'에 수록되어 있는 경전은 크게 세 갈래로 나뉜다. 붓다가 가르친 교훈을 담고 있는 경장經藏, 여러 계율을 적어 놓은 율장律藏, 이러한

종려나무 잎에 적어 놓은 불교 경전. 12세기경 작품.

경장과 율장에 대하여 제자들이 연구한 성과를 담은 논장論藏이 바로 그
것으로 이 세 가지를 흔히 '삼장三藏'이라고 부른다. 좀더 자세히 살펴보
면 경장에는 붓다가 그 제자들의 언행을 모아 놓은 경전이 그 길이에 따
라 수록되어 있다. 율장에는 남자 수행승이 지켜야 할 계율, 여자 수행승
이 지켜야 할 계율, 교단의 제도에 관한 규정 등이 적혀 있다. 가장 오래
된 '삼장'으로는 팔리어로 된 삼장이 꼽힌다.

   불교 경전 가운데에서 가장 널리 알려진 것은 『법구경法句經』이다. 이
『법구경』은 '팔리어 삼장'의 경장 '소부小部'에 수록되어 있다. 이 경전
은 『아함경阿含經』과 더불어 원시 불교나 소승 불교를 대표하며, 출가 수
행자나 재자 불자, 불교를 믿지 않는 일반 사람에 이르기까지 사랑을 받
아 온 경전 중의 경전이다. 『법구경』의 특징은 산스크리트어가 아닌 팔
리어로 기록하였다는 데 있다. 팔리어는 인도 갠지스 강 부근 중류 지방
에 있던 마가다 국의 언어로 주로 일반 평민이 사용한 구어체 언어이다.
붓다는 주로 바로 이 지방에서 40여 년 동안 설법을 하였다.

   『법구경』은 불교 경전, 자이나교 경전, 인도의 옛 문헌 등에서 명언적
인 시구만을 뽑아 한 권의 경전으로 묶은 책이다. 이 경전의 성립 시기는
기원전 4세기경, 그러니까 붓다가 사망하고 한 세기쯤 지난 뒤로 추정하
지만 이 책의 내용을 살펴보면 그 이전에 이루어졌을 것으로 생각된다.
또 『법구경』을 오늘날의 형태로 처음 편집한 사람은 기원전 2세기경에
살았던 달마 트라타法救라고 전한다.

   팔리어 원본의 『법구경』에는 초기 불교의 교단에서 전해지던 다양한
형태의 시 423수의 게송偈頌이 26장에 나뉘어 실려 있다. 이 팔리어 원본
을 한문으로 번역하면서 13장 250수의 게송을 덧붙인 것이 한역漢譯 『법
구경』이다. 이 한역은 『법구집경法句集經』이나 『담발게曇鉢偈』라고도 일컫
는데 오吳나라 때의 학자 유기난維祇難 등이 번역하였다. 이 경전은 그 동

중국에 선종을 전해 준 달마. 붉은색의 인도 풍 옷을 입고 있는 것이 눈에 띈다.

안 팔리어 원본과 중국어 번역본 말고도 티베트어, 간다라어, 카로쉬티어 등 수많은 언어로 번역되어 왔다.

'법구경'이라는 말은 본디 팔리어로 '담마파다'라고 한다. '담마'는 진리나 영원불멸한 법을 뜻하며, '파다'는 말씀이나 시 또는 길을 뜻하다. 그러므로 '법구경'은 '진리의 말씀' 또는 '영원한 법도法道'라고 옮길 수 있다. 팔리어 원본에는 '경'이라는 글자가 없지만 이 책을 한문으로 옮길 때 경전을 번역하는 관습에 따라 '경'자를 덧붙여 오늘날 '법구경'이라고 부르게 되었다. 이 경전은 『숫타니파타』와 함께 가장 오래된 불교 경전 가운데 하나로 꼽힌다. 이 경전의 내용은 기독교의 경전 『구약성서』의 「잠언」이나 「시편」에 가장 가깝다.

『법구경』의 내용은 인간의 행동 규범에 관한 것이 주류를 이룬다. 예를 들어 근면을 찬양하고 게으름을 비판한다든지, 절제된 생활과 무절제한 생활을 비교하면서 전자를 예찬한다든지, 들꽃의 비유를 들어 격조 높은 불멸의 세계를 노래한다든지 하는 것이다. 또 어리석음을 비판하고 지혜로움을 찬양하고, 권선징악의 도덕률을 노래하며, 폭력을 날카롭게 비판하기도 한다. 그런가 하면 덧없는 이 세속의 꿈에서 깨어나 저 불멸의 길을 가라고 가르치기도 하고, 참다운 행복이란 과연 무엇이며 어디에서 그것을 찾아야 하는지를 가르친다. 그리고 이 경전의 맨 마지막 장에서는 브라흐만에 대하여 언급하는데, "브라흐만의 자격은 혈통에 따라 결정되지 않고 어디까지나 행위에 따라 결정된다." 하고 명시함으로써 힌두교의 카스트 제도에 쐐기를 박는다.

『법구경』의 가장 큰 특징이라면 어떤 추상적인 교리 문제나 계율적인 쟁점에 얽매이지 않고 가장 근본적인 삶의 문제를 폭넓게 다룬다는 점이다. 결국 이 경전의 요지는 "어떻게 살아야 하는가?" 하는 이 한 가지 문제이다. 굳이 출가 수행자와 재가 신도를 가르지 않고 어떻게 하면 자신의 마음을 갈고 닦을 수 있는지, 모든 욕망과 집착으로부터 벗어나 해탈의 길에 이를 수 있는지 촌철살인의 묘를 살려 사람들을 일깨운다.

붓다가 가난한 사람에게 적선하는 모습을 그린 그림. 선행은 열반에 이르는 길이라는 사실을 보여 준다. 12세기 중국 회화.

『법구경』에는 탐욕을 경계하는 구절이 유난히 많다. 예를 들어 "허술한 지붕이 비가 오면 새듯이 닦지 않은 마음에는 탐욕이 스며든다." 하고 가르친다.

탐욕에 비할 만큼 격렬한 불길은 없고, 분노에 비견할 만큼 거센 바람이 없으며, 어리석음에 견줄 만큼 촘촘한 그물은 없고, 애욕보다 더 빠른 물결은 없다.

이 구절을 읽고 있노라면 내용을 이해하기에 앞서 온갖 비유법에 새삼 놀라게 된다. 이 인용문에서는 직유법이 그야말로 찬란한 빛을 내뿜는다. 탐욕을 활활 타오르는 불길에 빗대고, 분노를 거센 바람에 빗댄 것이 참으로 탁월하다. 어리석음을 촘촘한 그물에 빗댄 것이라든지, 애욕을 급살이 빠른 물에 빗댄 것도 마찬가지이다. 이렇게 비유법을 구사하여 전달하는 의미는 더욱 구체성을 띠고 사람들에게 직접적으로 다가간다.

붓다는 『법화경法華經』과 마찬가지로 『법구경』에서도 중생이 살고 있는 이 세상을 '불난 집火宅'에 빗댄다. 그는 "무엇을 웃고 기뻐하랴! 세상은 쉴 새 없이 불타고 있는데. 너희들은 어둠 속에 덮여 있구나. 어찌하여 등불을 찾지 않느냐!" 하고 가르친다. 이 세상을 집에 빗댄 것도 놀랍지만 불난 집에 빗댄 것은 더더욱 놀랍다. 탐욕이 거세게 타오르는 불길이고 인간이라면 누구나 쉽게 탐욕에서 벗어날 수 없다면 이 세상은 불길이 거세게 솟아오르는 집일 수밖에 없을 것이다. 붓다는 이 세상이라는 집이 이렇게 활활 불타면서 어둠을 환히 밝히고 있는데도 인간은 여전히 어둠 속에서 방황하고 있다고 꾸짖는다. 여기에서 등불이란 무명無明을 환하게 밝히는 깨달음의 빛이다.

『법구경』에서 힘주어 말하는 교훈 중에는 말을 함부로 하지 말라고 경계하는 것이 적지 않다. 『법구경』은 "무릇 사람은 이 세상에 날 때 입안에 도끼를 간직하고 나와서는 스스로 제 몸을 찍게 되나니 이 모든 것이 자신이 뱉은 악한 말 때문이다." 하고 말한다. 불교에서는 정구업淨口業이라고 하여 특히 말을 삼갈 것을 가르친다. 서양에도 "혀는 뼈가 없어도 뼈를 부서뜨릴 수 있다." 하는 속담이 있지만 『법구경』의 표현이 훨씬 더 피부에 와 닿는다.

또 『법구경』은 벗이나 이웃을 잘 사귀어야 한다고 가르친다. 누구를 사귀느냐에 따라 행복과 불행이 결정되기 때문이다. 옛날이나 지금이나 친구를 잘 사귀어야 한다고 가르치는 것은 조금도 다르지 않다.

> 사람은 원래 깨끗하지만 모두 인연에 따라 죄와 복을 부른다. 저 종이는 향을 가까이 하여 향기가 나고, 저 새끼줄은 생선을 꿰어 비린내가 나는 것과 같은 이치이다. 사람은 조금씩 물들어 그것을 익히지마는 스스로 그렇게 되는 줄을 모를 뿐이다.

때로는 심지어 어느 누구와도 사귀지 말라고 일깨우기도 한다. 이를 테면 "사랑하는 이와 가까이 하지 마라. 사랑하지 않는 이와도 가까이 하지 마라. 사랑하는 이를 보지 못함이 괴로움이요, 사랑하지 않는 이를 보는 것 또한 괴로움이라." 하는 구절이 좋은 예이다. 사랑하는 사람도 가까이 하지 말고 사랑하지 않는 사람도 가까이 하지 말라는 것은 어느 구구도 가까이 하지 말라는 것과 같다. 결국은 외롭지만 이 세상의 짐을 홀로 지고 가라는 것이다.

고타마 붓다가 보리수 아래에서 명상을 하고 앉아 있는 동안 마라가 아리따운 세 딸을 붓다에게 보내 그를 유혹하려고 한다. 18세기 티베트 작품.

지금까지의 많은 인용구에서도 느꼈겠지만 우리가 일상생활에서 자주 쓰는 경구나 표현 가운데에는 『법구경』에서 나온 것이 많다. 이를 테면 지나친 음주를 경계하는 말로 "사람이 술을 마시고, 술이 술을 마시고, 술이 사람을 마신다." 하는 표현을 자주 듣는다. 이 말은 언뜻 『논어』나 『맹자』 같은 유가의 경전에 나올 법하지만 실제로는 『법구경』에 나온다. "가랑잎이 솔잎더러 바스락거린다고 하는 꼴이 되지 말자. 겨울바람이 봄바람 보고 춥다 하는 억지를 부리지 말자." 하는 구절도 마찬가지이다. "이기고도 지는 수가 있고, 지고도 이기는 수가 있다."니 "길을 떠나가더라도 자기보다 나은 사람, 또는 비슷한 사람이 아니면 혼자 가는 것이 낫다."니 하는 꽤 낯익은 표현도 하나같이 『법구경』에서 따온 것이다.

티 없는 옥이 없다고 『법구경』에도 때로는 오래 되어 잘 맞지 않은 옷처럼 오늘날의 가치관에 들어맞지 않는 구절이 있다. 요즈음 서양에서 유행하는 말을 빌려 말하자면 '정치적으로 적절하지 못한' 표현이 가끔 눈에 띈다. 예를 들어 "여자는 운명적으로 언제나 자유롭지 못하다. 자신의 신비를 보존하기 위하여 항상 자기를 숨기고 몸을 싸고 얼굴을 가리기에 여념이 없다." 하고 말한다. 페미니즘의 서슬이 시퍼런 요즈음 이러한 생각을 가지고 있다가는 자칫 남성중심주의자라는 낙인이 찍히기 쉬울 것이다.

티베트 사자의 서

파드마 삼바바

1996년에 소설가 박완서朴婉緖가 티베트를 찾았을 때 그녀를 가장 먼저 사로잡은 것은 한없이 맑고 푸른 하늘이었다. 그녀는 "인간의 입김이 서리기 전, 태초의 하늘빛이 저랬을까?" 하고 스스로에게 물어 보았다. 이렇게 원초적이고 순수한 것은 비단 푸른 하늘만이 아니었다. 몸에 지닌 것이라고는 아무 것도 없이 단벌옷에 의지하여 끊임없이 도道를 찾아 흰 눈에 덮인 히말라야 산과 자갈밭을 헤매는 순례 행렬도 그녀를 감동시키기에 충분하였다. 박완서는 티베트 기행문을 쓰면서 그 제목을 '모독' 이

삽화로 장식한 초기 티베트 경전. 이 책은 어떻게 사는가 못지않게 어떻게 죽는가도 중요하다는 진리를 가르쳐 준다.

라고 붙였다. 이렇게 순결하기 그지없는 원시의 땅에 문명의 때를 안고 들어와 이런 저런 이야기를 한다는 것이 그들에게 '모독'이 될 것 같다는 생각이 들었기 때문이다.

중앙아시아의 유목 부족인 티베트가 처음 주목을 받기 시작한 것은 기원전 2세기쯤이다. 티베트는 동양과 서양의 무역이 활발하던 7~8세기 무렵에는 인도 북부에서 네팔과 둔황敦煌에 이르는 실크로드의 요충지를 장악하여 한때 당唐나라 수도 장안長安까지 침략할 만큼 크게 번영하였다. 당나라는 '토번土蕃'이라고 일컫는 이곳에 공주를 시집보내어 우호를 꾀하기도 하였다. 그러나 티베트는 곧이어 역사의 뒤안길로 사라져 버린다.

1949년 티베트에 인접한 중국에 중화인민공화국이 수립되면서 티베트의 슬픈 역사가 시작된다. 중국 사람들에게 티베트는 서쪽 끝에 자리한 늘 신비한 보물을 보관하고 있는 창고와 같았다. 그리하여 그들은 오랫동안 티베트를 서장西藏, 즉 '서쪽에 있는 창고'라고 불러 왔다. 마오쩌둥毛澤東은 중국 공산화에 성공하고 곧바로 티베트를 손아귀에 넣기 시작한다. 10여 년에 걸쳐 무려 120만 명에 이르는 티베트 사람이 죽임을 당하고 6,000여 개의 불교 사원이 잿더미가 되었다. 티베트 사람의 정신적 지주 달라이 라마는 1959년 히말라야 산맥을 넘어 인도로 망명길에 올랐다. 그는 망명길에 오르면서 "그릇은 깨어질는지 몰라도 거기에 담긴 정신은 깨지지 않는다." 하고 자신 있게 밝혔지만 오늘날까지도 깨어진 그릇은 여전히 그대로다.

달라이 라마의 말대로 티베트의 그릇은 깨어졌는지 모른다. 하지만 그 그릇 속에 담긴 정신은 아직도 깨어지지 않은 채 면면히 전해내려 오고 있다. 그러한 정신 가운데 하나가 바로『티베트 사자死者의 서書』이다. 이 경전은 인간의 죽음과 윤회에 관한 독특한 철학을 담고 있다. 이 신비스런 불교 경전이 세상에 나오면서 티베트는 그들의 찬란한 정신 세계로 다시 한 번 전 세계의 이목을 끌었다.

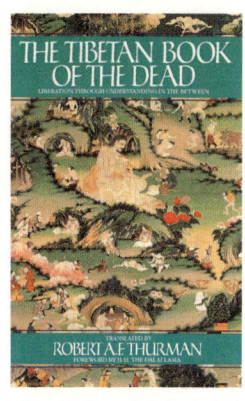

이 책은 1927년 처음 서방 세계에 알려진다. 영국 옥스퍼드 대학교의 종교학 교수 월터 에번스웬츠는 인도 서부 다르질링 지방을 여행하다가 우연히 『티베트 사자의 서』를 소장하고 있는 사원에 들렀다. 그는 이곳에서 필사본을 얻은 뒤 다른 여러 곳에서 필사본과 목판본으로 된 이와 비슷한 경전을 더 발견한다. 티베트의 학승 라마 카지 다와삼둡이 이 자료를 영어로 번역하고 에번스웬츠 교수가 편집

최근에 새로 번역된 영어판 『티베트 사자의 서』.

하여 이 해에 옥스퍼드 대학교에서 출간하면서 널리 알려졌다.

이 책은 출간되자마자 『이집트 사자의 서』(1967)와 더불어 서구의 기독교적 세계관에 큰 충격을 안겨 준다. 특히 집단 무의식 이론을 세운 정신분석학자 카를 구스타프 융에게 깊은 영향을 끼쳤다. 그는 이 책을 늘 가지고 다니며 애독할 정도였다고 한다. 그는 사후 세계와 환생과 해탈의 문제를 깊이 있게 다룬 티베트의 옛 지혜서에 크게 놀랐다. 그는 이 책의 서문에서 "서구 철학과 종교가 따라갈 수 없는 가장 높은 차원의 정신과학이다." 하고 칭찬을 아끼지 않았다. 그의 정신분석 이론에서 핵심적인 개념인 집단 무의식, 아니마 아니무스, 원형原型 같은 개념은 이 티베트 불교 경전에서 힘입은 바가 무척 크다.

『티베트 사자의 서』는 지금으로부터 약 1,200년 전 인도의 고승 파드마 삼바바가 생사生死의 비의를 밝히기 위하여 쓴 108개에 이르는 일련의 저작 중의 하나이다. 그는 이 책의 원고를 쓴 뒤 호수 밑이나 사원의 탑이나 기둥 또는 동굴 속에 숨겨놓았다. 뒷날 '테르텐'이라고 일컫는 제자들이 숨겨진 스승의 가르침을 한 권씩 찾아내기 시작하였다. 여기서

테르텐은 티베트어로 '보물을 찾아내는 사람' 이란 뜻이다. 이렇게 찾아
낸 경전은 지금까지 모두 65권에 이른다. 『티베트 사자의 서』는 가장 뛰
어난 테르텐인 릭진 카르마 링파가 1919년에 세르단 강 기슭에 있는 감
포다르 산(원숭이 산) 동굴 속에서 발견하였다. 이 전설을 믿는다면 적어
도 43권의 비경이 아직도 만년설 속의 동굴이나 사원 속에서 햇빛을 볼
날을 기다리며 깊은 잠을 자고 있다고 할 수 있다.

　이렇게 불교 경전을 숨기는 전통은 이미 고대 인도의 불교에서 그 역
사를 찾아볼 수 있다. 대승大乘 경전과 탄트라(밀교) 문헌이 좋은 예이다.
불교 경전을 숨기는 것은 붓다의 말씀을 아직 세상 사람들이 이해할 수
없으리라고 생각하였기 때문이다. 뒷날 제자들이 이러한 경전을 찾아냄
으로써 비로소 탄트라가 시작되었다.

　『티베트의 사자의 서』는 처음부터 '사자의 서' 라는 제목이 붙은 것은

티베트 수행자들은 요가를 하면서 정신력을 배양하였다.

아니다. 이 제목은 월터 에번스웬츠가 편의상 임의로 붙인 이름으로 티베트어 경전에는 그러한 표현은 눈을 씻고 찾아보아도 없다. 파드마 삼바바가 본디 붙인 제목은 '바르도 퇴돌'이다. '바르도'란 사람이 죽어서 환생할 때까지 약 49일 동안의 중간계中間界를 뜻한다. 중간계란 죽음과 재탄생 사이의 기간과 그 과정을 가리키는 말이다. '퇴돌'이란 귀로 들어서 영원한 해탈에 이른다는 뜻이다. 그러니까 '바르도 퇴돌'이라 한 것은 이 경전을 죽음의 순간에 오직 한번 듣는 것만으로 삶과 죽음의 수레바퀴, 즉 환생에서 벗어나 영원한 해탈을 얻을 수 있다는 말이다.

이 경전의 저자로 알려진 파드마 삼바바에 관한 기록은 거의 없다. 그는 기원후 750년경 인도에서 건너와 티베트에 처음 불교를 전파하고 치송 데첸 황제 때 삼예에 최초의 불교 사원을 세웠다고 알려진다. 그리고 오랜 수행을 거쳐 여제자 예세 초걀과 함께 『티베트 사자의 서』를 비롯

라다크에 있는 티베트의 옛 불교 건축물. 뒤쪽으로 눈에 덮인 히말라야 산이 보인다.

높은 언덕 위에서 마을을 내려다보고 있는 티베트 불교의 승려들.

한 여러 문헌을 저술한 것으로 알려져 있을 뿐이다. 그리하여 몇몇 학자는 그를 실제로 생존한 역사적 인물이라기보다는 전설적인 인물로 보기도 한다.

파드마 삼바바가 어떻게 하여 『티베트 사자의 서』를 쓰게 되었는가 하는 점도 아직 수수께끼로 남아 있다. 어떤 문헌에는 파드마 삼바바가 이미 나란다 대학에서 이 비전秘典을 가지고 강의를 하다가 티베트로 넘어왔다고 나온다. 또 다른 문헌에는 그가 티베트의 송첸 캄포 왕의 초청을 받고 티베트로 들어가 이 경전을 저술하였다고 되어 있다. 어찌 되었든 이 경전은 오래 전부터 몇 세기에 걸쳐 사람들의 입에서 입으로 전해내려 오다가 마침내 8세기에 이르러 파드마 삼바바가 문자로 기록한 것으로 볼 수 있다.

티베트 불교 경전에 죽음에 관한 기록이 많은 것은 이 지역의 특수한 지리적 상황과 깊은 관련이 있다. 잘 알려진 바와 같이 티베트는 평균 높이 약 4,000미터에 이르는 고원 산악 지대에 위치한다. 천상의 세계인 하늘과 가까운 탓에 고원 산악 지대의 문화는 평원의 문화와는 견줄 수 없을 만큼 영적인 분위기가 감돌게 마련이다. 또 이 지대는 아직 문명의 손에 오염되지 않은 순수한 자연의 장관으로 유명하다. 이러한 자연 환경은 티베트 사람들을 자연스럽게 사색적이고 명상적인 분위기로 이끈다. 예로부터 그들은 이러한 영적인 분위기를 실제 생활에 연결시켰다.

그들에게 죽음과 중간계와 환생은 그렇게 신비스럽지도 불가사의한 것도 아니게. 그들은 그러한 문제를 아주 자연스럽게 받아들인다.

또 고원 산악 지대에 사는 티베트 사람들은 평원 사람들보다 일반적으로 수명이 짧다. 그리하여 다른 지역 사람보다도 죽음이나 사후의 일에 관심을 기울일 수밖에 없다. 그들은 인간 내면의 우주에 깊은 관심을 둔다. 그러고는 죽음과 중간계 그리고 환희가 넘치는 무아無我의 세계를 향하여 심리적 여행을 떠난다. 이들이 일군 근대 티베트 문명은 지구상에서 아주 독특한 면모를 보인다. 죽는 방법과 죽음에 대한 과학은 티베트 문명이 아니고서는 만들어 낼 수 없는 것이다.

죽음에 대하여 관심을 기울이는 것은 자칫 삶에 대한 부정이요 모욕이라고 생각하기 쉽다. 그러나 삶과 죽음은 서로 다른 것이 아니라 동전의 양쪽 면 같은 것이다. 달라이 라마는 『티베트 사자의 서』와 관련하여 티

티베트 불교 신도들은 기도를 드릴 때 울긋불긋한 깃발을 건다.

티베트 불교의 우주관을 보여 주는 탱화. 죽음의
신인 야마가 '삶과 죽음의 바퀴'를 돌리고 있다.

베트 사람들에게 죽음이란 추상적이고 관념적인 문제가 아니라 어디까지나 현실적인 문제라고 지적한다. "죽음에 깊은 관심을 기울이는 것은 병적인 상태가 아니다. 오히려 죽음에 관심을 가짐으로써 두려움을 벗어버릴 수 있으며, 더 나아가 삶을 건강하게 영위하는 데 큰 도움이 된다." 하고 밝히기도 한다. 그런 점에서 이 경전은 '사자死者의 서'라기보다는 차라리 '생자生者의 서'에 더 가깝다고 할 수도 있다.

『티베트 사자의 서』는 사후 세계를 경험한 뒤 다시 환생한 라마승들의 증언에 근거하여 영혼이 사후 세계에서 겪게 될 온갖 위험을 무사히 통과할 수 있도록 도와주는 경전이다. 이 경전은 사후의 영혼이 겪게 되는 여러 현상을 설명하고 해탈에 이르는 방법을 가르치는 내용으로 되어 있다. 이 경전의 가르침을 한마디로 요약한다면 "죽는 법을 배우라. 그리하면 그대는 사는 법을 배우게 되리라." 하는 것이다.

이 책에는 '중음천도밀법中陰薦度密法'이라고 하여 죽는 순간부터 그 사람의 옆에 붙어 앉아서 이 경전을 읽어 주어 죽은 사람의 넋을 극락으로 인도하는 천도의 비법이 담겨 있다. 티베트 사람들은 죽음과 재탄생 사이의 중간계를 모두 여섯 가지로 나눈다. 탄생과 죽음 사이의 중간계(이승 중간계), 잠과 깨어 있음 사이의 중간계(꿈 중간계), 깨어 있음과 초월

사이의 중간계(명상 중간계), 죽음 직후의 중간계(죽음 중간계), 죽음과 재탄생 사이의 중간계(저승 중간계), 태어나기 직전과 태어나는 순간 사이의 중간계(탄생 중간계)가 바로 그것이다.

티베트 사람들이 생각하는 죽음은 서구인들이 생각하는 죽음과는 다르다. 그들은 죽음을 악하고 무자비한 것으로만 여기지는 않는다. 오히려 착하게 살아갈 수 있도록 하는 힘, 즉 이승에서 바람직한 태도와 선한 행동을 하도록 부추기는 긍정적인 힘으로 본다. 그러므로 그들에게 죽음은 삶의 뒷문이 아니라 새로운 세계로 들어가는 앞문이다. 그들은 이 문을 성공적으로 들어가 행복한 삶을 누리기 위하여 이승에서 저승을 미리 준비하여야 한다. 이승에서 나쁜 습관을 가지고 그릇된 행동을 일삼은 사람은 죽음의 문을 통과한 뒤 이승에서보다 훨씬 더 끔찍한 삶을 살아갈 수 있다. 이를테면 지하 세계를 다스리는 죽음의 신 야마閻魔로부터 괴로움을 당하게 된다. 이 죽음의 신은 생각만 하여도 소름이 끼칠 만큼 험상궂고 무시무시한 모습이다.

티베트 사람들은 이 죽음의 신 야마에 대한 관념을 인도에서 물려받았다. 검푸른 모습을 한 야마는 들소 머리에 두 손에는 해골바가지가 달린 가시 돋친 곤봉과 올가미를 들고 있다. 야마는 발기한 남성 성기를 드

삶과 죽음의 순환을 그린 티베트의 윤회도輪廻圖. 재생하는 데에는 여섯 가지 영역이 있는데 전생의 행동에 따라 그 중 하나에 들어가게 된다.

러낸 채 거친 숨을 몰아쉬는 들소 뒤에 우뚝 선 모습으로 나타난다. 소름 끼치는 모습을 한 배우자 차문다와 함께 나타나는 때도 있다. 차문다는 야마의 에너지를 여성으로 인격화한 상징이다. 야마 밑에는 그의 명령에 따라 움직이는 수많은 부하가 있다. 죽음의 사자들은 여기저기 떠돌아다니면서 죽은 자의 영혼을 야마 앞으로 끌고 온다. 죽음의 사자가 부르면 아무도 거역하지 못한 채 지하 세계로 끌려가 문도 없고 창문도 없는 쇠 감옥에 갇힌다. 야마를 몹시 두려워하는 티베트 사람들은 붓다와 보살들이 자신들을 야마의 손아귀에서 구출해 줄 것으로 기대한다.

　야마는 쇠 감옥에 갇힌 죽은 자의 선악을 심판한 뒤 이승에서 선한 행위를 많이 한 사람은 하늘나라로 보내고, 악한 행위를 많이 한 사람은 동물 세계나 지옥으로 보낸다. 그런데 동정심과 아량이 있고 지적 능력도 어느 정도 갖춘 가능성 있는 영혼이라면 인간 세계로 보내 인간으로 다시 태어나게 한다. 영적 수행에는 하늘나라나 지옥보다는 인간 세계가 더 적합한 곳이기 때문이다. 그러나 인간으로 다시 태어난다는 것은 축복이 아니라 저주요 상이 아니라 형벌이다. 어떤 면에서는 동물 세계로 보내지거나 지옥에 떨어지는 것보다도 오히려 훨씬 더 괴롭다. 윤회의 수레바퀴에서 좀처럼 벗어날 수 없기 때문이다. 불교에서는 힌두교와는 달리 윤회의 수레바퀴에서 벗어나는 것보다 더 바람직한 일은 없다.

야마가 야미와 함께 검은 물소에 올라타 있다. 야마는 죽음과 관련 있는 방위인 남쪽의 수호신이다.

『티베트 사자의 서』와 비슷한 문서로 『이집트 사자의 서』가 있다. 파피루스에 화려한 삽화를 곁들여 만든 문서이다. 여기에도 죽은 사람이 저승에서 온갖 위험을 극복하고 영생을 얻을 수 있는 기도문과 마술적 주문이 적혀 있다. 이 두 문서 사이에 차이가 있다면 이집트의 문서는 관 속에 미라와 함께 부장副葬되었다는 점이다. 『이집트의 사자의 서』 가운데에서 가장 유명한 「죄의 부정 고백」은 사자를 재판하는 장면을 그린 제125장으로 고대 이집트 사람들의 사생관을 살필 수 있는 귀중한 자료이다. 이집트 사람들은 저승에 가서 영원한 생명을 받는다고 믿었다. 『이집트의 사자의 서』 역시 처음부터 이 이름이 적혀 있었던 것은 아니다. 1842년 독일의 이집트 연구가 리하르트 렙시우스가 처음으로 이 문헌에 '사자의 서'라는 이름을 붙였다.

기탄잘리

라빈드라나드 타고르

동양 문학가로서 처음 노벨 문학 상을 받은 라빈드라나드 타고르.

인도 사람에게 가장 존경하는 위인 두 사람을 꼽으라면 아마 주저하지 않고 '위대한 영혼'으로 흔히 일컫는 모한다스 간디와 '인도의 시성詩聖'으로 불리는 라빈드라나드 타고르(1861~1941)를 꼽을 것이다. 간디가 비폭력적 저항의 몸짓으로 인도를 식민주의의 굴레로부터 해방시켰다면, 타고르는 붓으로써 인도를 해방시키는 데 이바지하였다. 타고르는 영국 유학을 마치고 돌아온 뒤 한때 '스와라지' 비밀 결사에 가담하는 등 독립 투쟁에 나서기도 하였다. 그러나 이 운동이 폭력적으로 발전하고 아내와 세 아이의 죽음을 겪은 뒤 그는 점차 정치 활동을 접기 시작한다. 그러고는 1908년 이후부터는 아예 정치 일선에는 직접 나서지 않고 줄곧 문학과 강연, 교육 사업을 통하여 묵묵히 인도의 독립을 도왔다. 1925년 간디가 그에게 찾아와 '차르카'(물레) 운동에 참여해 줄 것을 권고하였을 때에도 거절하였고 오히려 그 운동을 날카롭게 비판하는 글을 발표하기도 하였다. 이처럼 둘은 인도에서 가장 존경받는 인물이지만 그들에게는 많은 차이가 있었다.

제국주의나 식민주의를 보는 시각에서도 타고르와 간디는 서로 달랐다. 간디가 인도의 정치적 해방을 위하여 일생을 바친 것과는 달리 타고르는 식민지 종주국인 영국과 타협을 모색하기도 하였다. 타고르는 20세기 초엽 도도한 역사의 흐름에서 좀처럼 비켜설 수 없는 나약한 식민지 지식인이었다. 그는 1915년 영국 왕 조지 5세로부터 기사 작위도 수여받았다. 비록 그는 그 작위를 1919년 암리차르에서의 대학살 사건에 대한 항의 표시로 반납하였지만 식민지 종주국 왕이 주는 작위를 받았다는 것은 간디로서는 상상도 못할 일이다.

간디와 타고르는 조국을 사랑하는 방법은 서로 달랐지만 그들은 인도를 영국 식민주의의 굴레에서 해방시키는 데 온갖 노력을 아끼지 않았고 더 나아가 인도를 전 세계에 널리 알리는 데 크게 이바지하였다. 타고르가 간디를 '위대한 영혼'이라고 부른 것처럼 간디는 타고르를 인도를 지키는 '위대한 파수꾼'이라고 불렀다. 그리하여 오늘날 간디와 타고르는 다 같이 인도의 국부國父로 우러름을 받는다.

타고르는 그 동안 세계 문단에 거의 알려지지 않았던 인도 문학을 세계적인 반열에 올려놓은 시인이다. 그는 시와 소설, 희곡과 평론 등 다양한 장르를 넘나들며 손을 대지 않은 문학 장르가 거의 없는 문학가요 인도 작품을 영어로 번역하여 소개하고 외국 작품을 인도에 소개한 번역 문학가이기도 하다. 알베르트 슈바이처는 타고르를 '인도의 괴테'라고 불렀다. 이것은 요한 볼프강 폰 괴테가 독일 국민 문학을 대표하는 작가이듯이 타고르도 인도 국민 문학을 대표하는 작가라는 뜻일 것이다.

그런가 하면 타고르는 벵골 지방의 옛 민요를 바탕으로 2,000여 곡의 노래를 작곡한 음악가이다. 그가 시를 쓰고 곡을 붙인 「자나 가나 마나」는 오늘날 인도의 국가國歌로 애창되고, 방글라데시의 국가 역시 그가 작곡한 것이다. 타고르는 음악뿐 아니라 3,000여 점에 이르는 그림을 그린 화가이기도 하다. 그는 모스크바, 베를린, 뉴욕, 런던, 파리 등에서 전시회를 열었다. 이밖에도 타고르는 사상가인가 하면 철학가요, 철학가인가 하면 교육자요 사회 개혁가이기도 하다. 인도의 철학자요 정치가인 사르베팔리 라다크리슈난이 "라빈드라나드 타고르야말로 몇 안 되는 보편적 인간을 대표하는 사람 중의 하나이다." 하고 칭찬을 아끼지 않는 까닭이 바로 여기에 있다.

라빈드라나드 타고르는 인도가 영국의 식민주의 지배를 받던 1861년 5월 캘커타에서 종교 개혁가 데벤드라나드 타고르의 15명의 아들 중 열넷째 아들로 태어났다. 벵갈 어로는 '타쿠르'라고 부르는 그는 열네 살 때 어머니를 여위고 외롭게 자랐다. 이 무렵 인도 명문 집안의 아이들은 흔히 영국으로 유학을 떠났다. 타고르도 열여섯 살 때 법률을 공부하기 위하여 유학을 떠났지만 일 년도 채우지 못하고 인도로 돌아와 동부 벵갈에서 자연과 더불어 일생을 보낸다. 비록 짧은 유학이었지만 그는 퍼시 비쉬 셸리 같은 영국 낭만주의 시인한테서 깊은 영향을 받았다. 1890년부

인도 캘커타에 있는 타고르 박물관.

터 실라이다와 사이야드푸르에 있는 아버지 소유의 부동산을 관리하기 시작하였는데, 그곳에서 마을 사람들과 친하게 지내면서 농민의 빈곤한 삶을 직접 목격한다. 뒷날 이 전원 생활의 경험은 갠지스 강에서의 경험과 함께 그의 문학에 큰 영향을 끼친다.

타고르가 집필 활동을 하던 서재. 벽에 그의 사진이 걸려 있다.

타고르는 어릴 적부터 시를 짓기 시작하여 시집 『아침의 노래』(1880)와 『저녁의 노래』(1883)를 발표하면서 시인으로서의 재능을 유감없이 발휘한다. 실험적인 형식으로 관심을 끈 그의 시집

타고르가 동양과 서양의 문화 교류를 증진하기 위하여 세운 비슈바바라티 대학교 입구.

『마나시』(1890)는 처음으로 사회적이고 정치적인 문제에 눈을 돌렸다는 점에서 주목을 받는다. 대표적인 작품집으로 『황금 조각배』(1893), 『초승달』(1913), 『기탄잘리』(1910), 『정원사』(1913) 같은 시집을 비롯하여 『고라』(1910)와 『카불에서 온 과일장수』 같은 장편 소설, 『우체국』과 『희생』 같은 희곡 작품, 그리고 『인간의 종교』(1931)와 『민족주의』(1917) 같은 평론집을 남겼다. 그는 이러한 공로를 인정받아 1913년 동양 사람으로서는 처음으로 노벨 문학상을 받은 영예를 안았다.

타고르는 일찍부터 동양과 서양의 사상과 문화 교류와 융합에 깊은 관

심을 가졌다. 그러다 1901년 아버지로부터 볼푸르 근처 산티니케탄(평화의 집)을 물려받아 이곳에 학교를 세우고 인도와 서양의 전통에서 최상의 가치를 선별하여 아이들을 조화롭게 가르치려고 하였다. 이 학교가 바로 오늘날 '타고르 국제대학'으로 일컫는 비슈바바라티대학교의 전신이다. 타고르는 유럽의 여러 나라를 비롯하여 미국, 중국, 일본, 말레이 반도, 인도네시아 등 여러 지역을 여행하며 강연하기도 하였다. 그는 1941년 8월에 여든 살의 나이로 캘커타에서 사망하였다.

타고르는 무려 6,000여 편에 이르는 많은 작품을 남겼다. 평생 겨우 몇 편밖에 작품을 쓰지 않은 몇몇 시인과 비교해 보면 참으로 엄청난 양이다. 그는 임종을 앞두고 "내 시는 실패작이다. 최선을 다하였지만 늘 무엇인가가 빠져 있었다……" 하고 불만을 털어놓기도 하였지만, 이 말은 그의 시가 보잘것없다기보다는 시인으로서의 야심이 너무 컸다는 사

17세기에 영국 동인도 회사의 배가 출항하는 모습. 토머스 칼라일은 인도를 주어도 윌리엄 셰익스피어와 바꿀 수 없다고 말하였지만 인도는 대영 제국 식민지의 보루였다.

실을 보여 주는 말이다. 어쨌든 그는 많은 작품을 써서 벵갈 문예 부흥을 일으키는 데 크게 이바지하였다는 평가를 받는다.

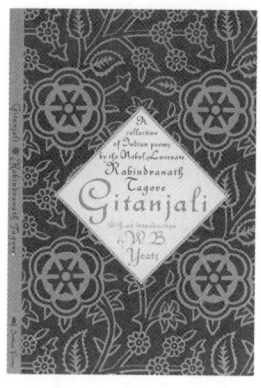

『기탄잘리』의 영어판 시집. 타고르의 작품에 큰 감명을 받은 윌리엄 버틀러 예이츠가 서문을 썼다.

타고르는 모두 60권의 시집을 남겼는데 그 가운데에서 『기탄잘리』(1910)는 가장 대표적인 시집으로 꼽는다. '신에게 바치는 송가'라는 뜻을 지닌 이 시집은 인도는 말할 것도 없고 외국에서도 가장 널리 읽힌다. 타고르가 벵골어로 이 시집에 실린 작품을 처음 쓰기 시작한 것은 1906년부터이지만 대부분의 작품은 1910년 3개월에 걸쳐 집중적으로 쓴 것이다. 그는 1910년에 이렇게 쓴 157편의 서정시를 한데 묶어 출간한다. 그 뒤 이 시집에서 57편을 간추려 뽑고 여기에 다른 시를 덧붙여 모두 103편을 직접 영어로 옮긴 뒤 1912년에 영국에서 다시 출간한다. 이 영역본 시집은 그를 세계 문단에 알리고 더 나아가 노벨 문학상을 받게 하는 데 징검다리 역할을 한다. 타고르는 자신이 사망한 해에 이 시집에 실린 작품을 다시 고쳐 쓰기도 하였다.

영국의 맥밀런 출판사가 출간한 영역본 『기탄잘리』에는 아일랜드의 시인 윌리엄 버틀러 예이츠가 서문을 썼다. 서구 시인이나 작가 가운데에는 타고르의 작품에 관심을 기울인 사람이 적지 않다. 현대시에 혁명을 일으킨 에즈러 파운드는 타고르의 작품을 "새로운 그리스"에 빗댄다. 『인도로 가는 길』(1924)이라는 소설로 주목을 받은 E. M. 포스터도 타고르의 문학에 깊은 애정을 가지고 있었다. 그러나 예이츠만큼 타고르의 작품에 깊은 관심을 가진 사람은 찾아보기 드물다. 예이츠는 인도에서도 가장 가난한 지역 가운데 한 곳을 여행하다 차茶 밭에서 일하는 여인들이 타고르의 시를 노래로 부르는 것을 본 뒤 타고르의 문학에 매혹되기 시작하였다. 그 뒤 기차나 버스를 타고 가며 타고르의 작품 원고를 읽던 그는 너무 황홀한 얼굴 표정을 감추려고 원고를 덮곤 할 정도였다. 예이츠는 타고르의 시에 대하여 "몇 년 만에 처음으로 나의 피를 온통 휘저어 놓았다." 하고 고백한 적이 있다.

『기탄잘리』에 실린 시는 주제에 따라 크게 네 가지로 나뉜다. 먼저 종교나 철학적 명상을 다룬 계열의 작품이다. 이들 작품에서는 『우파니샤드』에 나오는 범아일여梵我一如 사상을 엿볼 수 있다. 까마득히 멀리 고대 인도의 바라문교와 힌두교에서 그 뿌리를 찾을 수 있는 이 사상은 우주의 근본 원리인 브라흐마와 개인의 자아가 하나로 일치한다고 본다. 타고르의 시 작품은 이러한 사상을 그 바탕에 깔고 있다. 둘째로는 영국 식민주의 굴레에서 신음하는 인도의 비참한 상황을 노래하는 민족적 또는 사회적 저항시이다. 이러한 계열의 작품에서 그는 조국이 해방을 맞이할 날을 애타게 기다리는 한편 제국주의의 침탈과 횡포에 과감하게 맞선다. 셋째로는 인간의 영혼에 깃들어 있는 가장 아름다운 정서를 노래하는 서정시이다. 이러한 작품에는 인도 고유의 풍속과 향토색이 짙게 배어 있다. 마지막으로 속세와 현실에 오염되지 않은 순박한 동심의 세계를 노래한 어린이 시가 있다.

> 만약 님께서 아무 말씀도 하지 않으시면
> 나는 님의 그 침묵으로
> 내 가슴을 채워 이를 견디며 살아갈 것입니다.
> 나는 별이 온통 빛나는 밤처럼
> 참을성 있게 깊이 머리 숙여
> 조용히 기다릴 것입니다.

어둠이 사라지고 분명 아침이 밝아 오면

님의 음성은 넓은 하늘을 헤치고

황금의 강물 위로 쏟아져 내립니다.

그때에 님의 말씀은

내 새둥지의 하나 하나에서

노래가 되어 날아오를 것이며

님의 음률은 내 숲의 나뭇가지마다

꽃으로 피어날 것입니다.

　이 작품을 읽고 있노라면 저 벵골의 우거진 숲과 온갖 것을 감싸 안고 말없이 흐르는 갠지스 강의 평화스런 모습이 눈앞에 떠오른다. 동양의 심원한 사상과 인도의 종교적 체험이 마치 새벽이슬처럼 영롱하게 반짝인다. 그의 언어는 시냇물에서 갓 건져낸 조약돌처럼 더할 나위 없이 산뜻하고 소박하다.

　'신에게 바치는 송가'라는 이 시집의 제목에서도 잘 드러나듯이 이 작품은 종교적 색채가 짙다. 여기에서 '님'은 어떤 초월적인 절대자인 신을 가리킨다고 볼 수 있다. 『우파니샤드』에 따르면 만유의 빛이요 생명이요

The eternal Dream is borne on the wings
　　　　of ageless light
　that rends the veil of the vague
　　　and goes across Time
　　weaving ceaseless patterns of Being.
The mystery remains dumb,
　　　the meaning of his pilgrimage,
　　　the endless adventure of existence, —
whose rush along the sky
　　　flames up into innumerable rings of path
till at last knowledge gleams out from the dusk
　　　in the infinity of human spirit,
　　　and in that dim-lighted dawn
she speechlessly gazes through the break in the mist
　　　at the vision of Life and of Love
rising from the tumult of profound pain and joy.
　　　　　　　　Rabindranath Tagore

타고르의 친필 원고. 「영원한 꿈은 무한 빛의 날개 위에서 태어난다」.

19세기 동인도 회사의 직원의 모습. 인도에서 완전한 지배계
층으로 자리잡은 모습을 볼 수 있다.

궁극적 질서이며 원리인 '브라흐마'이다. 타고르의 작품에서 이 브라흐마가 '님'으로 나타난다고 흔히 말한다. 그러나 이렇게 신을 브라흐마로만 한정하려는 것은 좁은 생각이다. 타고르는 기독교나 불교 또는 힌두교 가운데 어느 한쪽에 얽매이지 않는 보편적인 종교를 부르짖었다는 사실을 알아야 한다. 그에게 신은 기독교의 교회뿐 아니라 불교의 사찰 그리고 힌두교의 사원에서도 마찬가지로 모습을 드러낸다. 심지어는 황금물결을 나부끼며 흘러가는 강물과 나뭇가지마다 꽃으로 피어나기도 한다.

'님'은 영국 식민주의의 군화에 짓밟힌 채 신음하는 조국 인도를 가리킬 수도 있다. "나는 별이 온통 빛나는 밤처럼/참을성 있게 깊이 머리 숙여/조용히 기다릴 것입니다." 하는 구절에서는 '스와라지' 운동을 벌이는 사람들처럼 조국 해방을 그렇게 조급하게 서두르지 않으리라는 다짐을 읽을 수 있다. 화자는 "어둠이 사라지고 분명 아침이 밝아" 오듯이 식민주의에서 해방될 날도 마땅히 찾아올 것이라고 굳게 믿는다. 한편 초월적 절대자나 서구 열강에게 빼앗긴 조국이 아니라면 '님'은 화자가 그토록 사모하는 사랑하는 연인을 가리킬 수도 있다. 이 작품은 마음속에 품은 연정을 이렇게 은근히 표현하기 때문에 더욱 더 감칠맛 나는 한 편의 연애시이기도 하다.

이 작품을 읽다 보면 만해萬海 한용운韓龍雲의 체취를 느낄 수 있다. 만해는 이 작품의 "나는 님의 그 침묵으로/내 가슴을 채워 이를 견디며 살아갈 것입니다." 하는 두 행에서 '님의 침묵'이라는 구절을 따와 자신의 작품 제목과 시집의 제목으로 삼았다. 일인칭 화자 '나'가 '님'에게 말을 거는 형식을 취한다든지, 연애시 풍으로 '님'을 노래한다든지 하는 점에서도 만해의 작품은 타고르의 작품과 비슷하다. 그런가 하면 명상적인 어조나 산문시의 가락 등에서도 공통점을 찾아볼 수 있다.

만해와의 연관성 때문이기도 하지만 라빈드라나드 타고르는 특히 우리나라 사람이 친근하게 느끼는 시인이다. 『기탄잘리』를 비롯하여 『신월』과 『정원사』 같은 시집은 이미 1920년대에 안서岸曙 김억金億이 우리말로 번역하여 우리 문단에 널리 알렸다. 그의 시는 『청춘』이나 『창조』 같은 잡지에 소개되기도 하였다. 비교적 최근에는 이해인李海仁 시인이 『기탄잘리』를 읽은 뒤 "신과 영혼에 눈을 뜨고" 수녀가 되기로 결심하였을 뿐 아니라 시인이 되기로 마음먹었다고 털어놓기도 하였다. 이러한 것은 한 예를 든 것이고 『기탄잘리』는 여전히 우리나라에서 많은 사람에게 사랑받고 있다.

더욱이 타고르는 일제 강점기에 우리나라를 위하여 「패자의 노래」와 「동방의 등불」이라는 두 작품을 썼다. 앞의 작품은 육당六堂 최남선崔南善의 요청으로 기미년 독립운동의 실패로 실의와 좌절에 빠진 한국인을 위하여 쓴 것이다. 두 번째 작품은 1929년 타고르가 일본을 세 번째로 방문하였을 때 당시 『동아일보』 도쿄 지국장이 그에게 한국을 방문해 줄 것을 부탁하자 그 부탁에 응하지 못하는 것을 안타깝게 생각하여 즉석에서 써 준 것이다.

일찍이 아시아의 황금기에
빛나던 등불의 하나 코리아
그 등불 다시 켜지는 날에
너는 동방의 밝은 빛이 되리라.

　이 시는 영어 원문과 함께 시인 주요한朱耀翰이 우리말로 옮겼고 그 해 4월 2일자 『동아일보』 1면에 크게 실리면서 큰 관심을 불러일으켰다. 이 작품은 일본 제국주의의 지배 아래 신음하고 있던 그 암울한 시절 우리 민족에게 크나큰 용기와 희망을 북돋아 주었고 절망의 어둠을 밝히는 한 가닥 등불이 되었다.

간디 자서전

모한다스 간디

19세기가 뉘엿뉘엿 서쪽으로 기울던 1893년의 어느 추운 겨울 밤, 남아프리카 프리토리아 행 열차가 막 마리츠버그 역에 도착한다. 일등 객차에 들어선 백인 한 사람이 그곳에 앉아 있는 젊은 인도 사람을 힐끗 쳐다보고는 한 마디 말도 없이 객차 밖으로 나가 버린다. 얼마 뒤 그 백인은 역무원 두 사람을 데리고 다시 나타난다. 역무원은 젊은 인도 사람을 한참 노려보더니 "자네는 일등 객차에서 나가야 하네. 여행하려면 화물차를 이용하던지." 하고 쏘아붙인다. 무슨 영문인지도

'위대한 영혼'이자 인도의 '거룩한 전사' 모한다스 간디와 그의 자필 사인.

모른 채 인도 사람은 조용히 "나는 일등 객차 표를 갖고 있는데요." 하고 말한다. 그러자 역무원은 "차표를 가지고 따지는 것이 아니야. 자네는 화물차로 가야 한다는 거야." 하고 대꾸한다. 인도 청년이 계속 버티자 역무원은 마침내 경관을 불렀고, 경관은 그 인도 청년을 객차 밖으로 내동

댕이쳐 버린다. 인도 청년은 플랫폼에 떨어지면서 거꾸러지고, 야간열차
는 천천히 프리토리아를 향하여 다시 움직이기 시작한다.

차가운 겨울 밤 낯선 땅의 플랫폼에 혼자 남아 치욕의 눈물을 흘리고
있는 이 젊은이가 바로 인도 건국의 아버지로 '위대한 영혼'으로 일컫는
모한다스 간디(1869~1948)이다. 스무네 살의 젊은 변호사 간디는 남아프
리카에 있는 인도인 상사의 소송 사건을 맡기 위하여 프리토리아로 가고
있는 중이었다. 그는 그 여정에서 선택의 갈림길에 놓인다. 그냥 인도로
돌아갈 것인가, 아니면 이곳에 남아 짓밟힌 인권을 위하여 싸울 것인가?
그는 곧 눈물을 거두고 "나는 피압박 유색 인종을 위하여 여기에 남아 있
어야 한다. 그리고 그들과 싸워 인종 차별을 철폐하여야 한다." 하고 굳
게 마음을 다진다. 그의 마음속에 인권 운동의 씨앗이 처음 싹트기 시작
한 순간이다.

흔히 '20세기의 성자'요 '거룩한 전사'로 일컫는 모한다스 칼람찬드
간디는 1869년 10월 인도 서부 카티아바르의 포르반다르에서 막내아들
로 태어났다. 바이샤(농부) 계급에 속한 그의 집안은 신분에서 그렇게 높
은 편은 아니었다. 간디는 힌두교의 바이슈나바 파에 속한 그의 부모한
테서 어렸을 적부터 깊은 영향을 받았다. 간디는 1886년 영국에 건너가
런던의 법학원에서 법률을 공부한 뒤 1891년 변호사 자격증을 받자마자
귀국하여 봄베이에서 변호사 개업을 한다. 그러나 그에게 변호사란 몸에
맞지 않은 옷처럼 왠지 어울리지 않았다. 그의 뇌리에는 다른 사람의 불
행으로 돈벌이를 하는 직업이라는 생각이 좀처럼 떠나지 않았다.

간디는 1893년부터 제1차 세계 대전이 일어난 1914년까지 남아프리
카 연방에 머물면서 인권 운동에 온 힘을 쏟는다. 1915년 인도에 돌아온
간디는 조국의 독립을 위하여 비폭력주의와 시민 불복종 운동으로 영국
에 맞선다. 또 '아시람'이라는 수도장을 만들어 인도 사람의 정신을 개

조하는 데 온 힘을 기울인다. 이러한 과정에서 그는 단식 투쟁을 밥 먹듯이 하고 감옥을 자기 집 드나들 듯이 하였다. 그에게 피난처요 휴식처와 다름없는 감옥에서 지낸 날을 모두 합하면 정확히 2,338일로 무려 6년이 훨씬 넘는다. 1947년 8월 마침내 인도는 영국으로부터 독립을 하지만 종교적 대립으로 인도와 파키스탄으로 분리되는 비운을 맞는다. 그 뒤에도 종교 분쟁이 끊이지 않자 간디는 이 분쟁을 해결하려고 온갖 노력을 기울인다. 그러던 중 1948년 1월 30일 뉴델리에서 열린 한 기도회에서 힌두교 과격파 무장 단체에 속한 한 청년의 총탄을 맞고 쓰러진다.

간디는 인도의 독립 투쟁과 혁명의 와중에서도 수많은 글을 남겼다. 신문과 잡지 같은 정기간행물에 실린 사설과 논설, 서간문은 말할 것도 없고 단행본 저서를 포함하여 그가 쓴 책이 수십 권에 이른다. 그 가운데 『인도의 자치』(1909), 『자서전』(1929), 『비폭력으로부터 오는 힘』(1942) 같은 책은 비교적 잘 알려져 있다. 그의 저술 활동은 서양에서 근대 계몽주의의 씨앗을 뿌린 프랑스의 사상가 볼테르에 견줄 만하다.

간디가 남긴 저서 가운데에서 『자서전』은 가장 대표적인 책으로 인도뿐 아니라 전 세계에 걸쳐 널리 읽힌다. 지금까지 수많은 사람이 수많은 자서전을 써 왔지만 간디의 『자서전』만큼 뭇 사람의 뇌리에 깊은 인

간디 국립박물관 앞에 서 있는 간디의 동상. 사람들은 그를 '20세기의 성聖 프란체스코'라고 일컫는다.

상을 남긴 자서전도 찾아보기 힘들다. 서양에서는 벤저민 프랭클린이 쓴 『자서전』(1766)이 유명하지만 간디의 책에 비하면 너무 세속적이어서 그만큼 감동이 적다.

간디의 『자서전』은 흔히 20세기 고전으로 평가받는다. 이 책은 간디 자신이 몸소 진리를 실험한 과정을 기록한 순수 영혼의 투쟁사이다. 1923년에 간디는 감옥에 갇힌 상태에서 구자라티어로 이 책을 처음 집필하기 시작하여 1925년부터 『젊은 인도』라는 잡지에 연재한 뒤 1925년에 제1권을, 1929년에 제2권을 출간하였다. 이 책은 그의 어린 시절부터 시작하여 제1차 시민 불복종 운동이 한창 전개되던 1923년의 삶에서 끝난다. 온갖 시련을 겪으며 인도의 자치와 독립을 주도한 간디의 나머지 생애는 적어도 인도 사람들에게는 너무나 잘 알려져 있었다.

간디의 『자서전』을 좀더 쉽게 이해하기 위해서는 '나의 진리 실험 이야기'라는 이 책의 부제를 찬찬히 눈여겨보아야 한다. 그냥 '진리'라고 하여도 될 텐데 굳이 '진리 실험'이라고 말하는 까닭이 어디 있을까. 그는 자신의 삶이 곧 진리를 실험하는 과정에 지나지 않았다고 털어놓는다.

> 나는 세상 사람들에게 새롭게 가르칠 것이 아무 것도 없다. 진리와 비폭력은 언덕배기처럼 오래 된 것이다. 내가 지금까지 해 온 일은 내가 할 수 있는 한 대규모로 이 두 가지에 대하여 실험을 한 것뿐이다. 이 과정에서 나는 때로 실수를 저질렀고 이러한 실수를 통하여 많은 것을 배웠다. 그리하여 나에게 인생과 그 문제는 진리와 비폭력을 실행하는 데 많은 실험이 되었다.

간디가 세상 사람들에게 새롭게 가르칠 것이 없다고 말하는 데에는 그 나름대로 까닭이 있다. 그가 부르짖은 진리와 비폭력의 복음은 기나긴 인류 역사에서 이미 수많은 사람이 입에 올렸기 때문이다. 일찍이 예수 그리스도는 "너희는 진리를 알게 될 것이며, 진리가 너희를 자유롭게 할 것이다."(「요한복음서」 8장 32절) 하고 말하였다. 심지어 "자기 형제자매를 미워하는 사람은 누구나 살인하는 사람입니다."(「요한 1서」 3장 15절) 하고 가르치기도 한다. 간디는 기독교 전반에 대해서는 그다지 감명을 받지 않았지만 『신약성서』에 기록된 '산

벌고 벗고 살다시피 한 간디. 그가 쓴 "하느님은 진리"라는 글귀가 적혀 있다.

상수훈'에서는 깊은 감명을 받았다. 특히 "악한 사람에게 맞서지 마라. 누가 네 오른쪽 뺨을 치거든 왼쪽 뺨마저 돌려 대어라. …… 네 속옷을 가지려는 사람에게는 겉옷까지 내주어라."(「마태복음서」 5장 39~40절) 하는 구절을 무척 좋아하였다. 그는 이 구절을 『바가바드 기타』에 나오는 "물 한 사발을 주면 좋은 음식으로 갚아라." 하는 구절과 비교하기도 하였다.

유대인들의 경전인 『탈무드』에서는 이 세상에서 가장 강한 것이 모두 열두 가지가 있다고 가르친다. 돌보다는 쇠가 강하고, 쇠보다는 불이 강하며, 불보다는 물이 강하다. 물보다는 구름이 강하고, 구름보다는 바람이 강하며, 바람보다는 사람이 강하다. 또한 사람보다는 번뇌가 강하고, 번뇌보다는 술이 강하며, 술보다는 수면이 강하다. 수면보다는 죽음이 강하고, 죽음보다 강한 것이 사랑이다. 그러니까 이 열두 가지 가운데에서 제일 강한 것이 바로 사랑인 것이다.

굳이 먼 데에서 그 예를 찾지 않아도 19세기 중엽 미국에서 생태주의의 복음을 전한 헨리 데이비드 소로우만 하여도 6년 동안 매사추세츠 주 정부가 부과하는 인두세人頭稅를 내지 않았고, 그 때문에 체포되어 하룻밤 콩코드 감옥에서 보내야 하였다. 이 경험을 기록한 책『시민 불복종』(1849)에서 그는 "가장 적게 다스리는 정부가 가장 좋은 정부이다." 하는 모토를 고쳐 "전혀 다스리지 않는 정부가 가장 좋은 정부이다." 하는 모토로 만들었다. 그는 "나를 단지 살과 피와 뼈로 된 존재로만 여겨 잡아 가두는 이 제도의 어리석음에 그저 경악할 뿐이다." 하고 밝힌다. 비록 육체는 감옥에 잡아 가둘망정 정신은 가둘 수 없다는 말이다.

간디가 부르짖은 사상이나 이념은 그의 말대로 비록 '언덕배기처럼 오래 된' 것일는지는 몰라도 그는 앞 사람의 사상과 이념에 새옷을 입혔다. 부뚜막의 소금도 먹어야 짜다는 속담도 있듯이 아무리 훌륭한 사상이나 이념도 구체적인 현실과 손을 잡지 않으면 이렇다 할 만한 의미가 없다. 앞서 언급한 옛 선인의 사상과 이념을 좀더 대중적으로 정치와 사회 운동에 적용하였다는 데 바로 간디의 위대성이 있다. 간디는 처음에는 개인적이고 종교적인 문제로 시작하였지만 그러한 생각을 점점 넓혀 사회적이고 정치적인 차원으로 끌어올렸다.

간디가 '행동하는 양심'으로 활약하기 시작할 무렵 인도는 영국 제국 주의의 굴레를 쓴 채 수탈과 착취로 민중의 빈곤은 날로 더해 갔고 민중의 활력은 갈수록 메말라들었다. 몇 세대에 걸쳐 '피와 눈물과 땀'을 모두 바친 탓에 인도의 몸과 마음은 병들 대로 병들어 있었다. 농민과 노동자는 가난과 기아 속에서 허덕이는 한편, 유산 계급이나 지식인은 절망 감과 허탈감 그리고 패배주의 속에 뒹굴고 있었다. 이 무렵의 상황에 대하여 자와할랄 네루는『인도의 발견』(1946)에서 "우리는 전능한 괴물한테 사로잡혀 어떻게도 할 수 없는 것처럼 보였다. 수족은 마비되고 정신은 무감동하였다." 하고 회고한다.

간디는 그가 말하는 '진실과 비폭력의 실험'으로 지칠 대로 지친 인도 사람에게 생명수를 주고 희망의 빛을 안겨 주었다. 이 점과 관련하여 네루는 간디를 한 줄기 바람과 빛에 빗댄다. "간디는 마치 한바탕 신선한 바람에 비길 만하여 우리는 가슴을 펴고 깊이깊이 숨을 들이쉬었다. 어둠에 비쳐드는 한 줄기 빛과도 같이 그는 우리의 눈에 낀 안개를 닦아 냈다." 하고 회고한다.

간디가 절망에 빠진 인도 사람들에게 전한 것은 허위가 아닌 진실의 복음이요, 폭력이 아닌 비폭력의 복음이다. 언뜻 보면 무모한 모험이나 기만적인 만행이 오히려 식민지 인도를 구할 수 있는 길처럼 보일는지도 모른다. 그러나 간디는 허위는 더욱 더 진실을 감추고 폭력은 또 다른 폭력을 불러올 뿐 참다운 해결책이 될 수 없다고 생각하였다.

1940년경 자와할랄 네루 인도의회 의장과 담소를 나누고 있는 간디. 두 사람이 웃는 모습이 마치 어린 아이처럼 순진하다.

간디의 위대한 실험은 한마디로 '아힘사'에 입각한 '사티아그라하' 운동이라고 할 수 있다. '아힘사'는 비폭력 또는 무저항이라는 말로 번역하지만 그보다 훨씬 더 적극적인 의미가 있다. '아힘사'란 생명이 있는 피조물을 함부로 죽이지 않는 불살생不殺生을 뜻한다. 그러므로 차라리 '사랑'이라는 말로 옮기는 것이 더 옳을는지 모른다. 인간에게는 폭력보다 더 강한 힘이 있는데 간디는 그것을 사랑이라고 부른다. 어찌 되었든 간디는 "비폭력이야말로 이 세계에서 가장 위대하고 가장 역동적인 힘이다. 삶에서 '아힘사'를 표현할 수 있는 사람은 모든 야만적인 힘보다 더 우월한 힘을 행사하는 것이다." 하고 잘라 말한다.

간디는 이러한 사랑의 복음을 전하는 데 13세기 말엽 카스트 제도를 부인하고 '바크티'를 통한 해탈을 역설한 라마난다한테서도 큰 영향을 받았다. 라마난다는 "인간에게 사랑과 봉사의 정신을 가지고 대하여야 한다. 교리나 교의敎義에 집착하는 것은 굶주린 사람에게 돌을 주는 것이다." 하고 말하였다. 간디는 라마난다의 교훈을 받아들여 "사랑이 있는 곳에 삶이 있다." 하고 한마디로 말한다. 간디는 심지어 인간을 미워한다는 것조차 살생을 저지르는 것으로 본다. 백인 폭도가 간디에게 사형私刑을 가하려고 하자 영국 정부가 나서 그들을 엄벌에 처하려고 하였다. 그러자 간디는 "백인 가해자는 나를 미워하였을는지 몰라도 나는 그들을 미워할 수 없다. 그러므로 가해자를 처벌하는 것은 나의 뜻에 어긋난다." 하고 말하면서 폭도를 처벌하지 말라고 탄원하였다.

한편 '사티아그라하'란 글자 그대로 풀이하면 진리를 움켜잡는 것을 뜻하지만 좀더 넓은 의미에서는 비폭력 수단에 따른 저항을 가리킨다. 이 말을 흔히 '무저항'이라고도 번역하지만 엄밀히 따지면 그것은 논리적으로 모순이다. 비폭력 수단에 따른 저항도 어디까지나 저항의 한 가지 방법이기 때문이다. '무저항'이란 글자 그대로 어떤 도전에 대하여 아무런 반응도 보이지 않는 비겁한 행동과 다름없다. 간디는 "비겁과 폭력 중에서 어느 하나를 택하여야 한다면 나는 차라리 폭력을 택하겠다." 하고 서슴지 않고 말한 사실을 떠올릴 필요가 있다.

'사티아그라하'는 수동적 저항이나 소극적 행동을 뜻하지 않고 좀더 적극적인 행동을 가리킨다. 그것은 바로 '영혼의 힘'과 '자기희생의 힘'으로 폭력에 맞서는 것을 뜻한다. 『자서전』에서 간디는 "무저항이란 자기 고뇌로써 정의를 확보하는 수단이다. 그것은 내가 양심을 배반하지 않으려고 할 때 무력으로써 저항하는 대신에 영혼의 힘을 사용하는 것을 말한다." 하고 밝힌다. 그렇다면 '사티아그라하'는 목적이고 '아힘사'는 어디까지나 그 목적을 이룩하기 위한 수단인 셈이다. 간디는 『자서전』 끝부분에 "역사의 과정에서는 힘 있는 독재가 정의요 승리자였다. 그러

베르너 호르바트가 그린 「간디의 친구들」. 간디를 비롯하여 한나 아렌트와 임마누엘 칸트 등의 모습이 보인다.

나 역사의 끝에는 사랑과 진실이 승리하였다는 사실을 기억하라." 하고 적는다.

마하트마 간디는 몸소 검소하게 생활한 것으로도 유명하다. 젊었을 때에는 영국 신사를 흉내 내어 고급 옷만 입고 기차도 일등석만 타고 다녔지만 영적으로 다시 태어난 뒤부터는 그야말로 소박하기 이를 데 없는 의식주에 기대어 삶을 살았다. 그의 사진을 본 사람이라면 아마 웃통을 훤히 드러내고 벌거벗다시피 하고 있는 모습을 기억할 것이다. 그는 '도티'라고 하는 천 조각 하나를 허리에 걸치고 있고, 길을 걸을 때에는 지팡이 하나에 몸을 기대고 있을 뿐이다.

간디는 앉아 있을 때에는 거의 언제나 옆에 물레를 두고 실을 자았다. '차르카'라는 이 물레는 이제 간디를 가리키는 기호가 되어버리다시피

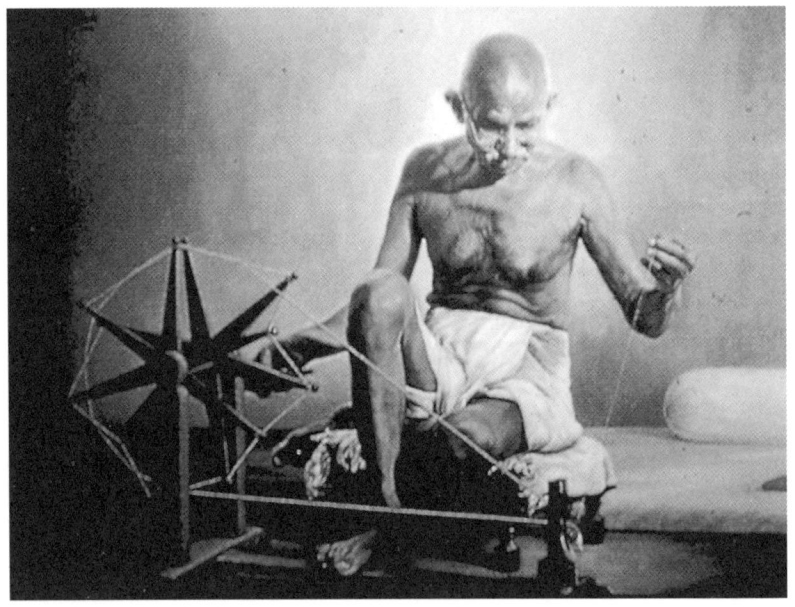

물레를 돌려 실을 뽑고 있는 간디. 간디에게 물레는 총이나 칼보다 더 강한 무기였다.

하였다. 그는 인도가 가난하게 된 큰 원인 중 하나가 면을 짜는 물레와 수직手織이 사라지고 외국에서 수입한 비싼 옷을 입기 때문이라고 생각하였다. "아무리 풍족한 생활을 하고 있는 사람이라도 하루 한 시간씩은 가난한 사람을 위하여 차르카를 돌리십시오. 인도인이여, 자기 손으로 자기 옷을 만드십시오." 하고 외쳤다. 물론 이 운동에는 영국 직물을 사지 않으려는 반식민주의의 정치적 의도가 깔려 있었지만 그는 동포에게 손수 물레로 실을 뽑아 직접 옷을 만들어 입을 것을 권하였다.

또 정치적 의미가 담긴 단식은 접어두고라도 간디는 걸핏하면 끼니를 거르거나 음식을 먹더라도 아주 적은 양을 먹었다. 여행을 다닐 때면 으레 양 한 마리를 데리고 다니며 그 젖으로 끼니를 때우기도 하였다. 간디는 "자연은 언제나 모든 피조물을 양육하는 데 흡족한 만큼의 음식물을 공급하기 때문에 자기 몫 이상의 음식물을 먹는 사람은 남의 몫을 빼앗는 것이다." 하고 말한다.

간디가 남긴 가장 위대한 유산이라면 역시 인간에 대한 굳은 믿음과 사랑 그리고 헌신이다. 그는 "인간은 신에 도달할 수 있고, 신을 실감하고 실현하려고 노력하여야 한다." 하고 부르짖는다. 다시 말해서 그는 인간에게 신성이 깃들어 있음을 찾아내었다. 카스트 제도가 엄격한 인도 사회이건만 간디는 계급과 신분의 벽을 뛰어넘어 모든 인간에게 똑같이 깊은 관심을 기울였다. 그리하여 인도 인구의 10퍼센트나 되는 불가촉不可觸 천민의 지위를 향상시키는 데 힘썼다. 간디는 "모든 사람의 눈에서 온갖 눈물을 닦아내는 것이 나의 소망이다." 하고 말한 적이 있다.

간디가 현대사에 끼친 영향은 참으로 크다. 미국에서 흑인 인권 운동을 일으킨 마틴 루서 킹 목사를 비롯하여 폴란드에서 '솔리다리티' 운동을 펼친 레흐 바웬사, 필리핀에서 마르코스 정부를 무너뜨린 코라손 아키노 여사, 그리고 남아프리카 공화국의 넬슨 만델라에 이르기까지 현대

간디의 일생을 모자이크로 만든 사진.

사에 굵직한 획을 그은 사람 가운데에는 직접 또는 간접으로 그의 영향을 받지 않은 사람이 거의 없다시피 하다. 앨버트 아인슈타인은 "앞으로 올 미래 세대는 이러한 인물이 피와 살을 갖고 이 지구상에 걸어 다녔다는 사실을 거의 믿지 못하게 될 것이다." 하고 말하였다.

간디의 성 앞에는 언제나 '마하트마' 라는 칭호가 붙어 다닌다. 1922년 12월 간디는 인도의 문호 라빈드라나드 타고르의 방문을 받는다. 이 자리에서 타고르는 간디에게 '마하트마' 라고 칭송하는 시를 증정한다. '위대한 영혼' 이라는 뜻을 지닌 이 말은 그 뒤부터 간디의 이름 앞에 그림자처럼 늘 붙어 다니게 되었다. "모든 인간은 형제이다." 하고 부르짖은 간디야말로 '위대한 영혼' 의 소유자임에 틀림없다. 한편 인도 사람들은 간디를 '바푸' 라고 즐겨 부른다. '바푸' 란 아버지를 뜻하는 말이지만 '아빠' 라는 말처럼 좀더 친근하게 일컫는 말이다. 인도 국민에게 간디는 자상하고 자애로운 아버지와 다름없다. 이 칭호보다 그를 압축하여 잘 표현하는 말도 아마 찾아보기 어려울 것이다.

참고문헌

조설근, 『홍루몽』. 권도경 옮김. 서울: 이회문화사, 2004.

김달진 옮김. 『법구경』. 서울: 현암사, 1997.

가와바타 야스나리, 『설국』 외, 김소운 외 옮김. 서울: 동화출판공사, 1970.

『루쉰魯迅 소설전집』, 김시준 옮김. 서울: 서울대학교출판부, 1996.

김욱동. 『우리가 정말 알아야 할 서양 고전』. 서울: 현암사, 2005.

라빈드라나드 타고르, 『기탄잘리』. 박희진 옮김. 서울: 현암사, 2002.

오승은, 『서유기』. 서울대학교 서유기 번역 연구회 옮김. 서울: 솔, 2004.

신영복. 『강의: 나의 동양 고전 독법』. 서울: 돌베개, 2004.

린위탕, 『생활의 발견』. 안동림 옮김. 서울: 문예출판사, 1989.

안동림 역주. 『장자莊子』. 서울: 현암사, 2005.

후쿠자와 유키치, 『학문을 권함』. 양문송 옮김. 서울: 일송미디어, 2004.

아쿠타가와 류노스케, 『라쇼몽』. 양윤옥 옮김. 서울: 좋은 생각, 2004.

오강남 편역. 『도덕경』. 서울: 현암사, 1995.

가와바타 야스나리, 『설국』. 유숙자 옮김. 서울: 민음사, 2002.

유옥희. 『바쇼 하이쿠의 세계』. 서울: 보고사, 2002.

나쓰메 소세키, 『나는 고양이로소이다』. 유유정 옮김. 서울: 문학사상사, 1997.

무라카미 하루키, 『상실의 시대』(노르웨이의 숲). 유유정 옮김. 서울:문학사상사, 2000.

윤영춘 역주. 『논어論語·장자莊子』. 서울: 동화출판공사, 1970.

이기동 역해. 『맹자 강설』. 서울: 성균관대학교 출판부, 2001.

이기동 역해. 『논어 강설』. 서울: 성균관대학교 출판부, 2005.

이민수 역주. 『노자老子』. 서울: 혜원출판사, 1994.

이원섭 역주.『공자孔子·맹자孟子』. 서울: 대양서적, 1970.

이원섭 역해.『당시唐詩』. 개정판. 서울: 현암사, 1996.

이원섭 역해.『두보 시선』. 서울: 현암사, 2002.

나관중,『삼국지』, 이문열 편역. 서울: 민음사, 2002.

시내암,『수호지』, 이문열 편역. 서울: 민음사, 1991.

가오싱젠,『영혼의 산』, 이상해 옮김. 서울: 북폴리오, 2005.

쑨원,『삼민주의』 상·하권, 이성근 옮김. 서울: 명지대학교출판부, 1977, 1985.

『우파니샤드』, 이재숙 옮김. 서울: 한길사, 1996.

이치수.『도연명 전집』. 서울: 문학과지성사, 2005.

임성철.『만요슈와 고시조의 화조월풍』. 서울: 제이앤씨, 2005.

장기근 역주.『논어論語』. 서울: 명문당, 1970.

장기근 .『신역 이태백』. 서울: 명문당, 2002.

무라사키 시키부,『겐지 이야기』, 전용신 옮김. 서울: 나남, 1999.

세이 쇼나곤,『마쿠라노소시』, 정순분 옮김. 서울: 갑인공방, 2004.

정재서 역주,『산해경』. 서울: 민음사, 1996.

파드마 삼바바,『티베트 사자의 서』, 정창영 옮김. 서울: 시공사, 2000.

모한다스 간디,『간디 자서전』, 함석헌 옮김. 서울: 한길사, 2002.

『바가바드 기타』, 함석헌 옮김. 서울: 한길사, 2003.

『라마야나』, 허정 옮김. 서울: 한얼미디어, 2005.

미시마 유키오,『금각사』, 허호 옮김. 서울: 웅진닷컴, 2002

Adler, Mortimer J., and Charles Van Doren. *How to Read a Book: The Classic Guide to Intelligent Reading*. Rev. and updated ed. New York: Simon & Schuster, 1972.

Bauer, S. Wise. *The Well-Educated Mind: A Guide to the Classical Education You Never Had*. New York: Norton, 2003.

Campbell, W. John. *The Book of Great Books: A Guide to 100 World Classics.* New

York: Friedman/Fairfax, 2001.

Coogan, Michael D. *Easter Religions: Hinduism, Buddhism, Taoism, Confucianism, Shinto.* Oxford: Oxford University Press, 2005.

Downs, Robert B. *Books That Changed the World.* Rev. ed. New York: New American Library, 1983.

Fadiman, Clifton, and John S. Major. *The New Lifetime Reading Plan.* Rev. and expanded ed. New York: HarperCollins, 1998.

Henemway, Priya. *Hindu Gods: The Spirit of the Divine.* San Francisco: Chronicle Books, 2003.

Hornstein, Lillian Herlands, Leon Edel, and Horst Frenz. *The Reader's Companion to World Literature.* 2nd ed. and updated ed. New York: Signet Classics, 2002.

Nelson, Sara. *So Many Books, So Little Time: A Year of Passionate Reading.* New York: G. P. Putnam's Sons, 2003.

Reese, William L. *Reader's Adviser: A Layman's Guide to Literature: The Best in the Literature of Philosophy and Word Religions.* New York: R. R. Bowker, 1998.

Shaughnessy, Edward L. *China: Empire and Civilization.* Oxford: Oxford University Press, 2000.

Silvester, Charles Herbert. *Journeys through Bookland: A Carefully Coordinated Plan for Reading Applied to the World's Best Literature.* New York: United Educators, 1972.

찾아보기